호르는 것은
시간이 아니다

최민자 수필선

흐르는 것은
시간이 아니다

연암서가

최민자

전주에서 태어났다. 수필을 일상과 철학 사이, 정관(靜觀)의 의자에 앉히고 싶어 하는 그는 소소하고 자지레한 일상 속에 숨어 있는 보편적 진실을 예리하게 벼려 진 감각적 문체로, 성찰의 깊이로 재해석한다. '나는 쓴다'에서 '나를 쓰다'로, 글 쓰기의 정체성을 조바꿈하는 수필을 삶의 공격적 허무로부터 스스로를 방어하 는 치유의 문학으로, 소통과 유대를 강화하는 통섭의 인문학으로 자리매김했다. 윤오영문학상의 첫 수상자이며, 현대수필문학상, PEN문학상, 구름카페문학상, 조경희수필문학상 등을 수상하였고, 수필집으로 『흰 꽃 향기』, 『꼬리를 꿈꾸다』, 『손바닥 수필』, 『꿈꾸는 보라』, 『사이에 대하여』 등이 있다.

최민자 수필선

흐르는 것은
시간이 아니다

2023년 10월 15일 초판 1쇄 발행
2024년 6월 15일 초판 2쇄 발행

지은이 ㅣ 최민자
펴낸이 ㅣ 권오상
펴낸곳 ㅣ 연암서가

등 록 ㅣ 2007년 10월 8일(제396-2007-00107호)
주 소 ㅣ 경기도 고양시 일산서구 호수로 896, 402-1101
전 화 ㅣ 031-907-3010
팩 스 ㅣ 031-912-3012
이메일 ㅣ yeonamseoga@naver.com
ISBN 979-11-6087-115-9 03810

값 20,000원

견고한 시간의 옹벽을 정해진 연한만큼 스쳐가는 우리. 동물적 생리로 질주하는 세상을 식물적 응시로 투시해보려는 허업(虛業)이 내 존재의 부표가 되었다. 가면 벗기라 생각했던 글쓰기가 가면 쓰기였을까. 감추어진 결핍을 드러낼밖에 없는 자폭(自爆)의 방편이 글일지라도 나는 쓴다. 나를 쓴다. '사람은 다 다르다'에서 '사람은 다 똑같다'로 가는, 그 길목 어느 어름에 문학의 자리, 수필의 자리가 있을 것이므로.

2023년 8월

최민자

차례

2장

다시,
외로움에
대하여

◇

1장

거꾸로 가는
열차

길

　길은 애초 바다에서 태어났다. 뭇 생명의 발원지가 바다이 듯, 길도 오래전 바다에서 올라왔다. 믿기지 않는가. 지금 당장 그대가 서 있는 길을 따라 끝까지 가보라. 한끝이 바다에 닿아 있을 것이다. 바다는 미분화된 원형질, 신화가 꿈틀대는 생명 의 카오스다. 그 꿈틀거림 속에 길이 되지 못한 뱀들이 용이 되 지 못한 이무기처럼 왁자하게 우글대고 있다. 바다가 쉬지 않 고 요동치는 것은 바람에 실려 오는 향기로운 흙내에 투명한 실뱀 같은 길의 유충들이 발버둥을 치고 있어서이다. 수천 겹 물의 허물을 벗고 뭍으로 기어오르고 싶어 근질거리는 살갗을 비비적거리고 있어서이다.

　운이 좋으면 지금도 동해나 서해 어디쯤에서 길들이 부화하는 현장을 목도할 수 있다. 물과 흙, 소금으로 반죽된 거무죽죽한 개펄 어디, 눈부신 모래밭 한가운데서 길 한 마리가 날렵하게 튕겨 올라 가늘고 긴 꼬리로 그대를 후려치고는 송림 사이로 홀연히 사라질지 모른다. 갯벌이나 백사장에서 길의 흔적을 발견하지 못했다 해서 의심할 일도 아니다. 첨단의 진화생물체인 길이 생명체의 주요 생존전략인 위장술을 차용하지 않을 리 없다. 흔적 없이 해안을 빠져나가 언덕을 오르고 개울을 건너 이제 막 모퉁이를 돌아갔을지 모른다.

지상에 식물이 처음 출현한 건 사억 오천만 년 전, 초창기 식물의 역사는 물로부터의 피나는 독립투쟁이었다. 모험심 강한 일군의 녹조류가 뭍으로 기어오르는 데에만 일억 년이 넘는 시간이 걸렸다. 이끼와 양치류를 거쳐 개화식물이 출현할 때까지 지구는 초록 카펫 하나로 버티었다. 꽃과 곤충, 길짐승 날짐승이 차례로 등장하고 그보다 훨씬 뒤에 현생인류가 출현했다. 길이 바다로부터 나온 것은 그 뒤의 일, 그러니까 진화의 꼭짓점에 군림하는 인간이 번식하기 시작한 이후의 일이다. 길이 지구상의 그 어떤 생명체보다 고차원의 생물군일 거라는 주장에 반박이 어려운 이유다. 유순하고 조용한 이 덩굴 동물은 인간의 발꿈치 밑에 숨어 기척 없이 세를 불리기 시작했다.

생물이라는 말이 거슬리는가? 그럴 수 있다. 생물이 뭔가. 에너지 대사와 번식능력이 있는, 생명현상을 가진 유기체를 일컫는다. 산허리를 감아 봉우리를 삼키고, 집과 사람을 무더기로 뱉어내는 길이야말로 살아 숨쉬는 거대한 파충류다. 지표에 엎디어 배밀이를 하고 들판을 가르고 산을 넘는 길은 대가리를 쪼개고 꼬리를 가르며 복제와 변이, 생식과 소멸 같은 생로병사의 과정을 낱낱이 답습한다.

낭창거리는 아라리 가락처럼 길은 내륙으로, 내륙으로 달린다. 바람을 데리고 재를 넘고 달빛과 더불어 물을 건넌다. 사람이 없어도 빈들을 씽씽 잘 건너는 길도 가끔가끔 외로움을 탄다. 옆구리에 산을 끼고 발치 아래 강을 끼고 도란도란 속살거리다 속정이 들어버린 물을 꿰차고 대처까지 줄행랑을 치기도 한다. 경사진 곳에서는 여울물처럼 쏴아, 소리를 지르듯 내달리다가 평지에서는 느긋이 숨을 고르는 여유도, 바위를 만나면 피해 가고 마을을 만나면 돌아가는 지혜도 물에게서 배운 것이다. 물이란 첫사랑처럼 순하기만 한 것은 아니어서 나란히 누울 때는 다소곳해도 저를 버리고 도망치려 하면 일쑤 앙탈을 부리곤 한다. 평시에는 나붓이 엎디어 기던 길이 뱃구레 밑에 숨겨둔 다리를 치켜세우고 넉장거리로 퍼질러 누운 물을 과단성 있게 뛰어넘는 때도 이때다. 그런 때의 길은 전설의 괴물 모켈레 음벰베나 목이 긴 초식공룡 마멘키사우루스를 연상시킨다. 안개와 먹장구름, 풍우의 신을 불러와 길을 짓뭉개고 집어삼키거나 토막 내어 숨통을 끊어놓기도 하는 물의 처절한 복수극도 저를 버리고 가신 임에 대한 사무친 원한 때문이리라. 좋을 때는 좋아도 틀어지면 아니 만남과 못한 인연이 어디 길과 물뿐인가.

길들의 궁극적 목적지가 어디인가에 대해서는 아직도 확연하게 밝혀진 바가 없다. 사람의 몸에 혈 자리가 있듯 땅에도 경혈과 기혈이 있어 방방곡곡 요소요소에 모이고 흩어지는 거점이 있다는 말도 있고, 중원 어디쯤 결집 장소가 있어 길이란 길이 모두 그곳을 향해 모여들고 있다는 소문도 있다. 길들이 모이고 흩어지는 사통팔달의 중심축에 마을이나 도시가 생겨나기도 하는데, 산 넘고 물 건너 마침내 입성한 길들을 위해 예의 바른 인간들은 건장한 나무를 도열시키고 기다란 덧옷을 입혀주며 환대하기도 한다고 한다.

꿈과 욕망을 뒤섞고 본질과 수단을 왜곡시키는 도시. 도시에 오면 야성은 말살되고 감성은 거세된다. 살아 숨쉬는 것들의 생기를 탈취하여 휘황한 빛을 뿜어내는 도시의 마성에 길들 또한 수난을 면치 못한다. 타고난 유연성을 잃고 각지고 억세어져 가로세로로 뒤얽히거나 기괴하게 뒤틀린 채 비룡처럼 날아오르고 두더지처럼 땅속을 파고들기도 한다. 대도시 인근에는 비대해질 대로 비대해진 길들이 혈전에 막히고 동맥경화에 걸려 온갖 종류의 딱정벌레들에게 밤낮없이 뜯어 먹히는 광경이 심심찮게 목격된다. 타락한 길들이 도시와 내통하면 똬리를 틀고 주저앉아 분수없이 새끼를 싸지르기도 하는데, 젊고 모험심 있는 것들은 원심력을 이용해 도시를 빠져나가지만 병들고 고비늙은 것들은 옴짝달싹 못 하고 영양실조에 걸려 변두리 어디쯤을 비실거리다 고단한 일생을 마감하기도 하는 모양이다.

무엇 때문에 길들은 이 도시에 와서 죽는 것일까. 무엇이 그들을 이곳으로 오게끔 유인하고 또 추동하는 것일까. 꿈의 형해처럼 널브러져 있는 도시의 길들을 내려다보고 있자니 머릿속 길들마저 난마로 엉켜든다. 탄식 같기도 하고 그리움 같기도 한 길. 섬세한 잎맥 같고 고운 가르마 같던 옛길들은 다 어디로 가버렸을까. 알 수 없는 무언가에 홀려 엉겁결에 여기까지 달려왔지만, 지쳐 쓰러지기 전까지 그들 또한 알 수 없었으리라. 결승점에 월계관이 기다리고 있는 것은 아니라는 것을. 길도 강도, 삶도 사랑도, 한갓 시간의 궤적일 뿐임을.

불뱀 한 마리 검은 강을 건너 구부러진 등뼈로 강변을 휘돈다. 일렁이는 빛의 꽃가루 사이로 기신기신 고개를 오르는 꽃뱀. 길이 헐떡인다. 퇴화된 근육이, 실핏줄이 쿨럭인다. 끊어졌다 이어졌다 위태롭게 깜박인다. 너무 빨리 내달리는 대신 꽃도 보고 별도 볼 걸, 오르막과 내리막을 더 천천히 즐길 걸, 키 작은 풀과 집 없는 달팽이에게 조금 더 친절을 베풀어 줄 걸, 그런 후회를 하고 있을까.

달동네 가풀막에 길 한 마리 엎드려 운다. 승천하는 길을 위한 조등 하나, 하늘가 별자리로 나지막이 걸린다.

마음

마음은 애벌레다. 몸 안 깊숙이 숨어 살면서 수시로 몸 밖을 기웃거리는 그는 목구멍 안쪽, 뱃구레 어딘가에 기척 없이 잠적해 있다가 때 없이 몸 밖으로 기어 나온다. 마주 잡은 손에, 더운밥 한 그릇에, 시골서 부쳐온 고구마 박스에 슬그머니 따라붙기도 하고 돌아앉은 어깨에, 황황한 옷자락에 쓸쓸히 내려앉기도 한다. 물처럼 흐르고 불처럼 타오르고 총알처럼 날아가 누군가의 심장에 박히기도 하는 마음은 저희끼리 작당해 꿈틀꿈틀 길을 내거나 은밀하게 고치를 짓고 활자 속에 웅크려 들기도 한다. 고이고 흐르고 출렁이고 쏟아지고 뜨겁게 끓어올랐다 차갑게 식기도 하는 마음, 열 길 물속은 알아도 한 길 사람 속은 모른다는 말은 마음이 보이지 않는다는 뜻이나 반은 맞고 반은 틀리다. 마음도 보인다. 감추어도 삐죽 드러나는 꼬리처럼 종국에는 기어이 발각되고 만다.

마음은 바이러스다. 마음과 바이러스는 공통점이 많다. 사람과 사람 사이를 매개한다는 점, 살아 숨쉬는 생명체에 서식한다는 점, 독자적인 생명력은 없어도 증식하고 복제하고 숙주에 의한 변이가 다양하다는 점 등이 그렇다. 함께 먹고 함께 호흡하는 밀착 관계일수록 더 빨리 감염되고 더 자주 전이된다. 둘 다 육안으로 확인할 순 없지만, 존재를 의심하는 사람은 없다. 핵산과 단백질 껍데기가 결합해야 생명체로 작동하는 바이러스처럼 몸과 마음이 분열되지 않아야 온전한 인격체로 행세할 수 있다. 정체를 알아도 정체불명인 바이러스처럼 내 안에 살면서 내 맘대로 안 되는 것도 마음 아니던가. 마음을 매어두는 고삐도 마음이요 마음을 움직이는 지렛대도 마음이지만 마음만큼 마음대로 다스려지지 않는 게 없다.

마음은 길치다. 풀어놓으면 방향을 잃고 어찌할 줄 몰라 한다. 마음에는 말뚝이 있어야 한다. 몸이 묶이면 구속을 느끼지만, 마음은 묶여야 자유를 느낀다. 마음이 묶일 가장 좋은 말뚝은 결국 누군가의 몸일지도 모른다.

외다리 성자

인간의 다리는 한 쌍, 길짐승은 두 쌍, 곤충은 세 쌍, 거미는 네 쌍, 새우는 다섯 쌍이다. 가장 많은 다리를 가진 지네는 15쌍에서 21쌍, 170쌍의 다리를 가진 것도 발견되었다 한다.

생물의 다리 숫자와 진화 사이에 어떤 함수관계가 있는지 모르지만 인간이 짐승보다 한 수 위라면 다리 수가 적을수록 윗길이랄 수 있을까. 직립보행을 하면서부터 후각보다 시각이 발달하게 된 인간은 시야를 넓게 확보함으로써 뇌의 진화를 가속화해 왔다. 그렇다면 왜 외다리는 없을까. 인간보다 더 진화된 생명체가 있다면 그는 혹 외다리 아닐까?

외다리 생명체가 존재한다 해도 직립은 할 수 있겠지만 보행은 불가능할 것 같다. 사실 직립도 쉽지는 않다. 물가의 왜가리도, 땅 위의 인간도 외다리로 오래 버티지는 못한다. 오직 나무들만 외다리로 버틴다. 직립은 해도 보행은 못 하기에 동(動)이 아니고 식(植)물이지만 나무야말로 어쩌면 태생적 지존(至尊)이며 인간보다 존엄한 신성(神聖)의 상형문자 아닐까.

누군가 그랬다. 사람이 도를 닦으면 짐승이 되고 더 닦으면 나무가 된다고. 안으로 안으로 나이를 먹고 늙을수록 더 아름다운 나무, 남의 목숨 뺏지 않고 제 벌어 제 먹으며 남는 것을 보시할 줄 아는 나무, 직립인간의 몸무게를 온몸으로 떠받치다 다리가 부러지고 관절이 어긋나 삐걱삐걱 소리 죽여 울기도 하는 나무는 발부리가 찍혀 순교를 당하고도 순결한 제 살갗에 우리의 영혼을 받아 적는다. 일생 한뎃잠을 잔 몸으로 안방에 누운 중생들의 잠자리를 따뜻하게 덥혀주기도 하는 나무는 천수단각(千手單脚)의 성자이며 천수관음 같은 존재들이다.

일체의 수사(修辭)를 걷어낸 문장처럼 엄혹하게 서 있는 겨울 나무 사이를 천천히 걷는다. 살을 에는 칼바람에 흔들리면서도 적막의 깊이를 견디는 나무들. 삶이란 오직 견디는 일이라고, 추위도 외로움도 온몸으로 관통해내야 한다고, 허리가 휘어지고 어깨가 틀어진 채 아슬아슬 균형을 잡고 서 있는 나무들이 입선(立禪)의 경지에 든 선사들 같다.

수묵 빛 어스름이 배어 나오는 나무 사이를 걸으며 성자가 아닌 중생인 나는 나무가 외다리인 것이 얼마나 다행인가 하는 따위의 얕은 생각이나 주워 올리고 있다. 다리가 둘이거나 넷이었다면 어둡고 추운 산속에서 진즉 마을로 내려와 버렸거나 떼 지어 쏘다니며 온갖 횡포를 일삼을지도 모른다. 천 개의 팔로 물건을 훔치고 품 안에 숨겨 온 사과탄을 터뜨리며 인정머리 없는 인간들을 타도하려 수시로 광화문광장에 집결할지도 모른다. 외다리 발목마저 땅속에 묻고서야 나무는 성자처럼 평온해졌을 것이다. 땅에 뿌리를 묻고 서 있는 것들에게만 주어지는 신성의 기품, 나무 곁에 있으면 편안해지는 이유다. 사람(人) 곁에 나무(木)가 함께 있어야 쉼(休) 아닌가. 눈이 욕망의 단초라지만 욕망의 본체는 다리일지도 모르겠다.

함흥냉면 평양냉면

연애 시절엔 할 말이 참 많았다. 몇 시간씩 마주 보다 돌아서 와도 말들은 새순처럼 자꾸 돋았다. 다음 날에도 또 다음 날에도 말들은 계속 새끼를 쳤다. 사랑을 하면 무슨 호르몬인가가 활성화되어 미분화된 말들을 부화시켜내는가. 한 번도 연습해 본 적 없는 낯간지러운 말들까지 뜬금없이 튕겨져 나오곤 했다. 숨은 말들이 만남을 충동질했다. 뜨겁게 엉겨 붙으려 안달하는 짝 말들을 결속시키기 위해 결혼이라는 모험을 하는 건지도 모른다.

한집에 살고부터 말들이 차츰 심드렁해졌다. 화사하고 컬러풀한 추상어들은 숨고 덤덤한 모노톤의 일상어들만 오갔다. 당도도 접착력도 떨어진 말들이 냉탕 온탕을 들락거리다 타시

락타시락하는 날도 있었다. 허리를 굽힐 줄도 고개를 숙일 줄도 몰랐던 숙맥 부부는 몸속 가장 낮은 곳에 웅크린 미안하다는 말을 끄잡아 올리지 못해 툰드라의 냉기 속을 서성이기도 하였다. 과단성이 독단, 과묵이 무뚝뚝함의 다른 얼굴이었음을 실감하는 데도 오랜 시간이 필요치 않았다.

아이들이 태어나자 말들이 다시 화창해졌다. 말갛고 순한 유기농 말들이 첫물 딸기처럼 상큼하고 달았다. 바깥세상 원심력에 휘청거리는 가장을 일찍일찍 안으로 불러들이고 데면데면한 고부 사이를 진득하게 밀착시키기도 했다. 조촐하고 따뜻한 밥상머리에서 말들은 더 신명이 났다. 오색 빛가루로 흩뿌려지며 쿵작쿵작 왈츠를 추거나 경쾌한 리듬으로 핑퐁핑퐁, 아무 말 대잔치를 벌이기도 했다. 오거리 함흥냉면집 새큼달큼한 회냉면처럼 찰지고 쫄깃한 이야기들이 진진하게 이어지던, 돌아보니 그때가 호시절이었다.

사람과 사람을 이어붙이는 말. 말의 주성분은 탄수화물이다. 이 무슨 터무니없고 얼토당토않은 헛소리냐고, 코웃음을 쳐도 물러서지 않겠다. 두 딸과 두 손자를 키워낸 여자가 경험으로 체득한 '알쓸신잡'이니. 탈무드에 의하면 신은 아기가 태어나기 전, 자궁으로 천사를 내려보내 알아야 할 모든 지혜를 가르친다고 한다. 그러고는 출산 직전, 신성한 비밀을 모두 잊으라는 의미로 윗입술 가운데에 손가락을 얹고 쉿! 하며 세로로 골을 긋는데 그것이 인중(人中)이라는 것이다. 밥알 속 탄수화물이 천사의 손가락을 밀쳐낼 힘을 주는 것일까. 아니면 밥알이 말 알인 건가. 아이들이 말 구슬을 꿰기 시작하는 건 밥알을 삼키기 시작하면서부터다. 모유나 우유만 먹을 때는 의미 없는 옹알이밖에 발성해내지 못한다. 이가 나고 밥알을 떠 넣어야 말에도 머리와 꼬리가 생기고 마디와 외골격이 갖추어진다. 원시 무기물이 유기체적 활력을 얻어 미세하게 움직거리듯 알에서 깨어난 말의 유충들이 젖은 날개를 펴고 궁싯궁싯 날아오르기 시작하는 것이다. 밥알의 진기(津氣)가 생각을 이어붙이고 정보를 저장하게도 하는 것인지 제아무리 머리가 좋은 천재도 젖만 먹던 시절은 기억해내지 못한다. 기억의 화소(畵素)는 언어일 것이어서 언어로 치환되지 못한 시간은 복원되지도 번역되지도 못하는 것 같다. 일생 밥을 먹고 말을 주워섬기다가 돌아갈 날이 가까우면 곡기부터 끊는다. 곡기가 끊어지면 입도 닫힌다.

세상의 주인은 애초부터 말 아니었을까. 발도 날개도 없는 말이 인간의 몸 안에 똬리를 틀고 숙주를 장악하고 이리저리 내몰면서 분열과 화합을 책동하는 것 아닐까. 연애도 정치도, 화해도 협상도, 알고 보면 말의 조홧속이다. 말이 통하면 '로켓

맨'과 '늙다리 망령'도 친구가 되고 말이 막히면 한 침상에서 일어난 부부도 남남이나 진배없어진다. 세상이 갈수록 시끄러워지는 것도 온라인 오프라인 종횡무진 오가며 힘겨루기와 판가르기를 일삼는 말들의 불온한 지배욕 때문이다. 거칠고 탁하고 온기 없는 말들, 도발적이고 전투적인 말들이 기 싸움 살바싸움으로 내 편 네 편을 가르며 평화를 잠식하고 불안을 유포한다. 은밀하게 서식하며 호시탐탐 바깥을 넘보는 숨은 말 떼들을 조련하고 다스려내는 일이야말로 말을 품고 말을 버리며 살아내는 인간들에게 부과된 책무, 아니 소명 아닐까. 내장된 말들이 투명한 날벌레로 다 날아올라야 방전된 배터리처럼 이윽고 고요해지는, 그것이 우리네 육신일지 모른다.

아이들이 다 자라 출가를 하고 나니 다시 덩그러니 둘만 남았다. 말들도 딸들을 따라 나갔는지 둘만 남은 집이 적막하고 쓸쓸하다. 버터를 바를 줄도, MSG를 칠 줄도 모르고 본새 없이 늙어 버린 부부의 식탁도 밍밍하기 그지없다. 시계추처럼 뚝딱뚝딱, 무심하게 오가는 숟가락질이 민망해 애써 말을 지어 건네기도 한다. 찰기 없고 무미한 평양냉면처럼 말 가닥이 툭툭 끊어져 내린다. 한때 그리도 성하던 말들은 다 어디로 가 버렸을까. 전쟁이 평화를 위한 것이듯 말의 궁극도 침묵인 건

가. 끊어진 면발 같은 진눈깨비가 창밖으로 성글게 빗금을 긋는 오후, 재잘거리는 초록빛 혀를 다 떨쳐낸 겨울나무들이 시린 바람 속에서 묵언 정진을 하고 있다.

새와 실존

산비둘기 한 마리가 베란다 난간에서 연신 고개를 갸웃거리고 있다. 아침마다 화분에 물을 주면서 땅콩 몇 알을 접시에 놓아두었던 것인데 다른 놈들은 오지 않고 이 녀석만 온다. '새대가리'가 사람 머리보다 기억력이 나은 건가? 내가 깜박 준비를 못 했을 때도 잊지 않고 찾아와 난간을 서성댄다. 유리창을 사이에 두고 새가 브런치를 즐기는 동안 나도 천천히 차 한 잔을 마신다.

새들에게는 역사가 없다. 물고기도 그렇다. 새나 물고기가 종적을 남기지 못하는 것은 부리나 주둥이로 길을 내며 다니기 때문이다. 목구멍을 전방에 배치하고 온몸으로 밀고 다니는 것들은 대체로 족적을 남기지 못한다. 스스로를 먹여 살리기 위해 앞장서 달리는 입의 궤적을 지느러미나 깃털이 흩트려버리기 때문이다.

　누가 새들을 자유롭다 하는가. 하늘에는 새들이 걸터앉을 데가 없다. 목축일 샘 하나, 지친 죽지 하나 부려 둘 걸쇠가 없다. 새들에게 하늘은 놀이터가 아니다. 일터다. 망망한 일터를 헤매어 제 목숨뿐 아니라 주둥이 노란 새끼들의 목숨까지 건사해야 하는 새들은 녹두알 같은 눈알을 전조등 삼아 잿빛 건물 사이를 위태롭게 날며 기적처럼 끼니를 해결해야 한다. 마른 씨앗 한 알, 버러지 한 마리 놓치지 않고 적시에 부리를 내리꽂아야 한다.

　누가 새들을 가볍다 하는가. 날기 위해 뼛속까지 비운 게 아니라 뼛속까지 비웠기에 겨우 나는 것이다. 새들은 하늘에서 멈추어 쉴 수가 없다. 멈추어 쉬지 못하면 깊이는 생겨나지 않는다. 벌어먹기 위해서 살아온 사람의 행보가 별스러운 자취 없이 흩어져버리듯, '먹고사니즘'에 바쳐지는 시간들은 종적 없이 휘발되어버린다. 하지만 깊이가 무슨 소용인가. 한 끼 벌어 한 끼 먹는 목숨붙이들에게 중요한 것은 현존뿐. 제 몸뚱이 하나로 길을 뚫으며 실존과 분연히 마주하는 새들 앞에서 새대가리라는 말을 함부로 쓰면 안 된다.

식사를 마친 산비둘기가 회보랏빛 날개를 퍼덕거리며 토분 사이로 내려앉는다. 뭐 좀 더 주워 먹을 것이 없나 살피려는 듯 고개를 앞뒤로 주억거리더니 이내 훌쩍 날아오른다. 새는 뒤를 돌아보지 않는다. 누군가가 진설해 놓은 지상의 한 끼로 하루어치의 생존이 해결되었다 하여도 하루 벌어 하루 먹는 생명체들에게 과거의 밥은 무효일밖에 없다. 새를 날게 하는 동력도 지난 시간의 중력을 떨쳐버릴 수 있는 '새대가리'의 가벼움 덕분 아닐까.

새가 난다. 화살촉 같은 부리를 앞세우고 흐리고 막막한 도시 하늘로 두려움 없이 솟구쳐 오른다.

그림자의 질량

봄부터 가을까지, 내 아침은 새들이 물고 온다. 새들은 참 따뜻한 악기다. 깃털 속에 보드라운 바람을 품고 차고 맑은소리를 뱃구레에서 길어 올려 산 아랫마을로 증폭시켜 흩뿌린다. 어스름 허공에 씨앗을 파종하듯 짧은 스타카토를 점점이 뿌리거나 강약 강약이나 강약 중 강약 같은 리듬으로 다채로운 빛깔의 선율을 유포한다. 새가 길어내는 레몬빛 모음과 청량한 새벽 공기와 핸드드립으로 내린 블랙커피만으로도 뒤숭숭한 꿈자리가 기척 없이 휘발된다.

청회색 꽁지깃을 가진 새가 행길 위에 그림자를 떨구고 공원 쪽으로 날아 들어간다. 마른 씨앗을 삼키고 뱃속을 비우고 물

똥까지 싸질러내는 것도 모자라 목구멍 안쪽의 속울음까지 끼룩끼룩 긁어 뱉어 내버리고야 공중의 행보를 이어 붙이는 새들. 가슴근육과 용골돌기만으로 그림자까지 들어올리기엔 힘에 부치는지 새는 그렇게 햇빛 창연한 길바닥에 먹빛 한 점을 투하시키며 솟구치듯 허공을 가로질러 간다. 중력을 가진 물체가 양력을 얻으려면 체세포 안 어둠의 입자들을 낱낱이 스캔해 지모신의 면전에 반납해야만 하는가.

빈 가지들이 바람에 윙윙댄다. 봄부터 가을까지 햇빛을 사냥해 내내 저를 먹여 살린 이파리들을 나무들은 가을마다 야멸치게 떨쳐낸다. 나무도 가을엔 모둠발을 짚고 무한허공 어디로 솟구쳐 오르고 싶어지는가. 마지막 한 잎까지 훌훌 벗어던져도 발목에 밀착된 설피창이 그림자 하나 떨쳐버릴 수 없어 봄마다 다시 옷을 주워 입고 발가락이나 꼼지락거리며 한세월을 견디는가.

내 발치에도 수상한 먹 보자기 하나 엉겨 붙어 있다. 존재의 그늘인지, 영혼의 바닥짐인지, 느닷없는 돌개바람에 휩쓸리지 않도록 밀착 방어하는 호위무사인지, 발치 아래 잘팍 엎질러진 채 해 아래선 도무지 떨어져 나가질 않는다. 새들은 떨쳐낼 수 있어도 인간은 패대기치지 못하는 그것, 수묵 빛의 저 그늘 한 채를 중력이라 불러도 괜찮지 않을까. 빛깔도 소리도 냄새도 없는 실존의 버거운 중량 같은. 육신의 저 후미진 안쪽, 컴컴한 지층 갈피갈피에 들어찬 온갖 욕망의 현현(顯現)과도 같은.

광어와 도다리

오억 오천만 년 전, 세상은 일테면 장님들의 나라였다. 캄브리아 대폭발로 진화의 포문이 열리기 전까지, 느리고 평화로웠던 저 식물적 시대는 눈의 탄생이라는 지구적 사건으로 시나브로 종결되어 버린다. 세상이 움직이기 시작한 것이다. 빛을 이용해 시각을 가동시키기 시작한 동물들은 생명의 문법을 송두리째 흔들어 버렸다. 조용했던 행성이 먹고 먹히는 먹이사슬로 포식과 피식의 격전지가 되어갔다. 먹히지 않기 위해 외피를 강화하거나 지느러미를 발달시키고, 사냥을 위해 힘센 앞발과 송곳니를 장착하는 등 군비경쟁이 시작되었다. 공격과 방어, 양수겸장의 초병으로서 눈의 역할이 지대해졌다. 그때 켜진 빛 스위치는 그 뒤 한 번도 꺼지지 않았다.

그런 와중에 눈이 다섯 개나 달린 녀석도 생겨났다. 캄브리아 중기에 살던 오파비니아다. 둥그런 머리에 다섯 개의 눈을 앞이마에 둘, 뒤 양쪽에 둘, 나머지 한 개는 뒤쪽 중앙에 장착했다. 사각지대에 숨은 적군도 살피고 뒤에서 다가오는 첩자도 미리 알아채 공격할 수 있었으니 경쟁에서 얼마나 유리했을까. 남들이 인력거 타고 다니는 시대에 전조등과 사이드미러, 백미러까지 갖춘 첨단 람보르기니를 몰고 다니는 기분이었을 거다. 그런데도 이상하게 멸종해 버렸다. 세상은 그나마 공평해서 많이 가진 놈들이 유리한 것만은 아닌 모양이다.

그런가 하면 호메로스의 『오디세이아』에는 눈이 하나뿐인 키클로페스(Cyclopes)가 등장한다. 나무를 뽑아 이쑤시개로 사용하던 외눈박이 거인이지만 그 외눈마저 오디세우스의 창에 찔리고 만다. 『피터 팬』에 나오는 애꾸눈 선장 후크도 이야기 속에서만 용맹하다. 흔들리는 배 위에서 칼싸움을 하려면 외눈 하나만으로는 거리 조절이 안 되어 이길 확률이 높지 않았을 것이다. 눈 두 개, 콧구멍 두 개, 귀 두 개, 다리 두 개……. 돌쩌귀도 암수가 맞아야 하고 볼트와 너트, 열쇠와 자물쇠도 짝이 맞아야 제구실을 하니 두눈박이가 대세가 된 게 이상한 일은 아닐지도 모른다. 두 눈이라고 다 같은 두 눈은 아니겠지만.

목표를 향해 돌진해야 하는 맹수들은 눈 사이가 좁고 정면을 향한다. 맹금인 독수리도 부리부리한 두 눈이 가운데로 몰려 있다. 그런 반면에 잡아먹히지 않기 위해 주변을 끊임없이 두리번거려야 하는 초식동물들은 겁먹은 눈빛에 눈 사이가 멀다. 기다란 얼굴의 측면에 붙어 적들을 경계하기 좋게 되어 있다. 그래야 생존에 유리해서일 것이다. 인간의 눈은? 호랑이 사자보다, 심지어 개 고양이보다도 눈과 눈 사이, 미간이 붙어 있다. 시력으로 따지면 맹수뿐 아니라 어류나 조류에게도 못 미치지만 맹수보다 포악한 사냥꾼이란 뜻일까?

인간의 눈은 대상이 시야에서 20도 이상 벗어나면 고개를 돌려 움직이지 않는 한 물체를 명확히 볼 수 없게 되어 있다. 두 눈을 통해 들어오는 시각 정보를 하나로 융합하여 입체시를 완성하지만 보이는 대로가 아닌, 보고 싶은 것만 본다. 눈이 보는 게 아니라 뇌가 보는 셈인데 목이 협조하지 않으면 그조차 제대로 볼 수가 없다. 사람의 신체에서 목의 중요성은 머리통만큼이나 중요하다. 언젠가 나는 「남자는 머리 여자는 목」이라는 제목의 글을 쓴 적이 있는데 남존여비가 아니라 그 반대로, 머리는 목이 돌리는 대로 돌아간다는 뜻이었다. 머리는 깨져도 살 수 있지만 목에 칼이 들어오면 그대로 끝이다.

일생의 좌우명이 조화와 균형인 나는 앞뒤 옆을 돌아보느라 정작 정면에 집중하지 못할 때가 많다. 사냥감을 쫓는 사냥개처럼 전후좌우 돌아보지 않고 목표를 향해 매진해야 하는데도 이 눈치 저 사정에 휩쓸리다가 좌표를 잃고 허우적거리곤 한다. 사이드미러에 민감해 전진 속도가 느린데다 백미러는 잘 보지도 않아서 느닷없이 추돌을 당해 낭패를 보기도 하는 나, 오파비니아처럼 뒤통수에도 눈 하나 장착해 두었더라면 하는 생각을 해 보지만 뒷담화에 신경 쓰느라 오히려 더 터덕거렸을지도 모른다. 백미러는 사실 앞으로 나아가기 위해서 필요한 것인데 말이지.

좌고우면(左顧右眄)하느라 많은 것을 놓치고 산 인생이지만 이즈음엔 슬그머니 생각이 달라진다. 저밖에 사랑할 줄 모르는 인간에게 그래도 눈이 두 개인 이유는 좌고우면하라는 뜻 아닐까. 좌측을 돌아보고 우측도 곁눈질하며 먼 것 가까운 것 조절도 해야 치우침을 막고 균형을 잡아갈 수 있을 테니. 눈이 여럿이면 쓸데없는 정보가 많아 판단이 흐려져 정신이 맑기가 어려운 반면, 외눈박이는 독재자가 되거나 결국은 패하여 잡아먹히게 되니 두 눈으로 부지런히 좌고우면할밖에.

선거철이 코앞이어서 시끌시끌한 이즈음, 이상하게 주변에 외눈박이들이 늘고 있다. 광어처럼 좌측으로 치우쳐 있거나 도다리처럼 우측으로 몰려 있어 두눈박이이지만 한쪽 편향인

부류들이다. 문제는 다들 몸통과 한통속으로 파묻힌 목 때문에 제가 외눈박이인 줄을 모르고 제 시력이 멀쩡하다고 믿고 산다는 것이다. 내가 보는 세상, 내 눈에 보이는 세상이 정상일 거라 믿는 나, 나는 광어일까 도다리일까. 눈알 두 개, 안경알 두 개, 광어와 도다리를 분별해내는 쓰잘머리 없는 감식안까지, 진즉 멸종한 오파비니아 아닐까.

낙타 이야기

까진 무릎에 갈라진 구두를 신고, 털가죽이 벗겨진 엉덩이로 고고하게 걸어가는, '머리는 말 같고 눈은 양 같고 꼬리는 소 같고 걸음걸이는 학 같은' 동물. 낙타는, 사슴이 빌려 간 뿔을 기다리는 짐승이라는 시를 어디선가 읽은 기억이 있다. 그럴 법하다. 그렇듯 높고 쓸쓸한 면류관은 동물계의 성자인 낙타의 것이어야 마땅할 테니.

다른 동물들이 일제히 초원을 향해 뛸 때, 낙타는 등을 돌려 버려진 땅을 택했다. 약육강식이 생존의 문법인 세상, 힘의 논리로 평정되는 사바나가 싫었다. 사바나에서 살아남기 위해서는 저보다 힘센 포식자가 아닌 저보다 빠른 동료들과 경쟁을 해야 한다. 동료 하나를 희생시켜 가까스로 누리는 위태로운 평화, 풀잎에선 늘 피 냄새가 났다. 싸움이 싫고 싸울 줄 모르는 자들은 타자와의 경쟁보다 자신과의 대결을 택한다. 응원도 함성도 갈채도 없는 전투, 어떤 타자보다 더 큰 강적이 자신임을 알지만 그들은 기꺼이 그 길을 간다.

정착과 안주를 허하지 않는 땅, 산을 움직이고 풍경을 삼키는 모래폭풍 속을 낙타는 무심히 앞만 보며 걷는다. 금수의 왕 호랑이도, 달리기의 명수인 치타도 넘보지 못하는 땅. 사막에서는 낙타가 왕이다. 자신을 이기는 자가 세상을 이길 뿐, 영역 다툼도 서열 싸움도 없다. 눈을 뜨고 감듯 콧구멍을 여닫고 두 겹의 속눈썹으로 모래 먼지를 털어내며 생명의 숨소리를 거부하는 광야를 낙타는 천천히 위엄 있게 걷는다. 낙타는 말처럼 뛰지 않는다. 촐싹거리거나 두리번거리지 않고, 왁자하게 대오를 흐트러뜨리며 싸움터를 향해 돌진하지도 않는다. 태양과 맞장을 뜨는 위대한 종족답게 스스로의 한계에 도전하며 목적지이기를 사양하는 영토를 영혼의 속도로 가로질러 갈 뿐.

누구도 짐 지우지 않은 존재론적 고통을 걸머지고 고행을 자초하는 선사처럼, 낙타에게도 스스로 장착한 등짐이 있다. 짐

없는 낙타는 낙타가 아니다. 사나운 바다를 항해하는 배가 든든한 바닥짐으로 평형을 유지하듯, 광활한 모래 바다를 운항하는 낙타에게도 속도에 흔들리지 않고 삶의 보폭을 조절해주는 밸런스 추가 필요했을지 모른다. 등줄기에 실하게 쟁여 실은 참을 인(忍) 자 한 됫박으로 타는 목젖과 삐걱거리는 관절과 쓰라린 눈자위를 어르고 달래며, 낙타는 사막에서 삶을 통찰한다. 참아라. 견뎌라. 인내의 끝이 세상의 끝이다.

낙타가 그 많은 동물들 중에 오직 인간만을 태워주기로 한 것은 자기보다 불쌍한 짐승이 인간이라는 사실을 알아버렸기 때문이다. 사나운 뿔도 날카로운 이빨도 없이, 힘센 앞발도 탐스러운 갈기도 없이, 약은 잔꾀 하나로 왕 노릇 하다가 욕망의 늪에 빠져 죽고 마는, 천하에 어리석고 미련스러운 천둥벌거숭이들을 묵언 설법으로 제도하기 위해 겸허하게 무릎을 꿇고 잔등을 내밀어주는 것이다. 낙타에게도 인간에게도 삶이란 견디는 것, 갈증도 그리움도 시간의 상처도 삭히고 삼키고 견뎌야 하는 것이다. 타자의 죄를 지고 가는 늙은 성자처럼 저보다 더 고단한 중생 하나 잔등 위에 앉히고 낙타는 초연하게 걸어들어간다. 아득한 비현실의 현실 속으로.

야합(野合)

　천변에도 나름의 질서가 있다. 억새밭 가장자리엔 환삼덩굴이, 그 아래쪽엔 강아지풀과 냉이들이 군집해 있다. 냉이는 냉이끼리 질경이는 질경이끼리, 각자의 영역을 고수할 뿐 함부로 경계를 넘나들지 않는 것이 암묵적 약속 같은 게 있어 보였다.

　언제부터인지 질서가 깨졌다. 땅만 보고 기어가던 환삼덩굴이 슬금슬금 하늘을 넘보기 시작했다. 예민한 촉수를 허우적거리며 허공을 성큼 도발하더니 억새의 멱살을 냅다 낚아채 다짜고짜로 휘감기 시작했다. 단풍잎을 닮은 잎사귀에서 울긋불긋한 제 가을을 꿈꾸었을까. 억새도 싫지 않은 표정이었다.

아무럼, 세상은 혼자 사는 게 아니야. 얽히고설켜 더불어 사는 게지.

환삼덩굴은 단풍이 아니었다. 천하를 덮고 싶은 욕망이 소름처럼 돋아 있는 사이비(似而非)였다. 취한 억새들도 급기야 알아챘다. 휘청거리는 허리를 질끈 조여 주는 짜릿함도 잠시, 가시에 찔린 살이 따끔따끔 아파 왔다. 밤낮없이 옥죄고 흔들어대니 숨통이 턱턱 막히기도 했다. 앞줄 억새들이 시름시름 쓰러졌다. 덩굴들도 함께 주저앉았다.

파렴치와 탐욕의 은밀한 결탁, 야합의 끝은 '함께 죽기'였다.

두부 예찬

두부는 순하다. 뼈다귀도 발톱도, 간도 쓸개도 없다. 단호한 육면 안에 방심한 뱃살을 눌러앉히고 수더분한 매무시로 행인들을 호객한다. 시골 난장부터 대형 마트까지, 앉을 자리를 가리지 않지만 조심해서 받쳐 들지 않으면 금세 귀퉁이가 뭉개지고 으깨진다. 날렵하게 모서리를 세워 각 잡고 폼 잡아 봐야 언제 무너질지 모르는 위태로운 제국이 몸이라는 것을 스스로도 이미 알고 있는 눈치다.

생살을 갈라도 소리하지 않고 날카로운 칼금에도 피 한 방울 흘리지 않는다. 슴슴하면 슴슴한 대로, 얼큰하면 얼큰한 대로, 주연이든 조연이든 탓하지 않고 부드럽게 어우러지는 그는 어둠의 집에서 막 출소한 젊은이에게 숫눈 같은 육신을 송두리째 보시하기도 한다. 괜찮다고, 지난 일은 잊으라고, 저 또한 진즉 열탕 지옥을 견디고 환골탈태로 새로 얻은 몸이라고.

무미하고 덤덤한 두부가 세 살부터 여든까지, 부자나 가난한 자나 가리지 않는 음식이 된 것은 별스럽게 튀는 맛이 없어서일 것이다. 내세울 게 없기에 군림하는 대신 겸허하게 순응하고, 껍질이 벗겨지고 온몸이 으스러지는 가혹한 단근질을 견디어냈기에 무른 듯 단단할 수 있을 것이다. 뭉개지고 튀겨지고 시뻘겋게 졸여져 물기 다 빠진 짜글이가 되어도, 캄캄한 목구멍 너머로 저항 없이 순교해 뼈다귀도 발톱도 간도 쓸개도 되어 주는, 두부는 성자다. 진즉 열반한 목숨을 베풀어 피가 되고 살이 되고 영혼이 되어 주는, 고단한 중생들의 솔(soul) 푸드다.

거꾸로 가는 열차

익산 가는 KTX, 타고 보니 역방향이다. 눈은 앞을 바라보고 있지만 몸이 계속 뒷걸음질을 한다. 아니, 앞을 향해 달리고 있지만 눈이 뒤를 보는 형국인가. 첨엔 낯설고 어질어질했다. 하지만 이내 괜찮아졌다. 앞을 향해 가고는 있어도 뒤를 돌아봐야 이해가 되는, 사는 일도 어쩌면 역주행 아닌가. 인간이 한 치 앞을 내다볼 수 없는 것도 끊임없이 뒤를 보고 있어서일지 모른다.

'현재는 없다.' 누군가는 그렇게 말한다. '현재뿐이다.' 누구는 또 그렇게 말한다. 지나버린 시간을 과거로 뭉뚱그리고 오지 않는 시간을 미래로 떠밀어두는 사람들에게 현재란 찰나적 경계일 뿐이다. 찰나란 사전적으로 75분의 1초, 0.0013초 정도라 하니 우리가 느끼는 현재란 감촉하거나 인지할 수 없는, 추상적 개념에 불과할지 모른다. 현재는 없다고 말하는 사람이나 현재뿐이라 말하는 사람이나 현재를 만끽하긴 어려울 거란 이야기다.

현재의 부재가 현재의 의미를 과장하는가. 극단의 허무주의와 극단의 실존주의가 내통해서인가. 깨달은 자들은 저마다 현재에 집중하라고 한다. 'Carpe diem'이니 'now & here'니, 말이야 멋있고 그럴싸하지만 그게 어디 말처럼 쉬운가. 현재라는 지면(地面)은 겹겹의 시간이 중첩되고 퇴적된 과거라는 지층(地層)의 표층일 뿐이다. 켜켜이 밀려드는 내일이 오늘이 되어 어제로 끌어내려지고 또 다른 내일을 잡아당겨 한 뭉텅이의 과거로 휩쓸어 넣는다. 오지 않은 것들과 가버린 것들 사이에서 시간의 중력을 견디고 버티며 위태롭게 휘청거리는 아슬아슬한 실존, 그것이 '나, 지금, 여기'의 본모습인 것이다.

어느 날엔가 사막을 다녀온 친구가 말했다. 사막에는 역사가 없더라고. 삼박 사일을 달려가 겨우 우물 하나 보고 왔다고. 닭도, 달걀도, 사막은 전혀 모르는 것 같다고. 사막에 왜 역사가 없을까. 시간이 축적되지 않아서이다. 과거라는 이름의 집적이 없으면 삶은 순간의 산화(酸化)일 뿐, 자연도 인간도 시간과 밀당밀당 드잡이를 하면서 저마다의 서사성(敍事性)을 획득해간다. 오늘 우리를 살게 하는 것은 온갖 무지갯빛 내일이 아니라 시들고 뭉개진 어제들이란 말이다.

차창 밖으로 나무들이 스쳐간다. 스쳐간 나무들이 저만치 멀어진다. 돌이킬 수 없는 것들을 돌아보며 가야 하는 인간들에게 시간은 그렇게 풍경이 된다. 손을 뻗어 봐도 닿을 수 없는, 원경(遠景)으로 자꾸 멀어져가는. 예전에 나는 당연하게도 시간은 과거에서 미래로 흐른다 여겼다. 요즘은 아니다. 아니라 생각한다. 시간은 미래로부터 과거로 흘러든다. 꿈이 현실로 다가왔고 지금 여기에서 그때 거기를 뒤돌아보듯, 시간은 저 아득하고 광대무변한 우주의 끝자락에서 소리 없이 미끄러져 내려와 컴컴하고 불가사의한 발밑 구멍 속으로 시끄럽게 빨려들어 간다.

시간이 어디에서 어디로 흐르든, 아니면 제자리를 빙빙 돌든, 하긴 그게 무슨 상관이랴. 사람들은 시간에 마디를 정하고 애써 의미를 부여하면서 신의 보폭을 재려 하지만 삶에는 오직 하나의 시제뿐, 과거도 현재도 미래도 부질없다. 머리끝부터 발끝까지, 태어나 지금 이 순간까지, 내 몸에 축적된 시간만이, 현재완료 진행형의 실존만이 진실이다. 현재완료 진행형으로 가다가 과거완료로 불시 변환되어버리는, 그것이 우리네 일생 아닐까. 흔들거리고 덜커덩거리며 시간의 자기장이 미치지 못하는 무중력의 차원에까지 탈주해 가는, 역주행이 정주행인 이상한 여정(旅程), 그것이 지금 내가 몸 싣고 달리는 이 열차의 노정이고 좌표 아닐까.

물고 물리는 세상 이야기

모기란 놈은 왜 어리석게 사이렌 소리를 내며 공격을 하는 것일까. 경계경보 없이 단번에 공습하면 성공률이 훨씬 높을 텐데 말이다. 앵앵거리는 비행물체 때문에 기어이 한밤중에 불을 켜고 앉는다.

모깃소리는 모기만 하지 않다. 엔진을 가속시킬 때 발생하는 소음을 제어할 만큼은 기술력이 진보되지 않아서인가. 발사되는 로켓이 내는 굉음이 요란스레 어둠을 진동시킨다. 어쩌면 저들은 인간에게 경고하기 위해서가 아니라 제 안의 두려움을 극복하기 위해, 스스로 전투의지를 불태우기 위해 더 크게 소리 지르며 달려드는지 모른다. 어쨌거나 가상하다. 한 끼 식사를 위해 매번 그렇게 목숨을 건 모험을 감행하다니.

실체를 알 수 없는 대상에 막무가내로 도전해보는 용기는 사물을 분간하지 못할 만큼 퇴화되어버린 시력 덕택일 수도 있다. 실물 크기를 조망할 수 있다면 언감생심 인간을 공격해 끼니를 해결하려는 엄두 따위를 낼 수는 없을 테니까. 저들에게 인간은 혹 먹잇감이 아닌 거대한 추상에 가까운 존재 아닐까. 미지의 대기에 에워싸인 매혹적인 행성 같은 거 말이다. 그렇다 해도 가느다란 빨대로 잽싸게, 한 방울의 시료를 채취해가서 무엇에 쓰려 하는 것일까. 달에 발을 디딘 인간을 보며 같은 생각을 한 존재가 우주 어디엔가 있을지도 모르겠다.

신문뭉치를 거머쥐고 눈빛을 희번덕거리며 벽이며 천장을 두루 훑는다. 반쯤 열린 욕실 문을 닫고 커튼 주름 사이도 들썩거려본다. 새벽 두 시, 며칠 전에도 이때쯤 깨어 아침까지 잠을 설친 적이 있다. 진작 전기 모기채라도 장만해 둘걸. 경보는 요란해도 작전은 은밀한 녀석들과는 달리 인간이 개발한 그 신무기는 짜릿한 섬광과 통쾌한 파열음으로 각개격파의 성과를 즉각적으로 확인시킨다. 재래식 무기처럼 으깨진 몸뚱이나 낭자한 선혈로 승리의 쾌감을 격감시키지 않는 것도 탁월하다면 탁월한 장점이다.

나와 봐 이것들아. 비겁하게 숨지만 말고……. 반라 차림으로 방 안을 돌며 종이 몽둥이를 휘둘러대는 꼴이 내가 봐도 가관이다. 어둠 속에선 그리 존재감을 과시하던 녀석들이 어디로 숨었는지 기척이 없다. 적이 지치길 기다려 시간차 공격을 감행하는, 이일대로(以逸待勞)의 승전계를 쓰려는가? 그렇다면 나도 전략상 후퇴다. 불을 끄고 자는 척 누워 있으면 얼마 안 있어 다시 공격해 올 테니.

제아무리 간 큰 장수라 해도 침소에 적을 두고 눈붙일 순 없는 일, 죽은 척 숨을 죽이고 적의 반격을 기다리고 있자니 불청객이 뜻밖에 청객으로 바뀌어버린 이 기묘한 상황에 슬금슬금 더 열에 받친다. 밀림의 왕 사자가 새끼사슴을 공략할 때도 발소리를 죽여 접근하거늘, 하찮은 미물 주제에 인간의 침소를 허락 없이 드나드는 것도 모자라 맹렬한 전투의지로 결투 신청을 하다니. 하극상(下剋上)도 유분수지 괘씸하고 가소롭다.

오늘날 인류의 존립을 위협하는 주적은 맹수나 UFO, 궤도에서 떨어져 나온 소행성들이 아니다. 인간의 시력 한계를 벗어남으로써 물리적인 위협을 덜 받게 된 존재들, 해충이나 박테리아, 바이러스 같은 미물들이 인류에겐 훨씬 더 치명적이다. 위장 에너지로 연명해야 하는 생명체들은 좋든 싫든 다른 생명을 축내거나 해코지하며 살아야 한다. 먹고 먹히는 약육강식의 구조 안에서 대부분의 동물들은 잡아먹혀 죽는다. 천신만고 끝에 먹이 피라미드의 최상위포식자로 군림하게 된 인간만이 비교적 제 수명을 누리다 간다. 자기보다 힘센 동물들은 회귀 동물로 만들어 모조리 우리 안에 가두어 버리거나 영역 밖으로 추방해 버린 결과다. 지구 역사상 먹이사슬의 최상류 포식자는 반드시 멸종하였다는데 언젠가 인류가 멸종하게된다면 이런 미시적 존재들에 의해서 아닐까. 모기에 대한 내분노의 밑바닥에는 약육강식의 순차적 구조가 아닌 강육약식의 반역적 도발에 대한 영장류의 자존감과 위기의식이 작동되고 있을지도 모른다.

사이렌 소리가 다시 가까워온다. 약육강식이건 강육약식이건 내 알 바 아니라고, 세상은 다 그렇게 물고 물리며 돌고 도는 거라고, 어둠 속의 첩자가 왱왱거리며 돌격해온다. 무엇을 위해서건 목숨을 건다는 건 위대한 일이라고, 어떤 일에도 목숨을 걸어본 적 없는 겁쟁이에게 따끔하게 한 방 먹이고 싶어 일진일퇴하는 전사의 몸말을 화다닥 일어나 귀를 세우고 경청한다.

'산다는 건 일단 찔러 보는 거야. 되든 안 되든 원투 스트레이트로 눈 딱 감고 잽 한번 먹여보는 거라고……'

그대

그대라는 말, 참 좋다.

그 말이 거느리는 달빛 냄새가, 예스러움이 좋다.

그대라는 말은 눈부신 해 아래, 크고 높은 유리질 목청에 얹어 발음하면 풍미가 반쯤 스러져버린다. 낮고 깊게, 그윽하고 고즈넉하게, 되도록 그가 눈앞에 없고 어디 멀리 떨어져 있어 한 번도 제대로 마주하지 못했거나 마주 앉아 본 지 너무 오래여서 그림자조차 아른아른할 때, 간절한 기도의 마음을 얹어 속으로나 가만히 읊조려봐야 한다. 그래야 겨우 연보라 들꽃 같은, 멀리 가는 향기 같은, 말의 향취가 되살아난다.

달이 반쯤 차오르는 저녁, 저녁 바람 살랑이는 길을 걷다가 문득 저 차고 맑은 하늘, 가장 오래된 우체통 같은 달님을 잠시 잠깐 우러르게 될 때, 아아 그대, 그대여……라고, 입술이 아니고 마음으로, 탑돌이 하듯 가만가만 말의 둘레를 배회해 보라. 알싸하면서도 아련한 여운이 안으로 깊이 스미듯 번져 여릿여릿 실뿌리를 내고 갓맑은 움을 돋우기도 할 테니. 노을빛 같기도 하고 하늘빛 같기도 한, 달무리 같기도 하고 물안개 같기도 한, 그대의 그대가 아늑하고 아릿하게 차오를 테니.

그대 이름은 바람

1

　열흘 만에 다시 섬을 찾았다. 무엇을 찾아가고 있는 것일까. 비행기 안에서도 나는 내가 궁금했다. 반복되는 일상이 이유 없이 초조하고 권태로울 때, 사람에 부대끼고 관계에 넌더리나 어디론가 훌쩍 떠나고 싶을 때, 이 바다의 물결 소리가 홀연히 마음 갈피를 들추곤 했다. 모로 누워 뒤척이는 베갯머리에서 나는 환청처럼 파도 소리를 듣는다. 그럴지라도, 다시 섬을 찾은 이유가 바다 때문만은 아닐 것이다. 바다라면 구태여 비행기를 타지 않아도 두 시간이면 당도할 수 있다. 흩날리는 봄 꽃을 바라보다가, 나물을 무치고 접시를 헹구다가, 운전대에 앉아 신호를 기다리는 극히 짧은 순간에조차 벌노랑이와 반디지치, 뚜껑별꽃 같은 풀꽃들의 춤사위가 눈앞에 아른거리곤 했다. 구불텅한 돌담, 노랑과 연두가 몽환적으로 어우러진 들판, 헝클어진 바람에 볼이 찢긴 수선화도 슬로비디오처럼 눈앞을 스쳤다. 마음의 밑둥치를 잡고 흔드는 풍경 너머의 그것이 무엇일까. 질문을 받아주지도 대답을 건네주지도 않는 바다 앞에 나는 그저 멍하니 있다.

　사람에 따라서는 오장육부가 아닌 오장칠부로 태어나는 사람도 있는 것일까. 일상의 대지에 발붙이지 못하고 뜬구름 잡기를 즐기는 사람들에게는 물고기의 부레와 비슷한 유령기관 하나가 태생적으로 장착되어 있을지도 모른다. 정체불명의 물혹이나 바람 주머니 같은 것이 빗장뼈 아래 은닉되어 있거나 통상 삼억 개 정도라는 허파꽈리가 삼천 개쯤 더 있어 잔류산소가 한 됫박쯤 많거나.

　소유보다는 향유를, 지속적 가치보다는 소멸하는 것들의 무상함에 끌리는 저 태생적 유미주의자들은 마음 한구석에 나비 문신을 새겨 넣고 만 가닥 바람을 허공에 흩뿌리며 영혼의 정토를 헤매며 산다. 겨드랑이 밑에 날깃날깃한 조각보를 접어 넣고 때 없이 허공을 첨벙거리거나 중력과 부력의 평형이 어굿나 일쑤 넘어지고 고꾸라지면서도 일상의 층위를 뛰어넘는 존재의 심연을 자맥질하고 싶어 한다. 떠나라. 휘돌아라. 솟구쳐 올라라. 그대 안에 갇힌 짐승을 풀어놓아라. 그렇게 그대 또한 자유로워져라……. 정착을 거부하는 디아스포라들을 끊임없이 쏘삭이고 부추기는 동력. 바람이다. 내 안 어디에 바람 귀신이 산다.

태양계의 많고 많은 별들 가운데 오로지 이 행성에만 산다는 바람, 바람은 어디에서 시작되는가. 물은 본적지가 있고 출생지가 있고 목적지도 있으나 바람은 없다. 출발점도 거주지도 종착역도 없다. 그래서 늘 떠돌고 헤맨다. 가지를 흔들어 뿌리를 깨우고 꽃을 피워 씨앗을 떨구는 바람은 흔들고 할퀴고 떠밀고 어르며 때 없이 우리를 충동질한다. 탄소 기반 화합물에 들숨 날숨 들고나며 물질을 생명으로, 생명을 물질로 변환시키는 그는 정지된 물상에 생명의 기미를 업로드하고 숨탄것들의 생기를 삭제해 흙속에 가차 없이 다운로드하면서 은밀하게 또는 노골적으로 지구별의 풍경에 관여하고 간섭한다. 술에 취한 노숙자처럼 한 귀퉁이에 잠들어버렸다가 연둣빛 속잎을 살랑거리며 홀연히 환생하기도 하는 바람은 신이 이 행성에 개입하는 염력의 방편이거나 신이 구축한 세상을 흩뜨리는 악령의 날갯짓 같은 것 아닐까. 존재는 있으나 형체는 없는, 어디에나 있으나 아무 데에도 없는, 바람의 고삐를 잡고 싶었다. 얼레에 매인 연에게 모호한 꿈을 유포시키는 내 안의 회오리와 맞장뜨고 싶었다. 날렵하고 아름다운 바람의 지느러미로 자유롭게 헤엄쳐 다니고도 싶었다.

괴테가 『이탈리아 여행』을 쓸 수 있었던 것은 이탈리아 사람이 아니어서였듯 남태평양에 대해 인상적인 이야기를 쓸 수 있는 사람도 폴리네시안이 아닐 것이다. 사모아나 통가, 이스터섬에 한두 차례, 아니면 며칠밖에 머물지 못하고 돌아선 사람이 아쉬움과 그리움으로 그곳을 추억한다. 이 섬의 바람을 글로 쓰고 싶다고 했을 때, 현지 사람이 고요히 웃었다. 섬도 바다도 뭍 것들에게는 녹록지 않을 것이어서 섣불리 제 속을 드러내 보이지는 않을 거라는 말 대신 그는 덤덤히 한 마디를 보냈다.

"나는 바람이 싫어요……."

그가 바람을 싫어하는 이유가 내가 바람에 사로잡혀 버린, 바로 그 이유일지도 모르겠다. 종잡을 수 없이 변덕스럽고 방향성 없이 천방지축인 이 섬의 바람, 살랑대는 연인의 입김이었다가 난폭한 테러리스트의 발길질이기도 한, 때로는 애인

같고 때로는 폭군 같은 이 점령군은 크고 강한 것들을 내버려 두지 않는다. 저두평신(低頭平身)을 불문율 삼고 오체투지(五體投地)를 몸으로 익힌 바람은 애기달맞이나 눈패랭이, 잔개자리처럼 낮게 포복하는 부류들만 토착민으로 정착시킨다. 갯강활이나 백년초같이 두꺼운 잎줄기나 뾰족한 가시로 맞서는 무리들도 없진 않지만, 생존의 법칙은 어디서든 예외가 없는 법이어서 굴종하지 않으려면 더 억세져 풍파를 감내해야만 한다. 바람보다 먼저 엎드리거나 바람에 맞서 독해지거나.

바다가 섬을 물어뜯는다. 울룩불룩한 근육을 뒤틀며 허연 이빨로 으르렁거린다. 바다는 대지의 결 고운 맨살을 지치지 않고 욕망하지만 정작 대지가 치마를 걷는 것은 파도가 저만치 물러난 다음이다. 파도는 바다의 불수의근인가. 목줄 달린 짐승처럼 씨근덕거리며 섬을 통째로 삼킬 듯 날뛰다가 헛물만 켜다 돌아서는 바다. 갈망과 좌절이 되풀이되는 일진일퇴의 숨바꼭질로 파멸을 향해 치닫는 바다의 저 자학적 광기가 맹렬하게 나를 사로잡는다. 내 안 어디에 똬리를 틀고 호시탐탐 흔들어대는 수상한 기류도 원적지가 혹시 저 물속 아닐까. 함부로 격정을 분출하지 못하고 들끓는 열정을, 폭풍 같은 바람을 잠재우며 사는 사람은 안다. 하고 싶은 일을 할 수 없을 때 욕망은 본성을 폭파시키기도 한다는 것을. 술이 물로 된 불이라면 파도는 물로 된 바람이다. 분출되지 못한 내면의 응어리가 바다를 끝없이 출렁이게 한다.

사랑의 단계를 도약시키는 데 스킨십만큼 유효한 게 있을까. 단지 호사스러운 쉼표에 불과했던 섬이 정착의 욕구까지 불러일으킨 건 네 바퀴 대신 두 다리를 밀착해 속살을 더트고 다니면서부터였다. 예리하게 벼려진 마음 귀퉁이가 유순한 곡선에 둥글려지고 눈물처럼 애잔한 꽃들에 엎드려 입 맞추고 경배하게 되면서부터 섬과 나는 조금씩 동기화되었을 것이다. 섬에서 나는 나를 만난다. 몸 안에 살면서 몸 밖을 배회하는 내 영혼은 돌담을 넘나드는 섬의 바람을 닮았다. 수족관 안의 기포 발생기처럼 끊임없이 공기 방울을 뿜어 올리는 장치가 내 안 어디에도 장착되어 있었던가. 흔들리는 풀꽃, 요동치는 해안, 안개 낀 중산간 길을 걸으며 젊은 시절부터 내 안에 궁싯대던 한 줌의 광기 같은 소용돌이를 접한다. 바람을 품고 바람을 견디며 바람과 함께 사위어가는 목숨붙이들이, 자유와 부자유가 첨예하게 맞물리는 아슬아슬한 비상(飛上)의 몸짓이, 나는 한없이 애련하고 살갑다. 수백 개의 젖무덤을 드러내놓고 누운 여신의 관능에 취해 천 개의 바람이 만장처럼 펄럭이는 오름 위를 간세다리로 바장일 때마다 접신의 순간을 맞는 무녀처럼 황혜홀혜(恍兮惚兮)의 아득함에 빠져들곤 한다. 흐벅진 두부같이 은근하고 하염없는 굴곡에 기대어 느긋하게 몸을 눕히면 과거완료의 시간 속에 잠들어있던 휴화산 하나가 수줍게 융기하는 환영이 보인다. 살랑거리는 바람의 입술이 초록빛 살갗을 스칠 때마다 온몸의 세포가 오소소 일어서고 역치를 거스르는 생명의 기운이 발랄한 약동으로 솟아올라 낡은 몸을 벗고 신명을 입은 여인은 천 개의 바람으로 사정없이 나풀댄다. 미세한 떨림도 고함치듯 증폭해내는 바람의 주술을 잊지 못해 연거푸 섬을 찾는지도 모르겠다. 연보랏빛 갯무꽃이 나비 되어 날아오르는 봄날의 섬, 갓 출력된 바람이 투명한 치어 떼처럼 겨드랑이 사이로 날아오른다.

2

부웅부웅, 카톡 음이 울린다. 서울에 두고 온 첫돌박이 손녀의 동영상이다. '울퉁불퉁 멋진 몸매에 빨간 옷을 입고……' 통통한 장딴지가 리듬에 맞추어 신명나게 흔들린다. 노래가 나오면 울다가도 어깨를 흔들 만큼 유독 리듬에 민감한 아이는 2박자든 3박자든 음악에 맞추어 머리와 다리, 어깨와 눈썹까지 절도 있게 들썩여댄다. 생명체 안에 적재되어 있는 우주적 생기가 원초적 율동으로 발화되어 나오는, 그것이 신명이고 춤 아닌가. 생명은 파동, 진동하는 에너지다. 디지털 세상이 0과 1로 구축되어 있듯 생명체의 근본 메커니즘 또한 들숨 날숨 같은 동일성의 반복에 기반하는 것 같다. 음과 양의 전하들이 밀도 있게 포진된 육신의 곶(串)과 만(灣)이 필사적으로 육박하는, 저 은밀하고 리드미컬한 운동성이 형이하(形而下)의 물질로 창발 되어 나오는, 그것이 목숨의 시초(始初) 아닌가.

생명체는 기(氣)의 이합집산이어서 기가 모이면 생(生)하고 흩어지면 멸(滅)한다. 치밀한 물질로 이루어진 육신이 진동하는 전자의 전기적 진동 같은 파동과 에너지 결합체라면 살아 있음에 행하는 모든 행적이 바람의 변주와 다름없지 않을까. 단지 대자연의 기류 현상만이 아닌 사람들 사이의 소용돌이가 바람의 이름으로 통용되기도 하니. 파동과 파동이 만나 이루는 간섭무늬 같은 우리네 삶, 사는 일이란 결국 크고 작은 바람이 모이고 흩어지는 바람의 서사(敍事)일지도 모른다. 강한 파장이 약한 파장을 흡수 합병하거나 맥놀이 현상 같은 동조화로 물고 물리며 상호감응하는.

해는 아직 떠오르지 않고 수평선 쪽 하늘만 부옇게 흐려 있다. 안개의 휘장 저 너머에서는 천신(天神)과 해신(海神)이 밤마다 성스러운 밀회를 한다던가. 연일 만나고 헤어지면서도 하늘과 바다는 동틀 때까지 합방을 풀지 않는다. 뭍과 바다가 상극관계라면 하늘과 바다는 상생 관계. 걸출한 맞수가 내밀하게 뒤엉켜 진검승부 같은 운우지정을 나누면 새끼 해마 같은 물굽이들이 수평선 저 끝에서 고물고물 태어난다. 희고 푸른 갈기를 퍼덕이며 스크럼을 짜고 돌진하는 바다. 발정난 짐승처럼 막무가내로 달려드는 저 가련한 페가수스들은 기껏 섬의 밑동이나 핥을 뿐 물속의 바람으로, 울트라마린의 슬픔으로 가뭇없이 해체되어버린다. 생명의 원형질인 물과 바람은 천년만년 그렇게 뒤엉키고 철썩이며 우주의 리듬을, 푸른 벼랑을 연주한다. 바다-하늘. 하늘-대지, 대지-바다, 그것들이 함부로 몸을 섞어 바람과 파도, 구름과 비를 낳는다. 바람이 스며 파도가 되고 바람이 번져 구름이 된다. 내가 번져 네가 되고 네가 스며 내가 되는, 세상은 거대한 음양의 카오스인가. 우주가 광활한 혼음(混淫)의 현장 같다.

"섬사람들에게는 섬 멀미라는 게 있어요."
현무암 거친 발등 위로 패대기쳐지는 물살을 내려다보며 섬

사람이 말한다. 물과 바람이 살을 섞는 우레와 같은 해조음 때문에 잠자리가 평온하지 않다는 뜻인가. 바다 건너 육지에 안테나를 꽂고 파도 소리를 이명처럼 거느리고 사니 육신은 땅박혀 닻을 내려도 영혼은 돛배처럼 일렁이며 산다는 뜻인가. 흔들리는 물결 위에 위태롭게 떠 있는 섬, 어디 섬사람들뿐이겠는가. 도시의 삶이라고 다를 것이 없다. 애초 우리네 삶의 양태는 뭍보다는 섬의 속성을 닮았다. 멀리서 바라보면 나른하게 졸고 있는 듯 보여도 어느 하루 기실 바람 잘 날이 없다. 더 좋은 기후와 더 푸른 초지를 찾아 떠도는 유목민처럼 더 나은 일자리와 더 넓은 아파트를 찾아, 더 낮은 보증금과 덜 사악한 셋집을 찾아 두리번거려야 하는 도시인의 일상도 정착이 아닌 유랑에 가깝다. 나풀대는 마음을 눌러앉히고 천변만화의 파도와 싸우며 '지금, 여기'의 실존을 흔들흔들 지탱하는, 사람은, 생명은, 다 섬 아닌가. 바람을 품고 바람을 견디며 바람과 싸워 살아남아야 하는. 아니 차라리 바람일지도 모르겠다. 속절없이 일었다 가뭇없이 흩어지는. 존재가 아닌 존재의 궤적으로 가까스로 실존을 환기할밖에 없는.

거미

그는 마법사다. 빈손으로 암벽을 타고 맨발로 하늘을 걷는다. 털끝 하나 움직이지 않고도 날아다니는 것들을 무시로 포박한다. 마음만 먹으면 새둥주리보다 더 높이, 하늘 가장 가까운 첨탑에서 번지 점프를 할 수도 있다.

구석진 기둥이나 이파리 사이에 먹줄 하나 야물게 이겨 붙이는 일로 마법과도 같은 그의 그물 짜기는 시작된다. 무한 허공 한구석을 사각사각 도려내고 투명한 은실로 짜깁기해 걸어두는, 그는 타고난 설치미술가다. 나침반도 설계도도 필요치 않다. 자재나 연장을 지참하지도 않는다. 몸 안 진액을 몸 밖으로 방사하여 외가닥 길을 이어 붙이는 그는 길이란 본디 존재의 궤적, 사는 일 또한 허공에 길을 내는 아득한 노정이라는 것쯤,

일찌감치 알고 있는 눈치다.

하루살이 떼가 지나는 길목 어귀에서 그는 하늘을 올려다본다. 이파리와 가지 사이, 기둥과 벽 사이를 눈대중으로 어림해 보다가 아침 햇살 한 모숨과 저녁 달빛 한 자밤을 배 안 점액질에 고루 섞어 치대어 놓는다. 형이상의 질료로 형이하의 물상을 창조해낸다는 점에서 그의 집짓기는 예술에 가깝다. 소낙비와 우박에도 무너지지 않는 견실한 집을 지으려면 비껴 나는 왕잠자리의 하중이나 먹장구름의 난동 따위도 계산에 넣어야 한다.

스카프처럼 펄럭이는 집이 이윽고 완성이다. 낭창낭창, 숨쉬는 집이다. 강철보다 다섯 배는 강하고 나일론보다 백배는 질긴 이 마법의 그물은 어떤 가위로도 나뉘지 않고 어떤 바늘로도 봉합되지 않는다. 함부로 얕잡고 달려들었다가는 얼기설기한 피륙에 감겨 보쌈을 당하거나 송두리째 생포되어 곤욕을 치르기 일쑤다.

끈끈이풀이 묻지 않은 세로줄로만 그는 조심조심 골라 디딘다. 이제부터는 구석지에 옹송그리고 죽은 척 잠복해 있어야 한다. 힘센 앞발도, 날카로운 뿔도, 사나운 송곳니도 배당받지 못한 목숨붙이들에게 약육강식은 생존의 문법이 아니다. 내 목숨 보존코자 남의 목숨 공략하는 불한당 노릇도 아무나 할 수 있는 게 아니다. 살고 죽는 건 하늘의 뜻, 걸리면 먹고 안 걸리면 굶는다. 세상만사 어쩌면 운수소관 아니던가.

새소리와 달빛과 바람은 그냥 지나가라. 사소한 걱정도, 불온한 희망도, 밤새 증식하는 그리움도 연기처럼 빠져나가 버려라. 오로지 선잠 깬 잠자리 하나, 시건방진 말벌 하나, 술 취한 방아깨비 하나, 눈은 장식으로나 달고 다니는 겉멋 든 호랑나비 한두 녀석만 싱싱하게 걸려들라.

실수로 발이 빠진 밀잠자리며 사랑에 홀려 앞뒤 분간 못 하는 불나방들을 그는 쓸데없이 동정하지 않는다. 그런 것들까지 배려할 가슴이 없다는 것이 그에게는 차라리 다행스러운 일이다. 그의 신체 구조는 머리와 가슴이 따로따로인 여타 족속들과는 달리 머리와 가슴이 합체된 두흉부(頭胸部)라는 통합사령부로 진화되어 있다. 이성과 감정의 갈등 같은 사치스러운 소모전은 치르지 않아도 된다는 뜻이다. 실제, 만물의 영장이라 잘난체하는 어떤 동물은 불과 삼십 센티 상간의 머리와 가슴이 시시때때 다퉈대는 바람에 일생을 괴로움 속에 허우적거린다 하던가.

어둠이 슬어놓은 이슬방울들을 그가 조심스레 털어내고 있다. 찢어진 나방이 날개와 썩은 나뭇잎들도 말끔하게 걷어낸다. 남은 일은 기다림 뿐. 아무것도 하지 않고 때를 기다리는 것도 생명체의 중요한 행동양식이다. 그가 다시 모퉁이로 돌아간다. 집착도 욕망도 다 내려놓고 신의 가호를 축수해 보지만 우연에 기대는 삶이 어쩐지 불안하다.

아래채 녀석이 앞발을 구르며 무당벌레 한 마리를 도르르 말고 있다. 모처럼의 횡재에 신명이 난 모양이다. 공들여 그물을 짰다 하여 먹잇감이 몰려오는 게 아니듯, 오래 참고 기다린다 해서 상응하는 보상이 주어지는 건 아니다. 불공평과 불합리를 받아들일 때 사는 일이 더 수월할 것이거늘. 그가 골똘히 바닥에 엎드린다. 분꽃 씨앗 같은 몸통 위로 푸른 바람이 스쳐간다.

술과 차

술은 차게 마시고 차는 뜨겁게 마신다. 찬술은 가슴을 뜨겁게 데우고 뜨거운 차는 머리를 차갑게 식힌다. 술은 기분을 끌어올리고 차는 마음을 가라앉힌다. 집 나간 마음을 불러들여 마주 앉고 싶을 땐 조용히 앉아 차를 마시고, 응어리진 마음을 풀어헤쳐 숨통을 틔우고 싶을 땐 여럿이 어울려 술잔을 기울인다. 술과 차는 따르는 법도 다르다. 천차만주(淺茶滿酒), 술잔은 그득히 채워야 하고 찻잔은 얕게 따라야 한다.

술과 차는 섞이지 않는 친구, 둘 다 인생의 여백을 함께 해주고 소통을 거드는 역할을 한다는 점에서 비슷하게 사교적이지만 한 상에서 화친하기는 쉽지 않은 것 같다. 같은 꽃밭을 날아도 인사 한번 건네는 법 없이 데면데면한 벌과 나비처럼.

　술은 물로 된 불, 차는 불로 우려낸 물이다. 물과 불이 화합하지 않고는 제대로 된 맛을 우려낼 수 없는 차와는 달리, 술이 물이나 불을 만나면 이 맛도 저 맛도 아닌 맹탕이 되어버린다. 술에 취하면 물불을 못 가리지만, 물을 잘 가리고 불을 잘 다스려야 차향에 온전히 취할 수 있다.

외도의 추억

시(詩)도 공산품이라는 사실을 제작공정을 보고서야 알았다. 문화센터 한구석 큼큼한 가내공장에서 숙련된 도제와 견습공들이 시의 부품들을 조립하고 있었다. 누군가 앙상한 시의 뼈대를 내밀었다. 곰 인형이나 조각보를 마름하듯 깁고 꿰매고 잘라내고 덧붙이며 간간이 웃음과 농담도 섞으며 정성스레 매만지는 손길들이 골똘하고 따스했다.

시는 머릿속에서 튕겨 나오는 게 아니고 몸속 여기저기를 흘러 다니다가 손끝으로 감실감실 새어 나오거나 앞 문장의 끄트머리를 붙들고 절름절름 걸어 나오는 거라고, 스티치 위에 인두질을 하고 반짝이 가루를 도포하던 장인(匠人)이 말했다. 얼추 완성된 시제품 위에 그가 냉큼 새 라벨을 붙인다. 털도 안

뽑힌 살덩어리에서 비계를 발라내고 근육과 뼈가 엉긴 곳에 섬세한 칼끝을 찔러 넣으며 시의 긍경을 맞추어내는 솜씨가 포정해우(庖丁解牛)의 고사를 생각나게 하였다.

시가 하늘에서 뚝 떨어지거나 물속에서 고요히 부화되어 나오는 줄 알았던 나는 일순 살짝 맥이 풀렸다. 영혼도 팔 할은 남의 것, 시만 오롯이 순혈일 수는 없겠으나 산야초인 줄 알고 먹은 나물이 화학비료 주어 키운 하우스 작물임을 알아버린 것처럼 허탈하고 씁쓸했다. 시란 "아무도 돌보지 않는 고독에 바치는 것"*이라 했거늘, 고독도 돌봐줘야 시가 되는 모양이다.

엉겁결에 수필에 발을 들이고 몇 권의 책을 내는 동안 간간이 시를 흘끔거렸다. 아내와 아이들을 사랑하지만 첫사랑 소녀를 그리워하기도 하는 남자처럼 개인적 장르적 한계에 부딪힐 때마다 불쑥불쑥 시가 궁금해지곤 했다. 내 수필들을 읽은 시인 몇이 시로 갈아타라고 부추길 때도 어릴 적 꿈이 아슴아슴 살아났다. 나도 시인이 될 수 있을까. 해묵은 짝사랑에 불이 붙어 불쑥불쑥 월담을 꿈꾸기도 했다.

삼박 사일, 오박 육일 현관문을 굳게 걸어 잠그고 싶었다. 맘 가는 놈마다 모조리 붙잡고 밤낮없이 한 덩이로 엉겨 붙고 싶

—————
* 천양희, 「그때가 절정이다」 중에서.

었다. 오래 묵혀둔 불임의 자궁 뜨겁게 달구어 숨풍숨풍 새끼들을 싸지르고 싶었다. 감추어진 화냥기에 불 확 당겨줄 화끈한 놈 하나 어디 없을까, 허파에 바람 든 여인네처럼 들썽들썽 기웃대기도 했다. 잘빠진 새끼들 펑펑 쏟아내면 늙다리의 바람기도 용서받을 것 같았다.

이놈 저놈 함부로 집적거리다 겁도 없이 내질러놓은 사생아 같은 시편들. 향기도 없고 여운도 없었다. 에스프리는 더더욱 없었다. 시란 몸 안에 서식하는 물음표들을 말쑥한 느낌표로 뽑아 올리는 작업이겠으나 내 안에 유숙하는 질문과 회의들은 어둡고 컴컴한 구절양장 같은 산도(産道)를 날렵하게 빠져나오지 못하였다. 달도 차지 않은 미숙아를 낳느라 기를 쓰고 끙끙거리다 머리가 깨지고 꼬리가 잘리고 사지가 뒤엉킨 핏덩이들을 아무도 몰래 유기해 버리곤 했다.

어렵게 착상이 되었으나 빛도 보지 못하고 유산된 시의 유혼들이 밤마다 베갯머리를 어지럽혔다. 시도 아니고 산문도 아닌 글들, 이 맛도 저 맛도 못 내는 글들이 문서파일 여기저기에 어지럽게 나뒹굴었다. 일부종사가 어렵다기로 양다리를 꿈꾸다니. 더 이상 헤매다가는 돌아갈 길조차 잃고 말 것 같아 빛도 보지 못한 습작들을 어느 새벽 가차 없이 살처분해버렸다. 사십 년 짝사랑이 그렇게 멀어졌다. 내 충동적인 엽기행각으로 무참하게 살해당한 시들을 애도하듯 함박눈이 푹푹 쌓이고 있었다.

분업과 협업, 아웃소싱을 거쳐 생산된 시가 만족스러운지 견습공이 꾸벅 허리를 굽혔다. 주름진 얼굴에 번져나는 무구한 웃음이 좋아 보였다. 그러게, 사람아. 공산품이면 어떻고, 수예품이면 어떠냐. 돈 냄새만 좇아 정신없이 휘달리는 사람들 사이에서 아직도 말을 섬기고 영혼을 받드는 사람들이 문장의 늑골을 부러뜨리고 생각의 파편을 꿰맞추어 가며 산고를 치르고 있는데……. 시는 내 인생에 술 한 잔 사주지 않았지만 나는 시인들에게 맑은술 한 잔이라도 대접하고 싶었다. 시인(see-in)이 되고 싶어 줄기차게 제 안만 들여다보다가 시름시름 늙어버린 여자는 시를 안으로 모셔 들인 사람들과 그 저녁 뒷골목을 오래오래 서성였다.

모르는 시인에게

연이틀, 시집 한 권을 껴안고 뒹굴었다. 시를 전공하지 않은 독자를 무참히 제압하고 시의 위용을 훈계하는, 불친절한 시 편들에 사로잡혔다. 어찌어찌 이방의 타자에게 당도한 시인의 말들이 편편이 내게 질문을 퍼부었다. 시란 무엇인가. 무엇이 어야 하는가.

"한 대 얻어맞은 것 같은 글이 아니라면 읽을 필요가 있는 가?"라는, 엄혹한 방망이로 호시탐탐 나를 주저앉히던 작가는 카프카였다. 기껏 일상의 자지레한 일들에서 꼬투리를 집어내 는 시시한 글이나 쓰고 있지만, 모름지기 글이란 방망이여야 한다고, 방망이는 못 되어도 죽비 정도는 되어야 하지 않겠는가고 스스로를 자주 질타하곤 했다. 한계를 알아버린 지금이야 허황한 꿈은 진즉 접었지만 내 글이 층위에 못 미친다 해서 독자로서의 수준까지 타협한 것은 아니었다. 나는 나를 좌절시키는 글을, 그런 작가를 좋아한다.

"시는 춤이요, 산문은 산보"라 했던 이가 발레리였나. 춤이 산보보다 우위라는 뜻은 아니겠으나 어찌어찌 춤보다 산보를 먼저 익힌 내게 춤은 지금도 동경의 대상이다. '한 대 얻어맞은 것 같은'이라는 의미는 표현보다 의미에 방점을 둔 말이겠으나 언어를 버리면서도 언어를 벼려야 하는 것 또한 문학의 숙명이어서 이즈음의 나는 잘 벼려진 시어 쪽에서 더 자주 얻어맞는다. 얕은 언어의 유희가 아닌 깊은 성찰이 발굴해낸 어휘들, 자지레한 서사를 떨쳐버리고 삶의 요체 같은 언어의 흰 뼈만으로 드러내는 촌철살인의 통찰을 발골(拔骨)해내는 시인들이 내겐 늘 경이롭고 부럽다. 시인이 아닌 시 독자로서 그런 시편들을 소화해내는 일이 버겁기도 하지만 일상 저 너머로 나를 한 차원 들어 올리는 듯한 그런 시인이, 그런 시가 좋다.

언제부터인지 시들이 친절하고 다정해지기는 했다. 15초짜리 광고 카피도 스토리를 품어야 잘 팔리는 시대, 일상적 서사를 행갈이만 한 듯 산문 쪽으로 걸어 나온 시들이 즐비해져 눈으로만 읽어도 가슴 언저리에 쉬 도달하는, 만만한 시편들이 대중적 인기를 누리기도 한다. 소박한 시는 소박해서 좋고 따뜻한 시는 따뜻해서 좋지만, 개인적으로 나는 시의 행보가 거기까지만이라고는 생각하지 않는다. 시가 춤이라면 나는 그 춤이 장마당이나 마룻바닥의 막춤이 아닌, 중력에 저항하여 사뿐히 솟구쳐 오르는 무대 위의 발레이거나 한바탕 곡진한 살풀이이길 바란다. 잠든 세포를 화들짝 깨우는 부싯돌의 섬광이거나 머릿속을 사정없이 갈아엎는 독한 회오리이기를 바란다. 울림이나 위무를 넘어 내가 알지 못하는 세계, 모호하고 불확실한 경계 너머의 꿈속으로 사정없이 독자를 패대기쳐 놓는, 가슴 뛰는 매혹이기를 바란다.

단단한 외피를 두르고 오만한 적요 속에 기의를 가두고 있는 수상한 기표들, 이런저런 일들로 눈코 뜰 새 없는 와중에 그림자만으로 꽃의 빛깔을 짐작해보라고 채근하는 시들을 왜 나는 이리 오래 붙들고 있는 것일까. 일상 언어에 가해진 조직적 폭력이 시라 했던 야콥슨의 말대로, 입속의 말들을 전복하고 유린하는 의도된 불친절이 그래도 견딜 만했던 것은 삶을 오래 들여다본 사람들만이 비틀어낼 수 있는 문장의 밀도와 깊이 때문일 것이다. 모호하고 때로 난삽하기까지 한 시편들과 동화하는 일은 자음만으로 기록된 옛 히브리 문서들을 해독해 내는 일만큼 난해하기도 했지만 내가 왜 시를 일찌감치 포기할 수밖에 없었던가를 준열하게 상기시켜 주기도 했다. 하여, 문외의 독자로서, 만나본 적도, 목소리를 들어본 적도 없는, 그 또한 나처럼 변방의 글쟁이일지 모르는 한 시인의 시집에 대한 헌사를 이렇게 쓴다. 참으로 오랜만에 '나쁜 남자의 향기' 같은 시를 접할 수 있었노라고. 위무와 교감을 섬기는 다수의 동의를 얻지 못할지라도 끝끝내 매혹이어야 할 시의 한 당위 (當爲)를 오래오래 지켜 주시라고.

노래는 힘이 세다

　새를 날게 하는 건 날개가 아니다. 겨드랑이 밑의 용골돌기도 아니다. 날기 위해 뼛속까지 비워낸 새들이지만 소식(小食)과 다이어트가 비상(飛翔)의 동력은 아니다. 새들에게는 노래가 동력이다. 숲 가까운 집으로 이사한 덕분에 아침마다 온갖 새소리로 잠을 깨는 호사를 누리게 된 내가 어느 날 발견한 진실이 그렇다. 새가 그렇게 시끄러운 짐승인 줄을 예전엔 미처 알지 못했다. 새들은 날아가면서 노래를 빼낸다. 날아가는 새의 홀쭉한 배를 보았는가? 끼룩거리며 강을 건너는 철새들을 보았는가? 꿈틀거리는 버러지와 마른 씨앗을 소리로 치환하는 에너지 변환장치가 목울대 아래서 작동하고 있다.

겨울이 되니 거실 밖 공원에서 새소리가 들리지 않는다. 새들이 멀리 날지 않고 빈 나뭇가지에 모여 앉는 것은 뱃구레가 허기로 눌어붙어서가 아니다. 부리가 얼어 노래를 꺼내지 못해서이다. 꿈틀거리는 음표들을 경쾌하게 방출해내는 반동으로 하여 새들은 하늘 높이 솟구쳐 오른다.

노래는 가장 경쾌한 근육, 두랄루민보다 가벼운 질료다. 상여꾼의 노래가 망자의 넋을 날아 올리듯 노래를 다 토해낸 매미는 아래로 텅텅 떨어져 내린다. 뚱뚱한 옆집 여자의 스카프가 노래 교실을 다녀오는 길엔 유독 가볍게 나풀거리는 것도 무겁게 눌어붙은 일상의 울기(鬱氣)를 시원하게 방출해 버려서일 것이다. 새든, 매미든, 옆집 여자든, 중력을 거슬러 날아오르게 하는, 노래는 힘이 세다. 천사들이 찬송을 부르고 나팔을 부는 까닭도 날개가 아닌 노래의 힘으로 하늘을 날기 때문일 것이다.

바람이려나

자전거 탄 사람들이 둔치를 달린다.

울룩불룩 건강한 근육질들이 구불텅한 길을 휘감으며 멀어진다. 동그랗게 휘돌며 말아 올려진 길은 앞바퀴와 뒷바퀴 사이를 돌아 순식간에 다시 패대기쳐지지만 다가오는 길과 버려지는 길 사이에서 자전거는 경쾌하게 앞으로 나아간다. 앞바퀴가 말아쥔 길을 뒷바퀴가 풀어내는 동안 풍경은 안장 위의 인간을 관통해 삽시간의 황홀로 스치며 스러진다. 다가서듯 물러서 스러지는 것이 길이었는지 사람이었는지, 검불이었는지 바람이었는지, 자전거 탄 사람은 알지 못한다.

허벅지와 장딴지 근육을 유기적으로 연동하여 명주고름 같은 길을 말아쥐고 풀어내는 자전거의 행로는 심장과 머리를 작동시켜 외가닥 길을 이어 붙이는 글쓰기와 닮은 구석이 있다. 몸 안의 기(氣)를 몸 밖으로 방사하여 외줄기 길을 움직여 가는 것이나, 자체 동력만으로 밀고 나아가는 아날로그적 순정성에 있어서 그렇다. 자전거가 무릎관절과 발바닥을 회전시켜 페달을 돌리며 나아가는 길을 글쟁이는 팔목과 손가락을 접었다 폈다 하며 한 땀 한 땀 손바느질로 이어가는 것이 다르다면 좀 다르다 할까.

노동의 대가가 즉각적으로, 바람을 가르는 감각적 쾌락으로 보상되는 자전거에 비하면 오감으로 포착된 세상 풍경을 몸 안에서 정제하고 발효시켜서 향기로운 미학적 구조물로 숙성시켜 내놓아야 하는 글쓰기는 연비가 떨어지는 작업이기도 하다. 둘 다 몸을 쓰는 노역이지만 발의 노동은 근육으로 정직하게 올라붙는 데 반하여 손의 노동은 감각과 의식의 협업 없는 근면과 성실성만으로는 질료적 수월성을 담보하지 못한다. 장딴지와 발이 자전거 동력의 주체라면 손목과 손가락은 뇌의 하수에 불과해서일까.

수뇌부를 거치지 않고 곧바로 말초로 내닫는 말들, 편집되고 조율된 생각이 아닌 즉각적인 발상이나 어휘 같은 것들이 손가락 끝에 착착 달라붙기도 했던, 그런 시절이 내게도 있었다. 은빛 배때기를 황홀하게 뒤집으며 싱싱하게 팔딱이는 활어(活

語)를 포획해 만선의 깃발을 휘날리기도 했던. 그러나 이제 성글고 헐거워진 내 뜰채는 아무것도 건져 올리지 못하고 망망한 바다나 휘적거리다 쓸쓸히 돌아서 오는 날이 많아졌다. 길이 길을 밀고 나가듯 앞 문장이 뒤 문장을 이끌어오고 안내견이 시각장애인을 당겨가듯 멈추어 선 손가락들이 신들린 듯 막춤이라도 출 수 있다면.

강변북로 저편으로 붉은 해가 기운다. 강을 거슬러 걷고 있는 내 곁으로 한 무리의 라이더가 바람처럼 스친다. 내게 저들이 바람이듯이 나 또한 저들에겐 스치는 검불일 뿐. 걷고 걸어서, 달리고 달려서, 우리가 당도하는 궁극은 어디일까. 일생 아프게 관절을 부려 봐도 스쳐간 바람의 지느러미나 이따금 더듬어 보는 것 아닐까. 한시적 생명체를 관통하며 휘달려 스러지는 바람 같은 시간, 무시무종(無始無終)의 시간에게 모든 걸 반납하고 우리 또한 바람으로 배회하는 것 아닐까.

외로움이 사는 곳

어디에 숨어 있다 나타나는 걸까.

가끔 나는 그가 궁금했다. 몸 안에 유숙하는지 몸 밖에 서식하는지 그조차 도시 알 수가 없었다. 선천성 면역 결핍증 같은 것인가. 계절성 독감 같은 바이러스의 변종인가. 달빛처럼, 파파라치처럼, 은밀하게 감기고 엉겨붙을 때는 바깥세상 어디에서 감염되는가 싶다가, 존재의 심연을 휘적거리며 소용돌이치듯 일어설 때면 몸 안 깊숙한 어디쯤에 도사리고 있는 것 같기도 하였다.

붐비는 인사동 거리를 걷고, 황금빛 슈무커 한 잔을 쨍, 소리나게 부딪쳐보아도, 저물녘 강물을 옆구리에 끼고 올림픽대로를 끝까지 달려도, 끝내 그를 떨쳐낼 순 없었다. 왁자한 사람들 틈바구니에서조차 섬처럼 나를 유배시켜 놓는 그는 발각당할까 두려워서인지 숨소리조차 내지 않는다. 적인 듯 동지인 듯 아리송한 그에게 이제 나는 가끔 윙크를 보낸다. 적장의 애첩이 된 볼모 여인처럼 결국 그를 사랑하게 된 것일까.

엊저녁, 욕실에서 비누칠을 하다가 우연찮게 그의 은신처를 알아냈다. 무심코 돌아본 벽거울 속, 뭉게구름 화창한 등판 한가운데에 어스름한 그의 그림자가 보였다. 아무리 애를 써도 만져지지 않는 견갑골 등성이 아래 후미진 골짜기, 허리를 구부려도 어깨를 젖혀 봐도 내 손이 닿지 않는 비탈진 벼랑 외진 그늘막에, 출구를 찾지 못한 한 마리 짐승처럼 그곳에 내 외로움이 산다. 나 아닌 타자만이, 오직 그대만이 어루만져 줄 수 있는 한 조각 쓸쓸한 가려움이 산다.

뜨거운 얼음 이야기

초등학교 내내 내 성적표의 생활기록부에는 "말이 없고 온순하고 타의 모범이 되는……"이라는 문구가 빠지지 않았다. 일곱 형제 중 다섯째로, 존재감 없이 태어나서였을까. 의욕하고 도전하기보다는 순응하고 체념하는 일을 먼저 배운 나는 꾸어다 놓은 보릿자루처럼 한구석에 웅크리고 물러앉아 있는 일이 좋았다. 무엇을 사달라고 졸라본 기억도, 누구하고 다퉈본 기억도 없다. 따지거나 불평하기보다는 홀로 삭히며 눈물 짓던 아이, 세상을 바꾸려 하기보다 세상에 나를 맞추어버리던 '착한 아이 콤플렉스'는 어른이 되어서까지 내내, 내 발목을 잡았던 것 같다.

귓불 한 번 뚫어본 일도, 비키니 한번 입어본 일도 없이, 취해서 정신을 놓아본 적도, 배낭 메고 완행열차를 타 본 기억도 없이, 젊음은 훌쩍 지나가 버렸다. 일찌감치 애늙은이가 되어버린 내게 삶이란 꿈을 꾸고 그 꿈을 향해 온갖 노력을 경주하는 의욕의 대상이 아니었다. 내 뜻과 상관없이 주어진 인생, 대과(大過) 없이 완수해야 할 부역 같은 거였다. 일탈과 모험보다 인내와 타협을, 디오니소스적 도취보다 아폴론적 질서를 미덕으로 섬기며 편협하고 소심한 '범생이'로 살았다. 무미하고 단조로운 청춘이었다. 성공도 없었지만 시련 또한 크지 않았던 것은 실패할 만한 일은 도전조차 하지 않아서였을 것이다. 젊음의 푸르른 모퉁이를 청처짐하게 돌아 나와 오십이 다 돼서야 글쓰기를 시작했다. 그때까지도 나는 내 안 어딘가에 발현되지 못한 어떤 열정이, 뜨거움이 있음을 알아채지 못했다. 쓰면서 비로소 나를 발견했다. 규정되지 않은 열망과도 같은 불활성 에너지가, 나도 모르는 미량의 광기가 출구를 찾지 못한 짐승처럼 내 안 어디를 서성거리고 있음을.

쓰는 일은 창작활동이지만 과학적 발명보다는 인문적 발견에 가깝다. 세상에 없는 것을 새롭게 창조한다기보다는 기왕 있는 것들을 다르게 보고 나름의 해석을 덧붙여내는 일이다.

현상 이면의 본질을 톺아보고 돌아앉은 것들의 배후를 살피다 보면 잠들어 있던 사물들이 넌짓넌짓 말을 걸어오기도 하는데, 그런 개안(開眼)의 가장 큰 이득은 대상 안에 은닉되거나 중첩되어 있는 '나'를 만나고 발견하는 일이다. 본인도 몰랐던 자아정체성을, 내 안의 나를 접견하는 일보다 더 큰 각성이 어디 있는가. 강고하게 엉겨 붙어 있는 '나'의 정수(精髓)를 추출해 세상 바깥으로 드러내 보이는 일, 그렇게 안이 바깥을 낳고 바깥을 안으로 들이기도 하면서 조금은 공고해진 정체성으로 세상 속 좌표를 더듬어 찾는, 글쓰기가 내게는 그런 의미였을까.

'글리제 436b'라는 궤도 행성이 있다. 사자자리 어디엔가 위치한 그 행성은 무게가 자그마치 지구의 22배에 달하는, 물을 함유한 첫 외계 행성이다. 대기 온도는 400도가 넘지만, 다량의 물 무게가 갖는 중력 때문에 물이 표면에서 증발하는 대신 핵 쪽으로 끌려들어 불타는 얼음이 되어버린 별이다. 다가갈 수도, 가까워질 수도 없는 뜨거운 얼음, 이 모순되고 자가당착적인 별을 처음 알게 되던 날, 만나본 적 없는 별 생각에 진종일 가슴이 울렁거렸다. 외기를 뚫고 나오지 못해 안으로 응축되어 얼어버리고 만, 아이스-X라는 불타는 얼음별이 수백 광년 전생의 내 모습이려나. 아니면 혹, 같은 성운에서 떨어져 나온 먼지구름이 수억 바퀴를 구르고 굴러 저는 저 얼음별로 박히고 나는 어쩌다 숨결을 얻어 잠시 지구별을 배회하는 중일까. 내화된 욕망을 발산시키지 못한 채 수취인 불명의 편지나 끼적이며 헛되이 식어가는 존재의 저 쓸쓸함이라니.

코로나바이러스가 시작되기 전부터 내겐 거리두기가 습성화되어 있었다. 존재의 절대거리가 필요한 행성처럼 아무리 친한 사람이라도 내 안 깊은 곳에 들이질 못하고 불가근불가원(不可近不可遠)의 유격을 유지했다. 타고난 성향이었을까. 바닥짐이 모자란 선체처럼 내 안의 중량을 먼저 채워 밸러스트를 맞추고 싶은 균형감이었을까. 사람들과 종일 섞여 있어도 혼자만의 시간을 확보하지 못하면 마음의 안정이 찾아지지 않았다. 혼자 읽고 혼자 생각하며 내밀하게 쓸쓸함을 경작해 왔던 것 같다. 면벽을 하고 참선을 하진 않았지만 나는 누구인가, 어디서 왔고 어떻게 살아야 하는가 같은, 존재와 근원에 대한 질문에 사로잡혀 막막하게 터덕거린 시간이 길었다. 그런 방황과 탐색의 시간이 쓰는 일의 동력은 되어 주었을 것이나 시답잖은 문장 몇 줄 지어내느라 다감하고 호의적인 주위 사람들을 때 없이 외롭게도 했을 것이다.

언제부터인가 내 안의 얼음벽이 시나브로 녹아내리고 있음을 느낀다. 자체 중력이 약해져 내부 균열이 일어났거나 외부의 어떤 기운으로 하여 한 귀퉁이가 와해되고 있는지도 모르겠다. 반감기가 지난 방사성 물질처럼 몸피가 점점 줄어들다가 가뭇없이 소멸해 버릴 것도 같지만 껍데기만 남은 쭈그렁 이별이 되어도 그다지 쓸쓸하진 않을 것 같다. 내 안에는 내가 없고, 사는 일에는 정답이 없다는 사실을 지나온 시간이 가르쳐주었으니까. 시력이 약해지고 관절이 삐걱대고 기억력과 감수성이 예전 같진 않아도 지금이 인생에서 제일 젊다는 엉뚱한 착각이 다녀가기도 하니까. 사는 일이 존재와 존재의 맞물림 같은 관계의 역학이고 사이(間)의 일이라면 '나'란 어쩌면 타자와 타자 사이 교집합 안에서 한 점 좌표로 흐느적거리는 동사(動詞)일 뿐, 명징한 명사(名詞)는 아닐지도 모른다. 봄물처럼 녹아 흐르고 범종 소리처럼 퍼져나가며 들숨 날숨으로 스미고 물들다 지수화풍으로 흩어져가는, 그런 게 목숨의 문법일 터이므로.

그리움

전지를 갈아 끼워도 가지 않는 손목시계처럼 그는 그렇게 그녀라는 길 위에 멈추어 있다. 그녀와 관련된 모든 기억들이 그에게는 여전히 아프고 쓰리다. 진한 눈썹, 둥근 이마, 상큼하면서도 허스키한 탄산수 음색이 생각나 아직도 심장이 쿵, 떨어져 내린다 하였다. 이별의 모서리는 언제나 날카로워 돌아볼 때마다 마음이 베이지만 그녀라는 모퉁이를 통과하지 않고 우회하는 길을 알지 못한다 하였다.

한 사람을 그리워할 때 그의 공간은 시간 속으로 압축된다. 아니 확장된다. 공간을 함께 누릴 수 없는 이들에게는 시간만이 공존의 장소가 된다. 제 안의 허깨비에 끌려다니느라 한 발짝도 전진하지 못하는 시간, 그리움이란 부재가 존재를 물어뜯는 일이다. 부재하는 현존이고 현존하는 부재다. 태어나는 족족 새끼들을 삼켜버리는 신화 속 크로노스처럼 현재는 미래를 잡아먹고 과거는 현재를 끌어 내리지만, 시간의 지층을 뚫고 역습해오는 과거는 현재를 일거에 돌파하고 미래까지 인질로 붙잡아버린다.

그리움은 전신증후군이다. 살아있음의 감각을 통증으로 일깨워주는 풍크툼(punctum) 같은 그것은 기다림과 원망, 욕망과 체념의 착종 위에서 허열(虛熱)처럼 피고 지는 난폭한 열정이다. 손닿지 않는 몸속 어디, 감각세포와 신경줄을 이따금 교란하는 존재의 빗장뼈다. 실체는 링 밖으로 진즉 걸어 나갔는데 보이지 않는 그림자를 붙들고 헛되이 스파링 하는 새도 복서의 시끄러운 침묵이다.

기억과 상상 속을 종횡무진 오가며 그는 그녀의 부재를 견딘다. 어떤 대체재도 소용이 없다. 무명(無明)과 번뇌 속에 일어서다 주저앉다 그렇게 반생을 건너왔다 했다. 화분에 심어둔 꽃처럼 결박당한 시간들. 그립다는 말은 서럽다는 말과 이음동의어(異音同意語)일까. 돌아서는 어깨가 잎 진 나무 같았다. 이미 지난 시간들이 현재의 멱살을 쥐고 발목을 걸어 넘어뜨리는, 그리움은 존재 저편의 불수의근이다. 오직 인간만이 시간의 이빨 자국에 피를 흘리고 환상의 뱀에게 살이 뜯기어 나아가지 못하고 뒷걸음친다.

뚫는다

원추리 싹이 뾰족뾰족 돋는다. 작약 순도 붉게 솟아오른다. 얼었다 녹았다 밀당밀당하는 사이 봄은 기어코 당도해 있다. 무채색 겨울을 뚫고 솟구쳐 오르는 색채들의 저 명랑한 궐기(蹶起)! 봄은 도둑처럼, 게릴라처럼 온다.

낮게 포복하는 척 소리 없이 노란 축포를 쏘아 올리는 민들레밭을 지나 강둑으로 향한다. 나무들이 간밤에 재채기를 한 건가. 가지마다 봄꽃들이 팝콘처럼 터졌다. 초록 한 점 섞이지 않은 연분홍 벚꽃들이 가화(假花)처럼 비현실적이다. 봄이 여기 도래한 게 아니라 내가 어디 알 수 없는 꿈속, 몽유도원 같은 곳으로 순간이동을 한 것 같다.

나무는 나무대로, 풀은 풀대로, 생명의 환희를 타전하는 계절, 궁금하다. 여리고 연한 저 목숨들은 누구의 의지로 단단한 표층을 뚫고 나오는가. 어떤 기폭제나 점화장치 같은 것들이 숨어 있어 봄이면 봄마다 견고한 지구의 살갗을 뚫고, 거칠고 메마른 수피(樹皮)를 뚫고, 초록을 불쑥불쑥 일어서게 하는가.

구멍을 뚫고 터널을 뚫고 방어벽을 뚫고 오존층을 뚫고……. 뚫고 들어가거나 뚫고 나오는 힘에 의해 세상이 열리고 세계가 확장된다. 뚫는다는 것, 실은 그렇게 굉장한 사건이다. 어떻게 생판 모르던 남자의 눈빛이 여자의 눈동자를 뚫고 견고한 심장벽 안으로 진입해 들어가 영혼을 송두리째 흔들어 깨우는가. 어떻게 수억 정자들 중 하나가 치열한 경쟁을 뚫고 난자 벽을 뚫고 들어갔다가 세상 밖으로 합체되어 나오는가. 어떻게 하얀 쌀알 같은 앞니가 아기의 여린 잇몸을 뚫고 때가 되면 뾰조롬히 솟아오르는가. 컴컴한 목구멍을 거슬러 올라온 죽은 록 가수의 매캐한 목소리가 어떻게 살아 숨쉬는 내 몸을 고압 전류처럼 삽시간에 관통하여 어깨를 들썩이고 발장단을 치게 하는가.

뚫거나 뚫리거나. 무릇 생명의 역동성은 '뚫는다'는 이 은밀하고도 맹렬한 행위로부터 시시처처(時時處處) 발원하는 것 같다. 목숨의 안쪽에 감추어진 생명의 폭약이 저마다의 표피를 뚫고 생동하는 불기운으로 용솟음치는 계절, 올봄, 내 안을 뚫고 솟아나는 것이 반갑잖은 흰 머리카락들 말고 또 무엇이 있을까, 봄꽃 아래서 문득 춘수(春愁)에 젖는다.

우리 동네 이장님

숲 가까이 사는 덕에 새소리로 잠을 깨는 청복(清福)을 누린다. 직박구리, 어치, 멧비둘기, 장끼, 뻐꾸기, 곤줄박이, 딱따구리에 때까치 오목눈이까지, 계절 따라 온갖 새들이 찾아든다.

청아한 모음으로 귓속을 헹궈내며 아침을 맞는 일은 분에 넘치는 호사지만 만사가 그렇듯 다 좋은 건 아니다. 누워서 떡을 먹어도 떡고물이 눈으로 들어가는 법, 늦도록 뒤척이다 새벽녘에야 붙잡은 잠이 낭랑한 알람 소리에 달아나버려 잠귀 밝은 나는 만성피로를 달고 산다.

오늘은 정확히 4시 37분에 첫 신호가 울렸다. 뼤용뼤용뼤용뼤용……. 작은 구멍 안에 씨앗을 파종해 넣듯 청명한 스타카토로 어둠을 헤집는 새들. 몸속 어디에선가 발원해 연약한 부리로 길어 올리는 소리가 산 아랫마을을 다 장악하고 잠든 인간의 신경망까지 침투해 바이오리듬을 흩트려버린다. 소송도 이의신청도 불가한 소리의 소유권, 맹랑하다.

'일찍 일어나는 새가 벌레를 잡는다'라는 말이 있지만 나는 그 말을 믿지 않는다. '일찍 꿈틀거리는 벌레가 새에게 잡힌다'라고 한다면 그나마 수긍을 하겠지만 말이다. 기본적으로 나는 새가 일찍 지저귀는 것이 먹이 때문이라고는 생각하지 않는다. 배고프면 사실 목소리도 안 나온다. 어린아이도 배고파 우는 울음은 기운이 없지 않던가. 배고파서 깼다면 그리 낭랑하고 경쾌한 소리로 줄기차게 지절댈 수 없을 것이다. 소리가 얼마나 에너지를 축내는지, 소리로 밥 먹고 사는 사람은 알 것이다. 힘센 수사자가 어린 영양을 덮칠 때도 발소리를 죽여 가며 접근해야 하거늘 배고픈 사냥꾼이 잠에 취한 버러지를 포획하려고 그렇게 나팔 불며 행군할 리도 없고. '새가 운다'라는 표현도 애초 나는 달가워하지 않는다. 소리를 추동하는 동력이 슬픔이나 허기라면 그토록 쾌활하고 리드미컬하게, 생명의 양기가 스민 소리로 목청껏 탄주할 수는 없을 것이다. 뱃구레 가득 울음을 장전한 채 중력을 거슬러 솟구쳐 오르는 일이 어디 쉬운 일이겠는가.

BBC와 코넬 대학의 연구에 의하면 새소리는 소통의 방편, 종족 번식을 위한 구애의 세레나데라고 한다. 동틀 무렵에 산란을 하거나 생식력이 왕성해지는 새들이 경쟁자들에게 틈을 주지 않으려고 일찌감치 청혼가를 불러댄다는 것이다. 번식기의 수컷들에게는 건강의 증표로 활용하는 자기과시의 표식이기도 하여서 시쳇말로 '꼬시는' 소리라는 것이다. 몸속 어디에서 간질거리는 생의 충동이 합체의 욕구를 부추기는 것인지 어떤 소리는 엄청 교태스럽다.

적막한 새벽 홀로 깨어나 플래시 몹 같은 즉흥연주를 듣는 아침, 저들끼리야 청혼가이거나 말거나 내게는 새소리가 이장님 마이크다. 일어나, 일어나, 새날이 왔잖아……. 뻐꾹뻐꾹, 찌르찌르, 껑껑, 짹짹, 호로로 삐용삐용 구구……. 제각기 맡은 파트를 연주하며 잠에 취한 것들을 독려하는 새소리는 노동요이고 응원가이며 구석구석 빛나는 생의 찬가다. 소리의 우듬지에 닿기 위해 덩굴손들은 허공을 허우적거리고 담쟁이와 마삭줄, 칡넝쿨들도 허리를 비틀고 키 큰 나무들을 휘감아 오를 것이다. 잠에 취해 비몽사몽 가지를 흔드는 가문비나무 뒤에서 등 굽은 상수리나무도 움찔움찔 뒤꿈치를 들썩일 것이다.

2장

다시,
외로움에 대하여

하느님의 손도장

동네 미용실에 새 아가씨가 왔다. 배꼽티에 아슬아슬한 미니스커트, 검은 롱부츠 차림으로 좁은 미용실 안을 종횡무진 누빈다. 거기까지는 괜찮다. 피어싱을 한 배꼽 언저리에 달랑거리는 반짝이 액세서리가 자꾸 신경을 건드린다. 손님의 대부분이 여자인데다 나 또한 같은 여자이면서도 공연히 민망하고 곤혹스러워 의자에 앉자마자 질끈 눈을 감아버렸다.

눈을 감고 생각하니 좀 우습다. 배꼽이 어쨌다고, 왜 민망해하는가. 부끄러워 꼭꼭 숨겨두어야 할 만큼 무슨 죄라도 졌더란 말인가. 생각해 보니 인간의 신체에서 배꼽처럼 점잖은 구석도 없다. 웃지도 않고 소리 내지도 않고, 눈물을 흘리거나 게걸스레 음식을 삼키지도 않는다. 아프다고 칭얼대지도, 무엇이 그립다고 보채는 법도 없다. 옛 우물처럼, 분화구처럼, 배꼽은 그저 고요히 있다.

배꼽은 시원(始原)의 흉터, 임무가 종료된 과거완료의 매듭이다. 우리 생애 최초로 치러 낸, 서럽지도 않은 이별의 흔적이다. 빛바랜 유공훈장같이, 잊힌 먼 나라의 기념 배지같이, 꾀죄죄한 행색으로 물러있긴 하지만 그렇다 해서 배꼽을 그저 과거의 업적이나 우려먹는 퇴역 장군 정도로 치부하는 건 결례다. 배꼽 없는 배란 눈금 없는 저울과 같아서 상상만으로도 매가리가 없고, 배꼽을 중심으로 상반신 하반신을 구분하기도 하니 배꼽이야말로 사대육신의 복판에 찍힌 화룡점정의 방점이 아닌가. 배꼽이 해부학적으로 신체의 무게중심에 해당되는지 안되는지는 알 수 없지만, 심신의 정기가 모이고 흩어지는 단전(丹田)의 랜드마크로서 배꼽은 아직도 어엿한 현역이다.

배꼽은 살아있는 전설이다. 그것은 어느 한 시절, 한 생명체가 다른 생명체의 내부에 온전히 의존적으로 착생하여 존립하였음을 입증하는 유일무이한 증표다. 신체의 다른 어떤 기관도 한 개체와 다른 개체가 한 줄의 끈으로 긴밀하게 연결되어 있었음을 명쾌하게 설득하지 못한다. "신은 가시면서 배꼽 위에 어머니를 조금 남겨두고 가시었으니"라는 김승희 시인의 시구대로, 배꼽은 우리가 어느 날 하늘에서 뚝 떨어진 목숨이

거나 컨베이어벨트를 타고 줄줄이 생산된 물건이 아니라는 사실을 성스럽게 각인시킨다. 내 배꼽에서 어머니의 배꼽으로, 어머니의 배꼽에서 할머니의 배꼽으로…… 홀 맺힌 끄트머리를 조심조심 풀어 인연의 탯줄을 거슬러 오르면 생명의 원류에 도달할 수 있을까. 저 하늘 너머 우주의 배꼽까지 당도할 수 있을까. 최초의 어머니 이브에게도 배꼽이 있었는지 알 수는 없지만 배꼽은 어쩌면 생명 탄생과 성주괴공의 이치까지를 함구하고 있는 비밀스러운 입술일지도 모른다.

배꼽은 혐광성이다. 지갑 속 고액수표처럼, 화분 속 쥐며느리처럼, 배꼽은 햇빛을 좋아하지 않는다. 우리가 애써 숨기기도 전에 그것은 스스로 부끄럼을 타서 뱃살 깊숙이 숨어버렸다. 인간이 아닌 다른 포유류의 배꼽은 더 깊이 숨는다. 태어나 얼마 지나지 않아 피부 안으로 말려 들어가 버린 데다 직립보행이 아니다 보니 눈에 얼른 띄지도 않는다. 과일의 배꼽도 마찬가지다. 사과나 배 같은 과일의 배꼽은 꼭지의 반대편, 꽃받침이 붙어 있던 자리를 일컫는데 이 또한 블랙홀처럼 중심축 안으로 빨려 들어가 있다. 어느 봄날 꽃이 피었고, 암술과 수술이 가려운 데를 비벼댔고, 그리하여 닿은 자리가 부풀어 올랐음을, 시든 꽃자리가 수줍게 증언한다. 지나버린 사랑의 흔적이, 들키고 싶지 않은 지난 봄날의 정사(情事)가 부끄러워 배꼽은 그렇게 필사적으로 숨고 싶어 하는지도 모른다.

프랑스의 디자이너 루이 레아가 비키니를 처음 선보였던 2차 세계대전 이후까지, 배꼽을 노출시킨다는 것은 서구사회에서조차 상상할 수 없는 외설이었다. 전후의 미국영화에서조차 배꼽 노출은 가슴 노출보다 더 큰 이슈였다. 배꼽이 빛을 쏘이게 된 것이 생각보다 오랜 일은 아니라는 이야기다. 하지만 이제 배꼽은 저 능청스러운 인도 철학자 오쇼 라즈니쉬가 유쾌하게 능멸한 대로, 누워서 감자 먹을 때 찍어 먹을 소금이나 덜어두기 위한 곳은 아니다. 배꼽티에 배꼽 찌에 배꼽 성형까지, 젊은 여성들의 섹시 아이템으로 당당하게 등극해 버렸다. 배꼽의 반란, 아니 배꼽의 도발이다.

어깨에 내려앉은 내 머리카락을 미용사가 탁탁 소리 내며 털어낸다. 나는 가늘게 실눈을 뜨고 시들어 떨어진 꽃다리 같은 그네의 배꼽을 곁눈질한다. 한때 꽃이 피었다네, 한때 사랑이 있었다네 라고, 배꼽이 가만히 고백성사를 한다. 그 꽃의 이름은 남녀상열지화(男女相悅之花), 그러한즉 사람이란 남녀상열지과(男女相悅之果)란가.

미용실 창밖으로 무심히 오가는 사람들이 보인다. 몸 한가운데 해독 불능의 상형문자를 화인처럼 깊이 새겨두고도 아무렇지 않게 활보하는 사람들. 배꼽은 어쩌면 삼신할미가 볼기를 찰싹 쳐 세상 밖으로 내치는 순간, 간절한 마음으로 눌러 찍은 신의 마지막 무인(拇印) 같은 게 아닐까. 불신과 편견이 가득한 지상을 향해 떨어져 내리는, 털도 없고 비늘도 없고 사나운 뿔도, 날카로운 이빨도 갖추지 못한 천둥벌거숭이가 걱정스러워, 신은 그렇듯 복부 한가운데에 '㊇' 자나 '㊈' 자와 같은 보증의 손도장을 마침표 삼아 꾸욱, 누르셨을 것이다. '메이드 인 헤븐'에 불량품은 없을 터, 그대 이제 아시려는가. 꼭지 떨어진 낙과처럼 땅위를 구르는 우리 모두, 까다로운 검품 과정을 너끈히 통과해 낸 천상의 특제품들이라는 사실을.

문 (門)

골목 끄트머리, 육중한 대문이 가로막고 있다. 나무판을 물고 있는 돌쩌귀와 단호한 열쇠 구멍이 문 앞의 객을 긴장시킨다. 닫힌 문을 미는 데는 힘보다 용기가 필요하다. 누구를 만나 어떤 이야기를 주고받게 될지, 불안과 설렘 사이로 밭은기침이 새어 나온다.

벽이 공간을 분리하는 것이라면 분리된 공간을 이어주고 소통시키는 건 문이다. 소통과 단절, 열림과 닫힘의 양수겸장처럼 보이지만 문이란 기실 열기 위한 것이다. 벽에는 문이 있고 문은 벽에 있다. 이 단순하고 당연한 사실이 함의하는 사실은 그러나 그렇게 단순하지 않다. 얼핏 상반된 역할을 하고 있는 듯 보이는 문과 벽도 알고 보면 기실 한몸인 셈이다. 서로가 서로에게 품겨 있어 홀로는 존립할 수 없는 것들, 대립적인 것들이 상보적으로 짝을 이루어 굴러가는 세상이 우리가 사는 세계일지 모른다.

숨을 크게 들이쉬고 조심스럽게 문을 민다. 완강하게 버티고 선 문이 꿈쩍도 하지 않는다. 출타 중이신가. 어떤 기척도 들리지 않는다. 합의가 선행되지 않은 방문을 제어하는 역할 또한 문의 존재 이유일 것이다.

내 안의 어떤 문도 오래 닫혀 있다. 빗장을 지르거나 걸쇠를 채운 기억은 없지만 출입의 흔적이 지워진 지 오래다. 오래전부터 녹슬어 있을 터이지만 녹이 슬었는지 안 슬었는지 열어보지 않아서 잘 모른다. 사람들은 육신이라는 벽보다 더 우람한 솟을대문을 마음 안쪽에 세워두고 닫힌 문 안에서 외롭게 살아간다. 고요의 힘으로 결속되어 있는 문 뒤 어디쯤에 아득하게 잊힌 무하유향(無何有鄕)이 적막하게 시들고 있을지 모른다. 사용한 지 오랜 문, 열리지 않는 문은 벽이나 다름없다. 창은 흐려지고 문은 좁아져 하나둘씩 어두워가는, 쓸쓸한 저녁이 오고 있다.

골목

골목은 눈부시지 않아서 좋다. 휘황한 네온사인도, 대형 마트도, 요란한 차량의 행렬도 없다. '열려라 참깨!'를 외치지 않아도 스르륵 열리는 자동문이나, 제복 입은 경비원이 탐색하는 눈빛으로 위아래를 훑어내리는 고층빌딩도 눈에 띄지 않는다. 길목 어름에 구멍가게 하나, 모퉁이 뒤에 허름한 맛집 하나 은밀하게 숨겨두고, 오가는 사람들의 발자국 소리를 일상의 맥박 삼아 두근거리는, 웅숭깊고 되바라지지 않은 샛길이어서 좋다.

골목은 자주 부끄럼을 탄다. 큰 줄기에서 뻗어 나와 섬세한 그물을 드리우는 잎맥과 같이, 골목도 보통 한길에서부터 곁

가지를 치고 얼기설기 갈라져 들어간다. 하여 골목의 어귀는 대충 크고 작은 세 갈래 길을 이루기 마련인데 어찌된 일인지 골목들은 입구 쪽을 어수룩이 숨겨두기를 좋아한다. 한두 번 다녀간 골목을 섣불리 찾아 나섰다가 낭패를 보게 되는 것도 그들이 일쑤 낯가림을 하기 때문이다. 여기다 싶은데 없고 저 기다 싶은데 아니다. 눈앞을 가로막는 시멘트벽의 완강함, 4차 원의 입구처럼 사라져버린 미로를 몇 바퀴씩 서성거리고 나서 야 목적지를 발견할 때도 있다. 해진 속옷과 빛바랜 수건과 색 색의 양말짝들이 담장 너머로 공중그네를 타고, 밤사이 새끼 를 친 무수한 말들이 담벼락 사이로 수군수군 넘나드는, 응달 진 사람들의 남루한 삶터가 부끄러워 골목은 자꾸만 꼬리를 감추고 싶어 하는지 모른다.

용케 골목 입구로 접어들었다 해도 안심할 것이 못 된다. 이 좁다랗고 다소 내성적인 공간은 낯선 사람들에게 속내를 드러 내기를 꺼려하는 것 같다. 진행 방향에 앞서 약간의 전망을 예 측하게 할 뿐, 모퉁이 뒤에서 기다리는 정경을 속속들이 암시 하지는 않는다. 뒤를 돌아본다고 해서 사정이 달라지는 것도 아니다. 방금 지나온 풍경도 가뭇없이 여미어버리고 밋밋한 회벽만 내보이며 딴전을 피우기도 한다. 마치 과거란 빨리 잊을수록 좋은 거라고 충고라도 하려는 듯이. 골목의 이런 은폐성이 난처한 사람들에게 도움이 될 때도 없지는 않다. 빚쟁이를 피해 급하게 뛰어드는 사람에게나 형사에게 쫓기는 도둑들에게는 골목이야말로 때맞추어 내려준 하늘나라의 동아줄 같을 것이다. 골목이 없었다면 늦은 밤 애인을 바래다주던 청년이 느닷없이 돌아서서 첫 키스를 훔칠 용기를 내지 못했을 것이며, 코밑 검슬검슬한 삐딱모자 소년이 도둑 담배의 유혹에 걸려들지도 않았을 것이다. 후미진 은신처에 웅크리고 있던 깍두기 형님들의 야행성이 제대로 발휘될 수 있는 곳도 음습한 뒷골목 아니던가. 골목은 윤리를 따지지 않는다. 그런 걸 따지기에는 너무 인정에 약한 것일까. 아니면 그것이 골목의 윤리인지도 모른다.

골목들은 서로 품어 안지 못한다. 동네마다 실핏줄처럼 길을 품고 있지만 어떤 골목도 다른 골목에게 위안이 되지 못한다. 모퉁이를 돌다 마주쳐도 잠시뿐, 몇 걸음 못 가 헤어지거나 한번 어긋나고 다시는 만나지 못하기도 한다. 오다가다 만난 사랑과 같이. 그런 외로움 때문일까. 골목은 가끔 제 몸을 비튼다. 반듯하게 드러누웠다가 수틀린 듯 돌아눕기도 하고, 두루미목을 하고 한길 쪽을 내다보다가 S라인의 허리를 과감하게 꺾어 처음 만난 길손을 당황하게도 한다.

골목은 약한 것을 강하게, 강한 것을 약하게 만드는 힘이 있다. 한길에서 피켓을 들고 아우성치던 사람도 골목에 들어오면 갑자기 순해져서 허리 굽은 노인에게 곧잘 허리를 굽히곤 한다. 큰길에서 씽씽 내달리는 고급차일수록 골목에 들어서면 맥을 못 추고 설설 기는데, 철가방 오토바이는 왕파리 소리를 내며 홈그라운드를 가볍게 휘젓는다. 야채 트럭 아저씨가 '고랭지 배추 왔어요. 산지에서 직송한 사과가 왔어요!'를 기세 좋게 외치는 것도 한길이 아닌 골목길에서다. 골목은 돈 한 푼 안 들이고도 과거로의 시간여행을 가능하게 한다. 낮게 엎드린 집들이 다닥다닥 붙어 있는 일관성 없는 골목들을 발길 닿는 대로 바장이다 보면 인생행로의 초입에서 가슴 두근거리던 한때가 생각나기도 한다. 어느 방향으로 열려 있을지, 어디쯤에서 끝날 것인지, 어떤 예기치 못한 행운이, 아니면 불운이 우리를 기다리고 있을지, 혹은 지금까지 들인 모든 노력을 수포로 돌리고 한숨지으며 돌아 나와 처음부터 다시 시작해야 하는 것은 아닌지……. 닥쳐올 날들에 대한 불안과 호기심으로 잠 못 이루고 뒤척이던 그 시절로 슬그머니 돌아가 보고 싶어지는 것이다.

골목의 시간은 느리다. 한 잔 술에 거나해진 남자가 외눈박이 가로등 아래를 갈지자로 흥청이며 〈사랑만은 않겠어요〉를 흥얼거려보는 곳도, 산전수전 다 겪은 안노인들이 구부정한 어깨로 쭈그려 앉아 누추한 일상을 궁시렁거려 보는 곳도 시간이 멈추어 버린 골목에서일 것이다. 골목에서는 바람도 속도를 늦추고 모퉁이에 쌓인 눈 더미마저 급할 것 없다는 듯이 천천히 녹는다. 달각거리는 냄비 소리, 도란거리는 말소리, 선잠 깬 아기의 울음소리 같은 것이 진즉 생의 이면을 알아버린 사람들의 가슴조차 잔잔하게 흔들어 놓고, 밥 냄새, 찌개 냄새, 비 오는 날 호박전 부치는 냄새들이 가난했지만 가난을 몰랐던, 아늑하고 따스한 기억 속으로 우리를 가만히 데려다 놓는 것이다.

땅 팔자가 사람 팔자를 닮는 것인가. 사람 팔자가 땅 팔자를 따르는 것인가. 신토불이란 먹거리에만 해당되는 말이 아닌 모양으로 골목은 그곳에 사는 사람들과 여러모로 닮은꼴이다. 탄탄대로 변 초고층아파트에 사는 이들의 삶은 그 길을 닮아 거칠 것이 없겠지만, 좁고 가파르고 구불구불한 오르막에 둥지를 튼 사람들의 일상은 그 길처럼 구절양장이다. 쓰레기통과 폐지 묶음과 고장난 자전거 같은 것들이 어지럽게 널려 있는 길모퉁이를 더트며 박스 쪼가리나 알루미늄 캔들을 모아 싣고 내려오는 꼬부랑 노인을 만날 때면 살아가는 일의 신산함에 콧마루가 시큰거리고, 퇴락한 담장 밑에 홀로 붉은 봉숭아가 까닭 없이 서러워 보이기도 한다. 무거운 하루어치의 노동으로 부어오른 발등을 어루만지며 막소주 한 잔으로 식은 가슴을 데우는 골목 안 사람들은 골목처럼 구부리고 새우잠을 청한다. 우중충한 현실, 숨기고 싶은 가난, 불확실한 미래를 다 벗어버리고 꿈속에서나마 메이저를 꿈꾸지만 마이너리그를 벗어나기가 쉬운 일은 아니다. 골목이 한길이 되기 어려운 것처럼. 내일은 또 내일의 태양이 뜰 것이라 꿈꾸기에도 그들은 이미 지쳐 있는지 모른다.

골목도 사람처럼 병들고 늙는다. 시름시름 앓아눕기도 하고 때 없이 몸살을 하기도 한다. 오래된 담벼락은 검버섯처럼 청태가 끼고 하수구에도 자주 혈전이 생긴다. 칠이 벗겨지고 돌쩌귀가 떨어진 대문들이 바람이 불 적마다 삐거덕거리며 가만가만 관절통을 호소하기도 한다. 그나마 그렇게 천천히 게으르게 늙어갈 수 있다면 다행스러운 일이다. 천박한 개발 논리에 떠밀린 골목들이 어느 날 갑자기 떼죽음을 당하고, 거대한 메트로폴리스의 변방에 숨어 가까스로 살아남은 에움길들조차 혼탁한 상혼에 물들고 찌들어 본 모습을 잃고 아우성친다.

　골목이 사라진 도시는 음영이 없는 얼굴처럼 각박하고 살풍경해 보인다. 말초 구석까지 양분을 전하고 산소를 공급해주는 모세혈관이 있어 순환이 되는 육신과 같이, 미세한 골목들이 손금처럼 퍼져 있어 도시 또한 소통의 활기를 얻는다. 풍성한 이야깃거리와 거친 삶의 에너지가 뒤섞이고, 사람 사는 냄새와 사람 사는 소리가 조화롭게 어우러진, 오래 늙은 골목들이 문득 그립다.

꿈꾸는 보라

차지도 않고 뜨겁지도 않은 색. 젊지도 않고 늙지도 않은 색. 화려한 듯 침울하고 침착한 듯 불안정한, 보라색은 마법의 색이다. 꿈과 현실, 기억과 몽상, 사랑과 이별 같은 생의 레시피를 두루 섞어 치대어두면 그렇듯 오묘한 빛깔이 될까.

보라색은 아리송한 색이다. 과꽃의 천진함과 구절초의 애련함, 아이리스의 화사함과 도라지꽃의 외로움이 절묘하게 뒤섞인, 불분명한 정체성이 정체성인 색이다. 지적인가 하면 충동적이고, 그윽한가 싶으면 관능적이어서 스스로도 알 수 없는 모순을 껴안고 냉정과 열정 사이를 서성거리는 여자. 누구와도 화친하나 누구와도 진정 동화되기 어려운, 수수께끼 같은 복합성향의 여자. 그 여자의 난해한 눈빛 같은 색이다.

보라의 층위는 천차만별이다. 적과 청이 어느 만큼의 비율로 섞여들었는가에 따라 무한 변용이 가능하다. 천변만화의 진폭으로 흑백의 폭압을 다소곳이 견뎌내는 수묵 빛깔같이, 연보라 진보라 남보라 회보라 자주보라 청보라 갈피갈피에도 다양한 스펙트럼의 보라색이 숨어 산다. 보라색을 좋아하는 사람들은 까다롭고 비사교적이어서 친구를 잘 사귀지 못하고 감상적인 구석이 많다고 한다. 우울하지만 직관력이 뛰어나 예술적 성향이 짙다고도 한다. 보라색을 좋아한다 하여도 제각기 좋아하는 자기만의 보랏빛이 따로 있을 만치 민감한 차이를 예민하게 감각하는 사람들이다.

연보랏빛 라일락과 남보랏빛 도라지꽃에 자주 마음을 빼앗기고 회보랏빛 어스름에 기분이 산란해지기도 하는 나는 보랏빛 이미지를 세련되게 매치할 줄 아는 사람에겐 기본 점수 50점쯤 일단 주고 들어간다. 대학 시절엔 라벤더 빛깔의 셔츠를 입고 나왔다는 이유로 그다지 마음에 들지 않은 남학생을 몇 번 더 만나준 적도 있다. 그 시절 나는 보세가게에서 산, 보랏빛 시폰 원피스를 나풀거리고 다녔는데, 작고 하얀 꽃무늬가 보일 듯 말듯 날염된 앞자락이 바람이 불 적마다 부드럽게 파닥거리는 소리가 좋았다. 홀로 있어 아름다운 색, 어울리기는 힘들어도 잘만 소화하면 최고가 되는 색, 입는 사람의 분위기에 따라 기품 있어 보이기도, 천박해 보이기도 하는, 보라의 신묘한 이중성이 좋았다.

이것도 아니고 저것도 아닌, 이것이면서 저것인 자아정체성으로 이중, 아니 다중 인격의 삶을 모호하게 살아내고 있어서인지 나는 여전히 보라색을 좋아한다. 분열을 획책하는 이분법 세상에서 차고 뜨겁고 붉고 푸른 색깔의 편향을 지그시 제압하고 중도의 미덕을 완충해내는 보라. 보라야말로 성과 속, 선과 악, 아폴론과 디오니소스를 동시에 품어 안는 빛깔들의 총화라는 생각이 드는 것이다. 편파를 지양하는 빛깔에 대한 편파적 인간의 편파적 취향인가.

내일모레 나는 서해의 작은 섬 자월도(紫月島)에 간다. 오염된 바닷가를 청소하는 환경단체의 행사에 참여하기 위해서지만 나를 섬으로 유인하는 것은 바람도, 물살도, 자연보호라는 명분도 아니다. 그곳에 정말 보라색 달이 뜰까. 화성에서 온 여자의 살빛 같은 신비로운 달이 어둔 바다 저편에 환한 팬지꽃으로 떠올라줄까. 그늘 냄새와 풀벌레 소리가 희미하게 배어든 멀리 가는 향기 같은 연보라 달빛이 섬의 치마폭을 흥건히 적실까.

시들지 않는 중년의 빛깔, 보라가 나를 꿈꾸게 한다.

민달팽이

꽃 진 난분을 수돗가로 옮기려다 미끄덩하고 물큰한 느낌에 소스라쳐 화분을 동댕이쳐버렸다. 차고 끈끈한 점액질 감촉이 아무리 닦아도 지워지지 않는다. 타일 바닥 가득 흐트러진 난석(蘭石) 사이로 느리게 궁싯거리는 민달팽이 한 마리. 창졸간에 당한 봉변에 놀랐는지 작은 안테나를 움직거리며 민머리를 미세하게 꿈적거린다.

최소한의 입성조차 벗어던지고 맨몸으로 세상을 밀고 나가는 홈리스 하나 쭈그려 앉아 들여다본다. 방어물 하나 없는 홀가분한 행보가, 풍찬노숙(風餐露宿)도 마다않을 포복 정진이 해탈한 성자 같기도 하고 술통을 빠져나온 디오게네스 같기도 하다. 수억 겁 전생 어느 갈피에 출가를 하셨는지 알 수 없으나 고동색 두 줄이 선명한 단벌 문신 하나로 건너가야 하는 생이 그리 녹록해 보이지는 않는다. 기우뚱기우뚱 배밀이를 하며 오체투지로 더듬어가는 굼뜬 순례의 보폭 뒤로 느른한 눈물 자국이 번들거린다. 어쩌면 저 미물, 껍데기를 벗어던진 죄다짐으로 집채보다 무거운 존재론적 고통을 힘겹게 걸머지고 살고 있는 것 아닐까.

'껍데기는 가라!'고, 반세기 전쯤 혈기방장 외친 시인도 있지만, 그렇게 막무가내로 내박쳐버릴 일만은 아니었을지 모른다. 알맹이보다 먼저, 알맹이를 위해 생겨난 외골격이 껍데기 아닌가. 답답하다고, 몸에 맞지 않는다고 함부로 내팽개쳐 버리는 대신 고치고 칠하고 덧대어가며 끝까지 함께 해야 하는 건지도 모른다. 연약하고 무방비하고 볼썽사나운 내용물을 감싸고 감추어주는 하드웨어, 껍데기는 거푸집이 아니다. 존재의 틀, 존재의 울타리, 존재의 피부다.

파밭에서

밭둑에 머리를 처박은 파들이 일사불란하게 물구나무를 선다.

철심 하나 박지 않은 몸뚱이, 시퍼런 창끝이 허공을 조준한다. 허리를 굽히지도 목을 꺾지도 않는다. 매운 눈물 안으로 밀어 넣고 하늘을 향해 똥침을 날리다 급기야 유리공으로 주먹질을 해댄다. 속 빈 대궁 끝에 방울방울 매달린 방사형의 유리폭탄, 에로틱하다.

허연 실뿌리 몇 가닥 찔러 넣고 수직으로 용솟음치는 저 싱싱한 발기력. 뼈대 없이 솟구친다는 것은 얼마나 발칙한 중력에의 도전인가. 도심에 빼곡한 고층 건물도 골조 없이는 올라가지 못한다. 목숨의 저 안쪽에서부터 솟구쳐 오르는 홀연한 직립 의지에 빗지지 않은 탄생은 없다.

파밭에 서면 꽃 진 나팔꽃 같은 나도 푸르게 흙 기운을 빨아 올리고 싶어진다. 해거름 밭둑에 머리카락 반쯤 파묻고 서서, 퇴각하는 세월 뱃구레라도 오지게 한번 발길질해 보거나, 줄지어 도열한 유리 폭탄들, 푸른 화염병들 쑥쑥 뽑아 들고 멀어지는 젊음의 뒤꽁무니를 향해 통쾌하게 투척해보고도 싶다. 어퍼컷 한 방 날려보지 못한 인생, 도망가다 붙잡혀 패대기쳐져도 크게 억울하지는 않을 것이다. 생의 시계추를 내려 당기는 저항할 수 없는 힘에 이끌려 기우뚱기우뚱 기울어지다 종국에는 수평으로 드러누워 버리는 것, 수평이 아닌 수직으로의 저항에서 수직이 아닌 수평으로의 투항. 목숨의 문법이란 원래 그런 것 아니냐며 머리 풀고 밭둑에 드러누워서 속 빈 대파처럼 푸르르 웃고 싶다.

류이치를 듣는 아침

사카모토 류이치의 별세 소식에 〈메리크리스마스 미스터 로렌스〉를 연거푸 듣고 있다. 드뷔시의 〈달빛〉이나 에릭 사티의 〈그노시엔느〉 향기가 살짝 배여 있는 류이치 특유의 서정적 멜로디가 빗소리를 지우며 글방 가득 번져든다. 자신의 과거조차 모방하고 싶지 않을 만큼 들어본 적도, 써본 적도 없는 소리를 늘 새롭게 지어내고 싶다던 그는 "내겐 음악이 곧 언어지 표현 가능한 감정을 음악으로 만드는 것이 아니다"라고 하였다. 일생 한 분야에 진심이었던 사람이 심혈을 기울여 뽑아 올렸을 음악적 진수를 비스듬히 누운 채 흘려듣는 일은 고인에 대한 예의가 아닐 듯 송구한 마음이 들기도 한다. 멀티태스킹이 안 되는 나는 그래서 역설적으로 음악을 못 듣는다. 차 떼고 포 떼고 이런저런 노릇에 시간을 축내느라 음악에만 오롯이 집중하지를 못한다.

산사 음악제에 다녀온 지인이 피아노 독주 영상을 보내왔다. 빗줄기에 마음이 반쯤 젖어든 채 비닐 우비를 쓰고 연주에 몰입하고 있는 사람들. 이런 날 듣는 피아노 소리는 때죽나무 흰 꽃들이 바람에 흔들리며 내는 산그늘 은종 소리보다 투명해 바깥으로 음이 튕겨나지 않고 안으로 고여 낭랑하게 스민다. 모든 예술이 소통과 공감을 지향하지만 콘서트만큼 취향 공동체를 한통속으로 연대하는 장르가 있을까. 음악이 흐르는 동안엔 시간이 흐르지 않는다. 미술도 문학도 음악에 비하면 지극히 개별적이고 국소적이어서 불특정 다수를 동시에 한 좌표로 수렴시키긴 어렵다.

침소 밖으로 아침 숲이 일렁거린다. 나뭇가지는 바람의 악보다. 바람이 가지를 연주할 때 잎들은 예민하게 간지럼을 탄다. 빗방울을 말갛게 튕겨내면서 가지 끝이 미미하게 헤드뱅잉을 한다. 춤사위에서 희열이 느껴진다. 미세한 파동이 내 안까지 번져든다. 고개가 가볍게 주억거려지면서 어깨도 살풋 흔들거린다. 그렇게 안과 밖이 함께 일렁이고 함께 요동친다. 목숨의 안쪽 순정한 떨림을 세상의 여백에 울림으로 분사하는, 덧없어서 숭고한 모든 공명(共鳴)은 당도할 수 없는 영원성에 대한 뜨겁고도 곡진한 예배이고 기도다.

흰나비 한 마리 아침 숲 사이를 팔랑팔랑 건너간다. 음악 이전의 음악 같은, 음악 너머의 음악 같은 빗소리가, 녹우(綠雨)가 서서히 걷히고 있다.

본질은 없다

쓸쓸한 날엔 바다에 가고 싶었다. 태양의 열기가 빠져나간 해거름의 바닷가에서 나지막한 해조음을 듣고 싶었다. 느리게 일렁이는 물살을 마주하며 뜨거운 커피를 마시고 싶었다. 도요새가 찍어놓은 화살표를 따라 맨발로 오래오래 걷고도 싶었다. 마음의 종착역 언저리에서 이따금 철썩이는 바다를 떠올리면 떠나간 것들이 불쑥 그리워지기도 하였다.

내가 좋아한 게 바다가 아니었다는 사실을 흔들리는 뱃머리에서 비로소 알았다. 나는 바다를 좋아한 게 아니었다. 내가 좋아한 것은 바다의 본질과는 아무 상관이 없는 바다 주변의 낭만적 풍광들, 섬의 허연 허벅지를 핥고 달아나는 물보라나 바위섬 너머 핏빛 노을이나 싱싱하고 쫀득한 세꼬시 횟집 같은,

상상과 기억 사이의 이미지들이었을 뿐이다.

마카오에서 홍콩으로 가는 뱃길은 한 시간 남짓밖에 걸리지 않았지만, 그날엔 유독 지루하게 느껴졌다. 배 안은 쾌적한 편이었으나 파도는 높고 물결은 거칠었다. 아침에 먹은 음식 때문에 뱃속도 조금 울렁거렸다. 휴대폰이라도 들여다보며 시간을 때우려 했으나 활자들이 출렁거려 속이 더 메슥거렸다.

망망한 바다. 바다밖에 보이지 않는 바다. 바다 복판의 바다는 아름답지 않았다. 출발지와 목적지 사이에 부려진 위태롭고 변덕스러운 이 질료는 사치도 감상도 허용하지 않았다. 마른 목젖 적셔줄 몇 모금 물조차 퍼 올릴 수 없는 물 가운데 앉아 나는 계속 마른침을 삼켰다. 외항선을 타는 먼 친척이 사막보다 팍팍한 게 바다라 했다는 말도 떠올랐다. 울울창창한 물 울타리에 갇혀 몇 달 몇 년을 떠돌다 보면 꽃 한 송이 피워 올리지 못하는 물이랑이 열사의 사막보다 황량해 보이기도 했을 것이다.

바다가 쉬지 않고 꿈틀거렸다. 결박된 짐승처럼 쉬지 않고 으르렁거리는 물더미 사이로 팽목항 어두운 바다에 수장되어 버린 어린 목숨들 생각도 났다. 꽃 같은 목숨들을 무자비하게 집어삼키고도 아무 일 없다는 듯 시치미를 떼는 바다. 바다는 무섭다. 바다는 음흉하다. 만선을 꿈꾸는 어부들에게는 생명의 터전일 바다가 그날 내게는 물질화된 공포였다. 복판에 이르러서야 비로소 와닿는 실체적 진실을 알지 못한 채 가장자리에서 바라다보이는 풍경이나 이미지만으로 바다를 좋아한다 의심 없이 믿었구나. 하긴 어디 바다뿐이랴. 시답잖은 내 글들의 처음과 끝도 존재와 본질, 근원에의 탐색에 닿아 있었을 것이나 깊이도 두께도 없이 대강대강 건너짚고 건성건성 뛰어넘었을 것이다. 옹글지도 당차지도 못한 시선으로 허릅숭이처럼 살아냈을 것이다. 새삼 깨우친 사실도 아니련만 휴대폰을 꺼내 들고 스크랩북 메모함에 '나는 바다를 좋아하지 않는다'라고 적어 넣는다. 씨앗 망태에 낱알 거둬 넣듯 시시때때 생각나는 대로 적바림을 해두지만 동결건조된 씨앗들이 싹이 틀지 안 틀지는 알 수 없는 일이다.

홍콩에서의 마지막 날, 일행과 레이위문(鯉魚門) 수산 시장에 들렀다. 왁자한 웃음과 풍성한 해물을 안주 삼아 뒷맛 깔끔한 칭다오 맥주로 분위기가 제법 무르익었다. 술잔을 주고받는 상머리 저편에서 말 펀치들이 가볍게 오간다.

"뭐야, 순 거품뿐이잖아. 따르려면 좀 제대로 따라 봐."

"하아, 미안. 근데 쫌 기다려봐. 거품도 맥주라니까."

거품이 뇌세포를 씻어 내렸는가. 머릿속이 불시 화들짝 맑아졌다. 그래, 맞아. 거품도 맥주지. 거품을 빼면 맥주가 아니지. 거품 없이 맥주를 이야기할 수 없듯, 어떤 것을 어떤 것이게 하는 것은 끝끝내 모호한 본성보다 바깥을 이루는 현상이나 맥락, 이력 같은 것들이지. 본질이 오롯이 따로 있는 게 아니라 천변만화 되풀이되는 현상 속에서 침착(沈着)되고 구조화된 물성(物性) 같은 환(幻)이지.

재능 많고 명민한 선배 한 분이 버거운 현실에 지쳐가고 있는 게 안타까워 조심스레 충언을 한 적이 있다. 가족들을 위해 너무 희생만 하려 들지 말고 당신 몫의 즐거움도 챙겨가며 사시라고. 선배가 조용히, 단호하게 말했다.

"괜찮아. 이것이 내가 감당해야 할 내 몫의 삶이야. 내가 외따로 존재하는 게 아니라 이 모든 조건들을 감수하고 수용하면서 그 한계 안에서 운신해야 하는, 그것이 내 정체성이더라고. 장애처럼 보이던 걸림돌이 지나고 보니 딛고 올라선 디딤돌이었더라고……."

거품이 잦아들어 수위가 불어 있는 맥주잔을 홀짝거리며 선배의 긍정적 변증법을 생각한다. 일상에 마모되고 관계에 지쳐갈 때마다 본연의 나로 사는 일이 왜 이리 어려울까, 나 역시 자주 혼란스러워지곤 했다. 엄마 아내 딸 할머니 친구 동료 동인 선후배 같은, 얽히고설킨 연과 업을 벗어두고 멀찌감치 달아나 숨고 싶기도 했다. 그러나 일상의 온갖 구체적 세목들, 노릇과 역할들을 다 제하고 나면 진짜 나라는 게 남기는 할까. 나란 어쩌면 자지레한 일상의 자장(磁場)들이 파생해내는 교집합 속 한 점 좌표 같은 것 아닐까.

시끌벅적한 이국 식당 한구석에서 젓가락을 미처 내려놓지도 않은 내가 휴대폰을 꺼내 들고 전에 쓴 문구를 다시 고쳐 적는다.

'나는 바다를 좋아한다.'

침대에서 침대까지

나뭇가지 사이로 분홍구름이 옮겨 다닌다. 착시일까, 백일몽일까. 눈을 홉뜨고 깜박거려본다. 시선이 닿는 곳마다 솜사탕 모양의 분홍 조명 같은 것이 빈 나무 사이에 몸을 포갠 채 이리저리로 옮겨붙는다. 뭐지? 달려가 손을 뻗는다. 까치발을 딛고 팔을 늘이고야 아슬아슬하게 손에 닿는다. 앗싸, 드디어⋯⋯. 천상의 구름송이 하나를 가까스로 움켜쥐려는 순간, 야속하게 꿈 밖으로 내쫓겨버렸다. 왜 꿈은 늘 그렇게 결정적 순간 바로 직전에 깨버리는 걸까. 잡힐 듯 잡히지 않을 듯 유인해가던 몽환적 꽃구름이 베갯머리 어디엔가 떨어져 있을 것 같아 팔을 휘휘 휘적거려 본다.

꿈은 어디서 오는 것일까. 놓쳐버린 꿈을 복기해 보며 쓸데없이 생각을 굴려보다가 불시 매트리스를 의심해 본다. 흐릿하고 생생한 온갖 형상을 피워 올리며 등판 아래 죽은 듯 숨죽이고 있는, 침대가 수상하다. 바닥에 몸을 밀착시킨 채 세상모르고 뻗어 있는 인간의 무의식을 스캔하고 편집해 펼쳤다 접었다 하는, 모름지기 꿈이란 저 음흉한 매트리스의 원격 장난질 같은 것 아닐까. 진즉 마크 트웨인이 그랬다. "세상에서 가장 위험한 장소는 어디일까? 침대다. 80%의 사람이 거기서 죽기 때문이다."라고. 갓난아기부터 구척장신까지, 밤마다 시부저기로 때려눕히는 걸 보면 침대가 인간에게 한없이 자비롭고 순정한 물건만은 아닌 듯하다.

침대는 혈(穴)이다. 씨앗을 품고 발아시키는 대지처럼 생명을 데려오고 데려가는 정령들이, 인간의 뇌를 충동하고 조종하는 온갖 지략이나 마법 같은 것들이, 은밀하게 똬리를 틀고 숨어사는 아지트다. 태어나고 죽는 곳도, 베갯머리송사가 이루어지는 곳도, 육신의 벼랑을 기어오른 영혼과 영혼이 숨 가쁘게 각축하다 가까스로 터치다운 하는 곳도 테두리 없는 저 사각의 링 안 아닌가. 침대는 알고 있다. 당신의 꿈을, 당신의 몸을, 들끓는 격정과 격정거리를, 홀로 흘리는 눈물 자국을. 불면의 겨울밤 뒤척이며 소환하는 그대의 연인이 누구인지와 돌아누운 부부의 침상 안에 몇 명의 남녀가 은밀하게 뒤척이고 있는지까지도.

　머리맡 충전기에 폰을 뉘어 놓고 나도 침상에 나란히 눕는다. 함께 누워 충전하는 사이이니 세상에서 가장 가까운 사이인가. 몸을 바닥에 밀착시켜 방전된 에너지를 충전 받아야 까무러쳤던 몸이 부활되는 폰처럼 매트리스에 밀착해 일용할 에너지를 보충받아야 하루어치의 삶을 가까스로 살아낸다. 해 뜨고 달 지듯 일어나고 눕기를 되풀이하는 우리, 아침에 빠져나갔다 저녁에 귀환하는 우리네 일상은 포물선을 그리든 공중 곡예를 넘든 침대에서 침대까지의 단순 반복 아닌가. 침대가 슬어놓는 꿈과 꿈 사이를 비상과 추락으로 변주하면서 중력에 저항하여 수직으로 일어섰다 중력에 투항하여 수평으로 드러눕는, 뛰어봤자 벼룩일 뿐인 일생. 낮 동안 도모하는 온갖 동물적 활동 또한 질 좋은 잠과 안전한 휴식 같은 우리 안의 식물성을 충족하기 위한 방편일 따름 같기도 하다. 병원 침대에서 첫 숨을 쉬고 병원 침대에서 마지막 숨을 거두는 생, 침대에서 침대까지 자전하듯 공전해가는 우리는 어느 항성 주위를 돌며 어디를 향해 가다 어디에 불시착할 소행성들일까.

저물녘의 독서

　스마트폰이 부르르 떤다. 딸애의 호출이다. 외출할 일이 있으니 아기를 잠깐 맡아 달라 한다. '기본 임무 수행을 제한받고 명령에 의해 지정된 지역으로 즉각 출동해야 하는' 비상사태, 이쯤 되면 내겐 '진돗개 하나'다. 읽던 책을 던져두고 부리나케 일어선다.

　생후 6개월, 쌀 한 말 무게도 안 되는 아기는 진즉부터 힘이 천하장사다. 삼십 년 가까이 한동네 붙박이로 살던 나를 제집 옆으로 끌어다 붙일 만큼 태어나기 전부터 괴력을 과시했다. 임신 후반, 예후가 좋지 않아 절대안정을 요하는 산모 때문에 왔다 갔다 하다가 가까운 동네로 이사까지 해버렸다. 사시장철 싸매 다니던 제 어미 젖가슴을 손 하나 까딱 않고 풀어헤치더니 멀쩡했던 내 팔목 인대마저 눈 한번 흘기지 않고 늘어뜨려 놓아 한의원 신세를 지게 했다. 한때는 분명 여성 전용이었을, 늙도 젊도 않은 사내 하나를 얼렁뚱땅 유아용으로 전락시켜 놓고 시시때때 헤벌쭉 웃게 만드는 녀석도 이 연약한 네발 짐승이다.

이제 한창 뒤집기에 재미를 붙인 녀석은 한시도 가만히 누워 있지 않는다. 꾀부리지 않고 연습에 전념하는 운동선수처럼 내려놓자마자 고개를 외로 틀고 뒤집기 한판을 단숨에 시도한다. 기지도 못하면서 날기부터 하려는지 팔다리를 위로 치켜 올리고 끙끙거리는 모습이 젖은 날개 털어 말리는 햇잠자리 같기도 하고 이륙을 꿈꾸는 비행물체 같기도 하다. 부릉부릉, 부르릉. 애써 용을 쓰며 기어를 넣어 봐도 바닥에 붙은 배가 떨어지지 않는지 머리를 짓찧고 칭얼거린다. 아기는 울고 나는 웃는다.

얼핏 보기엔 노는 일 같아 보여도 아기 보는 일만큼 힘든 노역도 없다. 해맑은 동심이니 천사 같다느니 하는 말은 과장된 오해이고 상투적 편견일 뿐, 아기들은 지독한 이기주의자다. 저에게만 집중하고 저만 바라봐 달라고 한다. 잠시 한눈을 팔았다가는 일껏 봐준 공은 고사하고 죄인이라도 된 듯 쩔쩔맬 일도 생긴다.

아기가 장착한 최강의 무기는 무능력이다. 침묵이 때로 웅변보다 세듯, 무저항이 최고의 저항일 수 있듯, 철저하게 의존적일 수밖에 없는 아기는 타고난 무능으로 온갖 권능을 제압한다. 공격은커녕 방어 능력 하나 갖추지 못한 벌거숭이 아기가 사지를 버둥거리며 울어 젖힐 때, 해맑은 웃음 사이로 유리알 모음들을 옹알거릴 때, 어떤 간 큰 냉혈한이 모른 척 그냥 지나칠 수 있겠는가. 무능력이 초능력, 무위이무불위(無爲而無不爲)다.

아기를 안고 가만가만 어른다. 잠투정을 하듯 칭얼대던 아이가 거실을 몇 바퀴 맴도는 사이 제풀에 지쳤는지 그예 눈을 감는다. 바닥에 눕히려 내려놓으니 화들짝 놀란 팔이 허공을 휘젓는다. 꼬물거리는 손안에 내 손가락을 가만히 밀어 넣고 잠든 아기 얼굴을 하염없이 바라본다.

하얗고 따스하고 여릿여릿한 손가락들과 투박한 내 손가락의 접지(接指). 뭉클하다. 아니 찌릿하다. 내 안에 축적된 시간의 입자들이 미세한 전하(電荷)로 활성화되어 아이의 몸속으로 흘러드는 느낌이다. 알 것 같다. 시간을 왜 흐른다고 하는지, 시간이 흘러 어디로 가는지.

아기는 우유로 크는 게 아니다. 하루 대 여섯 번 빨아 삼키는 허여멀건 소젖 몇 병이, 여물이나 배합사료를 되새김해 걸

러낸 밍밍하고 습습한 송아지용 먹거리가 인간의 얼굴에 햇살 같은 웃음을 피워내고 태양을 향해 꼿꼿하게 마주 서게 할 리 없다. 출하된 지 오랜 생명 캡슐 안, 미토콘드리아인지 원형질 어디에 용해된 채 스며 있던 장구한 시간의 침전물들이 안고 업고 재우고 다독이는 몸과 몸의 잇닿음을 통해 새 캡슐 안으로 흘러드는 걸 거다. 눈에서 눈으로, 가슴에서 가슴으로 전이되는 열정과 욕망의 쿼크 입자들이 울고 웃고 사랑하고 사랑받는 사람의 꼴을 갖추게 하는 거다. 물이 높은 데서 낮은 데로 흐르듯이. 타고 남은 재가 기름이 되듯이.

싹트고 자라 꽃피우고 열매 맺기. 사는 일이 거기까지인 줄 알았다. 가지에 달린 열매가 나무에게는 최종 소출이지만 땅에 떨어지면 그 또한 씨앗이 된다는 사실을 오불관언(吾不關焉) 간과하며 살았다. 씨앗 속에 열매가 있고 열매 안에 씨앗이 있다. 씨앗과 열매의 몸바꿈 속에 시간이 흐르고 지구가 돌아간다. 살아 숨쉬는 존재들 사이를 관통하는 이 내밀한 시간의 낙차(落差), 마법이다. 신의 한 수다.

종이책이 생겨나기 전부터 인간들은 태양과 달의 운행을 읽고 별자리와 바람 냄새와 계절의 변화를 읽었다. 생각에 깊이와 폭을 더하고 인식의 지평을 넓히는 방편으로 책 읽기는 여전히, 영원히 유효하다. 약해진 시력과 체력 때문에 책상 앞에 자주 앉지는 못하지만 크게 마음 쓰진 않으려 한다. 안으로의 깊이와 밖으로의 소통을 모색하는 인식이 활자들의 숲에만 있을 리 없다. 자연과 우주의 순환 이치를 존재 자체로 각성시키는, 아기는 무자서(無字書)다. 숨쉬는 경전(經典)이다. 돋보기 없이 읽히는 황혼의 그림책이다.

모난 것이 둥글다

사람 좋다는 말을 듣는 이들이 있다. 성격이 둥글둥글 원만하다는 뜻이다. 원만(圓滿)이란 원(圓)에서 발원한 말이지만 기실 원은 원만하지 않다. 생각만큼 너그럽고 편하지도 않다.

사각형이나 육각형 형제들은 담 하나를 공유하며 사이좋게 붙어 지내기도 하고, 제 몸을 밀착시켜 최대한 틈새를 좁힐 줄도 안다. 둥근 것들은 못 그런다. 부드럽고 유연해 보여도 친화력이 없고 협심할 줄을 모르는, 오만하고 이기적인 쌤통들이다. 스스로를 최고의 미녀라 여기는 두 여인처럼 마주쳐도 흘끗 스치고 돌아설 뿐, 진득하게 동행하는 법이 없다.

냉장고 선반 위에 수박 한 통이 들어가려면 김치통과 찬 통들이 줄줄이 자리를 양보해야 한다. 원통 찬합이 사각 찬통보다 더 자리를 차지하고 맥주 캔이나 음료수병들은 아예 딴살림을 내주어야 한다. 야채 칸 안의 자두와 복숭아도 행여 부딪쳐 제 살이 멍들세라 '저만치 좀 떨어져. 숨 막히단 말이야!' 신경전을 벌이며 돌아앉아 있다. 존재의 절대 공간을 필요로 하는, 까다롭고 배타적인 족속들이다.

모난 세상과 화친하지 못하는 둥글이들을 바라볼 적마다 둥글다는 것이 본디 천계의 속성이어서 아닐까 하는 의구심을 품곤 한다. 신은 직선을 모른다 했던 가우디(Antonio Gaudi Cornet)의 통찰이나 천원지방(天圓地方)의 동양적 우주관을 들먹일 필요도 없이, 신의 이미지에 가장 가까운 도형은 세모도 네모도 아닌 동그라미일 것이다. 시작도 끝도 없는 천의무봉의 동그라미. 동그라미도 신처럼 홀로 있어야 완벽한 존재의 빛을 발한다.

신전이나 의사당 같은 위엄 있는 건물에는 각기둥보다 원기둥이 어울린다. 원기둥들은 저희끼리도 적당히 거리를 두고 떨어져 서 있어야 위풍당당하고 장엄해 보인다. 우리 옛 건축물의 기둥도 민가에서는 방주(方柱)를, 궁궐에서는 원주(圓柱)를 사용하도록 했고, 기둥을 좌우로 연결하는 도리 또한 반가(班家)에서는 굴도리를, 민가에서는 납도리를 쓰는 게 상례였다. 벽 속에 파묻혀 군말 없이 지붕을 떠받치는 것들은 각기둥들이고 고고하게 비껴서 존재의 의미를 환기시키는 것은 원기둥들이다.

사슬로 꿰어 묶어두지 않으면 어디론가 달아나 숨으려 하는 구슬들, 모난 세상에는 발붙이기 싫다는 듯 끝없이 떠나고 싶어 하는 바퀴들, 발길에 엉덩이가 채여서라도 하늘로 솟구치기를 기다리는 공들……. 천상의 규격에 길들여진 둥글이들이 지상의 질서에 순응하지 못하는 것은 귀소본능 같은 그리움 때문일까. 어쩌면 그들은 본디 하늘의 천사였다가 무슨 잘못으론가 지상으로 내어 쫓긴 유배객들일지도 모른다. 계란이나 장식 접시처럼 시자(侍子)의 도움 없이는 서 있지 못하는 귀하신 몸들 또한 신의 나라에서 귀양 온 귀골 같기도 하다.

모난 것끼리 어깨를 겯고 어우렁더우렁 살아가는 세상. 모난 것들의 세상에서 둥근 것들은 외롭다. 붙고 닳는 것을 싫어하다 보니 주변과 조화롭게 공존할 줄도 모른다. 절대로 흠을 보이지 않는, 도무지 흠이 없을 것 같은 완벽주의자들과 친해지기란 쉬운 일이 아니다. 외로움도 괴로움도 안으로 여미며 넣고 아닌 척 의연한 척 안간힘을 쓰지만 한 귀퉁이가 헐어져 내릴까 봐 내심 긴장을 늦추지 않기 때문이다. 자칫 허방으로 굴러떨어지기 쉬운 그들을 묵묵히 보듬고 받쳐주는 것은 굴도리 밑의 장여(長欄)같이 각지고 모난 존재들이다. 둥근 것이 모나고 모난 것이 둥글다. 역설적인 세상, 세상의 역설이다.

전설 따라 삼천리

아득한 옛날, 인간들은 에우그놋이라 이름하는 작은 토룡 한 마리씩을 제각각의 우리 안에 가둬두고 살았다. 몸길이 7~8센티 몸무게 50그램 안팎의 이 원시적 생명체는 어둡고 음습한 동굴에 갇혀 말라 죽지 않을 만큼의 물기로 연명했다. 눈도 코도 없었고 아가미나 지느러미도 눈에 띄지 않았다. 고생물학자들은 그것이 캄브리아 환형동물의 변종이거나 고생대 말쯤에 출현한 초기 파충류의 조상일 것 같다고 조심스럽게 진단하였다. 축축한 피부와 두루뭉술한 정수리, 미련한 듯 유연한 몸놀림으로 보아 그것들이 과연 이무기나 자라 같은 생물과 계통학적 상관관계가 있을 거라는 주장은 그런대로 신빙성이 있어 보였다.

신화학자들의 의견은 달랐다. 동굴에 엎드려 때를 기다리는 잠룡처럼 하반신이 결박된 채 살아가는 녀석들에게서 슬프거나 아득한, 신화의 냄새가 난다는 거였다. 미궁에 갇힌 미노타우로스나 바윗돌에 결박당한 프로메테우스의 이름이 빈번하게 거론되었지만, 온갖 재앙과 걱정 보따리를 퍼뜨린 판도라의 후예일지 모른다는 학설도 조금씩 설득력을 얻고 있었다.

이런저런 정황에도 불구하고 에우그놋이 끝내 신화가 될 수 없었던 결정적 이유는 삶의 범속성 때문이었을 것이다. 신화의 주체들은 대개 신의 명령에 불복하고 불가항력에 맞서 싸우는 무모한 열정으로 스스로 비극적 주인공이 된다. 고통의 골짜기를 향한 두려움 없는 투신과 장렬한 산화만이 그를 다시 빛으로 끌어올리는 것이다. 에우그놋은 아니었다. 견고한 암벽으로 둘러쳐진 성안이 숨 막힐 듯 비좁고 답답했어도 헛되이 탈출을 도모했다거나 비상을 꿈꾸었다는 기록은 없다. 천형과도 같은 연금의 굴레에 질끈 눈감아버림으로써 아무짝에도 쓸모없는 존재론적 회의를 떨쳐버렸다. 다만 성문이 빼꼼 열릴 때마다 햇살이 그리운지 바람이 간지러운지 궁싯거리듯 몸을 뒤쳤다는 것인데, 그러한 일련의 근육운동을 통하여 적체된 기를 방출하거나 생존에 필요한 에너지를 공급받았으리라 추정할 뿐이다.

하찮고 왜소해 보이는 에우그놋들이 당대인들의 삶에 미친 영향력은 절대적이었다. 안도 밖도 아닌 어중간한 경계에서 목줄 달린 강아지로 숨어 지내면서도 주인 가는 곳이라면 어디라도 동참했다. 녀석들끼리 통하지 않으면 주인끼리의 화합도 이루어지지 않았다. 뼈대 없는 것들이란 줏대도 없는 법이어서 시시때때 변덕을 부리고 좌충우돌하는 경향이 있는바, 그것들 역시 마찬가지였다. 호기심 많고 충동적인 데다 기억력조차 변변찮아서 다스리고 길들이기가 쉽지는 않았다 한다. 일설에 지킬과 하이드 같은 대략 난감의 변덕이 있어 장미의 향과 전갈의 독을 무시로 합성하고 분사하였다 하나 동영상 자료 하나 남아 있지 않은 지금 진위 여부를 확인하기는 어렵다.

이목구비가 발달하지 못한 녀석들에게 유일한 감각기관은 피부였다고 한다. 기실 그들의 등 꽃판에는 채송화 씨앗보다 미세한 종자들이 은하수처럼 흩뿌려져 있었다는데 그에 대한 구설 또한 분분하고 무성하다. 역사가 앙상한 사료(史料)에 덧입혀진 상상의 옷으로 완성되어지듯, 멸종된 기관에 대한 가설 역시 채록된 구전 설화에 의존할밖에 없다. 누구는 아테나 여신이 별무리 밭에 앉아 재채기할 때 날아온 미확인 나노 꽃가루라 하였고, 누구는 당대의 천재 일론 머스크가 화성에서 묻혀온 먼지벌레알이라고 목소리를 높였다. 어쨌거나 일체의 감각을 내장된 칩을 통해 감지할 수밖에 없는, 서력기원 3023년의 후기 생물사회를 살아내는 로보사피엔스가 차가운 금속성의 감성으로 상상하는 에우그놋의 살갗은 황홀하고 육감적이다. 채송화꽃들이 은밀하게 피고지고 깨알 폭죽들이 방싯방싯 터지고, 소름처럼 희열이 돋고 전율처럼 쾌감이 번지는, 민감하고 짜릿한 감각의 영지(領地), 그 아득한 피안의 영토를 아득하게 그려보는 것이다. 사라져버린 제국의 전설과도 같이 도태된 에우그놋의 설화는 강변한다. 달콤하건 신산하건 저릿저릿하건 간에, 피부로 확인하는 감각이야말로 살아있음의 시요, 꽃일 거라는 것을.

동굴 입구에서 두 마리의 용이 맞부딪쳐 벌이는 한판 승부를 구경하기란 당시에도 그리 흔한 일이 아니었다. 머리에는 황금 볏을 세우고 눈에서는 불을 뿜고, 날카로운 이빨 사이로 뇌성벽력을 쏟아내는 청룡 황룡의 결투는 아니어도, 뿔도 비늘도 여의주도 없는 맨살의 토룡들이 펼치는 반신(半身)의 사투 또한 숨 막히리만치 현란하고 치열했다. 주로 야음을 틈타 인적 없는 밀실에서 벌어지던 전투여서 기록이 많이 남아 있지는 않지만, 일진일퇴 엎치락뒤치락하는 녀석들의 멱살잡이는 싸움이라기보다는 유희요, 호전적이라기보다는 관능적이어서 경천동지(驚天動地)의 육탄전을 예견하는 민망한 전초전이었다는 것이다. 동굴에 갇힌 두 마리 에우그놋(eugnot : 철자는 확실하나 독법(讀法)은 확실치 않음)의 농밀하고 요사스러운 레슬링 경기를 후세의 동방 호사가들은 '설왕설래(舌往舌來)'라 시시덕거렸고 오만한 런던의 숙녀들은 '프렌치 키스(French kiss)'라 비아냥거렸다 한다.

작가란 무엇인가

글만 안 쓰면 작가도 꽤 괜찮은 직종인데 말야…….

글쟁이 몇이 모인 자리에서 누군가 그런 농담을 했다. 옳소, 아니 얼쑤!다. 타이틀만 빌어다 쓸 수 있다면 그보다 폼나는 행세도 없을 테니. 영혼이 자유로운 보헤미안에, 먹물 냄새 비슷한 아우라를 풍기며 먹고사니즘과는 다른 차원으로 보편적 윤리 너머 미학적 탈주를 꿈꾸는.

작가(作家)란 무엇인가. 문자 그대로 '지어내는 일에 일가(一家)를 이룬 사람'이다. '짓다'라는 말에는 '만들다'와는 다른, 고유의 개별성이 깃들여 있다. 밥을 짓다. 집을 짓다. 글을 짓다와 같이 무엇인가를 만들되 획일화 모듈화 일반화된 기성물이 아닌, 노고와 정성, 취향과 자질 같은 자기만의 디테일이 가미

되어 있다는 뜻이다. 같은 나무를 심어도 복길이네 사과와 금동이네 사과가 때깔과 향기, 씨알이 다른 것은 농사 또한 제각각의 방식과 땀방울로 공들여 '짓는' 과정이고 결과여서일 것이다. 하니 작가가 내놓는 작품들은 어제와 똑같은 루틴으로 같은 모판에서 찍혀 나온 두부여서는 안 된다. 원점에서부터 새 판을 짜 시간과 정성과 혼을 불어넣는 창의적 수제품이어야 한다.

작가는 실상 일용직이다. 하루 벌어 하루 먹는 날품팔이처럼 매일 매 순간 백지에서 출발한다. 어제의 베스트셀러가 오늘의 인세를 보장해주어도 오늘 쓰지 않으면 작가가 아니다. 꾸준히, 지치지 않고, 새롭게 쓰는 사람이 작가다. 사냥감을 찾는 수사자처럼 예리하게 벼려진 감각으로 끊임없이 눈빛을 번뜩거리는 사람, 강고하게 엉겨 붙은 기억의 지층이나 지리멸렬한 일상의 갈피를 뒤져 한 줌의 광채를 채굴해 나오는 막장 노동을 불사할 줄 아는 사람이 작가다.

종로 어디쯤에서 김 시인님! 하고 부르면 열 사람쯤은 돌아볼 거라는 시인의 글을 읽은 적이 있다. 수필 동네 역시 다르지 않다. 일 년에 고작 몇 꼭지도 안 되는 글을 발표하면서 이런저런 모임에 얼굴을 내밀고 온갖 연줄과 방편을 동원해 시답잖은 직책을 완장처럼 휘두르며 작가 연(然)하는 사람도 많다. 작가가 글을 지어내지 않으면 미안하지만 그는 작가가 아니다. 전직 작가이거나 작가이고픈 사이비(似而非)다. 멈추어 있어도 끊임없이 뇌를 회전시키고 딱딱한 의자에 엉덩이를 눌러앉혀 순정한 눈과 죄 없는 손가락을 마구마구 혹사하는 사람이 작가다.

만 권의 책을 머릿속에 쟁여야 그것이 흘러넘쳐 글이 되고 그림이 된다는 추사 선생의 말씀처럼, 천 권을 읽어도 한 줄을 건지기 어려운 연비 낮은 레드 오션이 작가들이 사는 세상일 것이다. 모든 게 이미 드러나 버린 세상, 하늘 아래 새것이 어디 있는가. 기왕 있는 것들을 새롭게 해석해 자기만의 시선과 각주를 덧붙여 의미를 부여하고 공감을 얻어내는 일도 쉬운 일이 아니다. 그만그만한 식재료로 매끼 다른 밥상을 차려내야 했던 우리네 가난한 어머니들처럼 일상의 갈피갈피에 숨겨진 사람살이의 비의를 맛깔스럽게 드러내 보이는 예리한 스포일러. 그것이 수필을 시와 철학 사이, 일상에 대한 철학적 성찰의 자리에 모셔두고 싶었던 내 문학적 지향이었거늘.

이런저런 일상에 휘둘리느라 하루해를 속절없이 허비하고서 절인 배추처럼 쓰러져 눕는다. 베개에 어깨를 비스듬히 받치고 침대 머리에 뒤통수를 기댄 채 원고지도 노트북도 아닌 손바닥만 한 폰 위에서 어설픈 손가락 춤이나 추며 가까스로

문맥을 잇고 있는 나. 머리맡에 수북한 책들을 외면하고 일상의 여러 일들에 포섭되어 소출도 없이 시간을 떠내려 보내는 나는 가(家)인가 가(家) 아닌가. 작가인 척하고 작가이고 싶지만 일가를 이루기엔 턱없이 모자라다는 부끄러운 자각이 내 안에 있다. 그래도 작가라고, 작가여야 한다고 지푸라기 한 줄이라도 붙들고 싶은 건 작가라는 직종이 후줄근한 입성을 반짝 빛내줄 금단추 같아 보여서가 아니다. 그나마 그 말고는, 모판 위에 활자를 쪼아 넣는 몰입의 순간 아니고는 나를 나이게 하는 존재감이 어디서도 찾아지지 않아서이다.

하여, 성취에 상관없이 작가에 대한 내 정의도 살짝 수정해야 할 것 같다. 지어내는 일에 일가를 이루지는 못하였어도, 일가를 이루기 위해 지치지 않고 정진하는 사람, 지어내는 일을 기꺼워하고 쓰는 일을 앞자리로 모셔둘 줄 아는 사람 정도로. 인생이 목적이 아닌 과정이듯이 만사가 길 위의 일 아닌가. 먹음직스러운 붉은 대봉을 가지가 찢어지게 주렁주렁 달아 걸지 못하고 까치에 먹힌 먹감 몇 알 쓸쓸히 달고 있어도 한 생을 전심전력 살아냈으면 감나무는 어쨌건 나름 일가를 이룬 셈이려니.

버섯

지붕 하나 기둥 하나 단출한 실존이다. 한 세상 건너는 데 무엇이 더 필요하랴.

맨땅 솟구쳐 탑신 하나 세우고 제각각의 화두 붙들고 선 선승들은 어깨를 겯지도, 등을 기대지도 않는다. 벌 나비를 불러 모으지도 않는다. 무채색 삿갓으로 얼굴을 가리고 세상의 빛과 향에 질끈 눈 감은 채 발치 아래 그림자만 내려다보고 서 있다. 피안(彼岸)과 차안(此岸) 사이에서 산 듯 죽은 듯 묵언수행 중이신 골똘한 단독자들. 등산로 옆 낙엽 더미 아래 단청 없는 집 한 채, 가끔가끔 숨어들고 싶다. 번잡한 세상 뒤로하고 아무도 몰래 세 들어 살고 싶다.

꼬리 칸의 시간

-저쪽 끝이 314호실이에요.

안내인이 복도 끝 방을 가리켰다. 처음 와 보는 요양병원, 가슴이 우당탕, 방망이질했다. 고관절이 무너져 앉지도 서지도 못하게 된 노모가 이곳으로 옮겨온 게 일주일 남짓, 좁고 지저분한 복개천을 돌아 멀뚱하게 서 있는 병원 건물에 들어설 때부터 마음 귀퉁이가 무너져 내리기 시작했다. 코로나로 막혀 있던 가족 면회가 때맞추어 풀린 것은 기적 같은 일이지만 시난고난 살아낸 한 생의 끄트머리를 이렇듯 심란한 종착지에서 매듭지어야 하는 인생이라니.

복도 양쪽, 병실마다에 머리 허연 노인들이 폐기물처럼 내박쳐 있었다. 침대에 웅크려 돌아누운 사람, 꾸어다 놓은 보릿

자루처럼 쭈그려있는 사람, 반쯤 넋이 나간 퀭한 눈으로 멍하니 허공이나 주시하는 사람⋯⋯. 대낮이었음에도 음산하고 퀴퀴한 기운이 안개처럼 건물 안을 점거하고 있었다. 삼백 명 가까운 노인들이 형량도 정해지지 않은 무기수처럼 표정을 잃고 복역하는 이곳, 불쑥, 설국열차의 꼬리 칸이 떠올랐다. 낡고 해지고 여기저기 고장나 쓸모를 잃은 육신들을 한시적으로 보관해주는 수용소 같은 이곳은 더 이상 인간들의 삶터가 아니었다. 이승이 아닌 연옥 어디쯤의 풍경이려나. 위리안치로 수감시켜 두기에는 너무나 무해하고 무기력해 보이는, 순치된 가축 아니 좀비 같은 표정들. 요양은 무슨, 이름만 아름다운 감옥 아닐까.

"고려장이여, 고려장. 거기 들어가면 니들도 못 보고 혼자 죽을텐디⋯⋯. 나는 죽어도 내 집에서 죽을란다. 똥오줌 못 가리고 누워버리면⋯⋯. 그땐 거기다 데려다 놓을 테지⋯⋯."

똥오줌 못 가리고 누워버릴까 봐 고장난 허리와 아픈 다리를 끌며 가까스로 화장실을 오가다가 기어이 절퍼덕 주저앉으신 엄마. 고령에다 수술도 어려워 다시 걸을 확률은 제로에 가깝다는 게 병원 측이 내린 최후통첩이었다. 현대 의학이 선물한 유병장수라는 질병 아닌 질병이 장수를 축복 아닌 재앙으로 바꾸면서 네 명 중 세 명이 병원에서 죽는 시대, 내 침상에서 내 베개를 베고 사랑하는 사람들과 따뜻하고 아쉬운 포옹이라도 나누며 편안하고 품위 있게 죽는 일은 애초 허용 안 된 꿈이었을까. 연어도 물 냄새를 기억해 강을 거슬러 오르고 코끼리도 죽을 데를 찾아든다는데 임종 장소조차 선택하지 못하고 주삿바늘이 주렁주렁 꽂힌 채 무슨무슨 환자라는 죄목을 덮어쓰고 어딘지도 모르는 아득한 곳으로 유배되어 떠나는 게 이생의 마지막 수순이어야 한다니.

허리부터 발끝까지 반 깁스한 몸으로 울룩불룩한 욕창 매트 위에 101살 노인이 누워계신다. 엄마…… 하고 부르니 반가움에 고개를 일으키시려다 발끝도 못 움직이고 자지러지는 엄마. 일찍 머리가 세셨지만 염색 한 번 거르지 않았고 진즉 틀니를 하셨음에도 성근 잇바디를 누구에게도 내보이지 않을 만큼 자존심 강하고 정갈한 엄마가 일생 입어본 적 없는 얼룩덜룩한 환복에 갇혀 수인(囚人)처럼 형틀에 포박되어 계신다. 앙상한 뺨, 움푹한 눈자위, 주사 자국으로 성한 곳 없이 멍든 팔뚝, 근육도 없이 말라붙은 다리로 그렇게도 오기 싫어하시던 곳으로 짐짝처럼 옮겨진 엄마는 단지 너무 오래 살았다는 이유로 잠수복 같은 육신에 갇혀 천형 같은 고문을 감수하고 계신다.

소변줄 끝 비닐 주머니에 탁한 붉은빛이 괴여드는 동안 감은 듯 가느스름해진 눈자위로 말간 누액이 흘러내린다. 전쟁과 가난과 온갖 풍파 속에 아홉 아이를 낳고 생때같은 자식을 셋씩이나 가슴에 묻은, 구겨지고 쭈그러진 피대기 같은 범부가 무에 그리 큰 죄를 지었기에 한 생의 끄트머리에서 산 채로 칠성판에 붙박인 채로 고통을 당해야 한단 말인가. 개체의 죽음과 자기복제로 세대를 이어가는 이 행성의 운영체제를 모르지 않지만, 육친의 생생한 고통 앞에 서면 여태의 터무니없는 은총을 잊고 아직껏 화해하지 못한 신에게 주먹감자라도 날리고 싶어진다. 설령 그것이 이 땅에 생명을 존속시키는 기발한 순환의 방편이라 쳐도 원천징수치고는 너무 가혹한, 몰인정한 징벌적 과세 아닌가.

생명은 모두 백전백패, 모든 삶은 죽음으로 요약된다. 우연으로 왔다 필연으로 지는 인생, 왜 내 의지도 선택도 아닌 한 생을 힘들게 살아내고도 고통을 당하고 슬픔을 흩뿌리며 공포에 질린 뒷걸음질로 세상을 하직해야 한단 말인가. 더 잔인하고 고통스러운 것은 독수리에게 생간을 쪼아 먹히는 고통을 견뎌야 했던 프로메테우스처럼, 상황을 명징하게 인지하면서 언제일지 모르는 때가 올 때까지 초조하게 견뎌야 한다는 사실이다. 욕창이 자리 잡은 아랫도리를 어쩔 수 없이 타자에게 내맡기는 수모를 견디며 집에 가고 싶다고, 언제까지 이렇게 누워있어야 하냐고, 자포자기의 눈빛으로 그렁그렁해 하시는 검불 같은 저 안노인처럼.

　병원에 다녀온 뒤로 내내 잠자리가 편치 못하다. 잠결에 문득 돌아눕다가, 푹신한 침상이 죄스러워 뒤챈다. 뼈마디가 부서지고 살갗이 문드러지면서도 돌아눕지도 일어서지도 못하는 채 형기도 모르는 형량을 감수하고 있을 늙은 수인(囚人)의 신음소리가 벌떡벌떡 나를 일으켜 세운다. 차라리 얼른 데려가시라고, 아니면 정신이라도 무뎌지게 하시라고, 돌아가신 아버지를 소환하기도 한다. 자신의 죽음과 가장 상관없는 사람은 자신일 것이어서 엄마는 지금 삶의 마지막 과정을 명철한 감각으로 인지하며 이승의 시간들을 살아내고 계시는데 주제넘은 딸은 타자의 삶을 고통으로 해석하며 불효막심한 기도나 드리고 있는 건 아닐까. 날이 밝으면 또 문안 전화를 드리고, 오늘은 엄마 목소리가 좋다고, 드시기 싫어도 드셔야 한다고, 그래야 빨리 집에 갈 수 있다고, 세 숟갈 죽도 못 넘기는 엄마에게 자꾸 늘어가는 거짓말로 짐짓 명랑한 척 주절대야겠지만.

다시, 외로움에 대하여

그 사막에서 그는

너무도 외로워

때로는 뒷걸음질로 걸었다.

자기 앞에 찍힌 발자국을 보려고

오르텅스 블루의 짧은 시가 요 며칠 자꾸 내 안을 맴돈다. 눈 앞의 공허를 맞닥뜨리기보다 지나간 발자국이라도 돌아보는 일이 그래도 덜 외로운 일일까. 글쓰기도 그런 것일지 모르겠다. 지나쳐 온 궤적을 돌아보는 일로 잡히지 않는 현존을 환기해보려는.

쓰는 일을 내 존재의 동력이라고, 덧없는 삶에 대항하는 덧없는 부적이라고, 어쭙잖게 천명했던 적이 있다. 일상의 상투성과 동일성을 미학적 시선으로 변주해냄으로 존재론적 허무를 상쇄해 보려 했던, 나름 진지한 허장성세였겠다. 그러나 요즘처럼 원고지도 한글 파일도 아닌 SNS 같은 데에 어쩌다 올리는 일상의 족적들을 삶의 동력이라 밀어붙이는 일은 시쳇말로 좀 허접해 보인다. 존재의 동력이 글쓰기가 아니라 글쓰기의 동력이 존재의 허망함 또는 외로움이라는 게 더 타당한 진술일 듯도 싶고.

　골목 어귀, 잡풀 더미 사이에 겨우겨우 피어난 구절초 앞에 멈추어 서 있다. 섬과 섬의 뿌리가 대륙붕 아래로 잇닿아 있듯, 존재란 어쩌면 한 뿌리의 거대한 고독에서 싹이 터 제각각의 바람결에 흔들리다 사위는 천만 송이 외로움 같은 것 아닐까. 결국 지고 말 꽃이라 해도 목숨의 한때, 생명의 저 안쪽으로부터 길어 올린 광채를 누군가 응시하고 주목해 준다는 것, 스러져갈 생명끼리 소통하고 교감하고 위무하고 찬탄하며 사는 일의 헛헛함을 다독거려본다는 것, 글쓰기도 내겐 그런 의미겠다. 대상이나 사물을 도구적 유용성의 층위로 지나치지 않고 질료적 본성을 들여다보며 교집합을 찾는 존재론적 성찰이 문학이라면 말이다.

썩 친하지도 않았던 친구를 편들어 황제에게 진언했다가 사형선고를 받은 사마천은 『사기(史記)』를 완성하라는 부친의 유언에 따라 사형보다 못한 궁형을 택한다. 그가 그런 치욕을 견디며 글쓰기를 포기하지 않은 이유는 제 안의 불기운으로 소명을 완수해 실추된 명예를 복원해 보려는 확고한 결기가 있어서였을 것이다. 사마천 같은 절절함도 없거니와 죽은 뒤의 영광 따위는 털끝도 관심이 없는 내가 왜 시시한 일상의 이야기나 영혼의 미미한 지문 따위를 중인환시리(衆人環視裡)의 광장 같은 공간에 시나브로 발설하고 있는 것일까. 하등 중요하지도 않은 서사를 습관적으로 문서화하는 고지식한 필경사처럼 말이다. 스러짐에 대한 항명, 소멸에 대한 저항 같은 것인가.

소통이라는 이름으로 연줄을 놓는 관계의 저변에는 외로움이라 이름하는 가축 한 마리가 후미진 구석에 홀로 순치된 채 출구를 모색하고 있을지도 모른다. 촘촘하게 교직된 전(全) 지구적 연결망, 중중무진의 매트릭스 안에서 미미한 좌표로나 존재하는 우리에게 외로움은 교착을 파기하고 혈맥을 소통시키는 투명한 전해질 같은 것 아닐까.

디지털과 코로나의 그늘 속에서 파편화, 단자화 되는 세상이지만 존재란 기실 차갑게 객관화된 '있음'만은 아닐 것이다. '외로우니까 사람'이 아니라 연결됨으로써 사람이다. 외롭지 않으면 소통하지 않을 테고 소통 없이는 교감도 어려우니. 외로움은 떨쳐내야 할 부정적 감상이나 존재의 어떤 불순물이 아니다. 불완전한 개별자인 인(人)을 인간(人間)으로 완성시키는, 존재의 원형질이고 상생의 질료다.

개와 고양이에 관한 진실

머리가 허연 사내 하나가 털이 하얀 강아지 한 마리와 동네 골목을 산책 중이다.

산책하고 싶어 한 게 개였는지 사내였는지 알 수는 없지만, 강아지가 앞장서고 사내가 뒤를 따른다. 강아지가 길모퉁이에 멈춰 서 있다. 아랫도리를 낮추고 볼일을 보는 개를 사내가 조용히 기다려준다. 꽁초 한 개비 마음 놓고 못 버리는 인간의 거리에 천연덕스럽게 응가를? 무슨 상관이냐고, 갈 길이나 가시라고, 녀석이 흘끔 위아래로 훑는다. 녀석이 일어선다. 사내의 손이 점퍼 주머니 안에서 꼼지락거리나 싶더니 둘둘 말린 휴지와 꾸깃꾸깃한 비닐이 딸려 나온다. 바닥에 널린 똥 덩어리를 허리 굽혀 주워드는 중씰한 저 사내, 제 아이 기저귀 수발도 저리 극진하였을까.

아이 둘을 키워내는 동안 기저귀 한 번 들춰준 적 없는 남자가 어느 날 들려준 이야기는 이랬다. 고교 동창 몇이서 술 한잔을 하는데 옆자리 친구에게 자꾸만 전화가 빗발치더라는 것이다. 눈치를 보니 빨리 들어오라는 채근 같아 신혼도 아닌데 다 늙어 무슨? 하니 난감한 표정의 그 친구 왈, 그날이 견공(犬公) 제삿날이라는 거였다. 13년 동안 한식구로 살던 개가 지난해 노환으로 돌아가 아이들과 추모행사를 하기로 했다는 거였다.

"내 참 기가 막혀…… 선산 벌초도 안 하는 녀석이……."

개 영정 앞에 촛불 켜 놓고 추도예배를 드린다는 말에 나 또한 함께 웃고 말았지만, 애견 유치원에 애견 카페, 애견 호텔까지 성업 중인 우리 동네 개들이 들으면 세상 변한 거 모르냐고 설레발칠지 모른다. 화려한 액세서리에 다이어트 사료는 기본이고 때맞추어 스케일링을 하고 관절 영양제까지 복용한다는 아랫집 귀부인 말티즈 여사가 건너편 빌라에 사는 숏다리 노신사 닥스훈트 공(公)을 만나면 콧속말로 킁킁 속닥거릴지 모른다. '케이블에 도그 TV 생긴 거 알지요? 혼자 있을 때 시간 죽이기 딱이더라고요. 인간들이 이제야 철이 드는 것 같아요.'

인간이 오늘날 이 행성의 패권을 장악하고 우두머리의 위상을 공고히 하게 된 데에는 초창기 개들의 혁혁한 공헌이 있었음을 간과해서는 안 된다. 인간이 맹수를 앞지르기 시작한 게 개와 편먹은 다음부터였다 하니. 야생늑대에서 길들여진 개들이 인간의 편에 서서 사냥감을 쫓고 사나운 짐승들을 영역 밖으로 축출하는 데에 일조해주지 않았다면 지구촌의 권력구조가 지금과는 사뭇 달라졌을 것이다. 그런 사실을 까맣게 잊고 개새끼니 개떡이니 개망나니 같은 말로 시시때때 자존감을 뭉개고, 복날마다 개장국으로 함포고복(含哺鼓腹)하는 인간들이야말로 개 쪽에서 보면 천하에 배은망덕한 파렴치였을 터이다. 개가 그런 욕을 들어야 한다면 왕좌를 빼앗긴 호랑이나 사자, 질투심에 사로잡힌 여타 가축들에게서 일 테니.

캐스팅보트를 인간 쪽에 행사함으로써 뭇짐승들에게 추악한 배신자로 낙인찍힌 개들에게도 반역의 열매는 달고 향긋했다. 인간과 함께 노루나 사슴을 쫓음으로써 사냥감이 아닌 사냥 조교로 신변안전을 보장받았고 시시때때 떨어지는 떡고물로 끼니 걱정을 면하게 되었으니. 타고난 명민함으로 사냥꾼이 아닌 사냥꾼의 마나님이 실세라는 사실을 일찌감치 간파해 낸 그들은 마나님 품에 쏘옥 안길 수 있게 체구를 줄이고 품종을 다변화함으로써 야생늑대의 개체수를 현격하게 뛰어넘을 만치 종족 번식에도 성공하였다. 뿐인가. 금세 헤어졌다 다시 만나도 십 년이나 못 본 듯 열광적으로 뛰어오르는 호들갑 매너 덕에 인간의 침소에서 껌을 씹고 유기농 간식을 깨작거리는 특권과 호사를 누리기도 한다. 선견(先犬)들의 밝은 선견(先見)이야말로 dog에서 god로, 종족의 운명을 바꾼 건곤일척의 결단이었던 셈이다.

이쯤에서 이제 적인 듯 동지인 듯 아리송한 이웃사촌 고양이도 짚고 가야 할 것 같다. 고양이는 어떻게 우리 곁에 왔을까. 불공대천의 '개새끼'들 때문에 제왕의 자리를 잃어버린 맹수들, 당장 마을로 내려가 원수와 배신자를 요절내고 싶었을 것이나 전세가 턱없이 기울어버렸다. 절치부심 복수만을 꿈꾸다가 졸개 몇 마리 내려보내 염탐이라도 해보자 했던바, 호기심 많고 예민한 동아시아 출신의 삵과 날렵하고 유연한 이집트 원산의 야생고양이가 최종 경합을 벌이게 되었다. 결국, 동그란 눈망울에 조신한 걸음걸이, 섹시한 목소리를 가진 고양이가 인간의 경계심을 늦추고 개와 맞장을 뜰 만하다 하여 밀사로 발탁되었다던가. 믿거나 말거나, 유치하거나 말거나다.

인간 세상에 잠입한 고양이는 주어진 소명을 잊지 않았다. 인간과 개에게 공히 반감을 품고 누구에게도 함부로 곁을 주지 않았다. 열 길 물속은 알아도 반의 반 길 고양이 속은 알다가도 모르는 일. 잃어버린 종족의 영화를 꿈꾸며 복수혈전을 획책하는 그들은 비굴하게 꼬리를 흔들어 먹이를 탐하지도,

함부로 무릎을 낮춰 복종을 맹세하지도 않는다. 타고난 '밀당'의 고수답게 새침한 듯 까칠한 듯 내숭을 떨며 길들지 않는 야성으로, 맹수의 품위로 어슬렁거린다. 고양이는 채권자처럼, 강아지는 채무자처럼 우리 곁을 맴돈다. 인간에 대한 개와 고양이의 입장 차이를 베르나르 베르베르는 그의 책 『상상력사전』에서 이렇게 통찰한다.

－개는 이렇게 생각한다. '인간은 나를 먹여줘. 그러니까 그는 나의 신이야.' 고양이는 이렇게 생각한다. '인간은 나를 먹여줘. 그러니까 나는 그의 신이야.'

한결같은 충성심과 애교로, 요염하고 도도한 변덕으로, 인간의 마음을 훔치는 동물들. 애완을 넘어 반려로, 진즉 품계가 격상된 그들은 제각기 다른 매력과 전략으로 인간을 수하로 부리기에 이르렀다. 어쩌면 저들은 아득한 시절의 구원(舊怨)을 잊고 적의 적은 동지요 우방이라는 심정으로 무소불위의 권력에 엿 먹일 계책을 암암리에 주고받고 있을지도 모른다. 털도 없고 꼬리도 없는 저 수상한 반려 아닌 반려가 요즘엔 하나같이 애정결핍과 외로움 같은 치명적 질환에 시달리고 있다는 사실조차 저들에겐 한물간 정보일지도 모른다.

인간들, 특히 인간 남자들은 이 시대적 패러다임을 진중하게 받아들여야 한다. 사람 사는 세상에도 갯과와 고양잇과, 두 부류의 여자가 존재한다는 사실, 둘 다 공히, 은밀하거나 노골적인 갑(甲)질로 사내들을 부려먹기 시작했다는 사실을.

몸값

으슬으슬 감기 기운이 있어 저녁 준비도 미루며 꾀부리고 있었더니 일박 이일 트레킹 다녀온 남자, 놀고 와 밥 재촉하기 미안했던지 "그럼 나가서 죽이나 한 그릇씩 먹지." 한다. 입맛도 없고 종일 누웠다 일어났다 하느라 맥도 풀려 있었던지라 슬리퍼 끌며 따라나섰다.

매생이 굴죽이랑 게살죽 한 그릇씩 시켜놓고 묵은 부부답게 묵묵히 숟가락질에 열중하고 있는데 갑자기 이 남자, 바지 주머니를 더듬적거린다.

"이런…… 지갑을 두고 왔네."

꼼꼼하고 용의주도하기로 둘째가기 서럽던 사람도 나이 드는 것은 어쩔 수 없는가. 요즘엔 자주 손전화나 지갑 따위를 두고 나갔다 현관문을 두 번씩 여닫곤 한다.

"먹고 있어요. 내, 갔다 올 테니……."

엉거주춤 일어나는 시늉을 하니 "아니야, 내가 다녀올게." 하며 부리나케 일어서 나간다.

몸 고생보다 마음 불편한 것을 못 참는 것은 낯가죽 두껍지 못한 그나 나나 마찬가지. 멀겋게 풀어진 죽사발에 헛수저질을 하는 척, 돈 들고 올 사람 기다리면서 죽상을 하고 있는 뻘쭘함이라니. 잘못했다. 차라리 내가 가는 건데. 내친김에 두어 시간 실하게 앉혀 두고 켜켜이 쌓인 구원(舊怨) 값을 찬스였는데…….

옆자리 사람들이 힐끔거린다. 카운터 청년의 눈치도 보인다. 저 사람들 냉전 중인 것 같더니 남자 쪽이 화가 나서 가버렸구만, 하는 시선 같다. 애꿎은 물컵이나 들었다 놨다 하며 출입구 쪽을 흘끗거려 봐도 시간은 왜 이리 더디 가는지.

집 전화도 없던 신혼 시절, 새벽녘까지 돌아오지 않는 신랑 기다리며 목 빼고 서성거리던 날들 이후, 언제 이렇듯 초조하게 사람을 기다려보았던가. 팥죽 한 그릇에 장자(長子)권을 사고판 야곱과 에서의 이야기를 성경 어디에선가 읽은 기억은 있지만, 삼십 년 함께 산 반불경이 마누라를 식은 죽 두 그릇에 잡혀 먹는 남정네는 동서고금에 금시초문이다. 약관출세(弱冠出

世), 노년무전(老年無錢)만큼이나 중년이처(中年離妻)가 악수(惡手)라는 걸 아는지 모르는지 배짱 좋은 이 남자, 이십여 분이 족히 지난 후에야 어슬렁어슬렁 이 쑤시며 나타나 전당포에 맡겨둔 손목시계 찾듯 죽집 주인과 계산을 끝낸다. 오십 킬로 고철 깡통값도 안 되는, 오십 킬로 단물 빠진 마누라 값은 쥐뿔, 일금 일만 팔천 원이더라.

개박하

고양이 대마초라는, 개박하 이야기 들어봤어? 새침데기 귀부인 샴고양이 도도에게 마른 개박하 가루를 살짝 뿌려 보았지. 갱년기 우울증으로 소침해 있던 도도, 정신이 아득하고 몽롱해져서 핥고 뒹굴고 부비부비 아흥, 황홀한 고통에 어쩔 줄 몰라 했네. 향기에 취해 에로에로 홍홍, 애교 떠는 모습이 혼자 보기 아까운 가관이었지. 천국의 맛 제대로 보여주려 개박하 잎 몽땅 뜯어 무더기째 던져주어 보았다네. 음냐리 냠냠, 바로 이 맛이야……. 혓바닥을 날름대며 극치감에 온몸이 녹아내릴 줄 알았더니 웬걸 시큰둥, 얼마 안 가 퍼질러 늘어져 버리더군. 절정을 지나면 사그라진다는 걸 미처 생각하지 못했던 거지.

향기롭지만 삼키면 끝나버리는, 사랑도…… 개박하야.

몽생미셸

신을 숭앙하기 위해 지은 성에 신의 숨결은 없었다. 고성의 아름다움을 보기 위해 열 시간 넘게 비행기를 타고 자동차로 몇 시간을 달려왔지만 무성한 사람들의 발자취 속에 신의 존엄은 보이지 않았다. 대신 인간의 비천함만 가득했다. 사람들은 신을 빙자하여 음식을 팔고 싸구려 기념품을 사고 이리저리 몰려다니며 사진을 찍어댔다. 비둘기 두 마리가 고성의 처마 밑에서 고개를 외로 틀며 춤을 추다가 오래오래 짝짓기를 했다.

멀리서 바라다보이는 성은 광포할 만큼 아름다웠다. 갯벌 길로 끝없이 사람들이 건너왔다. 비탈진 성벽 사이를 오르내리는 동안 내 머릿속에 신은 계시지 않았다. 너와를 깎고 돌덩이를 옮기며 추위와 배고픔에 시달렸을 하층민들의 숨소리만 환청처럼 들려왔다. 궁벽한 바위섬 바닷가 언덕에 성을 쌓기 위해 얼마나 많은 사람들이 피와 땀과 눈물과 한숨을 흘려야 했을까. 수도원에서 요새로, 감옥으로 사용되다 관광명소로 탈바꿈한 이곳이 신께서 정녕 원하신, 신의 영광을 위한 곳일까.

샤르트르나 몬세라트, 파밀리아 성당에 갔을 때도 마찬가지였다. 아름다운 스테인드글라스를 보며 신의 위대함 대신 인간의 위대함을 생각했다. 신을 찬미하기 위한 성안에 신의 영광은 보이지 않고 사람들의 눈물만 아른거렸다. 상중무불 불중무상(相中無佛 佛中無相), 상 가운데는 부처가 없고 부처는 상이 없다 했거늘, 신이 어디 연화대(蓮花臺) 위나 뾰족탑 안에만 계시겠는가.

미국의 한 초등학교에서 7대 불가사의에 대한 숙제를 냈다. 아이들은 제각기 인터넷을 뒤지고 자료를 찾아 자기가 생각하는 일곱 가지 불가사의를 다양하게 골라 왔다. 피라미드와 만리장성, 타지마할에 에펠탑이나 자유의 여신상이 추가되기도 했다. 왁자한 아이들 틈바구니에서 아이 하나가 울상을 짓고 있었다.

"무슨 문제가 있니?"

선생님이 물었다.

"네, 너무 많아 결정을 못 하겠어요."

"그럼 네가 골라놓은 걸 하나씩 말해 볼래? 다른 친구들이 도와줄 수 있을 거야."

망설이던 아이가 적어온 것들을 읽기 시작했다.

"to see, to hear, to touch, to feel, to taste, to laugh, to love….."

사람 손으로 이룩한 것들보다 사람 자체가 불가사의이듯 신의 위대함을 느끼는 곳도 고결한 성소나 성전 안만은 아닐 것이다. 성소 바깥의 흔한 풍경들, 햇살이거나 바람이거나 벌레 먹은 연초록 나뭇잎이거나 바람에 흔들리는 작은 들꽃 속에 신이 생생히 숨쉬지 않던가. 신의 영광은 신의 창조물 안에, 인간의 창작물 안에는 인간의 영광이 깃들여 있는 것, 생각하면 지극히 당연한 일이다.

토르소

누구의 것인지 증명할 수 없는 동체. 편집되고 삭제된 몸뚱이들이 전시실 안에 늘어서 있다. 봉긋한 가슴. 탄력 있는 둔부, 꿈틀거리는 근육질……. 표정과 제스처를 따돌린 정태적인 물상 안에는 생명의 역동성을 은닉한 정물적인 고요가 숨쉬고 있다.

머리도 팔다리도 생략되어 있어 얼핏 부자유스러워 보이긴 해도 토르소는 기실 무한 자유다. 누군가 내 몸이라고 우겨도 좋을, 내 몸이 아니라고 손사래 쳐도 그만일 익명의 저 몸뚱어리들. 두상과 사지가 다 갖추어진 몸이었다면 이처럼 오래 그 앞에 서 있지는 못할 것이다. 어떤 일탈도 허용되는 익명성과 어떤 욕정도 불허하는 무구함이 절묘하게 공존하는 토르소 앞에서 나는 고개를 갸웃거린다. 해탈한 욕망인가 욕망의 해탈인가.

밑동도 우듬지도 없는 나뭇등걸 같은 군상들은 함부로 논리를 주장하거나 관념을 강요하지 않는다. 섣부른 이성으로 상대를 재단하고 판단의 잣대를 들이대지도 않는다. 정숙한 젖가슴에 혐의를 씌우고 조신한 둔부를 충동질하는 것은 사특한 머리와 줏대 없는 관절 같은 몸통 바깥의 다른 부위들 아닐까. 꽃 피는 통증도, 간지러운 잔뿌리도 아랑곳 않고 오로지 가슴으로 밀고 나가는, 토르소는 무죄다. 신성하고 정결한 무욕의 영지(領地), 풍만하고 따뜻한 감각의 제국이다.

아침 안개

그는 거물이야 하늘과 바다를 합방시키고 밤과 낮의 경계를 허물지 사람이 만든 구획을 지우고 신의 업적조차 무화시켜버려 논둑이며 밭고랑을 후루룩 삼키고 강물을 통째로 들이마시는 그는 미처 씹지 못한 봉우리 하나 허공에 둥실 뱉어놓기도 해

그는 고단수야 숨소리도 없이 진군해 와서 오랏줄도 없이 포박해 버리거든 품어 안는 척 발을 묶는 사랑법이 내가 아는 누구와 기막히게 닮았어 겹겹이 진을 치고 포위해보아도 끝내네 안으로 스밀 수는 없었다고 발목을 꺾고 허리를 분질러도 영혼까지 결박할 순 없을 것 같다고 젖은 어깨 일렁이던 그가

떠났어 떠난 후에야 나는 알았지 사라져 주는 것도 사랑이라
는 것을 안갯속 같다는 말 함부로 하지 마 들여다볼수록 환하
고 맑아

노숙하는 별들과 다친 새를 품어 안고 고단한 도시가 새벽잠
이 들 수 있게 도포자락 둘러 잠포록이 감싸주던 품 넓은 사내
하나 종적 없이 사라졌어 슬프지도 않게 말갛게 지워졌어

만추(晩秋)

가브리엘 포레의 〈파반〉이 실크처럼 휘감기는 카페에 앉아 창밖 풍경을 내다보고 있다. 가을이 이 거리를 통과하고 계신 건가. 은행나무들이 일제 사열 중이다. 봄여름 동안 존재감 없이 서 있던 나무들에 황금나비 떼가 북적이기 시작하면 가을은 급격하게 조락으로 치닫는다. 익은 노랑 빛으로 차오르는 계절, 에스프레소 잔이 식고 있다.

누군가 그랬다. 커피한테 어느 계절과 한잔하실 거냐고 물어본다면 가을이랑 하겠다 할 거라고. 초가을이 아메리카노라면 늦가을은 에스프레소다. 깊고 그윽한 커피 향과 어우러진 포레의 선율이 내 안의 와디를 느리게 적신다. 눌러두었던 감상

(感傷)이 마른 물길을 따라 스멀스멀 번져온다. 뜨거운 혓바닥을 가진 불뱀 한 마리가 핏줄을 타고 거슬러 오르는지 명치 어디쯤이 알싸하게 아프다.

누가 가을을 남자의 계절이라 했던가. 늙어가는 여자에게도 가을은 위험하다. 머리칼을 날리는 바람결 하나에도 애써 잠가둔 안전핀이 순식간에 뽑혀 나갈 수 있는 나이, 그 나이쯤 되어 봐야 아름다운 것들 속에 감추어진 슬픔도 비로소 눈에 들어온다. 임계(臨界)를 넘으면 감당하기 어려울 터, 둑이 터져 넘치기 전에 서둘러 털고 일어나야 한다.

공원 옆 길가에 늦게 핀 구절초들이 해쓱하게 웃고 있다. 오지 않는 누군가를 기다리며 아무렇지 않은 듯 표정 관리 중이지만 갈급한 마음은 어쩔 수 없는 듯, 수척하게 야윈 낯빛들이다. 해끗한 이마 어디쯤에 죽음이 한 발을 걸쳐놓고 있는데도 저리 천연스레 웃을 수 있다니. 강적(强敵)이다. 고수다. 대단한 전략가다. 연약한 듯 노련한 포커페이스 앞에, 웃음을 무기로 원하는 바를 쟁취해내려는 목숨의 저 비장함 앞에, 나는 그만 두 손 두 발 다 들고 싶어진다.

둥근 둘레를 풀어헤친 나무 아래로 늦가을 같은 여자 하나 휘적휘적 걸어간다. 변심한 애인처럼 가을이 가고 머지않아 눈이 내릴 것이다. 그렇게 한 해가 갈 것이다. 그렇게 한 생이 흘러갈 것이다.

함께 먹어요

"언제 밥 한번 먹읍시다⋯⋯."

송년 모임에서 만난 누군가가 헤어지면서 던진 말이다. 특별히 가깝지도 소원하지도 않은 관계에서 의례적으로 주고받는 말이라 나도 어정쩡, 그러자며 돌아섰다. 지하도를 건너다 한국인이 가장 많이 하는 빈말 1위가 밥 한번 먹자는 말이라는 게 생각나 혼자 피싯, 실소를 흘린다. 그 말의 방점은 '밥'이 아니라 언제일지 모르는 '언제'일 터이나 밥 한 그릇의 온기에 편승해 피차 흔쾌하게 '언제'를 잊는다. 통상 공수표일 확률이 높은, 영혼 없는 인사가 유효한 이유다.

인간은 왜 함께 먹을까. 제 숟가락으로 제 목구멍에 퍼 넣는 일을 왜 굳이 함께하려 할까. 수렵과 채취가 여전히 생존의 주요 수단인 다른 동물들은 제각기 알아서 제 배를 채우는데 인간들은 왜 먹는 일보다 더 긴한, 다른 용무들이 있을 때조차 이런저런 음식들을 앞세우고 만날까. 생각해 보니 나도 그렇다. 특별히 바쁘거나 사무적인 용무가 아니면 먹지도 마시지도 않으면서 누구를 만나는 일은 거의 없는 듯하다. 음식을 씹거나 게걸스레 삼키거나 꾸역꾸역 뱃속에 밀어 넣는 일이 썩 아름다운 풍경은 아닌데 아웃풋은 은밀히 해결하면서 인풋은 왜 함께하는가.

출산한 여자들은 아기에게 첫 젖을 물리면서 어미가 되었음을 비로소 실감한다. 내 몸의 자양을 기꺼이 덜어 공여하는 일로 오프라인의 첫 관계를 시작하는 것이다. 남녀관계도 다르지 않다. 사랑이란 에너지의 상호교류라고, 어느 결혼식에서 주례를 맡은 물리학자가 말했다. 에너지를 호환할 수 있을 때 관계가 보다 돈독해진다. 소개팅에서 상대가 맘에 들면 밥까지 먹고 오고 아니다 싶으면 차만 마시고 헤어지듯 물리적 심리적 거리를 좁히는 최선의 방책이 음식을 함께 나누는 일임을 사람들은 대체로 의심하지 않는다. 곤충이나 새의 수컷 중에도 구애의 방편으로 먹이를 선물하는 종이 많잖은가. 수컷이 잡아 온 벌레를 암컷이 받아먹으면 성공, 거절하면 끝이다.

동물행동학에서의 가족이란 어미와 자식의 애착 관계에 수컷이 '추가'된 것이라 한다. 천륜이라기보다는 양육을 위해 만들어진 후천적 협력집단이라는 뜻이다. 여기저기 씨나 뿌리며 어슬렁거리는 부랑자가 가족의 일원으로 정착하기 위해서는 먹거리라도 사냥해 와 처자식을 부양하는 역할을 해야 했을 것이다. 자고로 사내란 해 뜨면 밖에 나갔다가 해 질 녘에 토깽이 뒷다리라도 하나 척 걸치고 들어와야 거드름을 떨고 대접을 받지 않던가. 안정적으로 자녀를 건사해야 하는 여자들에게 선택의 준거는 대부분 밥이어서 눈 밝은 여자들은 과거보다는 현재, 현재보다는 미래의 밥에 예민하게 반응한다. 일생 밥벌이를 해주고도 '삼식이' 소리를 듣는 은퇴남의 비애도 어떤 여자들에게는 과거의 밥이 무효일 수 있어서일 것이다.

사람과 사람 사이를 공고하게 밀착시키는 밥. 함께 먹는 일은 그래서 중요하다. 한솥밥을 먹는 일만큼 운명공동체라는 사실을 주지시키는 일은 흔하지 않다. 한솥밥 먹는 가족을 식구(食口)라 부르듯 회사나 동반자를 의미하는 컴퍼니(company)나 꼼빠니(compagnie)도 com(함께)+panis(빵)가 조합된 라틴어에서 유래하였다 한다. 함께 빵을 나누는 사이니 식구나 진배없다. 눈앞의 음식을 나눠 먹으면 동질감을 느끼고 공감이 더 쉬워지는 것인지 골치 아픈 비즈니스나 정치 현안 같은 것도 회식 자리를 통하고 나면 해법이 쉬 찾아지기도 한다. 밥알의

찰기나 빵의 글루텐이 데면데면한 관계를 진득하게 이어 붙여서인가.

세 살배기 손녀와 놀아주는 게 일상이 된 요즘, 새롭게 발견한 사실이 있다. 아기들이 재잘재잘 말을 뱉어내기 시작하는 시기가 언제인지 아는가? 젖병을 내던지고 식탁에 함께 앉으면서부터다. 말은 밥그릇에서 태어난다는 사실. 서툰 숟가락질로 주워 담는 게 밥알만은 아니라는 이야기다. 밥을 먹으면서 말도 늘고 찌개 냄비에 숟가락을 섞으며 마음도 함께 섞는다. 우유나 미음처럼 건더기가 없어 씹을 게 없는 유동식에는 음절을 형성하는 성분이 들어 있지 않은 모양이어서 숟가락질을 못 하는 중환자나 이 빠진 노인들은 점차 말을 잃고 입을 닫기 일쑤다. 안주도 없이 혼자 깡술을 마시는 사람과 대화다운 대화가 어려운 것도 그래서가 아닐까.

TV를 켜면 연일 〈나 혼자 산다〉나 〈혼술 남녀〉 같은 프로그램들이 넘쳐난다. '혼밥', '혼술' 같은 신조어들이 대중매체마다 심심찮게 등장한다. 시간에 쫓기고 관계에 지친 사람들이 자발적 왕따로 정체성 찾기를 도모하는 건가. 사람보다 기계와 노는 게 편한 단자적 존재들이라 식사 때만이라도 부담스러운 대면접촉을 피하고 싶어서인가. 혼자 걷고 혼자 영화 보며 혼자 놀기를 좋아하는 은둔형 외톨이일지라도 혼자 먹는 일만은 권하고 싶지 않다. 인간에게 음식은 먹이가 아니다. 문화다. 돌아앉아 골똘히 위장 에너지를 채워 넣는 행위는 문화 인간의 모습이 아니다. 먹잇감을 발견하자마자 허겁지겁 제 뱃속에 욱여넣는 대신 조리된 음식을 함께 나누며 정서적 공감으로 유대를 다지는, 그것이 인간다운 식사(食事) 풍경 아닐까.

먹는 리추얼(ritual)은 죽어서까지 계속된다. 때마다 차례를 지내고 메밥을 올리는 일로 산 자들은 죽은 자를 잊지 않았음을 고한다. 밥은 하늘이다. 이승과 저승, 사람과 사람 사이에 밥의 권좌가 있다.

3장

흐르는 것은
시간이 아니다

눈물의 높이,
그리움의 높이

휴대폰 카메라를 허공에 들이대거나 신호대기 앞에서 하늘을 올려다보는 일이 잦아졌다. 승암산 위로 흰 구름 한두 점 두둥실 떠가던 어린 날에는 구름이란 당연히 하늘에 속한 거였다. 아니, 훨씬 그 이후까지도 하늘과 구름의 친연성을 의심하지 않았다. 뛰어내리면 푹신 안길 것 같은 구름밭을 비행기 창가에서 열두 번쯤 내려다본 후에야 저 순결한 종족의 번지수가 하늘보다는 지구에 가깝겠구나 하는 생각이 들었다.

이상도 하지. 구름은 왜 꼭 그만큼의 높이에서 지구별을 휘감고 서성거리는 걸까. 대기권이나 성층권 밖으로 더 멀리, 카시오페이아나 안드로메다까지 흘러가지 않고 왜 늘 지구 언저리를 배회하며 흐름으로 흐림을 경작하는 걸까.

구름을 볼 때마다 아버지가 생각난다. 돌아가신 아버지가 저 높이 어디쯤에서 우리를 굽어보고 계실 것 같다. 앙상한 등뼈로 벽을 향해 모로 누워 계시던 아버지, 닫힌 방문을 열고 침대 곁에 어색하게 걸터앉는 딸을 향해 가까스로 돌아누우신 아버지는 삭정이 같은 팔을 뻗어 우리 딸 고맙다고, 복 많이 받고 늘 좋은 날 되라고, 그렁그렁 축원을 하시곤 했다. 그런 아버지 마음이, 아직도 이 행성을 떠나지 못하고 저 높이 어디쯤에서 지켜주고 계실 것 같다. 그러니까 구름은 먼저 떠난 이들이 남은 자들에게 보내는 못다 한 말씀 같은 것, 눈물이거나 정한이거나 애틋함이나 간절함 같은 것, 떠나왔으나 떠나지 못한 마음들이 더 먼 하늘로, 아득한 별들로 올라붙지 못하고 높지도 낮지도 않은 그리움의 높이로 서성이고 있는 것 아닐까. 흐르다 머물다 엉겼다 풀어졌다 하며 나뭇가지와 대지에 격렬한 눈물로 쏟아져 내리고 남겨진 이의 귓불과 머리카락을 안개 바람으로 간질이기도 하면서 지상의 목숨들에게 젖을 물리듯 흩어졌다 머물다 하는 것 아닐까.

산 그림자 위로 번져 있는 구름 사이로 창백한 달이 낙관처럼 찍혀있다. 머지않아 저녁이 오고 별들이 소금처럼 돋아나면 육중한 어둠의 휘장 뒤로 구름도 내색 없이 누울 것이다. 솔기가 터진 솜이불처럼 빗장뼈도 없이 몸을 포개다 계보 없는 슬픔으로 어우러져서 한바탕 눈물도 쏟을 것이다. 너무 멀어 돌아올 수 없을 만큼의 거리가 아닌, 지상의 것들이 가장 아름답게 내려다보이는 그 높이쯤이 영혼들의 거처였으면 좋겠다.

흐르는 것은
시간이 아니다

시간은 이곳에서 마디게 흐른다. 서울의 일주일은 별스러운 흔적을 남기지 않고 휘발해버리지만 이곳의 시간은 밀도와 색감이 하루하루 다르게 분절되어 흐른다. 일상이 제거된 여행지의 시간이라서일까. 그럴지도 모르겠다. 새롭거나 흥분을 느낄 때 분비되는 도파민이 시간의 흐름을 관장하는 뇌 속 선조체에 영향을 미치기도 한다고 하니. 시간은 외계, 물리적 실체인가. 장소나 환경, 심리상태에 따라 다르게 체감되는 감각적 추상인가.

사십이 넘으니 역사가 보이더라는 시인이 있었다. 〈엄마는 오십에 바다를 발견했다〉라는 연극도 생각난다. 사십에도 오십에도 막막하기만 했던 나는 갑년을 넘기고야 가까스로 무언가가 보일 듯 말 듯 해졌다. 시간이다. 감히 시간이 보인다 하다니. 시간 속에서, 시간의 지배를 받고 사는 인간에게 가장 큰 미스터리가 시간일 듯싶은데. 정정하겠다. 존재의 외투를 걸치고 천태만상으로 일었다 스러지는 시간의 의미가 조금 더 묵직하게 육박해 오더란 정도로.

볼 수도 들을 수도 만질 수도 없는 시간, 냄새도 부피도 온도도 없는 시간은 제가 낳은 새끼를 제 입으로 잡아먹는 신화 속 크로노스처럼 세상에 없던 생명을 데려와 잠시 잠깐 꿈을 꾸게 하다가 무시로 무자비하게 데려가 버림으로 세계를 철저히 타자화한다. 세상의 모든 희로애락, 사소하고 심오한 사연과 서사를 얄짤없이 죽음으로 요약해버리는, 시간은 변수인가 아니면 상수인가.

이탈리아의 이론물리학자 카를로 로벨리는 '시간은 흐르지 않는다'고 규정한다. 시간이란 우리를 둘러싼 사물이 어떻게 변해 가는가를 헤아리는 인식체계로 인간의 관점에서 덧씌워진 추상일 뿐 실재하는 게 아니라는 것이다. 세상을 사물이 아닌 사건과 과정의 총체로 보는 그는 시간이 사물을 변하게 하는 게 아니라 제각각의 보폭에 따라 변화하는 사물이 있을 뿐이라 말한다. 만물의 속성이 변(變)이고 화(化)라면 존재의 본질은 being이 아니라 becoming이려니. 그럴지도 모르겠다. 생로병사의 과정 역시 어떻게든 '되어가는' 개별적 서사 내지 '사건'일 따름이니. 유일하지도 않고 방향도 정해져 있지 않고 흐르지도 않는 무시무종의 에너지 장에 매듭을 만들고 눈금을 매겨 신의 보폭을 재려 하는 인간들, 시간이란 혹 인간의 뇌 속에나 서식하는 마디마디 환상충 같은 것 아닐까.

미니어처 우산처럼 도르르 말려 있던 산책길 옆 갯메꽃들이 일제히 도열해 분홍 나팔을 불고 있다. 누가 저 가녀린 꽃들을 밤새 윽박질러 해 아래 환하게 세워두었는가. 시간이다. 시간이 특히 살아있는 것들에게서 발각되는 것은 목숨의 원형질이 시간이어서일 것이다. 시간은 만물의 보이지 않는 질료, 비물질적 원소로 스며 있다가 생화학적 미립자로 활성화되어 미세하게 요동치며 확산하는 시간은 그 속도나 진폭에 따라 생물처럼 보이기도, 무생물처럼 보이기도 하는 것 아닐까. 존재가 시간의 현현(顯現)이라면 피고 지는 건 꽃이 아니라 시간 그 자체일지 모른다. 환하게 펼쳐졌다 야멸치게 패대기쳐지는 시간의 현상학, 또는 현상학적 시간.

아만다 사이프리드와 저스틴 팀버레이크가 주연한 영화 〈인타임〉에서는 시간이 돈 대신 화폐로 통용된다. 커피 한 잔에 사분, 버스 요금은 두 시간, 필요한 모든 것이 시간으로 치환된다. 시간은 은밀하게, 또는 노골적으로 거래된다. 삶이란 시간 뺏기 싸움이어서 뺏기고 빼앗고 훔치고 착복하다 생체시계가 0이 되면 죽는다. 시간 걱정 없는 사람이 부자고 시간을 장악하는 사람이 승자다.

원하는 물건을 사기 위해 시간을 지불한다는 설정은 영화 속 이야기나 공상 과학적 우화만은 아니다. 생명체는 모두 시간의 배터리, 용량이 한정된 타임캡슐이다. 시간은 교환가치, 궁극의 소비재다. 주어진 시간을 무엇으로 맞바꾸느냐에 따라 삶의 방향(芳香)과 질감이 달라진다. 우리 모두 시간의 젖을 빨고 자라다 시간에 의해 폐기처분 되지만 적재된 시간을 탕감해나가는 방식에 따라 존재의 양식에도 낙차가 생겨난다. 시간은 누구에게나 공평한 공동 자산이 아니다. 불공평하고 불평등한 개별 자산이다. 워런 버핏과의 점심 한 끼는 지난달 경매에서 1,900만 달러에 낙찰되었다는데 서울역 언저리 노숙자의 시간은 아무리 세일해도 팔려나가지 않는다. 부자는 돈을 내 남의 시간을 사고 가난한 사람은 시간을 덜어 필요한 돈과 바꾼다. 가진 게 몸밖에 없어 몸을 부려 몸을 살리는 사람도 여윳돈이 생길 때 가장 사고 싶은 것은 마음대로 쓸 수 있는 시간일 것이다. 시간은 권력이다. 궁극의 가치다. 돈을 주고 수명을 연장할 수 있다면 억만금을 내고라도 그리 할 사람이 많을 것이다.

시간이 흐르는지 우리가 흐르는지 알 수는 없지만 어디서건 같은 속도로 흐르지는 않는다. 어느 때는 기어가고 어느 때는 날아간다. 뭉텅뭉텅 떨어져 버리거나 자취 없이 증발해버리기도 한다. 아이의 유치원 시절부터 고등학교 시절까지, 인생의 격변기였을 내 젊은 날은 아무리 돌아봐도 별스럽게 기억에 남는 일이 없다. 어느 때보다 바쁘게 살아낸 듯싶은데 도둑맞은 것처럼 뭉텅이째 결락이다. 정신없이 떠내려가는 물살 속에서 역할과 노릇에만 집중하느라 일수 이자 갚듯 하루하루 허겁지겁 살아내서일 것이다. 시간의 중력은 의미의 중력이어서 정체성 없는 시간은 쉽게 휘발된다. 사건이 기억으로 상감(象嵌)되는 데에는 완만한 속도가, 머무름이 필요한데 지속성 없이 탈(脫)서사화한 시간은 밀착되지 않고 미끄러져버린다. 내가 나일 수 있는 근거는 어제의 나와 오늘의 내가 같은 존재라는 믿음일 것이어서 파편화된 순간들과 단편적인 스틸 컷은 고착되지 못하고 휘발되어버린다. 내 꿈, 내 의지, 내 이야기가 서사적 맥락으로 녹아든 멈춤의 시간이라야 향기로, 빛으로,

기억으로 남는다.

갯메꽃이 이울어 되감기는 오후, 세 번째 스무 살을 통과한 여자 몇이 물가 오두막에 모여 앉았다. 가파른 향기로 맹렬하게 치달으며 달음박질해온 시간들이 캔 맥주 몇 모금에 헤프게 풀어진다. 비슷한 냄새를 가진 벗끼리의 아무 말 대잔치가 뇌 근육을 느긋하게 이완시키는 사이, 탁자 위 블루투스 스피커에서는 베빈다(Bevinda)의 〈다시 스무 살이 된다면〉이 청승스럽게 울려 나온다.

"다시 스무 살로 …… 돌아가고 싶어?"

다들 고개를 가로저으며 웃는다. 쓸쓸하지만 단호한, 모노크롬의 표정들. 그래, 처음이니까, 멋모르고 사는 거다. 처음 가는 길보다 알고 가는 길이 더 무섭다. 돌아갈 수도 없지만 돌아간다 해도 그다지 달라질 것 같지도 않다. 일상의 광포한 이빨들에 씹히고 관계의 중력에 휘둘리면서 그나마 남은 자투리 시간조차 스마트폰이나 AI 같은 생존 기계들에 빼앗겨 영혼까지 탈탈 털리고 말 테니. 다시 청춘으로 돌아가느니 저녁노을 같은, 인디언 서머 같은, 홍추(紅秋)나 조금 연장하고 싶다. 살아보니 알겠다. 어제도 내일도, 그때도 저때도 아닌 '지금, 여기'가 답이고 진리라는 것을.

사는 게 무미하다고, 혼자라는 것은 자유가 아니라 구속이라고, 오두막 쥔장이 푸념을 쏟는다. 딸로, 할미로, 엄마로, 아내로, 전업주부와 얼치기 작가로, 호시탐탐 시간을 탈취당하는 내겐 '혼자'가 아직도 자유로 읽히는데. 하긴 아침나절 잠깐 요양사가 다녀갈 뿐 무장무장 남아도는 친정엄마의 시간도 자유가 아니라 구속일 것이다. 침묵과 고독이 장막처럼 드리워진 시간의 전초지에서 망망한 기다림에 갇혀 사는 엄마는 좌표도 방향도 잃어버린 채 글썽글썽 뒷걸음질이나 하고 계신다. 기억력도 정체성도 희미해진 노인에게 시간은 가는 게 아니라 돌아오기도 하는 것이어서 몇 가지 총천연색 장면들만 맥락 없이 호출되었다 스러지기도 한다. 결국 가장 폭력적인 이별의 방식으로, 목숨의 탈시간화라는 대단원의 서사로, 한 생은 그렇게 막을 내릴 것이다. 지혜로운 남자도, 아름다운 여자도 시간에 삭혀 한곳으로 돌아가는, 끝끝내 그 종결법만이 유일하게 공평한 섭리라는 듯이.

"그래도 시간은 꽃씨 같아. 싹트고 꽃피고 익어서 터지잖아."

시간이란 집단적 망상일지 모른다고, 한 생이 너무 빨리 스쳐 가고 있다고, 들쭉날쭉 오가던 입담 사이로 첫 손녀를 어렵게 얻은 옆자리 친구가 만루 홈런 같은 안타 하나를 날린다. 그래, 꽃씨, 꽃씨로구나. 살아가는 일이 꽃 피우는 일이어서 다들 그렇게 핏물 같은 속울음을 밀어 올리며 자폭하듯 파멸로 치달으며 사는구나. 개망초든 장미든 깽깽이든 메꽃이든, 목숨의 진수를 다해 깜냥껏 줄기를 뻗고 꽃을 피우다 가는구나.

단축키만 누르다 본래의 비번을 잊어버린 아이처럼 가속화된 시간 속에 휩쓸리고 떠밀리며 왜 사는지조차 잊고 사는 나를 돌아본다. 하고 싶은 일보다 해야 할 일들에 쫓기며 사는 건 여태도 효용이 남아 있다는 뜻인가. 시간은 인정머리 없는 포주 같아서 쓸모 있는 것들은 끝까지 부려 먹고 쓸모가 다하면 가차 없이 내팽개칠 것이다. 불사조가 불에서 살아나오듯 시간은 피 한 방울 흘리지 않고 적재된 에너지가 바닥날 때까지는 전력을 다해 살아가는 내내 드잡이를 할 것이다. 쓸모를 만들고 쓸모를 지우며 꽃으로 씨앗으로 색(色)과 공(空) 사이를 넘나들면서 적멸의 끝에서 다시 살고 다시 죽을 것이다. 머무는 듯 흐르고 흐르는 듯 머물며 세세토록 알까기를 계속할 것이다.

부부

신체적 특질이 비슷한 말과 당나귀를 다른 종으로 구분 짓는 이유는 서로에게 성적 관심을 보이지 않기 때문이다. 생물학적으로 같은 종이라 함은 쌍방이 서로 성적으로 끌려 교배를 하고 번식 가능한 후손을 낳을 수 있어야 한다. 생김새가 비슷해서인지 성적으로 끌려서인지 몰라도 암말과 수나귀가 교배를 하면 노새가 출생하기는 한다. 잡종답게 튼튼하고 지구력도 좋지만 2세를 생산해 내지는 못한다.

이누이트 처녀와 마오리 청년, 생판 모르는 아프리카 홀아비와 몽골의 과부댁은 같은 종이 될 수 있어도 삼십 년 넘게 한 지붕 아래 산 부부는 더 이상 같은 종이 아닐 수 있다. '가족끼리 왜 이래'라는 '웃픈' 농담대로 연식이 오랜 부부 사이엔 진즉 거래가 끊겨 있어 번식 가능한 망아지는커녕 노새 새끼 한 마리도 출산하기 어려운 사이가 되어버리는 까닭이다. 교배와 번식이 끝난 커플들은 원적외선이 방출되어버린 맥반석처럼 전하(電荷)를 잃고 중성자만 남아 더 이상의 자성(磁性)이 작동하지 않는 것일까. 한 지붕 아래서도 소 닭 보듯, 마주 앉은 사람과 눈을 맞추는 대신 제각기 스마트폰이나 들여다보며 다른 지붕 밑 일들을 궁금해하기 일쑤다. 젊은 한때 의기투합하여 이인삼각(二人三脚)으로 고개를 넘은 전우애 동지애 측은지심 때문에 의리를 지키느라 살아준다는 듯이.

자식이 피붙이라면 부부는 살붙이다. 화학적 융합과 물리적 접합은 점도와 강도가 다를밖에 없다. 단물 빠진 껌이나 쭈걱쭈걱 씹고 있는 황혼 부부들이 해혼(解婚)이니 졸혼(卒婚)이니 하는 말들에 솔깃해하는 것도 당연한 일일지 모른다. 석 달 좋고 삼 년 싸우고 삼십 년 참고 사는 게 부부라지 않던가. 화성에서 온 남자와 금성에서 온 여자는 이래저래 끝끝내 무촌(無寸)일밖에는 없는 모양이다.

글과 나

글은 사람이다. 깜냥대로 쓴다. 섬세한 사람은 섬세하게 쓰고 묵직한 사람은 묵직하게 쓴다. 제 몸뚱이를 척도(尺度)로 세상을 재는 자벌레처럼 글이 사람을 넘어설 수는 없다. 몸속 어디 침침한 곳에 미분화된 채 고여 있는 생각들, 강고한 존재감으로 물질성을 획득한 기억과 상념들을 색출하고 용출해 방출해내는 작업이 글쓰기이다. 한 삼태기의 꽃잎을 쥐어짜 한 방울의 향료를 추출해내는 일처럼 몸 안에 스민 생각들을 걸러내 활자화하는 공정도 그리 녹록한 일은 아니다.

사진이 이미지의 물질화라면 글은 영혼의 지문 같은 것이다. 보고 듣고 느끼고 사랑한 것, 온몸으로 관통해 온 시간이 녹아들어 문채(文綵)로 드러나는 것이라면 글의 우열을 따지는 일은 영혼에 눈금을 매기는 일처럼 부질없는 처사일지도 모른다. 꽃이 저마다의 체취로 향기롭듯 글도 제각각의 취향으로 빛난다. 그럼에도 좋은 글은 분명히 있다. 너무나 명철하고 아름다워서 통증까지 유발하는 글들도 많다.

어찌하면 좋은 글을 지어낼 수 있을까. 세상은 넓고 글 잘 쓰는 사람 또한 너무도 많다. 깊고 넓은 인문적 통찰, 예리하면서도 서정적인 여운을 거느린 문장들이 빠르고 정확하게 내리꽂히는 강속구처럼 내 뇌리를 강타한다. 근원적이고 존재론적인 탐색들, 시퍼렇게 날이 선 직관과 빛나는 성찰의 문장들을 만날 때마다 글이란 결국 삶의 이력이요 사람 자체임을 여지없이 실감하곤 한다. 앙상한 서사에 덧입히는 상상이나 어설픈 감성의 거스러미를 건드리는 재주만으로는 존재의 심연에까지 당도할 파동을 생산해 낼 수 없을 터이므로.

처음, 나는 내 글들이 이룬 바 없이 시들어가는 나를 조금이나마 돋보이게 해줄 장식 깃털이 되어주기를 바랐다. 시간의 물살에 마모되고 감가상각당한 외피보다 버려지지 않고 방치되어 있던 내면이 뜻밖의 빛을 발할지 모른다는 기대감도 없지 않았다. 그러나 나는 풀을 뜯어 먹고 우유를 생산하는 소도, 척박한 언덕에서 환한 노랑을 길어 올리는 개나리도 되지 못하였다. 세상을 향한 온기도 존재의 품위도 드러내지 못하고 옹색하고 얄팍한 마음 안팎의 풍경이나 자지레한 일상의 단면 따위를 아둔한 필치로 그려냈을 뿐이었다. 바람 부는 광야를 관통해 본 적도, 고요히 홀로 깊어 본 적도 없으니 무엇으로 깊이와 넓이를 더하랴. 깊게 파고 싶으면 넓게 파야 된다는 상식에 눈 감은 채 우물 안 고인 물이나 퍼 올리고 있었음을 이즘에야 아프게 절감하곤 한다.

한 가지 소득이 있었다면 글이 나를 빛내주는 장식은 되어주지 못했다 하여도 깃털 노릇은 해주었다는 사실이다. 스테고사우루스의 등줄기에 돋아 있던 멋진 골편이 장식용이 아니라 실존에 불가결한 체온조절의 방편이었듯이 글쓰기는 내게 삶의 덧없음과 허망함으로부터, 그 공격적 허무로부터 방어하고 붙들어주는 존재의 외피와 다름없다. 피아니스트가 열 손가락으로 천상의 선율을 터치해 내듯 나 또한 열 손가락으로 컴컴한 내면의 지층을 더듬는다. 얼짱 각도로 셀카를 찍고 포토샵으로 보정한 가짜 이미지를 진짜 자기라고 착각하는 소녀처럼, 키보드가 분식해낸 활자들 속에서 잃어버린 정체성을 찾아내려 애쓴다. 글이 몸통이 되지 못하고 깃털일밖에 없는 사람을 글쟁이라 할 수 있을지 모르지만 지금도 나는 모니터를 마주하고 있을 때 가장 나다운 충일함을 느낀다. 저 무심한 직사각의 아가리가 내 생의 시간들을 속수무책으로 빨아들이는 무시무시한 블랙홀이라 하여도 그 팽팽한 긴장과 대결의 시간이 없다면 호시탐탐 덮쳐누르는 불안과 허무를 견뎌낼 수 없을 것이다.

좋은 글쟁이가 되지 못하여도 좋은 독자로 늙어갈 수 있다면 그 또한 충만한 축복일 터이다. 뿅망치로 쾅! 얻어맞은 것처럼 정신이 번쩍 나는 문장을 만나는 일만큼 살아있음을 각성시키는 순간도 흔치 않다. 예나 지금이나 나를 가장 매혹시키는 사람은 글 잘 쓰는 사람이다. 늙던 젊던, 대머리건 털북숭이건, 살아있건 고인이 되었건 마찬가지다. 예리하게 벼려진 감각으로 성찰의 깊이를 드러내는 문장의 근력이 초콜릿 복근보다 백배는 더 매혹적이다. 엔진의 동력과 파괴력이 다른 글들, 문자향 서권기(文字香 書卷氣)가 기품 있게 풍겨나는 그런 글들의 위엄 앞에서라면 언제라도 나는 흔쾌히 좌절할 준비가 되어 있다.

밥 세 끼 옷 한 벌

아버지는 1917년생, 케네디, 박정희와 같은 뱀띠이시다. 젊은 시절엔 병약하셨으나 나이가 들수록 강건해지셨다. 고령으로 기운이 쇠하고 혈압이 좀 높아지신 외엔 충치 하나 없으실 정도로 자기관리에 철저하신 아버지는 아침저녁 뉴스를 빠지지 않고 챙겨보실 만큼 정신도 맑고 건강하시다.

십여 년 전, 아버지와 유람선을 탄 적이 있다. 충무 앞바다 선창 밖 물굽이를 한참이나 내다보시던 아버지가 혼잣말처럼 하신 말씀을 허락 없이 내 글에 써먹은 적이 있다.

"파도라는 게 물 지느러미네……. 물로 된 바람 같은 것이여. 저렇게 물을 깊숙이 뒤집어 요동을 치게 해야 자정능력이 생겨 썩지를 않을 거구만. 돈이건 물이건 쌓이고 고이면 다 썩게 마련이니……."

표상을 통해 본질에 도달하는 아버지의 밝은 눈에 나는 언제나 말을 잃는다.

"사람들이 나보고 불로장생의 비결이 뭐냐고 물어야. 아무리 봐도 팔십 중반밖엔 안 보인다는 거여."

"맞아요, 아버지. 근데 정말, 비결이 뭐여요?"

노인들 기 살리는 데 맞장구만 한 비타민이 없다는 상식을 뒤늦게 터득한 중년의 딸이 스리슬쩍 추임새를 넣는다.

"비결은 무슨. 자식들 용돈 받아 사는 늙은이가 산삼을 먹냐, 보약을 먹냐."

그러면서 들려주신 만고의 비방 하나.

"테레비에서 보니, 산 정상에 올라선 사람에게 어떻게 올라왔냐 물으니 한 걸음 한 걸음 걸어 올라왔지요 하더라. 나도 마찬가지여. 하루하루 살다 보니 오늘까지 왔지, 내가 이렇게 오래 살 줄은 꿈에도 몰랐으니까."

오래 살기 위해 먹어야 하는 건 불로초가 아니라 나이라는 말씀!

"백 년 가차이 살면서 내가 깨달은 것은 사람이 하루하루 사는 데 그렇게 많은 것이 필요치 않더라는 거여. 밥 세 끼 옷 한 벌……, 밥 세 끼 옷 한 벌이면 하루 사는 거고 그 하루가 모여 평생이 되는 거여. 나머지는 다 허깨비고 내 것이 아닌 것을 빌려다 쓰는 것이여. 소꿉쟁난하다 밥 먹으라 부르면 그대로 손 놓고 흩어져 가드끼, 고대광실에서 호의호식을 하다가도 위에서 손짓하면 두말없이 내려놓고 가야 하는 것이여……."

아흔일곱 아버지의 생에 대한 축약을 곰곰이 되뇌어 보던 그날, 텔레비전 아홉 시 뉴스에서는 전 재산 29만 원뿐인 연희궁 노인의 안방 수색 현장이 둥개둥개 전파를 타고 있었다. 밥 세 끼 옷 한 벌. 밥 세 끼 옷 한 벌이면 하루 사는 것을.

눈 내린 날의
모놀로그

서울 적설량 25.8센티미터. 107년 만의 폭설, 기상 관측 이래 최고의 눈이래요. 차들은 아예 멈추어 섰고 구청에서도 눈 치우기를 포기한 것 같아요. 한나절 내린 눈으로 도시가 이렇게 마비되어 버리다니. 눈은 그 순백의 언어로 길의 주인이 차가 아니듯, 세상의 주인이 인간이 아니라고 고요하게 일깨워주네요. 눈 쌓인 거리를 내려다보다가 문정희 시인의 「한계령을 위한 연가」가 생각나 냉큼 찾아 읽어 보았지요.

> 오오, 눈부신 고립
> 사방이 온통 흰 것뿐인 동화의 나라에
> 발이 아니라 운명이 묶였으면……

정말 그렇게 내 책임이 아닌 다른 핑계나 불가피성으로 삶의 알리바이를 둘러댈 수 있다면, 하는 상상에 설레어보다가 치과 약속 때문에 서둘러 중무장하고 나왔지요. 이웃 아파트 상가까지 이십 분쯤 걸어가야 하는 길, 눈이 무릎까지 차서 뒤뚱뒤뚱 걷는 사람들 모습이 사오십 년 전쯤으로 돌아간 듯하였지요. 모자에, 목도리에, 패딩 점퍼에, 눈만 빼꼼한 부엉이 행색이 그리 싫지만은 않은 표정들이었어요.

진료실 의자에 기대앉아 있으려니 창밖 은행나무 빈 가지에 쌓인 눈이 바람결에 한 뭉텅이씩 툭, 흰 새 한 마리 내려앉듯 떨어져 내리곤 하였어요.

이십 년 단골인 치과 선생은 오늘도 내게 말을 걸어왔어요.

"눈이 이렇게 왔는데도 하나도 설레거나 즐겁지가 않아요. 눈 때문에 병원 오는 사람들이 고생스럽겠구나 하는 생각뿐. 삼십 대 말, 사십 대 초반까지는 가을바람만 불어도 찬 기운이 스르르, 가슴 안으로 스미곤 했는데……."

"그러게요."

언제나처럼 내 입은 치과용 미러와 핀셋, 석션팁 같은 것들로 재갈이 물려 있었지만 잠시 틈을 타 짧게 응수해 주었지요. 시간이 더 있었다면 '그러게요' 다음에 '벌써 배터리가 고장난 거네요'라든지, '그런 남자를 요새 뭐라 하는지 아세요? 건어

물남!'이라고 덧붙였을지 모르지요. 그랬다면 그가 웃어젖혔
겠지요. 소금 후추 알맞게 뿌려진 머리카락을 가볍게 뒤로 쓸
어 넘기며. 시시한 농담에도 크게 웃는다는 건 살아가는 일의
쓸쓸함을 은폐하려는, 무의식의 발로일 듯해요.

일류대학 출신에 헌칠하고 잘생긴데다 성실하고 친절하기
까지 한 치과 선생은 우리 동네에서는 인기 최고지요. 이 동네
뿐 아니라 강남이나 경기도로 이사를 간 사람들까지, 몇십 년
단골들이 몇 시간씩 줄을 설 지경이니까요. 아무리 환자가 밀
려도 그는 절대로 인상을 구기지 않고 웃는 얼굴로 차근차근
설명하는 것을 포기하지 않아요. 대기실 가득한 사람들이 보
이지 않는다는 듯이. 마치 그 한 사람만을 위한 주치의인 것처
럼 누구에게나 꼼꼼하고 정성스럽게 진료를 해요. 바가지 씌
우는 일도 당연히 없고요. 내가 그를 더욱 신뢰하게 된 것은 개
업 초부터 낯을 익혀온 간호사 때문이기도 해요. 포니테일로
찰랑거리던 그녀의 헤어 스타일이 구불구불한 파마머리를 거
쳐 업스타일로 올라붙을 때까지, 참 세월이 많이도 흘렀네요.

"그럼 여기까지 걸어오시면서 설레고 즐겁던가요?"

다시 재갈이 물려진 나는 간신히 고개를 주억거렸지요.

"그렇다면, 제가 더 낫네요. 그만큼 내공이 쌓여 흔들리지 않
는 거니까."

그 말을 하면서 그는 아마 자기의 나이를 의식하였겠지요. 내가 그보다 세 살이 위라는 것을 알기 이전까지, 그는 나를 복학생과 미팅하러 나온 신입생 취급을 했으니까요. 그가 그렇게 마스크를 쓰고 핀셋이나 익스플로러 같은 것을 내 입안에 잔뜩 집어넣은 채 뜬금없는 질문을 던지기 시작한 것은 그러니까 몇 년 전, 고장난 보철물을 갈아 끼우려고 오랜만에 들렀던 때부터였어요.

"참 곱게 나이 드시네요."

"선생님도 멋지게 늙고 계셔요."

그렇게 시작했던 것 같아요. 대학을 졸업한 딸애가 유치(乳齒)를 갈 때부터 드나들었으니 그 정도의 인사는 주고받을 만하다 했던 게지요. 덕담 삼아 붙여준 형용사 하나씩이 마음의 거리를 한 발짝쯤 당겨준 것일까요. 선천적으로 부실한 잇몸에 어린 중학생이 찬 축구공에 운수 사납게 앞니가 나가는 바람에 팔자에 없는 보철물까지 끼고 사는 나는 치료에 불가결한 말 이외엔 그동안 별반 아는 체를 안 했지요. 그런데 그렇게 말문이 트이고 나서는 주치의라도 되는 듯 마음이 조금 편안해진 것 같아요. 내가 글을 쓰는 사람이라는 것을 어찌어찌 알게 된 그가 공사 기간 내내 이야기를 붙이곤 해서이기도 하지만요.

"저기 말이지요, 육신과 영혼이 동시에 늙지 않는 것이 불행일까요, 다행일까요?"라든가 "세상에서 가장 스트레스가 많은 직업이 뭐라고 생각하세요?" 등등.

　"치과의산가요?"

　상상력까지 재갈을 물린 나는 두 번째 질문에 그렇게 답했지요. 그렇게 단박에 답이 나오는 질문을 던질 리 없다 싶으면서도.

　"아뇨."

　아니면?

　"펀드매니저래요. 치과의사는 그다음이에요."

　조금은 과장이겠지만 딴엔 이해가 가기도 해요. 불그죽죽한 갱도 안, 이끼 낀 바윗돌들이나 들여다보다 삼십 년이 흘러버린 사람. 머리 위를 비추는 태양도, 망망한 바다도, 애써 눈 감고 살아왔겠죠. 사막 같은 삶이지요. 라고, 언젠가 그가 이야기했듯이. 하긴, 일상은 누구에게든 사막이지요. 정상을 향하여 묵묵히 오르기만 해도 좋을 산과는 달리, 사막에는 바라봐야 할 푯대가 없잖아요. 끝없이 멀어지는 지평선을 향하여 어디엔가 숨어 있을 오아시스를 꿈꾸며 걷고 또 걸어야 할 뿐.

　다음에 그는 푸른빛에 대해 이야기를 하였어요.

　"푸른 하늘, 푸른 바다, 푸른 눈……. 푸른빛은 거리와 상관이 있는 것 같아요"라고요. 나는 '거리가 아니라 깊이'일 거라고 얼른 정정해 주었지요.

"아, 깊이!"

그가 낮게 탄성을 질렀어요. 그날 그는 35만 원짜리 보철 공사를 20만 원이나 깎아주었지요. 그 정도도 충분하다고 손사래를 치면서.

시간은 그냥 흐르는 게 아닌가 봐요. 강산이 두 번쯤 바뀌는 동안 드문드문이라도 만남을 이어온 사람들 사이에는 보이지 않는 소통의 욕구 같은 것이 싹트고 자라기도 하는 것 같아요. 손과 이가 아닌, 환자와 의사가 아닌, 남자와 여자로는 아니라도 최소한 인간과 인간으로 마주 대하고 싶은, 그런 관계의 욕구 같은 거 말이지요. 물론 그가 진료 중에 다른 환자들과 비슷한 사담을 나누는 것을 본 적은 없어요. 늘 몇 명의 환자(아니 고객인가?)들이 옆 의자에 대기하고 있고, 진료실 바깥에도 미어지게 앉아 있는 사람들 때문에 일손을 멈추고 쌍방대화를 나누는 건 거의 불가능하니까요. 내 의자 옆에 앉자마자 그는 매번 이야기를 시작하지만, 그의 손이 움직이고 있는 동안 내 입술이 자유롭지 않은 까닭에 제대로 응수를 하기 전에 금세 또 봉쇄되고 말지요. 어쩌면 그에게는 대답까지는 바라지 않은 채 그냥 자신이 하고 싶은 말을 들어줄 상대가 필요한 건지도 모르겠어요. 마스크를 쓴 채 자분자분 이야기하는 남자와 흥측하게 입을 벌린 채 바보처럼 듣기만 하는 여자. 그림이 그려지나요? 그러고 보니 이 진료용 의자는 치과 치료용이라기보다 심리 치료용일 수도 있겠다는 생각이 들어요. 그가 들으면 좀 언짢겠지만. 어쨌건 그럴 때 내가 할 수 있는 대답이란 고개를 위아래로 끄덕이거나 좌우로 흔드는 의사 표시뿐이지요. 그런데 그 간단한 몸짓만으로도 소통에 별 무리가 없다는 것, 놀랍지 않나요?

이순의 나이에 고비사막을 횡단한 라인홀트 메스너는 고비사막에서 만난 유목민들과 대화가 안 통해서 고생한 적은 없다고 해요. 오히려 사막 밖의 세상에서 소통에 더 문제가 많았다고요. 사막에서는 욕구가 단순해지므로 그럴 수도 있겠다 싶긴 하지만 때때로 고등동물의 신호체계인 언어가 오히려 의사소통을 훼방하는 것일 수도 있겠다는 생각도 들어요. 말 때문에 빚어지는 오해와 갈등이 싸움으로 번지는 일도 다반사고 보면 차라리 수화(手話)를 사용하는 편이 전쟁을 줄일 수 있을 것 같다는 생각도 하게 되고요. 뇌가 없고 생식기만 있는 하등생물이 사랑이라는 복잡한 감정 회로를 가진 인간보다 종족 번식에 더 성공적이듯이……. 들판에서 두 마리의 짐승이 만났을 때, 무인도에서 여자와 남자가 만났을 때, 말이 통하지 않은 이방인끼리 사막 한가운데서 맞닥뜨렸을 때, 최후의 선택은 두 가지밖에 없을 것 같아요. 도리도리냐, _끄덕끄덕_이냐. 예스냐 노냐. 수용이냐 거부냐……. 그것이 결국 생명체와 생명체 사이, 사람과 사람 사이의 마지막 질문과 대답 아닐까요?

의자 앞에 장착된 모니터로 엑스레이 사진을 들여다보던 그가 위아래 어금니를 흔들어 보네요. 아파요? 도리도리. 괜찮아요? _끄덕끄덕_.

작은아이가 공부하러 떠나기 전, 치과 점검을 받으러 보낸 적이 있어요. 엑스레이를 찍고 신경치료에 진통제를 처방하고 스케일링까지 해준 그는 진료비를 받는 대신 한동안 그림자도 안 비친 내 잇몸 걱정을 하였다지요. 공연히 폐를 끼치고 싶지 않아, 아니 연전에 그가 개보수를 너무 잘해준 덕분에 스케일링 이외엔 치과에 갈 일이 없었거든요.

"그 선생님 최고야. 몇 년 만에 갔는데도 단박에 알아보시더라고. 치료비도 안 받았어."

돈을 받지 않았다는 게 아이에겐 특히 감동적인 것 같았어요. 그렇지만 딸아. 세상에는 공짜가 없는 법이란다. 『논어』, 『맹자』, 『성경』, 『코란』을 다 합친 결론이 세상에 공짜가 없다는 말이라지 않더냐.

빚지고는 못사는 성격인데다 때마침 추석 무렵이어서 선물

세트 한 상자를 들고 병원을 찾아갔어요. 진료 시간이 마칠 때쯤이어서 원장실에 앉아 간호사가 날라다 준 인스턴트커피를 홀짝거리고 있었지요.

"보고 싶었어요."

몇 년 만에 맞닥뜨린 '고객'에게 던지는 난감한 인사. 특별한 억양도 없이, 씹던 껌을 뱉어내듯 무심히 발성하는 그를 보면서도 나는 거의 놀라지 않았어요. 나에게도 얼마만큼, '내공'이 쌓였던 거지요. 정직하게 말하면 언젠가 잠깐, 아주 잠깐, 헛된 로맨스를 꿈꾸어보지 않은 건 아니에요. 충치에 덧씌운 보철물이 닳아 대대적인 굴착공사와 토목공사 같은 보수작업이 진행되던 해, 일주일에 두세 번, 삼십 센티 간격으로 얼굴을 마주 대해야 했을 때, 그래요. 이 층 창가에 황금빛 은행잎들이 나비처럼 사뿐히 내려앉던 가을이었어요. 병원 유리문에 '세미나 관계로 오늘 휴진합니다'라고 프린트된 종이를 찰싹 붙여놓고, 매너 좋고 다감한 의사 선생과 서해안 어디로 바람같이 달려가 싱싱한 대하구이에 짜릿한 낮술 한잔! 그런 세미나 아닌 '재미나'를…… 진료실 의자에 눈 감고 누워 잠시 그렇게 발칙한 상상 여행을 떠나보기도 했으니까요.

그러나 그건, 어림없는 일이지요. 그나 나나, 정해진 쳇바퀴를 섣불리 벗지 못하는 '범생이'들인데다 처녀총각이 아닌, 남자와 여자가 아닌, 환자와 의사로서, 그것도 동등하게 마주 보는 게 아닌 올려다보고 굽어보며 만나야 하는 관계에서, 그런데다 자신이 특히 콤플렉스를 느끼는 신체의 특정 부위를 적나라하게 드러내 보여야 하는 관계에서 무슨 일이 일어날 수 있을까요. 설사 그가 어떤 특별한 느낌을 내게 갖고 있다 하여도 보철물이 어지러운 여자의 입속을 들여다보며 키스 따위를 상상할 수는 없을 테니까요. 키스라니. 아, 진도가 너무 나갔나요? 아무려나, 플라톤은 '키스는 영혼이 육체를 떠나가는 순간의 경험'이라고 말했다지만 나는 반대로 영혼이 육신에 깃드는 순간이 키스일 거라고 생각하거든요.

"오늘 유독 손님이 많아서 끝날 때쯤 거의 그로기 상태였는데 갑자기 기분이 좋아졌어요."

그의 말은 일견 진심인 것 같았지만 특별한 의도는 없어 보였어요. 구태여 메시지를 넣으려 하지 않고 눈앞에 있는 정경을 그대로 묘사하는 문장처럼요. 오래 못 만난 동창생을 우연히 맞닥뜨렸을 때의 들뜸이나 흥분 같은, 뭐 그런 기분이겠지요. 식은 커피를 앞에 두고 이런저런 이야기가 한참 오갔어요. 삼수생 아들 때문에 골치 아픈 이야기와 골프 핸디가 얼마라는 이야기와 여자들의 갱년기 증상에 대하여……. 갱년기 아내에게 무관심하면 우울증으로 고생할 수 있으니 각별하게 신경 쓰시라는 충고도 했던 것 같아요.

"예쁘네요."라고, 이야기 도중 그가 불쑥 말했어요.

나는 조금 웃었고 맞은편 등의자에 기대앉은 그는 내 쪽으로 팔을 내밀었지요.

"지금 그렇게 앉아 계시는 모습, 이뻐요."

애써 꾸미지도 거리끼지도 않고, 여과 없이 말하는 그가 당혹스럽긴 했지만 나도 쿨하게, 아무렇지 않게 이야기를 계속했지요. 떨림도 울림도 없는 건어물들! 젊었을 때도 들어보지 못한 휘황한 찬사를 식은 커피 들이켜듯 홀짝 들이켜 버리다니. 나이가 든다는 것은 낯가죽에도 가슴팍에도 자기방어의 방패 같은 굳은살이 박여간다는 뜻인가 봐요. 병원 입구까지 배웅 나온 그와 짧게 악수는 나누었던가? 그러고 또 몇 달이 흘렀지요. 며칠 전, 덧씌운 어금니가 탈이 나지 않았다면 몇 년이 그냥 흘러버렸을지 몰라요.

"아무래도 한쪽을 잘라내야 할 것 같아요. 신경치료하고 가운데에 심을 박아야 새로 씌워도 힘을 받을 수 있거든요."

'아프겠네요'라는 말 대신 '시끄럽겠네요'라고, 나는 엉뚱하게 대꾸했어요.

"아니, 하나도 안 시끄러워요. 음악 소리 같아요."

나는 또 푸핫, 웃음을 터뜨리고 말았어요. 전에 그가 신경을 살짝 건드려 나도 모르게 양미간이 접혔을 때, '아, 아팠어요? 미안해요'라고, 당황해하던 생각이 나서요. 다음 순간 얼른 양치 컵을 집었지요. 암반을 뚫는 굉음과 화약 냄새 같은 것들 속에서 돋보기를 쓰고 갱도를 보고 있는, 초로의 남자에게 미안해서요.

드릴을 쥔 그의 손가락이 내 입술 사이를 가만히 비집네요. 매번 느끼는 거지만 덩치 큰 남자의 나이 든 손이라 믿어지지 않을 만큼 그의 손길은 조심스럽고 섬세해요. 하긴 그렇게 섬세하지 않고서야 사과 한 알 크기도 안 되는 좁은 막장을 평생의 일터로 삼을 수는 없겠지요. 그러고 보니 치과의사란 순전히 남의 입으로 먹고사는 사람이네요. 푸흡!

눈을 감고 입술을 열고 포스트모던적인 음악 소리를 들으며 나는 생각해요. 그래, 이렇게 건어물처럼 메말라가는 것, 마른 사과처럼, 가을 억새처럼 물기 없이 사위어 가는 것. 이것이 늙어간다는 거구나. 첫눈이 와도 설레지 않고 해가 바뀌어도 가슴 뛰지 않는 것, 먹다 남은 빵처럼 굳어지고 나무토막처럼 딱딱해져서 목불이 되고 석상이 되고……. 그렇게 나이를 먹어가는 거구나. 비에도, 바람에도, 서푼어치의 감상에도, 우연을 가장한 필연에도 현혹되지 않고 흔들림 없이 살아내는 것이 가장 바람직한 인간상일지 몰라. 지나간 역사를 돌이켜 볼 때 인간은 줄기차게 종교와 윤리라는 이름으로 감정을 죽이는데 몰두해 왔으니까. 바람 한 점 스미지 않게 앞섶 꽉 여미고, 눈 가린 말처럼 내달려야만 가까스로 완주해내는 게 인생이라는 경주일지도 몰라.

그런데 이상해요. 가만히 눈을 감고 돌이켜보니 여태 남아 있는 기억들은 거의가 흔들리고 서성거리던 시간뿐인 것 같아요. 스치는 바람 한 자락에도 미란성 위염 같은 찰과상을 입고, 한사코 한 방향으로 내달리는 마음을 쥐어 잡느라 대낮의 거리를 떠돌고 헤매던……. 살아있다는 건 그런 것 아닐까요? 날렵하게 허공을 후려치며 곤두박질치는 등 푸른 물고기를 다시 꿈꾸지 못하고 해풍에 꾸덕꾸덕 말라가야만 하다니. 축제가 끝나버린 마당에 앉아 헤픈 농담이나 주절거리는 삶이란 본문이 아닌 부록일 뿐 아닐까요? 본문보다 부록이 낫다는 사람이 없는 것은 아니지만 말이에요.

창밖 나뭇가지 아래로 흰 새들이 다시 뭉텅, 뭉텅, 내려앉고 있어요. 움푹 팬 어금니 한쪽을 레진으로 묵묵히 마무리하던 그가 무표정하게 또 방백(傍白)을 하네요.

"치과의사가 제일 좋아하는 여자가 누군지 아세요? 예쁜 여자? 노, 똑똑한 여자? 노, 정답은…… 입 큰 여자예요."

욕망의 순서

유준이가 뒤집기를 시작했다. 생후 4개월 어린것도 제 고집이 있는지 한사코 왼쪽으로만 뒤집으려 한다. 끙끙거리다 성공하니 제 성취에 양양해져 낯빛이 금세 해사해진다. 풍뎅이처럼 아등바등, 땅 짚고 헤엄치기를 연습하다가 두 손 두 발 치켜들고 이륙 연습도 한다. 가르치지 않아도 때가 되면 알아서 순서를 밟는 것, 유전자의 힘인가.

저만치 놓여 있는 삑삑이 장난감에 닿지 못한 아기가 성질을 못 이겨 울음을 터뜨린다. 흔들거리는 모빌이나 바라보던 아이 안에 닿고 싶고 만지고 싶고 손안에 넣고 싶은, 욕망이란 게 생기기 시작한 거다. 프로이트의 심리발달 단계로 보면 아이는 지금 구강기에 있다. 주먹을 빨고 공갈 젖꼭지를 빨고 입에 닿는 모든 걸 빨고 싶어 한다. 욕구와 표현이 입에 집중되어 배고프면 울고 배부르면 벙실댄다. 기분이 좋으면 옹알이도 한다. 손 내밀어 장난감을 집어 들진 못해도 소리 나는 장난감을 흔들어주면 눈망울에 반짝, 환한 불이 켜진다.

본능이라는 이름으로 깨우쳐 가는 발달 과정을 목도할 때마다 아이의 몸 안에 작은 신이 살고 있는 게 아닐까 하는 생각이 든다. 아니면 혹, 작은 신의 이름이 본능이려나. 아기를 안아 올려 삑삑이를 쥐여준다. 냉큼 입술을 들이대더니 말간 혀로 조심스럽게 감식한다. 빨다가 잠시 눈으로 확인하고 다시 입으로 데려가 빤다. 아이는 정확히 알고 있는 것 같다. 눈으로 바라보고 손으로 감촉하고 입술로 확인한 다음에야 욕망하는 대상을 몸 안에 들일 수 있다는 사실을.

아이들이 장난감이나 과자 따위를 소유하는 과정은 연인들의 사랑법과 비슷한 데가 있다. 첫눈에 반하진 않을지라도, 사랑은 일단 눈에서 시작된다. 눈이 먼저 클릭을 해야 마음이 쏠려 호기심이 난다. 호기심이 궁금증으로 증폭되면서 가까이, 더 가까이, 다가가고 싶은 욕망이 손으로 가만히 내밀어질 것이다. 무르익은 욕망이 입술로 혀로 옮겨지는 동안 빠르게 손익계산도 할 터이다. '순간에서 영원으로' 직행시키는 이 궁극의 미각을 이 사람과 오래 공유해도 좋을까. 내 안으로 뜨겁게 모셔 들여도 괜찮을까.

생명체가 육신이라는 하드웨어를 뒤집어쓴 DNA 데이터베이스의 플랫폼이라면 유전자를 운반하고 전송하라는 명령어들을 자동실행시키는 프로세서가 욕망, 특히 성(性)적 욕망일 것이다. 하니 1+1=1이라는 궁극의 셈법으로 출시된 신제품이 욕망에서 소유까지의 절차와 과정, 소프트웨어 전면의 데모 버전을 미리 한번 플레이해 보는 것, 어찌 보면 당연한 수순일 것 같다. 개발이 완료되기 전에 시연해보는 맛보기 프로그램이 데모 버전일 테니.

태어나 몇 달 안에 답습해 버린 과정을 실전에서 느긋이 되풀이하며 아이는 당차게 제 앞의 시간들을 밀고 나갈 것이다. 세상을 내 안으로, 나를 세상 밖으로, 매혹적인 것들을 욕망하고 소유하며 구석구석 세상을 누빌 것이다. 꿈꾸고 욕망하는 모든 것들이 안개와 이슬, 무지개나 그림자일 뿐일지라도 엔딩 크레딧이 오를 때까지 분주히 로드무비를 찍을 것이다. 『장자』의 나비처럼 꿈과 꿈 사이를 배회하는, 이 또한 또 다른 생의 데모 버전일지라도.

겨울나무 아래서

나무에 대해서는 쓸 생각을 마라.

습작 시절, 스승께서 하신 말씀이다. 이양하 선생이 이미 써
버렸으니 웬만큼 써서는 안 먹힌다는 것이다.

그래도 다시 나무를 쓴다. 언감생심 선생의 발치에라도 닿고
싶어서가 아니다. 나무에 대한 은유가 진즉 빛을 잃었다 하여
도 아름다운 것은 아름답다 하고 싶은, 내 안의 욕구 때문이다.
그런 욕구를 불러일으킨 것이 개심사 연못가의 겨울 배롱나무
였다.

연전, 절에 들렀을 때, 가장 먼저 눈에 들어왔던 게 이 나무였
다. 나무는 그때 부채바람에 활활 이는 숯불 아궁이처럼 환하
고도 붉었다. 못물에 드리운 나무그림자가 선계의 것인 양 고

요하였다.

나무는 지금 미끈한 근육질의 알몸으로 내 눈앞에 서 있다. 꽃도 잎도, 껍질마저 벗었지만, 번설이 아닌 묵언의 기품으로 산사의 저녁 풍광을 가볍게 압도한다. 살아온 세월만큼 침묵으로 말할 줄 아는 존재의 위용 앞에 나도 잠시 말을 잊는다. 해거름의 적요, 쓸쓸하다. 아니, 하나도 쓸쓸하지 않다.

배롱나무의 벗은 몸은 매혹적이다. 누구는 상서로운 서기(瑞氣)를 발산하는 풍만한 꽃 잉걸을 찬탄하지만 나는 그의 벗은 몸에 반한다. 꽃으로 치장하고 잎으로 가리고 열매를 매달아 아름다운 나무 중에 나신까지 귀골(貴骨)인 나무는 드물다. 몽환적인 산수유도, 낭창대는 실버들도, 황금빛 스팽글의 은행나무도 벗겨놓으면 천격인 데 반해 자작나무나 배롱나무는 벗어도 귀티가 난다. 자작나무가 세상 물정 모르는 늘씬한 서양 귀부인이라면 배롱나무는 면벽 수련 틈틈이 권법을 익힌, 내공 깊고 다부진 동양의 선사다. 건포마찰로 단련시킨 남자의 살갖처럼 기름기 없이 빛나는 피부, '앙' 하고 깨물어보고 싶은 충동이 일만큼 단단해 보이는 팔뚝, 쇠심줄처럼 구불거리며 허공을 껴안는 손가락들. 꽝꽝한 겨울 추위를 말없이 견디고 정물처럼 서 있는 한겨울 배롱나무는 서사를 버린 통찰의 결구처럼 비장미마저 느끼게 한다.

배롱나무는 운치를 아는 나무다. 드넓은 허공이라고 함부로 가지를 뻗지 않고 공간을 미학적으로 세분할 줄을 안다. 연과 행을 정확히 계산하여 말을 앉히는 시인처럼 가지와 가지 사이의 여백을 회화적으로 분할한다. 꽃이 흐드러진 여름에도 질펀하다거나 농염한 느낌보다는 화려하면서 단아한 느낌이 강하다. 휘어지고 틀어지면서도 애써 수형을 잡아가는 가지의 역동적인 조형성에서, 돋쳐 오르는 대지의 기운을 다스려내는 나무의 웅숭깊은 풍격을 읽는다. 나무는 진즉 알고 있는 것일까. 절제된 관능만이 대상을 더 깊숙이 끌어당기는 이치를.

지나버린 시간, 기억의 편린들을 따뜻한 회상으로 길어 올리는지, 나무가 가만히 잔가지를 흔든다. 생명의 내홍을 환희로 치환해 꽃으로 내어 달 줄 아는 나무. 늙어도 늙지 않고 늙을수록 더 아름다운 나무. 이승의 삶을 다 살아내어도 끝내 적멸에 이를 수 없다면, 바람처럼 자유롭게 떠돌 수도 없고 바위처럼 무심해질 수도 없다면, 오래 늙은 배롱나무 아래 순한 흙거름으로 묻혀도 좋겠다. 절 마당 한 귀퉁이에 밝고 환한 빛으로 서서 갈길 묻는 나그네의 어둠을 가만히 밝혀주어도 좋고, 승자의 역사 속에 묻혀버린 패장의 무덤가를 지키며 안으로 안으로만 나이를 먹어도 괜찮겠다. 불 속에서조차 소멸되지 못할 내 안의 광기들은 캄캄한 물관을 거슬러 올라 삼복염천 석

달 열흘을 혼곤한 울음으로 타오를 것이다. 타버린 것들만이 다시 맨몸으로 설 수 있음을 알기에. 죽어 나무가 되고 싶은 건 끝끝내 아름답고 싶어서일까. 아니면 끝끝내 살고 싶어서일까.

개불

개불인지 개뿔인지 희한하게도 생겼다. 눈도 코도 없고 비늘도 마디도 없다.

길쑴하고 울퉁불퉁하고 맨송맨송 적나라한, 생김새도 살빛도 민망하고 역겹다. 나는 얼른 고개를 돌린다. 인간 참 대단해. 이런 것들까지 먹을 생각을 하다니.

"먹어봐. 소주 안주로 괜찮아. 쫀득쫀득하고 오돌오돌한 게 씹는 맛이 일품이라구."

일행 한 분이 실실거리며 개불 함지를 들여다본다.

횟집 아낙이 집게 끝으로 놈을 살짝 건드리니 흐물흐물하던 녀석이 뻣뻣하게 긴장한다. 소시지 같은 몸뚱어리 안에는 붉은 피만 가득 들어 있다지. 몸 전체가 감각기관이고 운동기관인 녀석은 물살이 없어도 저 혼자 살랑인다. 어떤 연출도 개입되지 않은 리드미컬한 생명의 율동, 움직거림이 곧바로 춤이 되는 경지, 이야말로 최상의 삶 아닌가.

단순한 몸뚱이의 개불을 보며 나는 생각이 복잡해진다. 진화가 덜 된 것인가. 진화의 첨단인가. 인풋 아웃풋 두 개의 구멍밖에 눈에 띄지 않는 홀가분한 실존이 부럽기도 하다. 단순하게 살라고 설득하지 않아도 단순하게 살 수밖에 없는 구조, 형식은 그렇게 내용을 결정한다. 어디 먼 명왕성 같은 별에서 불시착한 외계동물 같은 개불이 뻘 속의 부처인 양 단순하게 사는 법을 몸으로 가르친다.

모래 울음

　모여 앉아 있다고 외롭지 않은 건 아니다. 말을 섞지도 얼싸 안지도 않고 돌아앉아 버석거려본 것들은 안다. 부딪쳐봤자 상처나 주고받을 뿐이라는 것을. 정 붙이면 안 된다고, 다시 또 나뉘고 헤어져야 한다고, 가슴팍 쪼개가며 배워 버린 이별. 부서지고 부서져 존재조차 희미해진 천년의 어느 고갯마루에서 우리 다시 품어 안을 수 있을까. 백골이 진토되어 분별없이 어우러져서라도 한몸으로 함께 꽃 피울 날 있을까. 모래가 운다. 채송화 한 송이 피워 올리지 못하는 저 쓸쓸한 불임(不姙)의 이름으로 싸륵, 싸륵, 버석거리며 운다.

귀

욕망의 단초를 여는 건 눈이다. 아름다운 것, 먹음직스러운 것, 갖고 싶은 것에 눈이 먼저 혹하고 마음이 따라 동한다. 견물생심, 심물상응(心物相應)이다. 코도 가끔 거든다. 냄새가 식욕을 자극하면 입이 욕망을 충동질한다. 어린아이는 눈도 뜨기 전에 일단 입부터 오물거린다. 응어리진 화와 눌러둔 한도 결국 입으로 쏟아져 나온다.

귀는 늘 점잖다. 탐욕스러운 입과 한통속으로 맞장구치거나 함부로 부화뇌동하지 않는다. 나쁜 말이나 탁한 소리를 들어도 동요를 하거나 흥분하는 기색을 보이지 않는다. 훌쩍이거나 삐죽거리지 않고 한쪽을 쫑긋거려 누구를 유혹하려 들지도 않는다.

가만히 있다 해서 좋고 나쁨이 없는 건 아니다. 아름다운 소리는 귀에 달지만 시끄러운 소리는 거슬린다. 단지 내색을 안할 뿐. 눈과 입이 작당하여 아첨하거나 알랑거리는 것을 교언영색(巧言令色)이라 하는데 귀는 교언도 영색도 하지 않는다. 흔들리는 눈빛, 변명하는 입술과 달리 부끄러운 일을 하면 저 혼자 발그레하게 물들어버릴 만큼 양심적이고 우직한 것이 귀다. 경망스럽고 호들갑스러운 눈 코 입과는 거리를 두고 물러앉아 의연히 침묵하는 성 밖의 무언군자(無言君子), 그게 귀란 말이다.

비례와 대칭을 미의 근간으로 삼는 조물주는 눈동자나 콧구멍처럼 귓바퀴도 대칭으로 앉혀 두셨다. 하지만 귀는 다른 것들처럼 가까이 붙어 있지 않고 최대한 멀리, 반대쪽으로 떨어져 있다. 소리가 나는 방향을 입체적으로 감지하여 적의 공격에 대처하기 위함이다. 눈꺼풀과 입시울이 닫히고 심신이 다 잠든 뒤에도 귀는 위험을 가장 먼저 감지한다. 심장이 멎고 호흡이 끊어져도 최후까지 살아 있는 감각이 청각이라는 말도 있다. 잠들어도 잠들지 못하고 마지막까지 소임을 다하는 성실한 불침번이 귀인 것이다.

총명이란, 귀가 밝다는 총(聰)과 눈이 밝다는 명(明)이 합쳐진 말이다. 눈이 아무리 밝아도 귀가 어두우면 윤똑똑이다. 말 안

듣는 아이라든가 말귀를 못 알아듣는다는 핀잔의 말처럼, 총기와 명철이 귀와 관련되어 있다는 사실도 흥미로운 일이다. 말 잘하는 사람은 많아도 말 잘 듣는 사람이 드문 세상, 대인관계에서 부드러운 카리스마를 발휘하는 사람들은 귀가 좋은 사람들이다. 남의 말을 주의 깊게 들어줄 줄 아는 사람은 큰소리치는 사람을 조용히 이긴다.

정독도서관 앞에 문향재(聞香齋)라는 찻집이 있다. '향기를 듣는 집'이다. 냄새를 어떻게 듣는다는 거지? 아리송했다. 생명의 호흡을 관장하고 향기를 감지하는 코는 육신과 정신에 다 관여하지만, 귀는 단지 영혼에만 감응한다. 밥 냄새 돈 냄새 구린 냄새 같은 냄새는 코가 담당하지만, 매화 향기같이 그윽한 것들은 귀로 들어야 제격이라는 말이다. '눈은 리얼리스트고 귀는 시인'이라는 매클리시(A. Macleish)의 말대로 이목구비 중 가장 감성적인 기관도 귀 아닐까.

막 메일에 딸려 온 트리움비라트의 오래된 옛 노래 〈For You〉를 듣는다. 지구 저편, 거친 남자들의 절규 같은 목소리가 비통하게 가슴을 찢는다. 새소리 바람소리 갓난아이 옹알이 소리, 베토벤과 조용필, 미샤 마이스키와 임윤찬……. 귀 없이는 누릴 수 없는 세상의 지복이 그렇게도 많은데 겸허한 귀는 그 무엇 하나 주장하지 않고 덤불 언저리에 조용히 비켜 있다.

나비

신새벽 꿈속에서 제비나비를 보았다. 깊은 밤을 지나온 듯, 먼바다를 적시고 온 듯, 푸르게 일렁이는 물결 냄새를 풍기며 나비들이 하늘 가득 날아다녔다. 내 머리카락이 꽃술처럼 나풀댔다. 몽롱한 꿈이었다. 황홀한 멀미였다. 나비들은 다 어디로 갔을까.

지상의 곤충 가운데 가장 사치스러운 날개를 가진 나비는 살아있는 추상화다. 신비스러운 영감으로 가득 찬 천상의 화가가 섬세한 붓질로 그려 보낸 엽서다. 선명한 컬러, 화사한 프린트, 세련된 디자인. 비단처럼 우아하고 비로드처럼 부드러운 날개는 비에 젖지도, 구겨지지도 않는다. 생존을 위한 비상⒡

翔)의 도구로는 다소 연약하고 거추장스럽지만, 아지랑이보다 여린 파문으로 허공이야 실컷 유린하며 산다.

나비는 자유혼, 날아다니는 꿈이다. 정착을 거부하는 보헤미안이다. 집을 짓거나 살림을 꾸리지 않고 사랑을 해도 소유를 꿈꾸지 않는다. 아름다움에 마음을 빼앗겨도 잠시, 미련을 두거나 집착을 하지 않는다. 발그레한 꽃의 귓불을 건드리며 'Shall we dance?'라고 유혹을 해보다가, 웃으며 도리질하는 순정한 꽃들과는 가벼운 키스로 작별할 줄을 안다. 나비는 바쁠 것 없는 한량, 우울을 모르는 신사다. 먹잇감과 집 사이를 최단 거리로 비행하는 벌들의 경제성도 유유자적한 이 풍류객에게는 그다지 부러운 덕목이 아니다.

조직과 서열에 충성하며 질서와 협동을 사랑하는 벌과는 달리 나비는 고독한 아나키스트다. 누구의 명령을 받들거나 어떤 의무에 구속당하지 않는다. 편을 묻고 여왕을 모시는 상명하복의 체제나, 지배와 피지배의 메커니즘에는 아예 처음부터 관심이 없다. 무리 지어 날면서 파벌싸움을 벌이고, 공동주택 같은 데서 와글거리는 번다함도 애초 나비의 취향이 아니다. 금모래 빛 햇살로 샤워를 하고 향기에 묻혀 꿀잠을 자는 이 태생적 유미주의자는 꿀을 모으는 일보다 춤을 추는 일에, 건실하고 지속적인 가치보다는 소멸하는 것들의 아름다움에 매혹을 느낀다. 그리하여 꽃과 이슬과 무지개 같은, 향기와 바람과 저녁놀 같은, 오직 순간에만 머무는 무상한 것들을 따라 방랑하고 또 배회한다.

나비는 온건한 평화주의자이다. 침도 없고 독도 없다. 더듬이를 부러뜨리며 날개옷을 뜯거나 먹을 것을 사이에 두고 앙칼지게 맞서는 법이 없다. 영역을 가르고 울타리를 친다든가 보초를 세워서 침입자를 몰아내는 비정한 짓거리는 아예 어디서고 배운 바가 없다. 풍요로운 꽃밭을 만나도 한 끼 식사에 감사할 뿐, 다음 끼니를 위해 도시락을 싸거나 냉장고 같은 데에 저장할 줄을 모른다. 어석어석 풀을 씹으며 배밀이를 하고 어둡고 긴 우화(羽化)의 터널을 묵언수행으로 참아내는 동안, 사는 일의 진수란 다툼이 아닌 나눔, 소유가 아닌 향유에 있음을 깨우치게 된 것일까. 무소유를 신조로 하나 애써 무소유를 설파하지 않음으로 해탈의 경지를 가볍게 넘어선다.

타고난 춤꾼이요 시인 묵객인 나비는 자연의 음계를 밟고 바람의 오선지를 오르내리며 보이는 음악으로 노래하고 출렁이는 가락으로 시를 쓴다. 수다스러운 일년초 꽃밭을 경쾌한 스타카토로 튕겨 넘다가, 폭설처럼 쏟아져 내리는 연분홍 꽃잎을 휘감고 비엔나 왈츠를 추기도 한다. 녹차밭을 스치는 바람을 만나면 지빠귀나 밭종다리 흉내를 내며 어설픈 공중 발레를 선뵈기도 하지만 춤이란 기실 덧없는 환(幻)일 뿐, 그 사소한 파닥임으로 존재의 심연에까지 이르지는 못한다.

무한 허공을 아무리 팔락거려도 자취조차 남지 않는 나비들의 춤. 추는 순간 사라지는 나비의 춤은 춤이라기보다는 구도의 몸짓이다. 꽃은 왜 슬프도록 빨리 지고 사랑은 왜 속절없이 변해버리는지, 왜 오래지 않아 밤이 오고 날개는 초췌해져 너덜거리게 되는지, 묵묵부답의 하늘을 첨벙거리며 언뜻번뜻 자맥질이라도 해보자는 것이다.

세상에는 두 부류의 사람이 있다. 벌 같은 사람과 나비 같은 사람이다. 맹수라는 이유만으로 시베리아 수호랑이와 사하라 암사자를 한 족속이라 우길 수 없듯, 사는 곳이 같다 하여 하마와 악어를 이종사촌쯤으로 뭉뚱그려 헤아릴 수는 없는 일이다. 벌들의 근면함과 협동심에 늘 고개가 숙여지는 나는 벌집에 잘못 들어온 굴뚝나비인 양, 때 없이 방향을 잃고 파드득거리곤 한다. 속도와 효율에 서툴고 계산과 실리에 밝지 못한 나비족들은 가슴팍 어디 겨드랑이쯤에 투명한 조각보 하나를 접어 넣고 은밀하게 허공을 탐하며 가벼움에 대한 열망을 잃는다. 중력을 거슬러 자주 땅을 헛디디고 허방을 더듬다 곤두박질을 치기도 한다. 때로 침에 쏘이고 까칠한 다리털에 긁히기도 하지만 날렵하게 날개를 바꿔 달고 벌들의 왕국에 귀화할 생각은 하지 않는 것 같다.

별빛에 닿을 만큼 높이 날지도, 바다를 건널 만큼 멀리 날지 못해도, 나비 없는 봄이 봄이겠는가. 나비 없는 꽃밭이 꽃밭이겠는가. 베짱이의 노래가 개미의 생산성을 향상시킨다. 육중한 지구가 이만치라도 가볍게 떠 있는 것은 세상의 온갖 풍각쟁이와 짝퉁 예술가, 낭만적 허무주의자 같은 어수룩한 꽃들이 꾸는 아름답고 황당한 나비 꿈 덕분 아닐까.

눈과 손의 위상에 관한
형이하학적 고찰

    사람의 신체에서 눈과 손처럼 돈독한 사이도 없다. 그림을 그리거나 바느질을 하거나, 물건을 고르고 과일을 깎는 대부분의 시간 동안 눈과 손은 함께 일한다. 눈이 손을 이끄는 건지 손이 눈을 거드는 건지 알 수는 없지만 좋은 일 궂은일을 함께 도모하며 먼 듯 가까운 듯 일생을 살아낸다.

    눈을 최고사령부의 파수병이라 치면 손은 변방의 행동대원이다. 위치로 보나 생김으로 보나 가까운 촌수는 아닐 성싶은데 무슨 연고로 의기투합하여 상부상조를 하게 된 것일까. 둘 다 말단이니 상명하복(上命下服)이 통할 리 없고, 감각기관과 운동기관으로 소관 부처마저 다른데 말이다. 어쨌거나 무관한 듯 유관한 이 화이부동(和而不同)의 역학 구조에는 미심쩍으면서도 흥미로운 구석이 있다. 사령부의 끗발을 등에 업은 안(眼) 하사가 우직한 손(手) 상병을 간교하게 부리는 듯, 모종의 혐의를 거둘 수 없는 것이다.

눈은 상좌에 틀어박혀 앉아 좋네 나쁘네 시시비비는 잘 가린다. 물건을 보고 먼저 혹하는 것도 눈이요, 맘에 안 든다고 먼저 외면하는 것도 눈이다. 간사하다 싶을 만치 변덕도 심하여 어제 좋아하던 것을 오늘 시들해하는가 하면 멋스럽다 치켜세우던 것을 촌스럽다 몰아세우기도 한다.

눈이 꾀 많은 막내동서라면 손은 무던한 큰형님 격이다. 욕심 많고 겁 많은 눈과는 달리 손은 묵묵하게 일거리를 해치운다. 손이 양파를 까고 고추를 다듬는 동안 눈은 맵다고 엄살이나 부리고, 손이 산더미 같은 일감에 지쳐버리기도 전에 먼저 힘이 풀려버린 눈은 저 혼자 피곤한 듯 꺼풀을 내려쓰고 염치없이 졸고 앉아 있기 일쑤다. 운 나쁜 손이 고약한 주인을 만나면 눈의 허물까지 뒤집어쓰고 고생하는 불상사가 생기기도 하는데, 눈이 점찍어 놓은 것을 손이 잘못 거들어 쇠고랑을 차는 경우가 그것이다. 먼저 욕심을 부린 것은 눈인데 죗값을 치르는 것은 손인 셈이다. 저 때문에 쇠고랑을 찬 손을 번연히 내려다보면서도 눈은 오불관언, 모르쇠로 일관한다.

일은 함께해도 칭찬이나 핀잔은 함께 듣지 않는 것이 눈과 손이다. 일을 잘하면 손끝이 야물다 하고 물건을 잘 고르면 안목이 높다고 한다. 예술가에게 있어 눈과 손의 화합은 특히 중요한데, 눈은 높은데 손이 안 따라주면 제대로 된 작품이 나올 수 없고, 손재주는 괜찮은데 보는 눈이 낮으면 유치한 장인(匠人)으로 주저앉고 만다. 안목은 출중한데 재주가 약함을 빗대어 안고수비(眼高手卑)라는 말을 하는데, 손 입장에서 보면 억울하기 짝이 없는 누명일 노릇이다. 높은 자리에 좌정하여 세상만사를 기웃대며 거들먹거리는 것은 눈이지만 세상을 바꾸는 건 손이 아닌가 말이다. 바로잡건대 인간의 품위를 지켜주는 일등 공신은 분별없고 허영심 많은 눈이 아니라 바지런하고 겸손한 손이라야 마땅하다. 손이 없다면 은 쟁반에 스테이크를 담아 놓고도 돼지나 소처럼 입을 대고 핥아야 할 것 아닌가. 타고난 제 분수를 탓하지 않고 불평 없이 살아내는 손들이 있어 세상이 제대로 돌아가고 있는지도 모를 일이다.

미련할 만치 너그러운 손도 평생 눈 치다꺼리나 하는 것은 아니다. 손도 때로는 독립 만세를 부른다. 막다른 상황에서 소통의 방편이 되기도 하고, 저희끼리 맞잡고 따스한 교감을 나누기도 한다. 사랑을 표현하고 실천하는 데에도 가장 적극적인 게 손 아니던가. 안고 쓰다듬고 쥐고 어루만지며 감각을 분별하고 음미하는 기쁨은 손만이 누릴 수 있는 특권이기도 하다. 악보를 보지 않고 건반을 능숙하게 짚어내는 기억력처럼, 물건을 떨어뜨리거나 어디 두고 왔을 때 제일 먼저 허전해하는 것도 손이다. 손이 어디에 떨어뜨리는지 눈은 낱낱이 지켜보았으련만 제 일이 아니라는 듯 일러주지 아니한다.

불리하다 싶으면 질끈 감아버리고 시치미를 떼는 눈과는 달리 손은 표정을 감추지 못한다. 반갑고 기쁜 일엔 활짝 펼쳐 환호작약하지만 분노가 치밀면 불끈 거머쥐어 매운맛을 단단히 보여주기도 한다. 승산 없는 전투에서는 번쩍 치켜올려 패배를 인정하고 잘못이라 판단되면 먼저 비벼 용서를 구할 줄 아는 용기도 빼놓을 수 없는 손의 덕목이다. 죄짓고 도망쳐 숨은 주인의 신분까지 백일하에 드러내놓고 마는 고지식한 결벽성마저 타고난 숙명임을 어찌하겠는가.

부자나 가난한 자가 똑같이 두 개의 눈을 가지고 태어나는 일은 고마운 일이다. 돈이 없는 사람도 외로운 사람도 망망대해나 만산홍엽 앞에서 공평하게 안복(眼福)을 누린다. 주머니가 비어 있는 사람이 상점의 현란한 진열대 앞에 서서 잠시 동안 꿈에 젖어보기도 한다. 그러나 똑같이 두 개의 손을 갖고 태어나도 부자와 가난뱅이, 남자와 여자, 정치가와 노동자의 손이 누리는 분복은 다르다. 악수하고 도장이나 찍는 손이 있는가 하면, 곡식을 거두고 연장을 다루는 손도 있다. 재주 없는 주인을 따라 설거지통이나 들락거리다 컴퓨터 자판을 두드려 대느라 야밤에도 쉬지 못하는 투박한 내 손을 내려다보고 있으면 안됐다는 생각이 들기도 한다. 사대육신 중에 주인의 팔자를 가장 적나라하게 살아주는 것이 그 사람의 손인 성싶은 것이다.

손을 잡는다는 것. 그것은 관계의 시작이다. 모든 일은 거기까지가 어렵다. 손만 잡으면 만사가 순탄하다. 평생 셀 수 없는 사람과 눈빛을 스치며 살아가지만 누구하고나 손을 맞잡을 수는 없다. 두 손을 맞잡고 따스한 온기를 나누는 것처럼 살아가는 일에 기쁨과 위안이 되는 순간도 흔하지 않다. 흔들리는 눈빛이 아니라 굳센 손아귀를 마주 잡을 수 있는 사람이 한세상 함께 사는 진짜 동지일 것이다.

저문 어깨를 엿듣다

　노모의 어깨에 파스를 붙인다. 거친 시간의 갈퀴도 여인네 옷섶까지 파고들기는 쉽지 않았던지 백 살 안노인의 살갗이라 믿기지 않을 만큼 어깨 언저리가 보드랍고 고요하다. 장구한 물살에 시나브로 퇴적된 완만한 사구(沙邱) 같은 엄마의 어깨, 결 고운 저 둔덕에 기대어 일곱 자식들은 토닥토닥, 한동안씩 꿀잠에 빠졌을 것이다. 대저 인간의 지체 중에 숭고하고 유용하지 않은 곳이 없으나 어깨만큼 이타적인 아름다움을 담보하는 부위도 없지 싶다. 나 아닌 타자를 감싸 안는 팔도, 아픈 눈물을 닦아주고 온기를 나누는 손도 걸쇠 없이는 걸어둘 수 없을 테니. 성(性)적 접촉이 아닌, 대인 접촉의 가장 아름다운 최전선이 어깨와 어깨가 맞닿는 포옹 아닐까. 한 존재가 다른 존재를 오롯이 포용해 들인다는 것, 심장과 심장이 병렬로 잇닿아 살아있음의 온기를 포개어 본다는 것, 세상의 각진 모서리가 돌연 조금 둥글어진다는 것. 내가 나를 안을 수 없어 서로를 그렇게 안아 들인다는 것.

슬플 때 잠깐, 기대어 울 어깨가 간절할 때가 있었다. 지치고 힘들 때, 울울하고 외로울 때, 사는 일이 시시하거나 반대로 황망해 머리 두를 곳을 찾지 못할 때, 고개를 파묻고 잠시 쉬어갈 어깨 하나만 빌릴 수 있어도 사는 일은 그럭저럭 견딜 만할 것 같았다. 돌아누운 어깨의 존재론적 고독도, 돌아서는 어깨가 풍겨내던 바람도, 푸근히 평정해 줄 안온한 옹벽 하나. 어깨가 어깨에게 건네는 말씀이 파스보다 홧홧하게 스며 올 것 같았다. 같았을 뿐이었다. 부재로서 증명되는 존재의 위력, 어떤 대가도 지불하지 않고 기대어 울다 잠들어도 좋을, 그런 어깨가 있기는 할까.

폐사지처럼 고즈넉한 채, 오긋하게 저물고 있는 엄마의 어깨를 경청해본다. 근육이 거의 남아 있지 않아 거죽살만 멋대로 힐룩거리는, 마주 뛰던 심장의 기억도, 토닥이던 온기도 놓아버리고 스스로의 통증밖에 껴안지 못하는 앙상하고 다소곳한 등성이 하나, 영혼의 압통점을 저릿저릿 가격한다.

서해 예찬

가을 바다는 쓸쓸하다. 가을 오후의 서해 바다는 더 쓸쓸하다. 찢어진 텐트, 빈 페트병, 분홍색 슬리퍼 한 짝이 아무렇게나 나뒹구는 소나무 아래 모래언덕을 지나 이윽고 수평선을 마주하고 앉는다. 흐린 물빛, 느린 물살, 낮게 웅얼대는 해조음이 편안하다. 아직도 볼을 붉히고 밤을 맞을 줄 아는, 서녘 하늘의 부끄러움도 정답다. 지친 강물을 한 몸으로 품어 안는 해거름의 서해는 아늑해 보인다.

서해와 가을은 닮은꼴이다. 쓸쓸한 것, 고즈넉한 것, 시간이 빗장을 걸어 잠그기 전, 혼신을 다해 사르는 붉은빛까지도.

서해에서 사람들은 겸허해진다. 꽃 한 송이 피워 올리지 못하는 개펄에 엎드려, 무릎을 꺾고 고개를 수그린다. 자연이 주는 것들을 공으로 얻으려면 최소한 그만큼은 허리를 굽혀야 한다는 것을, 배우지 않아도 사람들은 안다. 바지락죽과 박속낙지, 어리굴젓 같은 서해안의 먹거리들은 모두 그렇게 머리에 수건을 두르고 허리를 굽힌 사람들이 뻘밭에 엎드려 건져 올린 것들이다. 물과 뭍을 매몰차게 가르지 않고 질펀하게 품어 안는 너그러운 바다. 평화로운 안식과 소금기 어린 일상이 사이좋게 공존하는, 이 바다의 넉넉한 이중성이 좋다.

젊은 날에는 동해도 좋았다.

삽상한 바람, 불끈 솟는 햇덩이, 가파른 물살, 바슬거리는 모래의 감촉이 좋았다. 서슬 푸른 동해의 파도 앞에 서면 나처럼 우유부단한 사람도 안으로 단단히 옹심이 박혀 흔들리지 않게 다져질 것 같았다. 〈희망의 나라〉나 〈고래사냥〉 같은 것들을 흥얼거려 본 것도 동해에서였다.

사람들은 동해에서 머리를 조아리지 않는다. 돋쳐 오르는 아침 해를 바라보며 굽은 등을 펴고 처진 어깨를 바로 세운다. 수평선 너머 솟는 해를 우러르며 경건하게 손을 모으거나 주먹을 불끈 쥐기도 한다. 사람을 일으켜 세우는 바다. 그 바다의 광활한 기상이 좋았다.

동해가 남성적이면 서해는 여성적이다. 동해가 철학적이면 서해는 문학적이다. 기운 잃은 아이를 무동 태우고 걷는 아버지 같은 바다가 동해라 치면, 칭얼대는 아이를 치마폭에 감싸 안고 다독거리며 재우는 어머니 같은 바다를 서해라 할 것이다.

어디론가 떠나고 싶어질 때 나는 문득 바다를 생각한다. 피보다 붉은 변산의 낙조, 풀어진 세숫비누처럼 구름 사이로 숨어들던 간월도의 달, 만선의 꿈을 포기하지 못한 채 녹이 슬어가고 있던 왜목리의 낚싯배, 체념과 희망을 동시에 품으며 물때를 기다리던 꽃지 바닷가의 따개비를 생각한다. 바다가 주는 위안이 언제부터인지 동해보다 서해의 기억에 잇닿아 있다. 내 안의 시곗바늘이 하오의 시간을 바장이고 있어서일까.

바람 부는 가을날엔 바다로 떠나보라. 덜 핀 억새들이 쨍한 햇살에 젖은 머리를 말리고 있는 방조제 옆을 지나, 흐린 물살 일렁이는 서해로 가보시라. 하늘과 바다가 맞닿은 아득한 수평선 저 끝에서, 가느다란 물뱀 한 마리가 은빛의 광휘로 떨고 있을 것이다. 이윽고 해가 떨어져 버리면 쓸려나간 바다가 집나간 아낙처럼 주춤주춤 당신 곁으로 돌아올 것이다.

열쇠 구멍으로
내다본 사랑

1

    나무 사이로 불타는 건물들이 보였다. 서래섬을 지나 동작대교 너머까지 강변을 따라 걷다가 반포대교 쪽으로 돌아 나오는 길이었다. 석양빛을 정면으로 받은 유리 건물 두 동이 불덩이로 활활 타들어 가고 있었다. 휴대폰 카메라를 잽싸게 들이댔다. 불타는 것들은 언제나 사람을 매혹한다.

    포커스를 맞춰 제대로 찍고 싶었으나 산책길 옆 버드나무 숲에 가려 마땅한 위치가 잡히지 않았다. 서둘러 샛길로 빠져 다시 폰을 겨누었다. 몇 분 사이, 불이 꺼져버렸나. 내 눈에 비친 것은 여러 채의 건물들이 늘어서 있는 강변의 평이한 도시풍

경뿐. 그러니까 좀 전에 본 불덩이, 눈부신 빛을 발하던 그는 실체의 본질이나 의지와는 상관없이 때마침 내쏘던 석양빛의 효과로 공교롭게 연출된 반영(reflexion)이거나 환영(illusion)이었을까.

사랑의 매혹도 그런 것 같다. 어떤 거리, 시점, 각도, 방향에서 본의 아니게 대상을 현혹해 버리는 허상에의 돌연한 이끌림 같은 것. 어떤 시기 어떤 욕구가 제 안에서 활성화되어 있을 때 우연히, 아니면 우연찮게 대상이 포착되고 영혼의 어떤 틈새를 비집고 벼락 치듯 엄습하는 천재지변 같은 것.

여자가 입구에 들어서자마자 알 수 없는 기운이 후광처럼 번져 자신도 모르게 자리에서 벌떡 일어서고 말았다는 남자의 이야기를 들은 적이 있다. 내가 아는 여자는 그렇게 눈부시지도 특별하지도 않은, 평범한 필부에 불과했는데 말이다. 인생이라는 긴 여정 속에 신이 숨겨놓은 복선이 많겠지만 어떤 바람, 어떤 운명이 작동해야 일만 볼트의 고압 전류가 느닷없이 관통하는 그런 은총을 입는 것일까. 우연을 가장한 필연 같은 만남, 저 필연적 우연의 배후에는 스침과 놓침, 머무름과 미끄러짐의 순간이 무수하게 중첩되어 있었을지 모른다. 138억 년 우주 역사 내내 먼지도 빛도 아무것도 아닌 채로 어디엔가 가뭇없이 웅크려 있다가 어느 날 갑자기 둘 다 짠! 하고 인간으로 현현한 건 아닐 테니까. 구름밭과 먼지바람을 지나고 서로 다른 계절과 정류장을 거쳐 아주 먼 시원에서부터 서로를 향해 달려왔을 것이다. 수백만 광년 떨어진 안드로메다은하를 함께 휘돌고 있었거나 한 뿌리를 감싸는 화분의 흙으로 살갗을 비비고 있었거나. 스치고 지나치며 주파수를 맞추고 진폭과 파장을 견주어 보았기에 태양계 변두리의 푸른 점 모퉁이에서 어느 날 문득 서로를 알아보고 화들짝 끌려들게 되는 것 아닐까.

〈아바타〉 속편이 개봉되었다. 전편을 본 지 십여 년이 지났지만 아직도 잊히지 않는 장면이 있다. 인간의 모습으로 돌아온 제이크와 나비족 여인 네이티리가 마주 서 응시하며 나누는 대화다.

"I see you……."

"I see you……."

단순한 스침이, 눈의 교감이 아니다. 숨결과 박동, 영혼의 씨줄 날줄까지, 떨림이 울림으로 증폭되는 공명이다. 존재가 절로 눈앞에 드러나 억겁의 순간이 한 코에 꿰어지는, 그렇게 서로를 알아봐 버리는 일이다. 그런 영화 같은 '알아봄'을 꿈꾸다가 어쩌다 마주친 그대와 엉겁결에 연을 맺고 이인삼각(二人三

脚)의 엇박을 견디며 절뚝거리다 이울어버리는 우리네 쓸쓸한 사랑이라니.

2

　사랑을 그 어떤 가치보다 고결한 덕목으로 추앙하던 날들이 있었다. 오직 사랑만이 구원일 거라고, 사랑이야말로 던져진(被投) 존재로 살밖에 없는 우리에게 유일무이한 기투(企投)의 방편일 거라고, 근거 없는 희망을 품어보기도 했다. 사랑이 단지 분별없는 광기이거나 짝짓기를 위해 엄청난 에너지를 공여해야 하는 다세포생물의 합체 방식이 아닌, 삶의 공격적 허무에 대항하는 돌올한 존재 양식이기를 바랐다. "생육하고 번성하여 땅에 충만하라. 땅을 정복하라……" 구약성경 창세기의 첫 주례사가 창조신이 기획한 이 별의 은밀한 운영체제라 해도, 기획자조차 예상치 못했던 사랑이라는 떡고물을 훔쳐내는 일은 죄가 되지 않을뿐더러 한시적 심부름꾼으로 차출당한 운명에 대한 전술적 복수일 수 있겠다 싶었다. 사랑을 통해 우리가 획득한 것이 무엇이던가. 존재의 확장성이다. 의도하건 의도치 않건 간에, 사랑은 존재를 확장시킨다. 신체적 생물학적 범주를 넘어 감정적 정신적 영역에까지 사랑을 통해 넓어지고 깊어진다.

생명체, 특히 동물의 섹스란 다세포생물이 단세포 시절을 잊지 못해 그 시절로 회귀하고 싶어 하는 퇴행 현상이라는 주장이 있다. 양성생식의 대가로 불멸성을 잃게 된 반쪽이들이 잃어버린 반쪽을 찾아 완전체를 회복하려는 집요함으로 원시적 퇴행을 감행한다는 것이다. 어느 날 갑자기 자궁 밖으로 내쫓기고 탯줄이 끊겨버린, 저 근원적 결핍에 대한 보상심리로 타자와의 합일을 욕망하는 것이 성적 욕구의 본질이라는 라캉의 주장 또한 비슷한 맥락의 퇴행으로 읽힌다. 포개져 하나가 되려는 욕구, 1+1=1이라는 저 맹목적 뒷걸음질이 지구를 생명으로 넘쳐나게 하고 세상을 앞으로 나아가게 하는 동력으로 작동하는 아이러니라니.

"사랑이란 자신이 가지고 있지 않은 어떤 것을 원하지 않는 누군가에게 내어주는 일"이라는 라캉의 언술 또한 출제 의도가 정확하지 않은 시험문제처럼 행간을 오래 서성거리게 한다. '자신이 현재 가지고 있지 않은 어떤 것'을 '원하지 않는 누군가에게 주어야' 하는 게 사랑이라면 잠재적 나와 현실적 너 사이의 간극이 균열을 야기할밖에 없지 않을까. 제 눈이 현상하고 제 뇌가 해석한 이미지들은 실재와는 일치하지 않는 허깨비들이어서 눈앞의 대상이 상상했던 바로 그라는 것을 애초부터 담보하지 않는다. 대체로 남자는 여자의 현재를, 여자는 남자의 미래를 염두하고 선택하는데 현재의 몸도 미래의 밥도 어쩔 수 없는 시간의 변수여서 '오늘의 몸'과 '내일의 밥'이 아닌 '어제의 몸'과 '오늘의 밥' 사이의 불화로 끝내 어긋날밖에 없는 것이 사랑의 불가피한 비극성일지도 모른다. 치마폭 가득 별이라도 따다 줄 것 같던 초심이 소 닭 보듯 무심해지고 아무것도 애달파하지 않거나 개 원숭이 보듯 으르렁거리며 제각기 자기의 동심원이나 도는.

3

기울기가 틀어진 바큇살처럼 마음이 자꾸 궤도이탈을 한다. 허락도 없이 무시로 내 안을 다녀가는 그 때문이다. 그가 어느 기슭으로 잠입해 어떤 문을 밀치고 오는지 나는 알지 못한다. 어떤 징후도 예감도 없이 불시에 단숨에 도착해 있곤 하므로. 기척 없이 숨어들어 시시때때로 나를 휘적거려놓는 상념의 주체는 정확히는 '그'라는 인격이 아니다. 그에 대해 유보해둔 내 감정들이다. 지난날에도 몇 번, 비슷한 증후군이 내 몸을 다녀간 적이 있다. 오래전 누구의 신전 안에 꽃 한 송이 몰래 켜두고 온 적도 있다. 발각되었는지 꺼져버렸는지, 제풀에 지쳐 시들어버렸는지, 손상된 바코드 같은 시간들이 이제 더는 읽히지 않는다. 불시착한 열기처럼 느닷없이 치올라와 혼돈을 야기하고 평정을 교란하는, 낯설지 않은 감정의 전구체 같은 감상들. 때 없이 타들어오던 불온한 상념들을 나는 매번 가차 없이 비벼 끄곤 했다. 안전지대를 벗어나는 그 지점에서부터 진짜 삶이 시작된다는 누구의 말이 사실이라면 안전지대를 벗어나지 않으려고 전전긍긍했던 내 시간은 그러므로 산 게 아니었던가. 점멸등 앞에서조차 멈칫멈칫, 과속방지턱이 보이기도 전에 서둘러 브레이크를 밟아버리며 거리두기에 진심이었던 건 궁서체나 바탕체, 케케묵은 고딕체를 기본 서체로 익혀온 구닥다리 아날로그여서만은 아닐 것이다. 열정을 밀고 나갈 용기와 동력이 관성과 타성을 이겨내지 못했거나 안위를 우선하는 도덕적 강박으로 스스로를 애써 주저앉혔거나. 윙 컷을 당한 앵무새처럼 제 둥지 안에서나 퍼덕거리던 시간들, 그러고서 이 나이에 사랑 타령을 한다. 삶의 황홀을 향유하지 못한 육신으로 삶의 의미나 따져 묻고 있다. 본심을 억압하고 욕동(慾動)을 은닉함으로 존재의 분열을 획책해 온 인간이 젊은 날의 화두 하나 버리지 못해 미련스레 움켜쥐고 있는 것인가. 일생을 살아도 채워지지 않는 결핍이 사랑이라는데. 그렇지만 사랑을 몸으로만 한다더냐. 부질없음의 '부질'이 '불질'에서 왔다지만 '불질' 없는 사랑도 사랑 아닐까. 종일 오만 가지 생각이 서성여도 바깥으로 튕겨 나는 행동은 많지 않다. 머릿속 일과 가슴속 일들을 다 제거해버리면 삶은 형편없이 쪼그라든다. 사랑 또한 지극히 협소해져 결혼과 불륜, 이루어진 사랑과 이루지 못한 사랑 같은 피상적 표피로만 남을 것이다. 저 혼자 피고 지는 꽃도 있고 무화과처럼 속으로 익는 열매도 있다. 휩쓸려 드는 것만 사랑이 아니다. 밀어내는 것도 때론 사랑이다.

4

　아니 에르노의 『단순한 열정』을 다시 읽는다. 오래전에 읽었던 책이지만 노벨상 소식에 다시 펼친다. 이상하게 감흥이 느껴지지 않는다. 사랑이 단순한 열정이라는 뜻인가. 사랑인 줄 알았는데 지나고 보니 단순히 열정이더란 뜻인가. 일각(一刻)의 유예조차 허용치 않는 도취와 불안의 이중적 변주, 모든 관심사를 한 곳에 집중한 채 롤러코스터를 탈밖에 없는, 사랑에 빠진 여자의 전전긍긍한 심리가 전편에 적나라하기는 하다. 지나버린 열정에 대한 저자의 진술대로, 사랑은 세상을 양분시킨다. 복판과 둘레, 장미와 안개꽃, 그와 그 아닌 것으로. 그 아닌 모든 것이 '기타 등등'으로 명징하게 강등된다. 평범한 그가 모래 속 사금으로 반짝여 보이는 일, 지극히 편파적인 그 콩깍지를 누구는 눈가림이라 내려깎기도 하지만 내 보기엔 아니다. 눈을 뜨는 일이다. 솜털 하나, 말버릇 하나, 그늘 냄새 풍기는 실루엣 하나까지 남의 눈에는 보이지 않는 그다운 특징이 유독 확대되어 눈여겨보게 되는, 마법과도 같은 개안(開眼)의 축복이다. 그리하여 사랑은 들키는 일이다. 내가 알지 못하는 나를 기꺼이 남김없이 들켜버리는 일이다. 발각될까 두근거리는 게 아니라 발각되지 않을까 초조해하는, 수상한 노출 본능 같은 것이다. 사랑과 마약의 공통점은 둘 다 제정신이 아니라는 데 있다. 제정신으로는 세상이 그렇게 아름다워 보일 리 없지 않은가. 무뚝뚝함이 과묵함으로, 경박함이 쾌활함으로 미화되어 보이는 특수왜곡 접안렌즈를 신은 오직 연인들에게만 남겨두었다. 밝아졌던 시력이 빛을 잃고 어두워져, 아니지 어두워졌던 눈이 천천히 밝아져 다시 객관을 회복하게 되는 것, 사랑의 술수일까, 신의 실수일까. 번식의 임무를 다할 때까지, 그때까지만 켜두려는 간이조명일까.

불갑사 대웅전의 꽃살문 앞에 서서 엉뚱하게도 나는 사랑을 생각한다. 연꽃을 모체로 꽃잎을 층층이 중첩한 보상화문은 보상화(寶相花) 아닌 보상화(寶相華), 꽃 아닌 꽃이다. 꽃술과 꽃받침이 중심에서부터 규칙적으로 배열하여 바깥으로 퍼져나가는 보편적 꽃의 형상이지만 하고 많은 꽃 중에도 그렇게 생긴 꽃은 없다고 한다. 개념으로서의 꽃, 사실이 아닌 허구다. 꽃의 화엄이요 꽃의 만다라다.

사랑이 뭘까. 그 또한 허깨비요 만다라 같은 것 아닐까. 저마다 다른 증상으로 앓는 호흡기 증상을 감기라는 총칭으로 뭉뚱그리듯 꽃이나 사랑에 대해서도 제각각의 경험치로 어림해 보는 허구적 이미지나 개념일 뿐 아닐까. 개체적 경험을 관념으로 육화시켜 뭉뚱그린 추상을 본질이라 우기며 다들 그렇게 살다 가는 것 아닐까.

5

파스칼 브뤼크네르의 『아직 오지 않는 날들을 위하여』를 읽다가 P 선생님 생각이 났다. 마지막으로 상해를 다녀오셨던, 아마도 94, 5세쯤이셨을 것이다. 오랜만의 장거리 나들이에 설렜던 선생님은 인사차 들른 내게 유학 시절 연모하던 대만 여학생 사진을 보여주셨다. 두꺼운 책장 중간쯤에 수십 년간 압화(壓花)처럼 끼워져 있던 여자는 흰 블라우스에 단정한 핀을 꽂고 스물 몇 살의 해끗함으로 웃고 있었다. 혹시 거기 가면 수소문해 볼 수 있으려나……. 의사까지 대동하고 가시는 마당에 시간을 건너뛴 그리움으로 가느스름한 눈이 더 가느스름해지던 선생님은 정말로 그분을 다시 만날 거라고 믿으셨던 걸까. 만년(晚年)에 쓰신 「만년」이라는 글에서 "훗날 내 글을 읽는 사람이 있어 '사랑을 하고 갔구나' 하고 한숨지어 주기를 바란다."라고 하셨듯, 일찍 어머니를 여의셔서인지 일생 '구원의 여상(女像)'을 그리워하며 사셨던 것 같다. 그 저녁, 돌아와 썼던 글이 「핑크빛은 시들지 않는다」였다.

만년의 열정이란 어떤 것일까. 핑크빛은 정말 시들지 않을까. 모든 과잉을 제거하고 본래의 자리로 되돌아갈 나이에 다시 무엇을 꿈꿀 수 있을까. 손볼 데 많아진 구형 세단으로 낯선 길을 운전해 갈 용기가 있을까. 진즉 반감기를 지나, 시간의 저 애잔한 뒤통수가 보이기 시작하는 나이에 구닥다리 격발장치 같은 육신을 점화할 고성능 기폭제가 우리 안에 과연 있기는 할까.

인생을 이만큼쯤 살아내고 보니 삶이란 정답을 찾는 문제 풀이가 아니라 숨바꼭질 보물찾기 수건돌리기 장애물 경기 같은, 놀이일 수도 있었을 것 같다. 주어진 시간 동안 추구해야 할 것이 즐거움과 재미, 기쁨이었을 것이나 나는 늘 있지도 않은 목적과 의미, 정체성을 찾느라 눈 가린 술래로나 헤매다 만 듯하다. 갑판에 서서 온몸으로 바람을 맞으며 흔들리고 휘청거리는 대신 조타실에 숨어 포효하는 바다를 내다보면서 뱃멀미나 견디고 있었던 건 아닐까. 정답도 모범답안도 없는 인생, 각자의 해(解)가 있을 뿐인데. 아니면 애당초 답을 필요로 하지 않는, 모호하고 아득한 질문이었을 뿐인데.

6

사랑이 삶을 관통하는가. 삶이 사랑을 포섭해 들이는가. 빠르게 붕괴하고 쉽게 상하는 게 사랑이지만 세상 모든 영화와 문학, 대중가요 속에 유효기간 없이 통용되어 온 테마가 사랑이고 보면 사랑과 사람(삶), love와 live가 음소 하나의 차이밖에 나지 않는 이유가 자명해진다. 살아가는 일이 사랑하는 일이어서 사랑 없이 사는 일이 쉽지 않다는 얘기다. 그런데 어찌된 일인지 영화도 문학도 대중가요도 이루어진 사랑 아닌 이루지 못한 사랑의 이야기가 대부분이다. 사랑이 '이루어진다는 것'은 어떤 것일까. 살갗을 공유하고 체온을 확인하는, 찰나의 불꽃놀이를 상시화하는 일인가. 주민등록을 합치고 수저통을 합치고 합리적 인수합병(M & A)의 시너지를 창출해 종족 번성에 이바지하는, 그것이 이루어짐의 궁극인 건가.

　이루지 못한 사랑, 이루어지지 않은 사랑만이 이루는 사랑, 이룰 수 있는 사랑일 거라고 억지를 써 본다. 반추동물이 제 처소에 들앉아 미진한 소화를 완성하듯이, 잇고 깁고 꿰매고 덧대며 결락된 마디를 완성해 가는, 그 되감기와 뒷걸음질의 봉합 과정이야말로 이루어짐의 최후적 양태 아닐까. 돌아앉아 헌 데를 핥는 짐승과 같이, 살점이 흩어져버린 시간의 흰 뼈를 어루만지며 '사랑해요'가 아닌 '사랑했어요'로 죽은 사랑을 조문하고 장사 지내 주는, 그것이 살아낸 시간에 대한 예의이고 온전한 갈무리의 형식 아닐까. 아쉬움과 탄식, 회한과 미안함 같은 화학작용으로 아슴아슴한 방향(芳香)을 피워 올리는, 그런 되돌아봄이야말로 미완의 시간을 완성해내는 이루어짐의 순일(純一)한 결미 아닐까.

7

선남선녀의 결혼식장에서 혼인 서약과 주례사를 듣는다. '기쁠 때나 슬플 때나, 아플 때나 건강할 때나……' 가장 성스럽고 가장 허황한 약속에 신랑이 큰 소리로 예! 하고 대답한다. 신부도 작지만 야문 소리로 응수한다. 주례를 맡은 물리학자가 사랑을 에너지의 상호교환이라 정의한다. 거래를 통해 시너지를 창출하고 이익을 내야 하는 비즈니스 파트너들의 비장한 표정이 클로즈업된다.

성스러운 남의 결혼식장에 앉아 문정희 시인의 「미친 약속」이나 떠올리고 있는 나. 『결혼은 미친 짓이다』라는, 누구의 소설 제목도 생각난다. 어느 날 갑자기 불시착한 감정에 코가 꿰어 나도 모르는 나와 저도 모르는 그가 제 인생에 덥석 타자를 들여놓는, 종착지도 장애물도 알지 못하고 노선도 시야도 확보되지 않은 장거리 경주를 완주해야 하는 어마어마한 도박을, 어쩌자고 우리는 겁도 없이 감행하는 것이냐. 자기 정체성조차 불분명한 청년기에 지극히 불안하고 변덕스러운 감정을 토대로, 아니면 몇 가지 조건에의 결탁으로 성사시키는 협약이 배타적 독점관계를 얼마나 오래 버텨낼 수 있다고.

40년 넘게 혼인 관계를 지탱해 온 사람으로서, 결혼이라는 습속이 인간의 본성과 들어맞는 제도는 아니라는 사실에 대체로 동의한다. 평균수명이 100세에 육박하고 하루에도 무수한 접촉과 접속이 발생하는 디지털 유목의 시대에, 헌신과 정절을 강제하는 노비문서 같은 법적, 도덕적 강박이라니. 사랑은 의지이고 책임이지만 사랑의 주체인 인간은 성적 욕구와 정서적 기대가 무쌍한 시간의 유기체 아닌가.

가족제도가 정착한 것은 농경시대가 시작된 1만여 년 안팎의 일이라는데 20만 년 인류 역사로 보면 그리 오랜 기간도 아니다. 힘의 논리로 평정되는 동물의 세계에서 알파 수컷에게 기회를 박탈당하는 원천적 불균형보다 상대적 분배 평등을 택함으로써 유전적 참사를 막아보려는 베타들의 암묵적 합의가 일부일처 관습 같은 타협안을 고안해냈을 것이다. 정착과 소유가 보편적으로 자리 잡던 그 시기에는 가문과 재산을 지키고 후손을 길러내는 제도적 보호 장치로 최선이었을 것이나 모든 것이 빠르게 쓰레기통에 처박히는 시대, 만남과 스침이 일상이 되어버린 오늘의 디지털 디아스포라들에게는 사랑과 결혼을 결속시키는 풍습이 진즉 실효성을 잃고 있는 듯하다. 사랑이 우발적 결속이 아닌 만큼 결혼 또한 비즈니스적 결탁이 아니라면 시스템도 패러다임도 바뀌어야 하지 않을까. 조숙한 천재 랭보가 오래전에 일갈했듯 사랑도 재발명되어야 한다.

8

타자의 체온을 쬐지 못하고 살갗의 위안을 꿈꾸지 못하는 관음증 환자가 많아져서일까. 연애와 결혼, 육아나 요리를 직접하는 대신 남의 연애나 육아를 훔쳐보는 일로 대리만족하는 프로그램이 넘쳐난다. 인간이 인간을 소외시키는 세상, 담배보다 더 치명적이라는 외로움을 반려동물 반려식물로 달래는 사람도 늘고 있다. 그보다 더 보편적 관계가 반려 기계와의 동거일 것이다.

이혼 소송 중인 편지 대필 작가 테오도르와, 사만다라 이름 붙인 인공지능 운영체제가 사랑에 빠지고 헤어지는 과정을 다룬 영화 〈그녀(her)〉. 고도의 인공지능을 탑재한 사만다는 테오도르의 정체성을 파악해 초특급 비서 역할을 한다. 메일을 읽고 답장을 대신 하거나 불필요한 메일을 삭제해 주는 등, 그의 기분이나 심리상태를 파악해 살가운 대화 상대가 되어주기도 한다. 우울할 때 농담이나 노래로 달래주고 잠자리에서 사랑을 속삭여주기도 하는, 내가 맞추어주어야 하는 사람이 아닌 나에게 맞추어주는 최적화된 대상에게 남자는 서서히 사랑을 느낀다. 사만다 또한 급속도로 진화한다. 육체가 없는 사만다는 다른 여자의 육신을 빌어서라도 그와 사랑을 나누고 싶어한다. 존재하지만 존재하지 않는, 존재하지 않지만 존재하는 그녀, HER가 마침내 SHE가 되려는 순간 사랑에 갈등이 끼어들고 극락의 모퉁이도 붕괴되기 시작한다.

동료 인간보다 기계랑 노는 시간이 많아진 요즘, 금속과 플라스틱이 사람의 살갗보다 더 친숙한 촉감이 되었다. 사랑도 살갗의 일이어서 접속보다는 접촉이 막강한 위력을 발휘하지만, 관계에 지친 현대인들에게는 필요할 때 클릭하고 귀찮으면 꺼둘 수 있는 사만다식 위안이 필요할지 모른다. 잔소리나 하는 뚱뚱 마누라보다 상냥하고 스마트한 인공지능과 애착 관계에 빠지거나, 손 많이 가고 귀찮은 남편 대신 똘똘하고 집안일 잘 거드는 로봇 사피엔스와의 동거를 선호하게 되거나. 신을 죽이고 신이 되려는 인간과 인간을 죽이고 인간이 되려는 기계의 교감. 아찔하다. 혹 조만간 니체 같은 초(超) 기계가 나타나 '인간은 죽었다!'고 대차게 선언해버리지 않을까.

동성도 동종도 아닌 종을 넘어선 교합이 해괴망측하다고? 돌아보면 그리 놀랄 일도 아니다. 온순한 성욕, 낮고 조용해 보이는 식물들이 진즉부터 시행해 온 방편이었으니. 정지된 듯 보여도 끊임없이 빛을 사냥하는 식물은 성기를 맨 위에 노출시키고 잘 드러나 보이도록 채색까지 한다. 향기라 이름하는 페로몬을 분사해 대상을 노골적으로 유혹하는가 하면 매파와의 교접도 불사하지 않는다. 그 해괴한 이종교배를 문란하고 뻔뻔하다 기겁하는 인간이 없고 보면 딥 러닝으로 감성을 입은 인공지능과 디지털 휴먼의 사랑 또한 비정상적 변태라 몰아세울 일도 아니다. 인간화된 기계와 기계화된 인간, 생각하는 기계와 생각 없는 인간의 간극이 갈수록 좁혀들고는 있지만 사랑은 예외 없이 난해한 것이어서 테오도르 말고도 한꺼번에 641명을 동시에 사랑한다는 영화 속 사만다처럼 배타성이 철폐된 허상과의 사랑이 에로스의 종말일지 사랑의 재발명일지는 두고 봐야 할 일이지만.

뿌리

배롱나무 가지에 첫 꽃이 터졌다. 뿌리가 이 소식을 알면 얼마나 기뻐할까.

일생 햇빛 구경 한 번 못하는 어둠의 수인(囚人)에게도 소문은 기척 없이 스며들 것이다. 부름켜를 타고 전해지는 기별에 주르르 눈물부터 흘릴 것이다. 꽃과 뿌리, 삶의 반경은 달라도 들썩임의 성분은 같을 것이다.

뿌리는 꽃을 알아도 꽃은 뿌리를 모른다. 비상의 추임새로 공중부양을 꿈꾸는 이 천진한 나르시시스트들에게 피멍 든 발가락이 보일 리 없다. 아름다움이 부여하는 초월성으로 바람에 기대어 한들거리다 어느 날 문득 생의 허방으로, 어딘지 모를 환승역으로 곤두박질치듯 뛰어내릴 뿐.

꽃을 보며 뿌리를 읽는다. 생각의 뿌리가 쓸데없이 깊어진
다. 하늘가 어딘가에 뿌리내리고 응원의 팔 휘젓고 계실 아버
지가 보인다.

능소화

어릴 적 살던 집 뒤뜰에 능소화나무가 있었다. 담장을 뒤덮은 푸른 덤불 사이로 적황색 나팔 모양의 꽃들이 여름 내내 피고 지곤 했다. 소낙비가 한줄기 훑어간 뒤에는 아직 싱싱한 꽃송이들이 담장 밑에 무더기로 흩어져 있기도 하였다. 누가 심술이 나 따버린 것일까. 흙물이 튄 꽃송이들은 나무 위에서보다 환해 보였다. 그 집에서 산 게 네댓 살 때까지였으니 능소화는 어쩌면 내 평생 처음 만난 꽃이었을지 모른다.

능소화는 여름에 어울리는 꽃이다. 여릿한 봄볕에 피어나기에는 꽃빛이 너무 호사스럽고, 싱그럽고 도타운 꽃부리가 이울어 가는 가을볕에도 어울리지 않는다. 등등한 폭염의 기세에 어느 것도 감히 대항할 엄두를 내지 못할 때, 찬물에 세수하고 분단장한 여인처럼 상큼하게 피는 꽃이 능소화이다. 한여름 초록을 무참하게 제압하며 너울너울 번져가는 능소화 덤불은 차라리 도발적인 유혹에 가깝다.

화려하면서도 천해 보이지 않고 요염하면서도 귀티가 나는 꽃. 능소화는 관능적이면서도 기품이 있는, 성장(盛裝)을 한 여인 같은 꽃이다. 퇴락한 고택 돌담 위로 생긋하게 발돋움을 하거나 키 큰 고사목을 휘감고 소담스레 휘늘어진 모습이 먼 길 떠난 낭군을 기다리는 여염집 새댁 같기도 하고, 구중궁궐 달빛 아래서 오지 않는 임을 그리다 지친 비빈(妃嬪)의 넋 같기도 하다.

능소화는 언제나 담장 가를 서성인다. 십 리 밖 발자국 소리에 귀를 세우고 서 있는 것일까. 눈 어두워 못 찾아들까 불 밝혀두려 하는 것일까. 온몸이 귀가 되고 온몸이 등불이 되어 동네 고샅을 기웃기웃 내다본다. 에움길을 돌아서 처음으로 만나는 그저 그런 집이라 하여도 돌담 어디쯤에 능소화 한 자락만 척 걸쳐 있으면 금세 집 전체가 환하게 밝아진다.

기다리는 일에 힘을 잃어서일까. 능소화는 저 혼자는 일어서지 못한다. 돌담이든 감나무든 휘감고 의지해야 몸을 추스르고 덩굴을 뻗는다. 덩굴져 자라는 여름꽃이 능소화만은 아니다. 등나무도 있고 나팔꽃도 있다. 등나무는 시원한 그늘을 이루지만 줄레줄레 늘어져 정갈한 맛이 없고 나팔꽃은 나약한 줄기에 속절없이 피고 져서 보는 이의 마음을 허망하게 한다. 꿈틀거리는 생명의 의지로 하늘을 넘보는 능소화는 오를 만큼 올라서고 나면 늘어진 가지 끝에 노을빛 꽃송이들을 흐벅지게 피워 달고 낭창거린다. 올라가 보았자 별것이 없는 세상, 살아가는 일의 기쁨과 덧없음을 한 자락 풍류로나 풀어내고 싶은 것일까.

꽃들이 가지에 달려 있는 모습도 재미있다. 무더기로 몰려 있는가 싶으면, 하나둘 흩어져 있고, 왁자하게 흥청대는가 싶으면 다소곳하게 비울 줄도 안다. 맥이 끊긴 것 같다가도 어긋버긋 이어지는 낭자한 꽃 사태는 잦아지는 듯싶다가 돌연 휘몰아치는 우리네 산조가락 만큼이나 흥겨운 데가 있다. 기세 좋게 치닫다 취한 듯 슬며시 자신을 놓아버리는 저 일탈의 여유는 어디서 배워 온 것일까. 늘어진 끄트머리를 살짝 치켜올려 꽃망울을 받쳐 드는 매무시는 정지상태에 있던 무희의 버선발이 사뿐하게 허공을 차는 듯 어깃장스러운 교태마저 풍긴다.

삼복염천을 비웃듯 피고 지던 능소화도 때가 되면 돌연 모든 것을 접는다. 시들어 떨어질 때까지 추하게 매달려 목숨에 연연하는 법이 없다. 고조된 설움의 극한에서 슬픔을 이기지 못하고 자진해버리는 동백처럼, 기다림의 끈을 탁, 놓아버리고 어느 순간 툭, 고개를 꺾고 만다. 아름다움의 절정에서 제 서슬에 제 목을 꺾는, 눈부시도록 처연한 낙화. 능소화는 그렇게 슬픈 숨을 놓는다.

타협을 거부하는 비장한 절개는 그것으로도 끝나지 아니한다. 풀지 못하고 응어리진 그리움은 한이 되어 남는 법. 떨어진 꽃이라 하여 함부로 주워드는 일은 삼가는 것이 좋다. 꽃술에 맺힌 분가루가 한 맺힌 독이 되어 저를 탐하는 그대의 눈동자를 해코지할지도 모르는 까닭이다. 기다리던 임이 아니라면 죽어서도 제 몸에 손대는 것을 거부하는, 아름답고 도도하고 자존심 강한 꽃. 뜨겁고도 차가운 꽃의 단심(丹心)에 여름도 짐짓 뒷걸음을 친다.

열매에 대하여

익지 않은 열매는 왜 푸를까.

답은 익지 않아서이다. 말장난이라고? 아니, 진언이다. 무림의 고수들에게 칼날의 광휘를 칼집 안에 감추고 내공을 다질 시간이 필요하듯, 열매들도 무르익기 전까지는 이파리와 비슷한 보호색으로 위장하여 본색을 감출 필요가 있다. 열매의 첫째 사명은 번식에 있으므로 씨가 여물기 전에 곤충이나 새에 먹혀서는 낭패다. 열매가 실하게 차오를 때까지는 이파리 사이에 몸을 숨기고 가지에 찰싹 붙어 있어야 한다. 덩샤오핑의 대외 기조 정책이었던 도광양회(韜光養晦)가 식물들에게는 초짜 상식인 셈이다. 열매가 가지에 실하게 붙어 있는 형국을 착실(着實)이라 하는데 착실한 정진과 인내의 과정을 통해 스스로를 여물리고 무르익힌 열매들만이 가지를 끊고 새로운 세계를 향해 뛰어내리는 과단성(果斷性)을 발휘할 수 있다.

열매는 왜 둥글까.

"스스로 익어 떨어질 줄 아는 열매, 스스로 먹힐 줄 아는 열매는 모가 나지 않는다"고 오세영 시인이 설파했지만 스스로 익어 떨어지기 전에도 사과는 이미 날 때부터 둥글다. 꽃 진 자리마다 조롱조롱 맺혀 있는 동그스름한 열매들, 직선을 싫어하는 신의 취향이신가.

바닥에 떨어졌을 때의 마찰이나 저항을 최소한으로 줄이기 위해서만 사과의 엉덩이가 둥그러진 것은 아닐 것이다. 나무는 애초 알고 있는 것이다. 혼자서는 살 수 없는 세상이라는 것을. 함께 상자에 담겨 어깨를 부딪치며 화물칸에 실려 흔들흔들 종착역까지 가야 한다는 사실을. 날카롭게 각을 세워 폼을 잡아 봤자 피차 상처나 입고 멍이 들고 말 것이다.

젖가슴과 엉덩이가 둥근 여자 몇이 과일가게 앞을 서성거린다. 둥근 것들이 맛있고 둥근 것들이 섹시해 보이는 것, 누구에겐가 먹히고 싶어서일까. 열매의 최종 목표는 먹히는 것이다. 먹혀 씨를 퍼뜨리는 것이다. 둥글둥글 굴러가 둥글게 먹혀 둥근 세상을 만드는 일, 그렇게 누군가의 마음을 빼앗고 몸을 빌리는 일이야말로 씨를 품은 것들의 황홀한 음모이고 세상을 존속시켜온 숭고한 비의(秘義)다. 모나지 않게 둥글둥글 살라고, 너그럽게 내어주고 원만하게 품으라고, 둥근 지구에 최적화된 열매들이 각지고 모난 인간들에게 삶의 양식을 환기시킨다. 미운 꽃이 없고 미운 열매가 없듯 미운 여자도 세상에 없다.

쯧쯧쯧

세상 남자들이 왜 끊임없이 여자의 육체를 염탐하려 드는지 아는가? 그곳이 자신들이 할 수 없는 생명 창조의 작업이 일어나는 장소여서일 것이다. 그럴법하다고? 그렇고 말고다. 생명 출산이 몸 바깥에서 이루어지는 물고기들은 암컷의 몸 안을 그토록 끈질기게 궁금해하지 않는다. 생명의 씨앗을 품고 키워내는 저 막중하고 비밀스러운 우주적 공정에 대한 호기심과 궁금증 때문에 사내들은 그렇게 암암리에, 또는 노골적으로 눈에 띄는 신대륙마다 상륙하고 시추하고 발굴해보려 하는 것이다.

누군가 그랬다. 남자란 70% 수컷과 30%의 인간으로 조성된 존재라고. 그럴법하다. 너무 어리거나 기운이 쇠한 사내들만이 70% 인간과 30% 수컷쯤으로 산다. 인간뿐인가. 수사슴들도 그토록 근사한 면류관을 이고서 하는 짓거리란 게 짝짓기를 위한 싸움박질뿐이다. 일생 암컷 근처에도 못 가보는 '숫것'으로 살다가는 수컷들이 대다수인 동물의 세계에서, 수컷들 간의 경쟁이나 전쟁은 암컷들의 환심을 사기 위한 쟁탈전이나 다름없다. 제아무리 잘난 수컷이라 해도 암컷의 도움 없이 유전자를 남기는 일은 불가능할 터, 기회비용을 따지기에 앞서 '돌격 앞으로'가 될 수밖에 없는 것이 수컷들의 타고난 운명인지도 모른다.

창세기에 보면 하느님이 아담을 깊이 잠들게 한 뒤 갈빗대 하나를 취하여 이브를 만드셨다고 했다. 왜 하필 갈비뼈일까. 나는 가끔 그것이 궁금했다. 실제로 갈비뼈는 골막만 손상되지 않으면 몸 안에서 재생이 가능하다고 한다. 제거해도 다시 자라난다는 것이다. 주워들은 정보가 사실인지 아닌지, 이브의 탄생 설화가 해부학적 근거에 기초한 것인지 아닌지 알 수는 없지만, 여자의 주재료가 남자의 갈빗대라는 설정에 왈칵 동의할 마음은 없다. 천지만물의 주인이신 창조신이 무엇이 부족해 멀쩡한 완제품의 부속을 빼내어 새 작품을 지으셨겠는가. 성경의 필진들도 남자였을 터, 어떻게든 여자를 자신들의 종속물로 귀속시켜두려는 가부장 사회의 음모가 감춰져 있을 법하다.

까탈 부리지 말고 믿어두자고? 뭐, 그래도 나쁠 건 없다. 기존 부품을 업그레이드해 새롭게 출시된 버전의 인간을 여자라 해 두자. 그렇다 해도 갈비뼈는 아니다. 까짓 없어도 되는 갈빗대 하나가 무슨 대수라고 이브를 처음 만난 아담이 '이는 내 뼈 중의 뼈요 살 중의 살'이라 했을 것인가. 갈빗대가 아니라 아기집이어야 옳다. 그래야 그나마 이야기가 된다. 그래야 그들이 그토록 집요하게 찾아 헤매는 게 무엇인가가 가까스로나마 설명된다는 말이다. 잠든 사이 탈취당한 생명의 허브, 창조의 비의(秘義)를 간직한 중차대한 보물주머니를 어떻게든 탈환해 저들 몸 안에 복원시키고 싶어 은근슬쩍 여체를 흘깃거리며 호시탐탐 도발해보려 용을 쓰는 것이다. 그것이 선대로부터 하달된 준엄한 신탁(神託)이며 소명이라도 된다는 듯이.

그러나 그래도 그래 봤자다. 창조신이 태초에 천명하지 않았던가. 여자는 남자의 상위 버전이라고. 세상의 어떤 위대한 남자도 평범한 여자들이 어렵잖게 수행해온 생명 창조의 위업을 벤치마킹할 수 없다. 거추장스럽게 덜렁거리는 여분의 살점을 빌미로 갖은 공략을 펼쳐 봐도 원하는 물건을 회수해 갈 수는 없을 거라는 말이다. 세상의 어떤 미련한 보살이 진신 사리를 봉안할 적멸보궁을 송두리째 들어다 바칠 것인가. 탑돌이를 하며 대자대비를 염송(念誦)하는 비구들은 성소 주변이나 빙빙 돌며 변죽이나 가끔 울려볼 뿐이다.

"남자를 그리 통째로 매도하다니. 좀 과격한 페미니스트 아니오? 아니면 무슨 억하심정이 있으신가……."

모임에서 만난 작가 한 분이 잡지에 낸 내 글을 읽고 정색을 하며 따져 물었다. 부정하지 않겠다. 뭐 다소 냉소적인 데가 없지 않다는 것. 혹은 스스로도 모르는 억하심정이 있을 수도 있다. 그렇다 하여도 날이면 날마다 시답잖은 곡괭이질로 갖은 분란을 일으키며 뉴스 화면을 어지럽히는 이념들의 한심한 작태를 생각하면 그 정도야 관대한 농담 아닌가.

인간보다 일억 삼천 년 이상이나 앞선 개미 왕국은 암컷과 비생식 개미 95%, 수명이 아주 짧은 5% 수컷으로 구성되어 있다. 개미와 비슷한 진사회적 동물인 꿀벌 역시 태생적으로 기능분화 되어 있다. 어떤 벌은 교미만 하고 어떤 벌은 일만 한다. 에너지 절약에 철저한 진화의 방식이 집단의 효율적 생존을 위해 선택한 구조다. 언젠가는 인류도 슈퍼 히어로의 씨받이 정자나 필요로 하는, 가모장(家母長) 사회로 변모해갈지 모른다. 디지털과 신 모계 사회의 여러 징후들을 볼 때 인류 또한 개미처럼 여성화의 방향으로 진행되지 말라는 법은 없으니.

"일단 로봇을 알게 되면 인간 남자는 다시 못 만날 거야……."

스티븐 스필버그의 영화 〈A.I.〉에서 섹스 로봇 지골로 조가

패트리샤에게 속삭이는 말이다. 자신의 아들 크로노스에 의해 남근을 절단당한 신화 속 우라노스처럼 인류는 지금 자신들이 만든 창조물들에 의해 축출되고 궤멸될 위기에 처해 있다. 소리 없이 진격해오는 휴머노이드 로봇들, 상생(相生)이 될지 공멸(共滅)이 될지, 로보사피엔스로 진화될 신인류들만 살아남게 될지, 미구에 들이닥칠 A.I. 생태계가 걱정스러운 이때, 인터넷 뉴스에는 잠깐의 실수로 일생 쌓아올린 공든 탑을 무너뜨린 고위 각료의 스캔들이 검색어 1위에 올라와 있다. 제아무리 의지만으로 다스려지지 않는 철딱서니 불수의근이라 쳐도 생산을 위한 농기구인지 뒷골목 놀잇감인지 구분조차 하지 못해 패가망신하는 민망함이라니.

만국의 남정네들이여, 곡괭이는 제 옥토를 살피는 농기구이지 바깥에서 굴리는 놀잇감이 아니다. 명심하고 또 명심할지어다. 때 없이 근질거리는 연장을 앞세워 성스러운 대지를 함부로 굴착하려 덤비다가는 어느 날 그 천방지축 망나니가 그대의 목덜미를 가차없이 내리칠 수도 있다는 사실을.

예순이 되면

예순이 되면 나는 제일 먼저 모자를 사겠다.

햇빛 가리개나 방한용이 아닌, 진짜 멋진 정장모 말이다. 늘 쓰고 싶었지만 겸연쩍어 쓰지 못했던 모자를 그때는 더 미루지 않으련다. 둥근 차양에 리본이 얌전한 비로드 모자도 좋고 헵번이나 그레이스 켈리가 쓰던 화사한 스타일도 괜찮을 것이다. 값이 조금 비싸면 어떠랴. 반세기 넘게 수고한 머리에게 그런 모자 하나쯤 헌정한다 해서 크게 사치는 아닐 것이다. 이마 위에 얹힌 둥그런 차양이 부드러운 음영을 눈가에 드리우면 평범한 내 얼굴도 조금은 기품 있게 보일지 모른다. 가을바람 가볍게 살랑거리는 날, 모자를 쓰고 저녁 모임에 나가 나보다 젊은 후배들을 향하여 따뜻하게 웃어 주고 싶다.

새로운 인연을 만드는 대신 격조했던 사람들과 더 자주 만나고 싶다. 오래 못 뵌 스승과, 선배 같은 후배와, 밥 한번 먹자 하고 삼 년이 지나버린 동창생을 찾아 느긋하게 시간을 보내고 싶다. 흩어져 사는 다섯 자매가 한 이불 속에 누워 옛날이야기로 밤을 새워 보는 일도 따스할 것 같다. 퍼즐을 맞추듯 조각난 기억들을 잇대고 덧대며 멀어져간 날들을 더듬다 보면 한 꼬투리 안의 완두콩처럼 애틋하고 정다워질 것이다.

나무 심고 군불 지피며 욕심 없이 사는 산골 선배를 찾아가 며칠만 시름없이 노닥거리다 오고 싶다. 외바퀴 손수레에 막 팬 장작을 가득 싣고, 뒤뚱뒤뚱 앞마당을 가로질러 가면 눈매 고운 선배의 웃음소리가 울 밖으로 환하게 퍼져나갈 것이다. 부지깽이를 들고 아궁이 앞에 앉아 타닥타닥 장작불을 어르다 보면 바깥세상 사소한 근심거리도 고운 재처럼 사위어버릴 것이다. 야윈 달빛을 이불 삼아 아랫목에 노글노글 허리를 지지며 흘러간 유행가라도 흥얼거리다 보면 젊은 날 지키지 못한 약속이 생각나 불현듯 쓸쓸해질지도 모른다.

가끔 하루씩은 아무 일도 하지 않고 지내고 싶다. 해거름 풀밭에 신발을 벗어두고 떠가는 구름을 바라보거나, 햇살 좋은 창가에 기대앉아서 게으른 고양이처럼 느릿느릿 시간을 보내는 것도 욕심을 비워내는 한 방법일 것이다. 아무것도 하지 않아도 비난받지 않는 나이. 그러고 보면 늙는 것도 특권이다. 그런 특권을 마다하고 늙지 않으려 애면글면하는 것도 아름답지 못한 노추의 극성이 아닐까. 양보도 하고 단념도 하며 약한 듯, 쓸쓸한 듯 나이 들어가는 것도 노인다운 호신술일지 모른다.

그때쯤엔 나에게도 여자가 도달할 수 있는 마지막 타이틀이 주어져 있을지도 모르겠다. 눈빛 어디, 점 하나, 어쩐지 나를 닮은 것 같은 아기의 얼굴을 마주하면서, 나는 어쩌면 이 아이의 할머니가 되기 위해 이제껏 살아왔다고 믿게 될지도 모른다. 여린 잇몸을 뚫고 솟은 새하얀 앞니와 머루같이 까만 아기의 눈동자를 들여다보며 나는 비로소 여태 화해하지 못한 신에게도 겸허하게 고개를 숙이게 될 것이다.

너그럽고 우아한 안노인의 모습을 상상하다 보니 갑자기 노경이 친근한 이웃처럼 다가앉는 느낌이 들기도 한다. 그러나 나는 안다. 예순이 되어도 일흔이 되어도 나는 여전히 나일 것임을. 서른의 나와 마흔의 내가 다르지 않았듯 예순 살의 나도 쉰 살의 나를 한 치도 넘어서지 못할 것이다. 나는 여전히 우유부단하고 남의 말에 상처를 잘 입고 여럿이 어울리기보다는 혼자 놀기를 좋아하는 숫기 없는 사람으로 살아갈 것이다. 십 년이면 강산도 변한다지만 사람의 성정이란 일생 크게 달라지는 것이 아니라는 사실을 자주 실감하며 사는 까닭이다.

갈수록 수명이 길어지고 있는 요즘 '인생은 육십부터'라는 말이 수사학적인 위안만은 아님을 실감한다. 일상의 사슬에서 비껴 앉은 여유로, 미루어 두었던 꿈을 향해 못다 한 열정을 살라보기에도 예순은 괜찮은 나이일 것이다. 다만 나이를 벼슬 삼지 않고, 놀이터의 유리 조각을 치울 줄 알며, 더불어 사는 세상을 위해 반보쯤만 양보할 아량이 있다면.

멋진 모자를 쓰고 음악회에 가지 못한다 하여도, 멀어진 꿈을 그러안고 수굿하게 시들어버린다 하여도, 탐욕스럽고 완고한 늙은이라는 소리만은 듣지 않고 살았으면 한다. 오래 입어 헐거워진 스웨터처럼 따스하고 편안하고 부드러워져 가을날 언덕 위의 은빛 억새처럼, 새들새들한 봄 사과처럼, 잘 탄 연탄재처럼, 남몰래 조금씩 물기를 말리며 남몰래 조금씩 가벼워지고 싶다.

황홀한 둘레

물을 볼 때는 가장자리를 먼저 보아야 한다.

중심이 뚫린 물은 서둘러 폭발의 흔적을 지우지만 밀려난 물결은 소리도 없이 바깥으로, 바깥으로 퍼져나간다. 복판의 소요가 가라앉은 뒤에도 둥글게 손잡고 원을 그리며 천천히 우아하게 뒷걸음질을 한다.

소멸의 예감이 가까울수록 물은 팔을 더 길게, 더 느리게 휘젓는다. 뜨겁고 아프고 치열했던 기억들 한 뼘 두 뼘 놓아버리고 스스로의 보폭으로 조용히 번져가 더 큰 아름으로 세상을 안는다. 떨림과 울림, 향기와 여운도 알고 보면 다 변두리의 일이어서 산 그림자가 다녀가는 곳도, 개여뀌가 실없이 흔들리는 곳도 복판이 아닌 가장자리다.

첨벙, 소리 내며 피어난 물꽃이 둥그런 물테로 번져 버리듯, 아무도 눈여겨보지 않는 사이 삶도 그렇게 변방으로, 변방으로 밀려 나간다. 사람들은 언제나 중심으로, 중심으로 몰려들지만 둘레길을 한 바퀴 돌아보고 나야 동서남북이 가늠이 되는 법. 타종이 끝난 뒤 오래오래 그윽한 종소리처럼, 삶도 그렇게 느리게 또 둥글게 저물어갈 수 있으면 좋겠다.

바람난 물들의 나라

강정천 끝자락이 바다와 만나는 해안가 언덕에서 안개 바다를 마주하고 있다. 큰 배 한 척이 해군기지 쪽으로 잠시 모습을 드러내는가 싶더니 금세 연무에 묻혀버리는 오후, 길고 낮은 무적소리만 먼 듯 가까운 듯 귓가에 번져든다.

범섬 언저리에서 갈기를 휘날리며 돌진해오는 해마들을 수염 난 사내 하나가 연거푸 카메라에 눌러 담는다. 저 바다 복판 어디에 훈련된 말들의 연병장이나 전진기지 같은 곳이 있는 것인가. 등등한 기세로 스크럼을 짜고 끝도 없이 진격해오는 말떼. 사내가 다시 렌즈를 들이댄다. 냇바닥을 훑고 여울목을 휘돌며 달려온 강들이 거침없이 몸을 섞는 해안가 바위 쪽, 담수와 해수가 교차되는 지점이다. 온갖 풍상을 겪으며 천지 사방에서 내달려온 물들이 이름도 정체성도 벗어던지고 한 몸으로 뒤엉켜 얼싸안고 철썩인다. 오직 한 가지 지향(志向)을 향하여 왼눈 하나 깜짝 않고 달려온 물들이 이제야 해방구를 만났다는 듯이 어깨를 포개고 갈빗대를 들썩이며 거침없이 몸을 섞는 바다. 알겠다. 바다가 끊임없이 온갖 어족들을 생산해 내는 것은 이름도 성도 묻지 않는 바람난 물들의 저 분방한 뒤엉킴 덕분이라는 것을.

대처 바다로 멀어져 갈 것 같던 물이 다시 뭍으로 돌격해 들고 있다. 존재감을 잃고 풀어져 내린 물들에게도 열정의 유효 기간은 있는 것이어서 살을 섞고 몸을 합치고 나면 이내 허망하고 시들해지는 건가. 절정이 지나면 시드는 게 꽃인 것을. 그러니까 육지의 끄트머리마다 성난 군마들이 기슭을 핥으며 기어오르는 이유, 떠나온 그곳을 향한 수구초심 때문 아닐까. 빠르게 스치느라 놓쳐버린 산그늘과 잘 가라 잊지 마라 손 흔들던 수초들과 여울목 눈 맑은 각시붕어를 다시 만나고 싶어 주야장천 요동을 치는 것 아닐까. 흐르지 않는 삶은 사는 게 아니라고, 흙냄새 그윽한 그곳을 향해 일진일퇴 치달아보는 것 아닐까. 시퍼렇게 멍든 몸으로 자폭하듯 육박하는, 바다의 원형질은 그리움이다. 되돌릴 수 없는 시간을 향해 울컥울컥 토해보는 불온한 욕정이다.

열정과 냉정 사이

골동품 가게의 유리문 앞을 내도록 서성이다 돌아오던 때가 있었다. 우리 기물의 아름다움에 혼을 빼앗겼던 시절이었다.

문밖에 서서 진열장 안을 오래오래 바라보다 돌아서던 여자는 마침내 주인의 눈에 뜨이게 되었고, 오가며 차 한 잔쯤 얻어 마시는 사이가 되었다. 골동 장사를 하다가 애호가가 되고 말았다는 주인은 애장하는 물건을 팔려고 하면 기쁘기보다는 오히려 섭섭하여 일부러 비싼 값을 매겨 부른다 하였다. 그런 그가 어느 날 내게 백자 항아리 하나를 거저다 싶을 만치 헐값으로 넘겨주었다. 자기가 데리고 있는 것보다 나한테 시집보내는 편이 더 호강할 것 같다는 거였다.

짝사랑 여인을 보쌈해 온 홀아비의 심정이 그러했을까. 바라보다 잠이 들고 잠들었다 일어나 또다시 바라보고는 하였다. 교태 없이 수수한 모양새와 투박한 듯 의젓한 앉음새가 넉넉하면서도 기품이 있어 보여, 보고 또 보아도 싫증이 나지 않았다. 둥근 어깨 위 살짝 간 실금과 유약이 벗겨진 도공의 손자국조차 정겹고도 편안해 보였다.

며칠 전 나는 방구석 반다지 위에 먼지를 겹으로 뒤집어쓰고 내색 없이 비껴 앉은 항아리를 보았다. 언제쯤 닦아주었는지, 언제 쳐다봐 주었는지 기억도 나지 않았다. 세월이 사랑을 식게 한 것일까. 사랑이 세월을 배반한 것일까. 진즉 무심을 터득한 항아리는 그럴 줄 알았다는 듯 덤덤하기만 한데, 나는 자꾸 신경이 쓰여 진종일 마음이 편치 않았다.

'초심으로 돌아가라.'

누군가 그렇게 말하는 것 같았다.

'사랑은 동사다.'

그런 광고 카피도 떠올랐다.

마음은 물과 같은 것. 흐르다 머물고 뒤치고 출렁이며 흘러가는 물처럼 마음 또한 기울거나 쏟아지기도 하고 저 혼자 일렁이다 어느 사이 고요해지기도 한다. 강줄기는 그대로라도 물은 어제의 물이 아니듯, 어제의 내가 오늘의 나일 수는 없을 것이다.

젊어 만난 부인과 반세기가 넘게 해로하는 어느 분은 외출했다 돌아와 댓돌 위에 신발이 놓여 있으면 그가 집에 있구나 하고, 없으면 나갔구나 할 뿐이라 하였다. 긴 세월 하루같이 피가 뜨거웠으면 진즉 심장이 녹아내렸을 거라며 '따로, 또 같이'의 묘(妙)를 살려야 한다 하셨다. 뜨거워서 끓지 아니하고 차가워서 얼지 아니하는, 열정과 냉정 사이 그 어디쯤에 사랑의 궁극이 위치하는 것일까. 숫보기 조선백자 수수한 살빛 위에 육중한 어둠이 내려앉는다. 삼라만상이 흐름 위에 있는 것을.

4장

입술에 대해
말해도 될까

꼬리를 꿈꾸다

　땅 위에 사는 짐승에는 두 가지가 있다. 길짐승과 날짐승이다. 길짐승은 네 다리와 꼬리를, 날짐승은 두 다리와 날개를 가졌다. 꼬리 있는 짐승에게는 날개가 없고, 날개 있는 짐승에게는 꼬리가 없다. 아니다. 날개 달린 새들에게도 꼬리는 있다. 있기는 하지만 새들의 꼬리는 꼬리가 아니다. 꽁지이다. 외양이 변변치 못하거나 구실을 제대로 못하는 꼬리는 '꽁지'나 '꼬랑지'로 전락하고 만다. 공작이나 수탉처럼 꽁지깃이 화려한 새가 없는 것은 아니지만, 꼬리치레 하느라 높이 날기를 포기한 폼생폼사족들이 새들의 세상에서 제대로 대접을 받고 있는지는 알 수 없는 일이다.

　날짐승의 날개가 비상(飛翔)을 위한 거라면, 길짐승의 꼬리는 무엇을 위한 것일까. 몸체를 떠받치는 네 다리만으로도 달리고 서는 데 부족함이 없거늘, 굳이 꼬리가 필요한 것은 왜일까. 해부학적 상식이 부족한 나는 이따금 고개가 갸웃거려진다. 그러다가도, 꼬리가 없는 말이나 호랑이, 치타의 모습을 상상해볼라치면 멋대가리 없는 그 모양새에 절로 실소가 터지고 만다.

하지만 조물주가 어디 사람 보기 좋으라고 짐승의 꼬리를 지으셨겠는가. 치타에게 꼬리는 몸의 균형을 잡고 빠르게 달리도록 하는 방향타 역할을 한다고 한다. 긴꼬리원숭이는 꼬리로 가지를 휘어 감고 열매를 따거나 건너뛴다. 캥거루는 튼튼한 꼬리를 지렛대 삼아 앞발을 세워 경중거리고, 여우는 꼬리를 흔듦으로써 자신의 체취를 확산시킨다. 그런가 하면 소의 꼬리는 파리나 쫓는 채찍일 뿐이다.

꼬리의 소임 중 흥미로운 한 가지는 어떤 동물에게 있어서는 꼬리가 감정을 표현하는 수단이기도 하다는 점이다. 꼬리는 입보다 많은 말을 한다. 꼬리를 세우거나 감추거나 흔드는 일로 기쁨이나 긴장 상태, 항복과 공격 신호를 전달하는 것이다. 저만치 들리는 주인의 발소리에 꼬리를 흔들며 달려 나가는 강아지. 강아지가 오늘날 개 전용 샴푸로 샤워를 하고 푹신한 소파에 엎드려 낮잠을 즐길 수 있게 된 것도 말썽 많은 혀 대신 꼬리를 흔들 줄 알아서이다. 정복하고 길들이기를 좋아하는 인간 심리를 영악하게 파악해 낸 견공(犬公)들은 꼬리 전술을 전략적으로 활용함으로써 사람의 시종이 되는 대신 사람의 시중을 받는 신분 세탁에 성공하였다.

날개도 없고 꼬리도 없는 어정쩡한 중간자 인간. 날개 달린 천사도 아니요, 꼬리 붙은 짐승도 아니다. 역설적으로 말해 천사이기도 하고 짐승이기도 하다는 뜻이다. 머리는 하늘을 우러르고 발은 땅에 붙이고 사니 그의 내면에 선과 악, 지배와 굴종. 신성함과 비천함 같은, 상반된 속성이 혼재하는 것은 어쩌면 당연한 일일지도 모른다. 이쪽도 저쪽도 아닌 채로, 이쪽이면서 저쪽인 채로, 꿈과 현실, 비상과 추락, 희망과 절망 사이를 그네 뛰듯 오가며 산다. 인간은 정녕 날개 떨어진 천사일까 꼬리 감춘 여우일까.

반백 년 넘게 살아내고서도 나는 아직도 내 자리가 천사와 짐승 사이의 어디쯤에 위치하는지 분간이 서지 않을 때가 많다. 먹고 입고 사랑할 수 있는 육신의 즐거움을 생각하면 천사보다 조금 윗길인 듯싶고, 부질없는 욕심이나 갈등에 시달릴 때면 짐승보다 한참 하수인 듯도 하다. 날개옷을 잃어버린 선녀처럼 때 없이 우울해지다가도 말뚝에 매인 염소의 순명이 무시로 부러워지기도 한다.

세상을 살아가자면 구미호는 아니라도 비상시에 필요한 꼬리 한두 개는 구비해 두어야 편할지도 모르겠다. 포획할 대상을 향해서는 바짝 치켜 질주하고 비위 맞출 상대가 나타나면 납작 엎드려 흔들어댈 전천후 꼬리 하나. 귀찮은 날벌레가 달려들면 한껏 후려쳐 매운맛도 가끔 보여줄 수 있다면 사는 일이 때로 통쾌하기도 할 것이다.

한때 하늘을 휘젓던 친구들이 날갯죽지에 힘이 빠졌는지 이제는 서서히 내려앉을 채비들을 하고 있는 것 같다. 아무도 몰래 연착륙하여 순한 짐승으로 살고 싶은 모양이다. 바듯한 가계에 보태 볼 겸, 후미진 주택가 모퉁이에 그럴듯한 꼬리 가게나 차려볼까 한다. 북슬북슬한 개꼬리. 숭굴숭굴한 여우꼬리, 찰랑찰랑한 말꼬리……. 이런저런 구색을 다 갖추어두고 은밀하게 입소문을 내기만 하면 꽁지 빠진 새들이 슬금슬금 모여들 것 아닌가. 풀잠자리 날개 하나 달아보지 못한 나도 날개 돋친 듯 팔리는 꼬리 덕분에 뒤늦게 날개 한번 달아보게 될지 누가 아는가.

새가 출현하기 전, 원시 익룡들은 뒷다리와 꼬리의 추진력을 이용하여 하늘을 날아다녔다 한다. 꼬리도 잘만 훈련하면 날개 부럽지 않은 활공(滑空)의 방편이 되는 모양이다. 없는 날개를 갈망하느니 꼬리 근육이라도 단련시켜두었더라면 나도 지금쯤엔 공작이나 수탉만큼은 높이 날 수 있었으려나. 혹시 왕년의 고관대작이 꼬리를 장만하러 내 가게에 들르면 만면에 미소를 띤 나는 기름 바른 여우 꼬리를 살짝 감추며 상냥하게 물어볼 것이다.

"무슨 꼬리를 드릴까요, 손님?"

"글쎄…… 요즘 새로 나온 참신한 물건 없소? 없으면 그저 이 꼬리 저 꼬리 다 관두고 살래살래 잘 흔들리는 강아지 꼬리나 하나 주구려."

그러면 나는 진열장 뒤에서 요즘 가장 잘나가는 삽살개 꼬리를 비장의 무기인 양 꺼내 보일 터이다. 짭짤하게 흥정을 마치고 나서는 먼저 장착해 본 경험자로서 노련하고 친절한 한 마디 훈수도 잊지 않을 작정이다.

"그런데 손님, 꼬리라고 무조건 흔들어서 좋은 것만은 아니랍니다. 삶이란 타이밍 아닙디까. 아무리 훌륭한 꼬리라 해도 적시에 내리고 비상시에 감출 줄 알아야 합니다. 위급할 때면 도마뱀처럼 자르고 달아나는 호신술도 익혀 두어야 할 테고요."

"여보쇼, 내가 방금 꼬리 자르고 도망 나온 왕도마뱀이란 말이오."

붓 가는 대로에
대하여

일 년 가까이 책상에 앉지도, 글을 쓰지도 못하고 있다. 일과가 끝나면 침상에 기대앉아 스르르 잠이 들거나 스마트폰 같은 곳에 몇 줄 끼적이는 게 전부다. 팬데믹으로 유폐를 당한 지 두 해, 집밥 대신 간편식으로 때우듯 온라인 플랫폼에 이따금 짧은 단상이나 올리며 전직 작가가 되어가는 중이다. 그날이 그날 같은 시간 속에서 뭐 그리 중뿔난 발상이 찾아들 리도 없고 동어반복으로 변주하는 일상에 진즉 지쳐 있기도 하고.

글은 머리나 가슴이 아닌 엉덩이가 쓰는 거라 우기던 때가 있었다. 앉아서 버텨야만 글이 나왔으므로. 그런데 요즘, 내 글은 머리도 가슴도 엉덩이도 아닌 손가락이 쓴다. 글, 특히 내가 쓰는 수필 같은 소품은 매번 다른 주제와 소재를 찾아 덧붙여

내야 하므로 아무리 오래 글을 써 왔어도 쓸 때마다 백지에서 출발할밖에 없다. 오 척 단구에 뭐 그리 거창한 지식이나 경험, 별쭝난 사유 같은 것이 숨겨져 있겠나. 기왕의 것들마저 곶감 빼먹듯 빼먹은 연후라 어쩌다 적바림해 둔 메모 쪼가리라도 찾아지면 이리 잇대고 저리 덧대 씨 날을 맞춰보는, 생각의 이삭줍기가 일상이 되어간다. 밑그림도 이미지도 구도도 계획도 없이 순전히 내 손끝을 따라, 손끝의 의도대로 행위예술을 펼치다 적당히 마침표를 찍기도 한다. 그러니까 글을 만난 지 이십여 성상이 지나고서야 어찌어찌 수필(隨筆)의 본뜻에 입각한 '붓 가는 대로'의 글쟁이가 되어가는 중이라 할까. 누구는 축적된 내공의 힘일 거라고 과분한 덕담을 건네기도 하지만 기실은 노화와 게으름 탓이다. 썰렁한 글방 딱딱한 의자에 앉아 피곤한 눈과 불편한 허리를 오래 감당할 체력이 없다는 게 가장 큰 이유지만 이제야 겨우, 붓 가는 대로, 붓(筆)을 따라(隨) 쓰는 흉내라도 내게 되었다고, 자조 섞인 위안을 건네기도 한다.

금아(琴兒) 선생께서 살아계셨을 때, 일군의 문단 세력들, 수필 언저리의 여러 비평가나 선배 문인들 중에 선생을 비판하신 분들이 꽤 계셨던 걸로 기억한다. 수필이 제대로 대접받지 못하는 이유가 수필을 붓 가는 대로 쓰는 글이라 하신 그분 탓이

크다는 것이다. 실제로 그분이 쓴 「수필」이라는 수필 안에 비슷한 대목이 있기는 하다. "수필은 플롯이나 클라이맥스를 필요로 하지 않는다"랄지, "누에의 입에서 나오는 액이 고치를 만들듯이" 같은 표현들이 그렇다. 진즉 "수필은 청자연적이다. 난이요 학이요……"로 시작되는 절창의 미문(美文)이 수필에 대한 선망과 매혹으로 나를 인도하기도 했지만, 수필에 대한 선생 나름의 견해를 부드럽게 어필하신 일종의 메타 수필이었을 뿐, 단정을 내리거나 당위를 주장하는 논문 형식은 아니었다. 그럼에도 수필의 문학성 시비라든가 양적 팽창을 따르지 못하는 질적 수월성의 문제에 이르면 애꿎게도 선생께 책임을 돌리곤 하였다. 이런 비난의 화살을 선생께서 모르실 리가 없었을 터이나 어쩌다 사석에서 비슷한 이야기가 오가면 정색을 하거나 맞대응하시지 않고 엷은 미소와 침묵으로 일관하시곤 하였다.

수필이 '붓 가는 대로'라고 하는 것은 내용과 형식, 주제나 소재에 제한이 없고 비교적 자유롭다는 뜻이지 문학적 형상화나 퇴고 단계를 거치지 않은 마구잡이 글이라는 뜻은 아니다. 일례로 금아 선생의 「인연」만 하더라도 아사코를 꽃에 비유하는 대목에서 스위트피에서 목련꽃, 시들어가는 백합까지, 소설적 서사구조에 따른 섬세하고 정교한 구성의 미학을 보여주고 있지 않은가 말이다. 그분의 수필이 현학적이지 않고 단아한 것은 맑고 소박한 인품이 행간에 배어 나와서이지 글에 대한 고심 없이 마구잡이로 써 내려가서는 아닐 것이다. 얼핏 쉬워 보여도 자기 밑바닥이 가장 잘 드러나는 글이 수필 아니던가.

수필은 신변잡사에서 출발하지만 신변잡기는 아니다. 아니어야 한다. 수필은 허구가 아닌 내 이야기, 일상적 잡사에서 철학적 성찰까지 내 느낌 내 경험 내 사유를 여과하고 확장시켜 보편적 공감을 확보하는 글이지 잡기(雜記)에 그쳐서는 안 된다는 뜻이다. 개인적으로 나는 일상적 서사를 소재로 하는 글을 쓸 때 'so, what?(나는 왜 이 이야기를 쓰고 있는가?)'의 문턱을 넘지 못하면 문학의 층위에서는 실패할 확률이 높다고 생각한다. 나에게서 출발해 우리에 이르는 길, '사람은 다 다르다'에서 '사람은 다 똑같다'로 가는, 그 길목 어느 어름에 문학의 자리, 수필의 자리가 있을 것이므로. 구체적 개별적 스토리텔링으로 보편적 감성적 교감을 확보해야 하는 문학적 형상화 작업이 생각만큼 만만한 작업이겠는가. '붓 가는 대로'가 '붓 가는 대로'이기가 기실 그렇게 쉬운 일은 아니다. 퇴고에 퇴고를 거듭해도 맘에 드는 소품 하나 건져내기 어렵거늘 붓 가는 대로 써서 요즘처럼 스마트한 독자들을 감동시키려면 얼마나 세련된 문체와 정련된 인품의 소유자여야 하겠는가. 인문과 철학, 과학과 현실을 아우르는 융합적 차원의 성찰이나, 주관의 객관화, 객관의 주관화 같은 정밀한 퇴고의 과정이 없으면 맥락 없는 잡기로 흐트러지기 쉽다. 하니 '붓 가는 대로'라고 하는 것은 글 쓰는 사람이 도달하고 싶지만 도달하기 어려운 어떤 경지, 그 '워너비(wannabe)'의 이름일 뿐, 장르의 정의는 아니라는 생각이다.

그럼에도 불구하고 '붓 가는 대로'라는 문구가 시나 소설 같은 여타 장르보다 진입장벽을 낮게 보이게 하는지 '수필이나 써 볼까' 간 보는 분들도 계시는 듯하다. 수필 쓰는 한 사람으로서 일단은 꽤 고무적이기는 하다. 양적 확대가 질적 향상의 기반이기도 하니. 개인들의 라이프 로깅(life logging)이 또 다른 데이터로 빅 데이터를 양산하는 시대, '붓 가는 대로'의 의미가 어떻든, 미래 문학으로서의 수필의 전망 또한 밝아 보인다. 촘촘하게 연결된 그물망 같은 세상에서 사람들은 갈수록 외로워지고, 외로울수록 자의식은 깊어져서 누구나 자기 이야기를 하고 싶어 하니. 좋은 수필을 쓰려면 다독과 성찰, 끊임없이 붓 끝을 벼리는 장인적 노력이 필요하겠지만 '나만이 쓸 수 있는 내 이야기', '나를 쓰는' 글인 수필이야말로 가장 오래되고 가장 새로운, 글쓰기의 전천후 형식 아닌가. 일상의 포스트잇이며 존재 증명인 수필, 미래의 글쓰기가 수필의 형태를 지향할 거라는 기대가 변방 글쟁이의 객쩍은 몽상만은 아닐 것이다.

포노 사피엔스

영혼이 몸 안에 거처했을 적엔 그래도 휴식이라는 게 있었다. 사람들은 이제 영혼을 몸 밖에 아웃소싱해 두고 시시때때 들여다보면서 산다. 손바닥만 한 외장하드에 기억을 비축하고 감각을 업로드하며 스스로의 정체성을 확인하느라 밤낮없이 더 바빠져 버렸다. 진종일 끼고 다니는 것도 모자라 잠자리에서조차 나란히 누워 방전된 체력을 함께 보충한다. 잠시라도 헤어지면 육지에 간 빼놓고 온 토(兎) 선생처럼 좌불안석 혼비백산 어쩔 줄을 몰라 한다. 눈도 되고 귀도 되고 뇌도 심장도 말초신경도 되어주니 폰(phone)이라 쓰고 혼(魂)이라 읽는다. 핵산과 단백질 껍질이 결합하지 않으면 생명체로 작동하지 못하는 바이러스처럼 폰과 육신이 함께하지 않으면 좀비가 되어버리는 인간, 지구별 가장 미시적 존재와 최고의 고등생물인 현생인류는 이렇게 닮아있다.

컴퓨터 프로그래밍으로 영상이나 사진을 보여줄 때 컴퓨터가 만들어낸 유용한 정보를 현실 이미지에 겹쳐서 결합하거나 보완하는 게 증강현실이라면 가상과 현실에 양발을 걸치고 on과 off를 건너다니는 우리는 진즉 신인류로 진화해 있는 건가. 책으로 기어 올라간 도마뱀이 다시 책 안 그림 속으로 기어들어 감으로써 낯선 시각언어를 창조해내는 에셔(M. C. Escher)의 판화 속 도마뱀들처럼, 일상과 현실을 비일상과 상상 속에 정교하게 밀어 넣음으로 가상과 현실을 뒤섞어버리는 마법과도 같은 세상이라니.

혼자 놀면서 여럿이 노는 우리. 접촉보다 접속에 익숙해져서 땅을 밟고 햇볕을 쬐는 일보다 폰이나 컴퓨터로 활자를 쪼며 노는 시간이 더 많아졌다. 품생품사(品生品死)는 못할망정 폼생폼사나 하렸더니 폰생폰사만 하다 늙어버릴 것 같다. 미래 인류의 자화상은 유인원보다 문어에 가까운 모습 아닐까. 너무 많이 써서 열을 받은 민둥머리에, 입은 퇴화되고 몸통은 찌부러져 흐물흐물한 손가락으로 정보의 바다나 정처 없이 부유하는.

광치기 해안에서

푸른 이끼가 융단처럼 덧씌워진 구들장 같은 징검돌을 건넌다. 눌러앉아 반신욕을 하고 있는 바위들, 패인 웅덩이마다 하늘이 떠 있다. 손가락으로 하늘을 맛본다. 하늘이 짜다.

빨간 야구 모자를 눌러쓴 아낙이 미역을 따고 있는 갯가를 뒤로 하고 모랫길을 따라 언덕을 오른다. 따스한 햇살, 삽상한 바람, 청잣빛 물결 너머로 일출봉의 각진 등허리가 보인다. 갯메꽃과 땅가시나무 사이로 마른 말똥이 굴러다닌다. 잊을 만하면 나타나는 푸른 화살표, 드문드문 박혀 있는 화살표가 가리키는 그 궁극은 어디쯤일까.

걷는다는 것이 기실은 내면적인 행위라는 것을 올레를 수없이 돌고서야 알았다. 몸 밖 세상을 휘휘 돌아도 귀착지는 결국

내 안의 땅, 내 안의 나를 만나는 것이었다. 걷는 일이 다리운 동인 동시에 뇌운동이라는 사실도 이곳에 와서 알았다. 햇살, 바람, 파도소리, 갯내음, 싱싱한 미각 같은 오감이 총체적으로 어우러져 기억으로 각인된다. 두 다리로 올리는 기도, 몸으로 하는 구도 행위, 걷기는 수행이다. 자기 회귀다. 소는 위로 되새김질하지만 인간은 다리로 되새김한다. 바람을 거느리고 파도를 벗삼아 생각 없이 걷는 반복적 리듬 속에서 생각이 열리고 의식이 깨어난다. 누구는 그것을 행선(行禪)이라 했지만 나는 따로 보선(步禪)이라 하고 싶다. 소유에서 존재로! 도(道)의 궁극 또한 그것 아닌가.

검둥개 한 마리가 아까부터 바닷가 언덕을 컹컹거리며 오르내리고 있다. 아무래도 살짝 맛이 간 것 같다. 밤손님이 던져준 고기쪼가리를 집어먹고 이리저리 날뛰다 허옇게 눈을 뒤집어 뜨고 죽은 어린 날의 해피 생각이 난다. 설마 달려들어 물지는 않겠지 싶지만 가까이 가기가 슬그머니 겁난다. 바닷길을 따라 한참을 더 다가가고야 개가 왜 그렇게 뛰고 있는지 알았다. 풀밭 위에 이리저리 나풀거리는 흰나비 떼를 쫓아 반 시간도 넘게 작은 언덕을 연거푸 오르내리고 있었던 것이다.

그래, 네가 동물(動物)이로구나. 눈앞의 환(幻)을 쫓아 이리 뛰고 저리 뛰며 움직거리는. 태어난 자리에 붙박인 채 시난고난 늙어가는 푸나무가 아니라 먹이건 사랑이건 원하는 걸 쫓아 걷고 뛰고 달리고 멈추며 생명의 능동성을 만끽하며 사는, 그런 짐승이 동물인 게구나.

섭지코지가 코앞에 와 있다. 어디서 꿩, 꿩, 장끼 소리가 들린다. 고등어 뱃가죽처럼 얌전히 누운 바다 위로 가만가만 소름이 돋는다.

2월이 간다

　창이 밝아졌다.

　안개에 갇힌 듯 어스름한 시야가 선명해지고 물러 있던 산이 다가앉아 보인다. 육안으로 느끼는 빛의 감도도 나날이 조금씩 달라져 간다. 지금 내 창에는 하늘하늘한 시폰 커튼만 걸려 있다. 그조차 거추장스러워 양옆으로 젖혀둔다. 부드럽게 일렁이는 레몬빛 햇살. 가을이 바람으로 먼저 와닿는다면, 봄은 우선 빛으로 오는 것 같다.

　유리창을 투과해 들어온 빛이 거침없이 내 방을 접수해버린다. 겨우내 가슴속에 누적되어 있던 음습한 기운까지 걷어낼 기세다. 여민 옷깃을 풀어헤치고 넉장거리로 드러눕는다. 눅진한 심신을 봄볕에 널어두고 젖은 빨래를 말리듯 나를 말리고 싶다.

손톱을 세우고 매섭게 할퀴던 바깥바람도 이제는 많이 누그러졌다. 이 무렵의 바람에는 달래나 씀바귀처럼 맵싸하면서도 톡 쏘는 기운이 있다. 희다 못해 포르스름한 매화의 향기라도 묻어올 것 같다. 그 청신함이 좋아 나는 일부러 2월의 바람 속을 혼자 걷곤 한다. 투명한 냉기 속을 거슬러 걷다 보면 머릿속도 어느새 차고 맑아져 세상과 정면으로 마주 서 있는 듯 홀로 엄숙해지기도 한다. 우연히 만나 함께 걷다가 바람은 바람길을, 나는 내 길을 가는, 그 만남과 헤어짐이 좋다.

2월은 봄이 아니다. 그렇다고 겨울도 아니다. 겨울 속을 흐르는 봄인지도 모른다. 겉은 차고 속은 따스한, 자존심 강한 여인이라 할까. 사리를 가를 때엔 이치에 어긋나는 법이 없어도, 보이지 않는 구석에 서면 홀로 눈물이 헤픈 여자. 토라져 새치름한 옆모습이 날 선 바람 같아 보여도, 말없이 내미는 화해의 손을 아주 외면하지는 못하는 여자. 2월은 그런 여인 같은 달이다. 여린 햇살 한 자락에도 서슬이 풀어져 금세 물이 되어 녹아버리는 잔설처럼, 못이기는 척, 져 줄 준비가 되어 있는 마음

약한 지어미 같은 달이다.

2월은 또한 정중동(靜中動)의 달이다. 겉으로는 잠잠한 듯 평화로워도 내밀한 술렁거림을 잠재울 수는 없다. 비탈에 서서 푸른 숨을 삼키고 있는 나무들을 바라본다. 겉모습과 속생각이 다른 것들의 침묵은 언제나 위태롭다. 지난가을 묵은 잎을 무심히 펄럭거리며 서 있던 언덕 위의 신갈나무도, 길모퉁이 감나무 고목도, 스멀거리는 봄기운을 어쩌지 못해 땅 밑에서는 남몰래 발가락을 꼼지락거리고 있을 것이다. 그 발놀림이 간지러워서 흙 속 씨앗들이 몸을 비튼다. 흙의 관능과 빛의 에너지가 은밀하게 도모하는 해토머리의 반란. 반란은 이미 시작되었다.

2월의 햇볕이 여릿여릿하다 해서 얕보아서는 안 된다. 부드러운 것이 오히려 강한 법. 생명을 일깨우고 씨앗을 부풀리는 위대한 빛은 한여름 땡볕이 아닌 초봄의 햇살이다. 완강하게 얼어붙은 흙 사이에 훈김을 불어넣고, 잠에 취한 나무들을 흔들어 깨운다. 눈이 녹고 흙이 헐거워지고 움츠렸던 생명들이 기지개를 켠다. 얼레지와 바람꽃, 노루귀꽃 싹들이 숲속 덤불 사이로 어깨를 들썩이는 때도 지금이다. 세상의 부드럽고 힘센 것들은 처음에는 그렇게 눈에 띄지 않는 어둠 속에서 소리 없이 기운을 결집해 나간다. 봄도, 햇살도, 여인의 사랑도 시작은 작고 미미하지만 마침내는 온 세상을 그득 채우고 말지 않던가. 잠과 꿈, 긴장과 설렘, 스러지는 것과 일어서는 것이 가만가만 교차하는 간이역 같은 2월, 나는 그 2월이 좋다.

우수가 지나는 다음 주말쯤엔 봄 마중을 나가 봐야겠다. 얼음이 풀리는 냇가에 서면 물소리가 청량할 것이다. 물오른 버들개지도 볼 수 있으리라. 부드러운 은백색 솜털 밑으로 봄기운이 사뭇 붉게 번져, 가느다란 수술 끝에는 노란 꽃밥이 소복하게 올라와 있을 것이다. 부풀어 갈라 터진 겉껍질이 털복숭이 머리 위로 밀려 올라간 모습이 투구를 쓴 중세기 기사 같아 보일 것이다.

봄은 마음에만 와 있을 뿐, 창밖 바람 끝은 아직도 차다. 차고도 따스한 달. 은밀한 술렁거림의 달, 하고 싶은 말을 가슴에 담아두고 때를 기다리는 여인 같은 달, 이제 그 2월이 간다.

달빛과 나비

황병기 선생의 가야금에서는 달빛 냄새가 난다. 청아한 그의 가야금 연주는 댓잎에 듣는 빗방울이었다가, 빠르게 일어나는 구름이었다가, 휘몰아치는 눈보라였다가, 이윽고는 고요한 달빛이 되어 천지간에 흐뭇이 내려앉는다. 잦아지는가 싶다가 사뿐 살아나는 산조의 선율은 천상의 궁궐에 사는 요정이 서둘러 은하수를 건너가는 작고 날랜 걸음새도 같고, 그 요정의 옷자락에 묻어 있는 열사흘 달빛 같기도 하다.

흰 명주 두루마기를 단정하게 입고 무대 위에 앉아 있던 선생의 모습을 나는 잊지 못한다. 조용한 카리스마라고 할까. 옷고름을 한쪽으로 가지런히 개키고 정좌를 하고 앉은 모습에서 긴 세월 한 길을 걸어온 사람의 기품이 넉넉하게 배어나는 듯

하였다. 그가 악기를 받드는 손길은 첫날 밤 새신랑이 신부의 저고리 앞섶을 풀 듯, 조심스럽고도 경건하였다. 어떤 무대도 허투루 넘기지 않는 대가다운 풍모라 할까.

선생의 가야금 소리에서 나는 노을 속을 날아가는 기러기 떼를 만나고, 결 고운 비단치마가 풀숲을 스치는 소리를 듣는다. 이른 봄, 꽃들이 벙글어 터지는 소리와 늦가을 들녘의 바람소리를 만난다.

명기(名器)도 명기(名技)를 만나야 빛을 발하는 법. 좋은 연주가를 만나지 못한 악기란 나무토막에 불과할 뿐이다. 벙어리 나무통에 혼을 불어넣어 감추어진 소리를 길어 올리는 일이 훌륭한 연주가의 몫인 것이다. 그가 아껴 연주하는 가야금은 자고동(自枯桐)으로 만들어졌다 한다. 자고동이란 바위틈 같은 데서 자라다 스스로 말라죽은 오동나무를 일컫는데, 악기 중에서도 가야금은 자고동으로 만든 것을 최상으로 친다. 밭둑에서 쉽게 자란 오동은 소리가 잘 나지 않고 힘들게 자란 오동일수록 좋은 소리가 난다 하니, 맑고 야무진 소리를 내는 대금이 쌍골죽과 같은, 돌연변이성 병죽(病竹)으로 만들어지는 것과 같은 이치라 할 것이다. 시련과 좌절을 겪은 사람만이 인생의 한 경지에 도달할 수 있듯이, 한이 한없이 안으로 잦아들어 죽을 고비에 이르러야만 심금을 뒤흔드는 절창의 가락을 쏟아놓

게 되는 것일까.

선생의 연주는 섬세하면서도 거침이 없고 유려하면서도 열정적이었다. 잠든 가얏고를 무릎 위에 얹어 놓고 뜯고 퉁기고 누르고 흔드는 손놀림이 성애를 알지 못하는 신부의 관능을 지극한 사랑으로 일깨워 가는 남정네의 손길만큼이나 정성스러워 보였다. 중모리, 중중모리, 자진모리를 거쳐 휘모리로 풀어내는 산조가락의 흥취는 켜켜이 쌓인 여인의 정한이 주춤주춤 불씨를 머금다 마침내는 환희의 절정으로 치달아 휘황한 불꽃으로 산화해버리는, 한바탕 육체의 향연과도 같았다. 즐거우나 넘치지 않고 슬프되 비통하지 않은(樂而不淫 哀而不悲), 선계의 가락이 달빛처럼 충만하다. 나도 가만히 눈을 감는다.

새벽 호숫가, 이제 막 번데기에서 깨어난 나비가 달빛에 젖은 날개를 턴다. 조금 조금씩 푸드덕거리며 서툰 날갯짓을 시작한다. 달빛 사이로 나비가 날아오른다. 한 마리, 또 한 마리……. 노랑 바탕에 까만 무늬가 찍힌 호랑나비, 보랏빛 작은 날개를 가진 부전나비, 모시나비, 제비나비, 배추흰나비, 꼬리명주나비……. 하늘은 오색 날개로 눈부시고 날갯짓 소리로 세상이 현란하다. 연주가와 악기가 혼연일체로 어우러지는 신비스러운 법열의 춤사위. 선계의 음률이 빛의 꽃가루 되어 칠흑의 세상 위에 쏟아져 내린다.

바람에 지는 꽃잎처럼 나비들이 하나둘 내려앉는다. 술렁이는 축제도 막을 내리고 호수에는 달빛만 교교하다. 제의를 치르듯 숙연하게 줄을 뜯던 선생의 손길도 멈추어 있다. 지악무성(至樂無聲), 소리가 사라지고 난 자리에 고즈넉한 정적이 깃든다. 밝은 달무리를 삼킨 것처럼 비로소 가슴이 환하게 트여 온다.

꿀이 개미를 먹는구나

꿀통 속에 개미가 빠졌다. 한 놈이 아니라 여러 놈이다. 어제 저녁, 인삼차에 꿀 한 숟갈을 넣고 뚜껑 닫는 일을 잊었던가 보다. 꿀 병을 처음 발견한 개미는 이게 웬 꿀이냐 싶어 '꿀봤다!'를 외쳤겠다. 눈앞의 행운에 무아지경으로 빠져들었을 놈들은 밤새 허둥거리다 진이 빠져버렸는지 꿀 속에 갇혀 꼼짝도 하지 않는다.

심심하면 출몰하는 개미군단 때문에 심기가 편치 않았던 나는 꿀통 속의 개미를 보자 슬그머니 쌤통이다 싶었다. 다용도실 벽을 타고 하나둘 눈에 띌 때마다 각개 전투로 소탕하거나 화학무기를 살포하기도 하였지만, 개미 목숨도 목숨인지라 살생하는 마음이 가볍지만은 않았다. 하지만 이렇듯 달콤한 지옥에 제 발로 기어들어가 최후를 맞은 바에야 고종명(考終命) 부럽지 않은 비명횡사 아닌가.

발목이 꿀에 잠겨 족쇄가 채워진 개미들을 바라보고 있자니 굴비 두름같이 손목이 엮인 뉴스 화면 속의 사람들이 생각난다. 높으신 어른의 친인척이어서, 권력의 핵심과 연이 닿아서, 운 좋게 줄서기에 성공하여서, 한 시절 멋들어지게 풍미한 사람들이다. 포토라인 앞에 어정쩡하게 서서 요한 모리츠처럼 웃고 있기 전까지야 꿀도 족쇄가 되는 줄을 어찌 알 수 있었으랴.

하긴 남 말할 계제가 아니다. 탐닉하는 대상이 무엇인가만 다를 뿐, 사람은 결국 자기가 바라는 꿀을 좇다가, 꿈을 좇다가, 그 늪에 빠져 허우적거리다 죽는다. 돈을 좇는 이는 돈 때문에, 권력을 좇는 이는 권력으로 망한다. 술을, 색(色)을, 마약을 좋아하면 결국 그것들이 그를 망친다. 인간을 현혹하는 아름다움 속에는 사람을 해치는 독이 함께 숨어 있는지도 모른다.

북송 문인 소동파는 먹 수집가였다. 그윽한 묵향이 좋아 먹을 모으기 시작한 그는 갈수록 먹 모으는 일에 몰두하게 되었다. 모아들인 먹이 아까워 쓰지도 못하면서 좋은 먹을 구하기 위해 천리 길도 마다하지 않았다. 어느 날 문득 자신을 돌아본 그가 "사람이 먹을 가는 게 아니라 먹이 사람을 가는구나(非人磨墨墨磨人)!" 일장 탄식을 하였다 한다.

어느 한때 원고지에 코를 박고 죽는 게 소원이었던 나, 이제는 나빠진 시력을 빌미 삼아 진종일 게으름이나 부리며 산다. 꿀통에 빠진 개미나 구경하며 언감생심 소동파 흉내나 내며.

"개미가 꿀을 먹는 게 아니라 꿀이 개미를 먹는구나(非蟻食蜜蜜食蟻)!"

흐르는 것은 흐르는 대로

    강이 뒤채고 있다. 낮에는 무심한 듯 천연스럽던 강물이 밤이 되자 제법 일렁이며 흐른다. 다 큰 남자의 등줄기같이 울룩불룩한 근육질을 들썩거리며 속울음을 삼키고 있는 것도 같다. 강을 잠 못 이루게 하는 건 무엇일까. 아픔이나 그리움, 작은 기억마저 증폭시키는 밤의 신묘한 마성 때문일까.

    나는 지금 양화나루 선착장에 와 있다. 말이 선착장이지 강물 위에 떠 있는 배 모양의 휴게소다. 배 안쪽으로 '아리수'라 하는, 예쁜 이름의 한식집이 있다. 내가 앉아 있는 카페의 이층에도 뭔가 하는 양식당이 있다. 여름날 저녁이면 나는 가끔 이곳에 온다. 커피 맛이 그런대로 괜찮은 데다 내가 좋아하는 한강을 바라보며 강바람을 마구마구 쏘이는 게 좋다.

가로등 그림자가 줄줄이 얼비쳐진 도로 쪽으로 자동차의 불빛이 뱀처럼 이어진다. 강물도 불빛도 무심하게 흘러간다. 흘러가는 것은 누구의 의지일까. 검푸른 물살을 바라보고 있자니 누군가 내게 묻던 말이 생각난다. 푸른 비단이 나부끼듯 부드럽게 굽이치고 있는 강물을 저만치 내려다보고 있을 때였다.

  "강과 바다 중 어느 쪽이 더 좋아?"

  "강이요."

  "왜?"

  "강은 지향점이 있으니까요"

  냉큼 대답을 하긴 했지만, 강이 꼭 바다를 그리며 흘러가고 있다고는 생각지 않았다. 역사가 맹목이듯, 강물 또한 자연의 법칙에 따를 뿐, 지향 따위는 없는 건지 모른다. 그냥 끝까지 내달려보는 것, 내친김에 갈 데까지 가보는 것, 그저 그뿐이 아닐까. 삶이 그러하듯이.

  가끔, 고인 물 같은 내 일상에 지루함을 느낄 때가 있다. 비껴나는 새 그림자와 스쳐 지나는 구름 따위밖에 비쳐내지 못하는 갇힌 물, 그 테두리가 답답하게 느껴진다. 흘러가는 물이 고여 있는 물보다 아름다워 보인다. 더 먼 바다를, 또 다른 세상을 만나고 싶다. 폭포를 지나고 여울목을 만나 요동치며 흐르고 싶다. 바윗돌을 돌고 장애물을 넘으며 신나게 떠내려가고도 싶다. 흐른다는 것은 살아 움직인다는 뜻 아닌가.

모터보트 한 대가 선착장 귀퉁이에 비꾸러지게 매여 있다. 거친 포말을 일으키며 강을 가르던 그놈은 낮 동안의 열정을 아직도 식히지 못하였는지 모선에 연신 몸뚱이를 부딪는다. 애써 본능을 잠재우려 해도 강 저편에서 불어오는 바람의 속 살거림과 발밑을 간질이는 잔물결의 부추김을 참아내기가 힘든 모양이다. 그렇듯 보채는 녀석 때문에 밧줄에 잇닿은 모선의 선미(船尾)는 생채기가 나고 멍이 들어 있을 것이다.

흐르는 것은 흐르게 하고 떠나고 싶은 것은 떠나가게 하라.

강이 그렇게 철벅거리는 소리를 낸다. 어둠 속에서는 소리마저 크게 살아나는가. 강물소리가 가슴으로 번져 온다. 무릇 동체(動體)란 움직여야 하는 법. 사람도, 차도, 배도, 너무 오래 세워두면 안 된다. 흐르는 물이어야 이끼가 끼지 않고 움직이는 것만이 녹슬지 않는다. 항구에 가만히 정박해 둔 배가 바다로 바다로 나아가는 배보다 더 빨리 상한다 하지 않던가.

아는 사람의 사무실에서 '물 흐르듯이'라고 쓴 장방형의 액자를 본 적이 있다. 자기가 앉아 있는 맞은편 벽 중앙에 편액을 걸어둔 사무실 주인은 순리를 거스르지 않고 순응하며 살아가는 일이 물 흐르듯 사는 거라고 생각했을 것이다. 이즈음의 나는 묘하게도 '물 흐르듯이' 하는 그 말에서 유유함보다는 역동성을 느낀다. 휘돌고 섞이고 부딪치고 부대끼며 소리 내어 흐르는 게 물의 본성일 듯싶은 것이다.

상류의 발랄함과 하류의 완만함을 지나 강은 마침내 바다에 이를 것이다. 지친 제 몸을 풀어헤쳐 사방에서 모여든 동지들과 한몸을 이루어 부풀어 오를 것이다. 흐르려는 의지도, 지향점도 상실하고 이제껏 간직해 온 제 이름마저도 종국에는 잃고 말 것이다. 개울과 폭포와 호수의 기억을 양양한 개펄에 파묻으며 시퍼런 짠물 속으로 자취 없이 침잠해 버릴 것이다. 흐르고 흘러가 강물이 만난 게 안식일지 평화일지 또 다른 허무일지 나는 알지 못한다.

강물의 끝에는 바다라는 새 세상이 있다. 그 세상에도 바람이 불고 생명이 꿈틀대고 해가 뜨고 달이 진다. 흐르고 흐른 시간의 켜들은 도대체 어디에 고여 있는 것일까. 그곳에도 사랑이 있고 그리움이 있고 이별이 있는 것일까. 알 수 없는 시간의 늪을 향하여 나 또한 강물처럼 무심히 흘러간다.

? 와 ! 사이

인생 뭐 있어?

젊은 한때를 그런 기분으로 살았다. 살아보지 않아도 다 안다는 듯, 어설픈 회의주의자로, 애늙은이로 살았다. 오만하고 게으른 청춘이었다. 삶이란 유치부 아이들의 '색칠 공부'처럼 주어진 경계 안에 무슨 색을 골라 칠할 것인가 정도의 자유밖에 주어지지 않은 것처럼 보였다. 아니면 누군가 나누어 놓은 조각들을 정해진 시한 내에 짜 맞추는 직소퍼즐 같기도 하였다. 한 칸 한 칸 메울 수야 있겠지만 아웃라인을 바꿀 수는 없을 거였다. 내 뜻과 상관없이 주어진 인생, 어차피 신의 손바닥 안이었다.

열정도 도전의식도 없이, 젊음의 푸르른 모퉁이를 시큰둥하게 돌아 나온 다음에야 나는 비로소 이 불가해한 생이 조금씩 궁금해지기 시작했다. 일상이라는 평면 안에 얼마나 무수한 함정과 돌기들이 시치미를 떼고 숨어 있는지, 어둡고 밋밋한 생의 액정에 얼마나 다양한 화소들이 깜박이고 두근대며 숨어 사는지, 뒤늦은 호기심이 생겨나기도 하였다. 구석에 숨고 뒷걸음질만 치던 나에게도 한 줌의 광기와 시답잖은 열정이 숨어 있음을 눈치챈 것도 내 생의 시곗바늘이 삶의 영마루를 한참이나 지나쳐 온 다음의 일이다.

적재된 에너지가 탕진될 때까지 혼신을 다해 소진해야 하는 것, 그것이 생명체라는 명분으로 이 땅에 던져진 존재들의 책무라는 것을, 보도블록 틈새기에 오글보글 피어난 작은 꽃들이 일깨운다. 모양을 바꾸거나 경계를 지우지 못한다 해도 최선을 다해 색을 고르고 정성을 다해 칠을 하는 일이 얼마나 처절하고 숭고한 패배인지 통렬하게 와닿는다. 아직도, 끝끝내, 사는 게 뭔지 알 수는 없지만 한 가지는 말할 수 있을 것 같다.

인생 뭐 …… 있어!

물음표와 느낌표, 그 두 부호 사이를 배회하는 지도 없는 여정. 어쩌면 그것이 삶인지도 모른다.

존재의 궤적

그렇게 자주 다녀가시는데 비는 왜 허공을 적시지 못할까. 실뿌리 한 올, 씨앗 한 톨 파종하지 못하고 수직으로 내리꽂히는 저 불임의 은침(銀針)들. 질주하는 것들에게 세상은 단지 경유지일 뿐이다. 물들이지도 번져들지도 못하고 눈 깜짝할 사이에 명멸해 버리는.

알고 보면 비란 한 점 물방울이 중천에서 지표까지 여행하는 잠깐 동안의 이름 아닌가. 하늘과 땅 사이, 구름과 풀밭 사이에서 한시적으로 통용되는 찰나의 궤적일 뿐. 지상에 다다르면 이름을 내려놓고 스멀스멀 풀숲으로 숨어들거나 지표에 엎드려 배밀이하다가 양양한 바다로 흘러들거나 난폭한 태양 아래

가뭇없이 증발되어 구름밭에 스며 버려야 한다. 언젠가 우리
도 시간이라는 공간 스치고 돌아갈 때 지상의 이력 공손히 반
납하고 지수화풍으로 흩어져야 하듯이.

　　비 그친 자리가 너무 말짱하다. 그가 떠난 세상도 그렇게 멀
쩡했다. 존재뿐 아니라 존재의 궤적마저 속절없이 말소시켜
버리는 시간의 무자비한 폭거 속에서, 소멸하는 한 점 좌표들
의 춤사위가 스러지는 불빛처럼 쓸쓸하고 환하다.

잊혀진 손

손이 잘생긴 남자가 있었다. 큼직하고 두툼한 손등에 쭉 곧은 손가락이 단정하고 가지런한 손이었다. 대학 시절 내내 좋은 친구가 되어주었던 그가 그처럼 멋진 손의 주인이라는 사실이 새삼스러웠다.

졸업식이 가까워진 어느 날, 테이블 위에 놓인 손이 화제에 올랐다. 각자 손등을 펴 보다가 손바닥을 뒤집어 손금을 보기도 하며 오래오래 손에 대한 이야기를 끌고 있었지만, 찻잔 건너편의 손을 마주 잡아보지는 못하였다. 손을 잡지 않고서도 무난히 지탱해 온 둘 사이의 관계에 흠결을 남기기 싫어서였다.

"우리 졸업하기 전에 악수라도 한 번 해봐야 하지 않겠어?"

군대를 갈까 대학원을 갈까 망설이던 그가 그 뒤 몇 번인가 그런 말을 했던 것 같다. 졸업을 하면 멀어질 것 같다는 예감에 나 또한 한구석이 허전하던 차였다. 그랬음에도, 소심하고 용기 없는 젊은이였던 우리는 그즈음의 이심전심을 확인하지 못한 채, 그저 그렇게 각자의 세상 속으로 뛰어들었다.

대학원을 마치고 입대한 그로부터 이따금 물처럼 덤덤한 편지가 날아들었다. 그 무렵 나는 손이 따뜻한 남자와의 만남에 익숙해 가고 있었다. 그냥저냥 생긴 손이었지만 가슴속의 열기를 빌미로 내 손을 잡는 데 주저하지 않던 사람이었다.

이렇게 쉬운 일이 왜 그리 어려웠을까. 다른 남자의 손안에 한쪽 손목이 잡혀 있으면서 나는 가끔 그런 생각을 했다. "이성간의 우정이란 주택을 짓기 위해 마련된 재목으로 사원(寺院)을 짓는 곤란"이라 했던 게 상허(尙虛) 선생이었던가. 대담한 사람끼리는 연애라는 최단 거리를 취하고 소심한 사람끼리는 최장 거리의 우정 코스로 몰린다 했던 선생은 인류의 도덕 가운데 가장 아름답고 완고할 수 있는 게 우정이라고 하였다. 이성간의 우정은 흥분한 사상 청년 이상으로 끝까지 보호관찰을 필요로 한다고도 하였다.

어느 여름날인가, 모처럼 의기투합해 영화를 보러 갔던 기억이 난다. 〈오멘〉이었던가, 납량 특집으로 상영되는 공포 스릴러 영화를 그가 고른 것이 그저 우연은 아니었을 것이다. 그런데도 그는 손을 잡지 못했다. 어깨를 감싸 안지도 않았다. 무서운 장면이 나올 때마다 화들짝 움츠리는 나의 등을 빙긋이 웃으며 쳐주었을 뿐이었다. 이런 바보, "열 학식이나 열 인격이 한 찬스보다 약"하다는 상허 선생의 글을 아직도 읽지 못했단 말인가. 속으로는 많이 서운했을 테지만 그래도 그 바보를 미워하지는 못하였다.

사관후보생 제복을 입고 어느 날 그가 휴가를 나왔다. 종로에서 이문동 집 앞까지, 어깨를 스치며 나란히 걸었다. 달이 떠 있었던가. 하얗게 날이 선 해군 제복이 푸르스름하게 물들어 보였다. 그때 나는 이미 손목뿐 아니라 마음까지도 다른 남자에게 잡혀 있었으나 악수 한 번 못 해보고 헤어진 그 손이 아쉽게 느껴져 섭섭하기도 하였다. 놓친 물고기는 커 보이는 법인가.

결혼 후 칠팔 년이 지났을 무렵, 어느 콘도에서 그와 마주쳤다. 가슴은 몹시 쿵쾅거렸지만, 그때도 악수를 나눌 수는 없었다. 곁에서 손잡아 주어야 할 사람을 셋씩이나 거느리고 있어서였다. 그의 손을 잡고 서 있는 두 아이의 뒤에서 말없이 미소 짓고 있는 부인을 바라보았다. 질투 같은 것은 느껴지지 않았다. 웃는 낯에 사람이 좋아 보여 왠지 안심되었다.

언젠가 국회의원 선거를 치른 어느 입후보자가 수심(手心)이

곧 표심(票心)이더라는 말을 하였다. 손끝으로 전해오는 마음이 가장 믿을 만한 계측기준이어서, 유권자들의 손이 따뜻하면 내 편, 미지근하면 상대편 하는 식으로, 지역 구민과의 악수의 감을 통해 당락을 일찌감치 감지해 낼 수 있다는 뜻이었다.

졸업하기 전, 그와 악수라도 나누어 보았다면 내 인생이 지금쯤 바뀌어 있을 것인가. 그랬을 가능성은 없어 보인다. 주저하며 머뭇거리던 손처럼 확신이 없는 마음만 아쉬워하며 쓸쓸히 돌아서고 말았을 것이다. 그 얼굴도, 준수했던 손도 기억이 희미해져 버린 지금, 그와 또다시 맞닥뜨리게 된다면 이번에는 내가 먼저 손을 내밀고 싶다. 중년 남자의 유들유들한 기름기나 뜨뜻미지근한 손의 온기를 굳이 확인하고 싶어서가 아니다. 별것도 아닌 사금파리 조각을 보석인 양 아끼던 바보스러운 기억을 함께 웃을 수 있는 관계가 다시 있을 것 같지는 않아서이다.

크리스털과 목기

어쩌면 저렇게도 아롱이다롱이일까.

한 뱃속에서 나온 두 딸을 키우며 우리 내외는 수없이 그런 생각을 하였다. 두 놈을 섞어 반으로 딱 나누었으면, 그런 심사가 될 때도 많았다.

얼굴이 작고 눈꺼풀이 뚜렷한 큰애와 갸름한 얼굴에 긴 눈을 가진 작은아이는 외모에서부터 차이가 난다. 큰아이가 서구적이라면 둘째는 동양적이다. 어딘지 모르게 비슷해 보이지만 무언지 모르게 다른 두 아이는 성격도 행동도 생김새만큼이나 제각각이다.

상황 판단이 빠르고 민첩한 큰애를 토끼형이라 한다면 느릿하고 신중한 작은아이는 거북이형이다. 큰아이는 냉철하고 분명한 반면 작은애는 사려 깊고 우유부단하다. 무슨 일을 할 때 제 고집대로 밀어붙이고 보는 것은 큰아이이고, 이 눈치 저 눈치로 미적미적하며 터덕거리는 쪽은 둘째 아이다. 계산이 빠르고 반짝반짝한 큰아이와 달리 작은아이는 털털하고 수더분하며 자기 세계에의 몰입을 즐긴다. 예리하고 무던한 두 아이를 골프를 좋아하는 남편은 메탈(metal)과 우드(wood)에, 부엌지기인 나는 유리그릇과 뚝배기에 견주곤 한다.

공부하는 방법에 있어서도 두 아이는 차이가 많다. 큰애는 꾀돌이형, 작은애는 정면돌파형이다. 큰애는 시험에 나올 만한 문제만을 집중 공격하지만 작은아이는 저인망(底引網)식으로 샅샅이 훑는다. 큰애가 삼십 분을 못 버티고 부엌이며 화장실을 들락거리는 데 비해 둘째는 다섯 시간도 꼼짝 않고 의자에서 버텨낸다. 그런 두 아이를 볼 때마다 언젠가 부부싸움까지 될 뻔했던 남편과의 '샘 파기' 논쟁을 떠올린다. 우직하고 성실한 트리플 A형 남자는 여기저기 열심히 파다 보면 언젠가는 물이 나오는 곳을 만나게 된다 하고, 운명론자에다 기회주의적인, 그러면서도 살짝 근거 없는 행운을 믿는 B형 여자는 공중에서 가만히 내려다보아 물이 나올 만하다 싶은 곳을 먼저 포착하는 게 효율적이라는 이야기이다.

아이들을 데리고 쇼핑을 나가보아도 두 아이의 차이가 극명하게 드러난다. 유행에 민감하고 패션 감각이 있는 큰 애는 사고 싶은 옷, 갖고 싶은 물건이 많다. 엄마 이것 괜찮지. 저것은, 하는 아이에게 응, 응, 코대답은 해주지만 디지털 세대와 아날로그 세대의 의견이 일치하기는 쉬운 일이 아니다. 너무 튀거나 파격적인 디자인보다는 단정하고 무난한 것을 골라 아이에게 권해 본다. 딸의 반응이 시큰둥하다.

"아니, 같은 돈 주고 왜 남이랑 똑같은 걸 사?" 하는 표정이 역력하다. 돈 들인 티가 나지 않는 평범한 것은 싫다는 이야기다. 그런가 하면 작은아이는 주목을 받거나 남의 눈에 뜨이는 차림을 못 견디어 한다. 평범함이 제 개성이라는 말이다. 남편은 큰애 말이 일리가 있다 하고 나는 둘째처럼 평이한 것이 좋다. A(AO)형과 B(BO)형인 부부가 만나 AB형과 O형의 아이들을 낳았으니, 이런저런 유전자가 얽히고설킨 집단의 의기투합이 쉬운 일은 아니다. 화려한 연회장에서 반짝반짝 빛나는 크리스털 유리잔이 되고 싶은 큰애와, 모과나 유자 같은 향내 나는 과일을 주섬주섬 담아둔 사랑방의 목기이고 싶은 둘째, 아옹다옹 손이 맞아 시끄럽다가도 그런대로 저희끼리 어울리는 게 신기하다.

아이들을 웬만큼 키워 놓고 생각하니 나는 그다지 현명한 어미가 못 되었다. 한 아이의 단점이 다른 아이의 장점이 되기도 하는지라 이놈은 이래서, 저놈은 저래서 성에 차지 않을 때가 많았다. 어쩌면 그리도 성격이 급하냐며 큰아이를 나무라다가, 왜 그렇게 느리냐며 작은애를 다그치는 식이다. 우산 장수와 짚신 장수 아들을 가진 어미처럼 늘 한쪽이 불만족스러워서 장점이 많은 두 아이에게 기쁜 마음으로 감사할 줄을 몰랐던 것이다.

동그라미는 모가 날 수 없고 모가 나면 둥글지 못하다. 그 둘을 섞어 놓는다면 이 맛도 저 맛도 아닐 것이다. 아름다운 두 색깔을 섞는다 해서 더 황홀한 빛깔이 탄생하는 것은 아닌 것처럼. 목기도 크리스털도 그 본성대로, 생김대로, 있을 곳과 쓰임새가 다르리라 생각한다. 운동을 좋아하는 남자와 책을 좋아하는 여자가 서로 어울려 살아내듯, 타고난 개성대로, 그 소질대로, 세상은 그렇게 뒤섞이고 부딪치며 조화를 이루어 나가는 것임을 아이들이 다 커버린 지금에야 지진아처럼 터득해 가고 있다.

콩나물

맹물밖에는 삼킨 것이 없는 몸, 무슨 죄를 그리 지었다더냐. 고개를 못 들고 서 있는 콩나물 정수리에 이따금 쏟아지는 물로는 말라붙는 입술도 적시지 못한다. 죄가 있다면 씻고 또 씻어야 하리. 말갛게 닦인 몸, 핏줄까지 들여다보이는 속살. 그 무구한 투명성으로도 해명하지 못할 진실이 있다니.

기도하는 마리아, 시선은 늘 아래를 향한다. 발가벗은 하체가 부끄럽고 부끄럽다. 혼자서는 몸을 가눌 수도 없다. 여럿이 몰려 서 있다 해서 수치스러움이 감해지는 것은 아니다. 고개를 외로 틀고 허리도 살짝 비틀어본다. 까치발을 들고 컴컴한 하늘을 허우적거려도 본다. 잡히는 건 허공뿐, 뿌리 내릴 흙 한 줌 보이지 않는다.

할 만큼 해보다 산목숨 송두리째 보시해야 하는 게 살아있는 것들의 숙명적 비애인가. 콩나물이 눕는다. 노랑어리연꽃처럼 웃고 싶었는데, 꼬투리 속에 조롱조롱 알도 품고 싶었는데……. 바윗돌 같은 건반 사이로 계면조의 울음이 아삭아삭 씹힌다. 아, 차라리 즐거운 자학, 내친김에 노래나 되어 볼까.

콩나물 대가리가 날아오른다. 사시랑이 육신 길게 편 음표들, 이랑 위에서 널을 뛴다.

달밤

침대 모서리에 초승달로 잠든 여자, 휘어진 칼처럼 단호한 적막의 둘레가 쓸쓸하다. 둥근 등뼈로 돌아눕는다는 것은 누구하고도 공유하지 못할 슬픔 하나 가슴팍에 품고 있다는 뜻이다. 거덜 난 꿈이나 축축한 후회, 삭히지 못한 원망 같은 것이 기억의 오지에 나뒹굴고 있다는 뜻이다. 풍화되지 못한 슬픔의 흰 뼈가, 식지도, 녹지도 않은 뜨거운 얼음이 늑골 아래 서걱거리고 있다는 뜻이다. 만삭의 어둠 둥글게 껴안고 모로 누운 여자의 그림자 뒤로 푸르스름한 안개 같은 열사흘 달빛 푸싯푸싯 젖은 날개를 뒤친다.

낙화

물가에 선 서부해당화 한 그루가 온몸을 흔들며 뎅그렁뎅그렁 울었다 꽃송어리들을 산 채로 겁탈해 물 위에 뿌려대는 바람이라니 오래 달려와 만난 물들이 잠깐 손을 잡다 헤어지는 강가 바람의 이마에도 분홍물이 묻어났다 바람은 바람길을 물은 물길을 꽃은 꽃의 길을 가야겠지만 순간은 때로 영원의 입구 부재(不在)란 언제나 가장 확실한 존재 증명 아니었더냐 꽃이 진다고 다 지는 건 아니라고 꽃잎이 바람을 밀고 가듯 강물이 시간을 밀고 가기도 한다고 그리움이 때로 동력이 되듯 겨울이 봄을 밀어 올릴 거라고 어느 봄날에선가 꿈에선가 꽃물 찍어 쓴 연서(戀書) 같은 환하디환한 각인(刻印) 같은

알밤

'밤을 깐다'라고 썼다가 '밤껍질을 벗긴다'라고 고친다. '깐다'라는 말이 주는 동물적 어감이 낯설어서다. 이 쓸데없는 까탈. 요즘의 나는 대세에 전혀 지장이 없는, 소소한 것들에 민감해 있다. 생체 리듬이 저조해졌는지 행동이 게을러지고 생각만 과민해졌다. 내밀한 침묵으로 골똘하게 돌아앉은 바가지 안의 저 밤톨들처럼.

복숭아나 사과 같은 과일은 향기와 빛깔로 사람을 유혹하고 상큼한 속살을 베어 먹히면서까지 씨를 퍼뜨리는 전략을 쓴다. 알밤은 아니다. 열매이면서 씨앗인 그들은 먹혔다 하면 끝장이어서 어느 한 부분을 따로 내어줄 여지가 없다. 그 절박함이 자기 보호의지 같은, 견고한 고독을 강요하는가. 아물고 또

랑또랑한 이 결실들은 헤프게 농익어 향기를 발산하지도, 풍만한 살빛으로 식탐을 자극하지도 않는다. 밤뿐 아니라 호두나 잣, 은행 같은 견과들이 다 그렇다. 바늘 같은 가시로 제 몸을 에워싸 애써 고립을 자초하거나 고약한 냄새를 풍겨 기피 대상이 되도록 한다. 소심하고 비사교적인데다 나름의 자의식으로 똘똘 뭉친, 내향적인 친구 같다고 할까. 매끈한 가죽옷 차림으로 제각기 데굴거리는 밤톨들을 바라보고 있노라니 귀에 익은 카피가 생각난다.

'나는 소중하니까요.'

아무렴. 하늘 아래 소중하지 않은 목숨이 있더냐. 사람도 밤톨도 하루살이도 목숨은 제각각 하나뿐인걸. 먹이사슬의 꼭대기에 군림하는 인간이건, 인간에게 먹히는 밤톨이건, 밤톨을 갉아먹는 애벌레건 간에, 알고 보면 등가(等價)의 목숨붙이다. 조금 더 덩치가 크고 더 오래 햇살 아래 머물다 간다 하여, 사막과 바다와 무지개를 알고 더 멀리 건너다니며 살아 본다 하여 목숨 줄이 여러 개는 아니라는 말이다. 물려받은 불씨를 소중히 지켜 대대로 전해야 하는 가문의 아녀자처럼 생명의 기를 꺼뜨리지 않고 후대에 물려야 하는 엄숙한 책무 앞에서 저나 내나 유전자의 꼭두각시일 뿐.

도끼 앞이라고 나무마다 다 무릎을 꿇는 것이 아니듯, 칼날

앞이라고 열매들이 쉬 맨몸이 되는 것은 아니다. 커다란 무쇠 칼 앞에서는 배통만 한 수박보다 손톱만 한 쥐밤의 의지가 더 단호해 보인다. 쇠망치로 얻어맞아 으스러지고 깨져도 함부로 속옷을 벗지 않는 호두나, 뜨거운 불판 위에서 살갗이 타들어가야 푸르게 멍든 몸을 마지못해 보시하는 은행알만큼이나 알밤 또한 당차고 결연한 데가 있다. 만만히 얕잡아보고 달려들었다가는 손가락을 다치거나 앞니가 부러져나갈지도 모른다.

밤톨 한 알을 손바닥 위에 올려놓는다. '깎아 놓은 알밤 같다'는 말이 있지만 깎아 놓지 않아도 알밤은 예쁘다. 밤 까는 도구 같은 것을 달리 예비해 놓았을 리 없는 엉터리 살림꾼의 주방 서랍에서 그나마 고참격인 맥가이버 주머니칼을 조심스럽게 뽑아 든다. 살점이 떨어져 나갈지언정 굴복하지 않는 것들의 옷을 강제로 벗기려면 머리통부터 한 대 쥐어박아야 한다. 왼손 장지를 받침대 삼아 엄지와 검지로 단단하게 결박한 뒤 정수리쯤 되는 곳에 칼끝을 슬쩍 들이대었다가 날렵하게 일격을 가하는 것이다. 바슬바슬한 두피에 칼끝이 꽂힐 때 손마디에 걸리는 미미한 쾌감. 그러고 보니 나는 사과 껍질을 벗길 때도 일단 탁! 하고 어깨 먼저 내려치는 습성이 있다. 공격의 강도를 미리 암시하여 기부터 꺾어놓으려는 계산은 아니어도 가학적인 데가 있기는 하다. 수렵시대 집단무의식의 원형적 발현인가. 아무튼 나는 순정하게 앵돌아진 저것들의 옷을 단번에 벗기지는 않을 작정이다. 칼끝에서 전해오는 긴장감을 즐기며 겉옷부터 찬찬히 끌어내릴 터이다.

말쑥한 방수복 아래 드러나는 거칠거칠한 비늘옷. 이름하여 보늬. 귀에는 설어도 아름다운 이 말의 어원이 본의(本衣)에서 왔다는 주장은 나름 설득력이 있어 보인다. 부드럽지도 아름답지도 않지만 어느 사이 속살에 눌어붙어 일체가 되어버린 자존의 속싸개, 그 속옷이야말로 본의 즉 '진짜 옷'일 수 있다는 이야기다. 옷인지 살인지 분간할 수 없는, 내 안에도 비슷한 꺼풀이 있다. 한 껍질만 벗고 다가앉으면 살가운 온기를 나눌 수 있으련만 마지막 한 켜를 벗지 못하여 안으로 안으로 옹송그리며 산다.

내복 바람의 밤톨들이 양푼 안에 모여 있다. 다 같은 속내의 차림이라도 그다지 다정해 보이지는 않는다. 하긴, 가시 궁전 한가운데 들어앉아 있는 한 울안 형제끼리조차 그리 돈독해 보이지는 않았다. 세속의 연(緣)에 정붙이지 말자고, 어차피 혼자서 가야 하는 길이라고, 다짐을 두고 있는 것 같았다. 둥지 밖 하늘을 꿈꾸는 새끼제비들처럼, 알 수 없는 미래를 향해 튕겨져 나갈 날만 호시탐탐 기다리고 있는 듯하였다.

인정머리 없는 제조상궁이 어린 나인의 옷을 벗기듯, 칼자루를 바투 쥔 나는 속곳 차림의 밤톨들을 앞뒤 좌우로 돌려세우며 마지막 자존심마저 깨끗하게 벗겨낸다. 보늬를 벗고 각을 세운 알밤들의 상앗빛 살결이 단아하다. 조금 있으면 뜨거운 열탕 지옥으로 가차 없이 내던져질 알몸뚱이들을 한 주먹 가득 집어 올려 본다. 물푸레나무 이파리에 어룽거리던 햇살과 어둠을 헹가래치던 개울물 소리와 때죽나무 꽃그늘에 쉬어가던 어린 박새의 노래는 다 어디에 스며 있는가.

희고 단단한 쇄신사리들이 맨몸으로 뒹굴며 털어놓는 말을 이제야 겨우 알아듣는다. 한 줄의 절명시처럼 스쳐버린 별똥별과, 은죽(銀竹)으로 내리꽂힌 여름 한낮의 소낙비와, 갓 깨어난 거위벌레가 졸참나무 이파리를 사각사각 재단하는 숲속의 소리들이 다 어디에 숨어들었을지를. 살아 숨쉬는 것들의 여린 속살을 뚫고 들어가 알알이 응결되고 흩어져 도는, 흘러버린 시간의 비밀스러운 거처를. 시간과 정면으로 마주 선 목숨만이 켜켜이 그러안은 그리운 기억들로 향기로운 알집 파일을 공글린다는 것을.

생밤 한 알을 오도독 깨문다. 아삭하고 담백하다. 고독한 실존은 온데간데없고 소리조차 맛있다.

시간 도둑

흔전만전하던 시간들, 다 어디로 가버렸을까.

괘종시계가 대청마루에서 터줏대감 노릇을 할 때만 해도 시간에 그리 쫓기지는 않았다. 순둥이 백구와 한나절을 놀고 감나무 밑에서 소꿉놀이를 해도 해는 여전히 중천에 있었다. 할머니의 이야기보따리가 나달나달해지고 나달나달한 스웨터에서 풀어낸 털실로 언니들이 밤새 속바지를 짜도 그 시절 겨울밤은 길고 길었다.

시간이 귀해지기 시작한 것은 시계가 흔해지고 나서부터다. 시계는 시간 도둑, 시간의 천적이다. 시간을 계량하는 게 아니라 시간을 훔치고 잡아먹는다. 시계들이 기하급수적으로 새끼를 쳐서 부엌에도 책상에도 손목 위에도 크고 작은 변종들이 범람하기 시작하면서부터 시간이 귀해지기 시작한 거다. 먹잇감은 일정한데 개체 수가 늘어나니 모자라 아우성을 지를 수밖에.

거실에 걸린 벽시계가 길고 짧은 팔을 휘저으며 허공중에 떠다니는 시간의 알들을 잡아채 간다. 기다랗게 늘어진 시간의 성충은 여물 썰듯 썽둥썽둥 썰어 삼킨다. 탁상시계도 들키지 않으려고 가만가만 어금니를 똑딱거린다. 텔레비전이나 컴퓨터, 휴대폰 속에 내장된 녀석들은 훨씬 음험하고 지능적이어서 씹는 소리조차 내지 않는다. 사람들이 잠들거나 한눈을 파는 사이, 두 눈 뜨고 번연히 지켜보는 코앞에서 시간은 끊임없이 강탈당한다. 나뭇결처럼 따스한 시간들, 놓치고 싶지 않은 순간의 기억들이 시계 속 숨겨진 이빨 사이에서 부스러지고 잘게 갈려 삼켜지고 사라진다.

발

침대 발치에 가로로 깔아둔 1인용 전기요에 스위치를 올리고 이불을 덮어둔다. 이런저런 뒷설거지를 하고 저녁 세안을 마치면 알맞게 덥혀진 이불 속으로 냉큼 발을 밀어 넣는다. 발치가 따뜻해서, 이불 속이 아늑해서, 잠포록한 꿈속으로 봄눈처럼 녹아 들어간다.

개는 코가 따뜻해야, 소는 등이 따뜻해야, 사람은 발이 따뜻해야 잠이 온다. 어릴 적 흘려들은 할머니 말씀이다. 아궁이로 구들장을 덥히고 아랫목에 발을 묻는 두한족열로 혈행의 순환을 도왔던 조상들은 머리는 차게, 발은 따뜻하게 함으로 수승화강을 도모했을 것이다. 직립의 척추를 떠받들고 다니느라 바닥에서 종일 고단했을 발, 노곤한 육신을 꿈나라에까지 데려다 놓는 일도 알고 보면 발의 일이었거늘.

불평불만도 공치사도 없이 밑바닥 팔자를 감수해 온 내 순한 발가락들을 가만가만 꼼지락거려보다가 요양병원 침대에 잠들어계실 노모의 앙상한 발을 소환한다. 고관절 와상으로 뻗정다리가 되는 바람에 강제 퇴출당한 엄마의 발은 다시는 온전히 닿을 수 없는 바닥에 발꿈치만 겨우 얹어두고서 슬프도록 멀쩡한 정신줄의 주인을 무심한 척 패대기쳐 두고 있다. 침상에 묶인 채 흙냄새를 그리워하는 노인병동의 핏기 잃은 발들, 알 것 같다. 긴긴 노정의 마지막 간이역 같은 침상 위의 빼곡한 발들이 저승길을 터덕거리고 있는 이유를. 불가촉천민처럼 몸의 가장 밑자리에서 일생을 살아냈어도 직립으로 곧추서 태양을 향해 맞장뜨던, 그때 그 시절이 그립고 아쉬워 방향감각을 잃고 있는 것이다. 지상에서 영원으로, 차안에서 피안으로, 다른 층위의 차원에까지 인도해 들이는 책무마저 결국 발의 몫이라니. 뇌졸중 증상으로 뜨끔한 맛을 본 선배가 운동 삼아 강가를 걸을 때마다 '걸음아 날 살려라' 하는 말을 기도처럼 읊조린다더니 살고 죽는 일도 알고 보면 머리나 가슴, 간이나 콩팥보다 발에게 빚지는 일이로구나.

트럼펫 부는 남자

저녁 산책 삼아 한강에 나갔다. 날이 아직 풀리지 않아서인지 운동 나온 사람들이 많지는 않았다. 마른 풀숲 사이로 지나가는 바람이 쓸쓸하였다.

어디선가 나팔 소리가 들렸다. 나도 모르게 걸음이 빨라져 소리 나는 쪽을 향해 걸었다. 저만치 강둑 아래, 기우는 저녁 빛을 받고 서 있는 키 큰 남자의 모습이 보였다.

한 남자가 강가에 서서 트럼펫을 불고 있다.

검정 바지에 검정 티셔츠를 입은 중년 남자의 트럼펫 소리는 보랏빛 대기를 뚫고 해 질 녘 하늘가에 울려 퍼졌다. 운동복 차림으로 고수부지를 달리던 사람들은 때아닌 트럼펫 소리에 걸음을 늦추었다. 물 위를 날던 새들도 어디로 내려앉은 듯 보이지 않았다. 강변도로 위를 질주하던 차들조차 멈칫거리며 길게 늘어섰다. 마법에 이끌리듯 트럼펫 소리를 따라온 나는 고수부지 계단에 걸터앉았다. 남자가 이 저녁, 황금 나팔 하나로 세상을 제압하고 있는 듯 보였다.

금관악기 특유의, 낭랑하면서도 애수가 깃든 선율이 강가에 자욱하게 울려 퍼졌다. 〈대니 보이〉와 〈망향〉 같은 가곡 소품부터 존 덴버와 비틀스까지, 연주곡목이 다양하였다. 가장 듣기 좋은 것은 우리 가요였다. 〈밤안개〉와 〈허공〉, 〈사랑보다 깊은 상처〉 같은, 귀에 익은 멜로디가 찬바람 속에서도 나를 그 자리에 붙박여 있게 하였다. 그의 분방한 음악적 취향이 아이러니하게도 그가 프로가 아니라는 사실을 누설하고 있었지만, 상관없는 일이었다. 오늘 밤 나는 강변 음악회의 R석 관객이었다.

색소폰 소리가 곡선이라면 트럼펫 소리는 직선에 가깝다. 화려한 기교나 그윽한 깊이가 부족한 대신 맑으면서도 투명한 애조가 스며 있다. 장미향보다는 송진내를, 들척지근한 와인보다 담박한 드라이진을 연상시키는 소리라 할까.

강바람을 맞으며 초저녁 운치에 젖어 있던 몇 안 되는 관중들이 자리를 털고 일어났다. 주인을 따라 고수부지에 산책 나온 강아지도 꼬리를 흔들다 달아나 버렸다. 한기가 올라오는 돌바닥에 오래 버티기에는 저녁 바람이 아직 쌀쌀하긴 했다.

시종 자리를 지키고 있는 것은 강물 위에 늘어서 있는 오리 보트들 뿐. 출렁이는 물살을 따라 이따금 고개를 주억거리는 폼이 제법 우아한 청중 티를 냈다.

트럼펫 소리가 녹아든 강물이 강철빛으로 번들거렸다. 내려앉은 어둠 사이로, 조금만 머물고 싶다는 듯 느리게 일렁이는 강물 사이로, 트럼펫 소리는 애잔하게 번져갔다. 소리는 음지식물과 같아서 빛이 이울수록 섬세하게 살아난다. 기슭에 얼어붙은 풀뿌리들을 잡았다 놓쳤다 흘러가는 강물처럼, 그의 연주도 끊어질 듯하다 이어지곤 하였다. 찬물에 발을 담그고 서 있는 서강대교도, 천 개의 눈을 가진 쌍둥이빌딩도 꿈에 젖은 듯 몽롱하였다. 젊은 남녀 한 쌍이 내가 앉아 있는 아래 계단에 와 앉았다.

악기를 닦아서 상자 안에 넣으려다 말고 남자는 두 곡을 더 불었다. 새 청중을 위한 배려 같았다. 요절가수 김현식이 부른 〈사랑했어요〉는 이제 막 사랑을 시작한 젊은이들보다는, 오후의 언덕배기를 휘청거리며 넘고 있는 중년을 위한 사랑의 진혼곡이었다. 시리도록 깨끗한 물 한줄기가 가슴속 가느다란 줄을 관통하여 말초 구석구석을 씻어 내렸다. 연주를 마치고 강물을 바라보던 그가 악기 케이스를 들고 돌계단을 올라왔다.

"연주 잘 들었습니다. 정말 좋았어요."

나는 천천히, 진심으로 말했다. 진즉 감사함을 표하고 싶었지만, 곡이 끝날 때마다 갈채를 보내는 것도 겸연쩍은 일이어서 내처 앉아 듣고 있던 터였다.

"괜찮았습니까?"

그가 좀 쑥스럽게 웃었다.

남자는 매주 금요일 저녁에 여의도에 있는 한 교회에 연습을 하러 온다고 했다. 악기가 좋아 뭐든지 독학으로 배운다는 그는 강가에 나와 혼자만의 독주회를 여는 일과, 아는 이들의 잔치에 가서 축하 연주를 해주는 일이 가장 뿌듯하고 즐겁다 하였다.

"금요일마다 오니까요, 시간이 되면 언제든 오세요."

그러겠다고 하였다. 자기 음악을 들어주는 고정 팬을 확보하는 것도 연주가에게는 힘이 될 것이다.

다음번 금요일, 나는 그곳에 가지 않았다. 강가의 금요 콘서트에 고정 관객이 되어 주고 싶은 마음이 없는 것은 아니었지만, 가지 않는 게 나을 성싶었다. 첫 잔 첫 모금이 가장 맛있는 맥주처럼, 순간의 감동이란 결코 복제되지도 복원되지도 않는다는 사실을 확인하고 싶지 않아서였다.

죽의 말씀

외출했다 오는 길에 죽집에 들렀다. 별것도 아닌 일, 사소한 갈등으로 속을 끓였더니 소화가 안 되어 더부룩했다.

작은 홀 안이 사람들로 꽉 차 앉을 자리가 눈에 띄지 않았다. 웰빙 바람을 타고 신분 상승을 한 죽은 아픈 사람이 먹는 음식이라는 고정관념을 벗어던졌다. 적은 양식으로 밥그릇 수를 늘려야 했던 이 땅의 아낙들이 궁여지책으로 고안해냈을 거라는 출생 신화도 털어버렸다. 먹기에 편안하고 포만감을 주는 반면 칼로리는 적으니 몸 찌뿌둥하고 마음 산란한 오늘 같은 날, 내게는 딱 맞는 끼닛거리다.

구석 자리 하나를 차지하고 앉아 야채굴죽 한 사발을 주문한다. 맞은편 벽에 사진작가 배병우의 소나무 달력이 걸려 있다.

다양한 높이의 무채색 톤들이 몽환적으로 어우러져 있는 그의 사진들은 풍경 밖에 서 있는 사람을 풍경 안으로 곧잘 끌어들인다. 나뭇가지 사이 안개 입자들이 촉촉하게 살갗으로 스며오는 기분, 콘트라스트가 선명한 사진이었다면 흑백의 대비밖에는 보이지 않았을 것이다.

아주머니가 죽 쟁반을 내려놓는다. 백자 종지에 담겨 나온 밑반찬들이 정갈하다. 해진 무명처럼 풀어져 있는 죽 가장자리에 조심스럽게 숟가락을 얹는다. 조금씩 제 바깥을 헐고 눅진하게 어우러진 밥풀들이 목구멍 안으로 내려가기 직전, 기어이 내게 한 말씀을 하신다. 칼로 두부 긋듯 매사 야멸치게 나누는 것만이 능사는 아니라고. 그대가 먼저 풀어지고 허물어져야 남의 속도 편안하게 풀어줄 수 있다고.

입술에 대해
말해도 될까

숙녀들의 점심식사, 접시와 수다가 바닥을 보일 무렵, 한 친구가 손가방을 열었어. 물자와 정보의 빈번한 출입으로 칠이 벗겨진 나들목에 도색작업을 하려는 걸 거야. 여자들이 모이면 제일 바쁜 것도, 행복한 것도 입이잖아. 매끈한 금속 케이스를 돌려 와인 빛깔의 립스틱을 밀어 올린 친구가 고개를 살짝 숙이고는 초승달처럼 입꼬리를 올려붙였지. 화장도 하품처럼 전염성이 있는지 다른 친구들도 주섬주섬 파우치를 열고 제각기 거울을 들여다보기 시작했어. 차 가져왔어? 아니, 전철 탈거야. 몇 호선이야? 뭐 그런 하나마나한 말들을 주고받으며.

'내일이면 잊으리. 또 잊으리. 립스틱 짙게 바르고……' 립스틱을 바르지 않으면 떠나간 사랑을 잊지 못하고 립스틱을 바르지 않고는 전철조차 탈 수 없는 여자들. 여자들은 왜 그리 립스틱에 집착할까. 선정적인 색조, 불온한 모양새로 손가락만 한 캡슐 안을 들락거리는 수상쩍은 탄환 같은 그것에 말이야.

코코 샤넬이 그런 말은 했지. 여자에게 가장 강력한 무기는 립스틱이라고. 맨얼굴로도 자신이 있을 만치 출중한 미모이거나 외모 따위는 안중에 두지 않기로 작정한 투사가 아니라면 무기 없이 전투에 임하긴 어렵겠지. 그 무기라는 게 창인지 방패인지, 산채로 적을 나포하기 위해 잠깐 동안 눈을 멀게 하는 레이저 총인지는 알 수 없지만 말이야.

세상의 딸들은 화장하는 엄마 모습을 곁눈질하며 여자로서의 아름다움에 눈을 뜨는 것 같아. 로션을 바르고 분첩을 두드리면 돋을볕처럼 환해지는 얼굴, 그 밝음의 정점에 립스틱이 있어. 정성스레 분을 바르고 눈썹을 그려도 입술을 칠하지 않으면 안색이 화사해 보이지 않지만 꺼진 램프처럼 어두워 보이는 민낯도 립스틱만 발라주면 생기가 확, 살아 보이거든. 치마가 계집아이의 성 정체성을 표현하는 패션이라면 립스틱은 성인 여자의 인증샷 같다 할까. 여자를 여자로 만들어주는 소도구, 일생 소녀에서 새댁, 엄마, 아줌마, 할머니 같은, 다양한 이름으로 살아 내지만 립스틱을 바르는 나이 동안에만 명실 공히 여자로 사는지도 몰라. 그런데 잠깐, 궁금한 게 있어. 조 물주는 왜 인간의 입 언저리에 선명한 붉은 테를 둘러두신 것 일까, 그것도 왜 하필 불과 피의 빛깔, 벽사의 주칠로 테두리를 쳐 놓으셨냐 이거야.

먹고 살기 바쁜 세상에 별생각을 다 한다고, 할 일도 퍽 없는 모양이라고, 구시렁거리는 소리가 들리네. 맞아. 할 일이 썩 없 진 않지만 그다지 쓸모 있는 생각은 아닌 거. 하지만 이렇게 생 게망게한 어리보기도 있어야 꽉 막힌 세상에도 숨구멍이 트이 지 않겠어? 너무 똑똑해서 쓸 데 있는 생각만 하고들 사니 각 박해서 살맛이 나느냐 말이야. 이만큼 살아보니 알겠더라고. 살맛이라는 건 먹고사는 일과는 별 상관이 없는, 쓸데없는 생 각 근처에서 발생한다는 걸. 문학이니 예술이니 하는 것도 봐. 다 숫자나 효율에 매몰한 사람들이 세상의 도린곁에서 깜냥대 로 주물러 내놓는, 쓸모와는 거리가 먼 수제품들 아니야? 그래 도 그 쓸모없음의 쓸모, 무용의 유용이 우리를 위로하고 쉬게 해주잖아. 하긴 그것도 운 좋은 소수의 이야기일 뿐, 대부분은 그저 무용의 무용, 쓸모없음의 쓸모없음에 쓸쓸해하며 스러져 버리고 말지만 말이야.

이야기가 잠깐 옆으로 비꼈네. 이치와 당위를 따지려 들고 구구절절 변명이 늘어지는 거, 변명할 수 없는 노화현상이지. 아무려나, 신이 인간의 입술을 항구적 원천적으로 화장시켜 두신 데는 그럴만한 곡절이 있을 것 같아. '여기는 그대가 평생 먹여 살려야 할 걸신께서 은거하는 동굴 입구니라. 삼시 세 때 받들어 모시며 문안을 게을리하지 말지어다.' 하는, 준엄한 신탁의 표지였을까. '오로지 입을 지켜라, 입에서 나온 말이 몸을 태우니 입은 몸을 치는 도끼요 찌르는 칼이니라.' 하는, 눈코입 문드러진 이무기 한 마리가 하반신이 묶인 채 들앉아 있는 위험천만한 늪이라는 적색 경고일까.

사람의 얼굴에 터진 구멍이 여럿 있지만 다른 것들이 다 외부의 자극을 수용하고 전달하는 점잖고 수동적인 처소인 데 반해 입은 적극적 능동적인 편이지. 먹고 마시고 숨쉬는 외에 표정과 목소리로 희로애락을 드러내고, 사람과 사람 사이에 길을 내기도 하니까. 사랑이 눈에서 시작된다 하지만 사랑도 실은 입술에서 시작돼. 마주쳐 스파크가 일어난다 해도 눈과 눈은 물리적으로 포개지지도, 화학적으로 스며들지도 못하잖아. 도발적인 평화와 평화로운 도발이 사이좋게 공존하는 인간의 입술, 그 입술이 눈이 점찍은 대상을 향해 부드럽게 이완

되어 귓바퀴를 향해 들려 올라가고, 그렇게 자주 마주 서면서 물길 불길을 이어붙이지 않으면 사랑이라는 역동적인 서사도 결단코 이루어질 수가 없지. 가슴과 가슴을 맞대고 포옹해도 심장끼리는 절대로 포개지지 않는 법이어서 그렇게 서로 입술과 입술을 견주어 상대를 면밀히 재단해보려는 것 같아. 그 방법밖에는 제 안에 유숙하는 영혼의 몸피를 가늠해볼 방책이 없을 테니까.

육신보다 정신의 우위를 믿고 싶어 했던 젊은 날에는 사랑하기 때문에 닿고 싶은 걸 거라고 불가해한 욕망을 합리화하기도 했었지. 요즘은 아니야. 사랑이라는 감정은 육신의 해부학적 구조와 감각적 욕구를 충족시키기 위해 후천적으로 진화된 특질이 아닐까 하는 의혹이 일기 시작했거든. 종족 보존을 지상목표로 하는 생명체는 건강한 자손을 생산하기 위해 냄새와 느낌으로 서로의 페로몬을 감지하려 했을 테고 그 방편으로 포옹이나 키스 같은 신체적 접촉이 생겨났을 거야. 총이 있으면 쏘고 싶고 주머니가 있으면 채우고 싶은 게 인간의 본성 아니겠어? 그리저리하여 찰나적 충동적으로 맞추어진 사개를 돈독하고 끈끈하게 이어 붙여놓아야 종족 양육에 안정적일 터여서 심리적 접합기제가 불가피해진 거지. 어쨌건 그렇게 양국 사이에 자유무역협정이 체결되고 나면 절차 없는 문물교역이 이루어지고 역사적 현실적 책임이 따르는바, 사안의 중대성에 비추어 중차대한 전략적 관문에 빨간 똥그라미 두 개쯤 겹으로 둘러쳐 둘 필요가 있었을 거란 얘기야.

쓸 데도 없고 골치만 아픈 생각을 왜 하고 사냐고? 나도 몰라. 에테르처럼 날아오르는 상상력이나 말랑말랑한 감상이 애초 내 것은 아니었어도 어쩐지 자꾸 삭막해지는 느낌이야. 무미한 사변과 경직된 관념만 모래알처럼 서걱대고 있으니…… 누군가가 그랬어. 관능의 부재라고. 관능…… 좋은 얘기지. 그러고 보니 생각나네. 전철 앞자리 풋풋한 아가씨의 귓불 아래 선명하게 찍혔던 인주 자국이. 시치미를 떼는 건지 모르는 건지 당사자는 정작 아무렇지 않은데 뭉개진 꽃잎 같은 쾌락의 환부에 내가 외려 당황했었던. 대체 어떤, 열에 달뜬 부룩송아지 녀석이 전인미답의 처녀지를 저리 무참히 도발했을까……. 그러다 문득 무릎을 쳤어. 자비로우신 하느님, 당신은 정말 사려 깊으시네요, 내심 경탄을 하면서 말이야. 남녀 사이, 성마른 욕정의 흔적을 표 안 나게 감추어주고 싶은 마음으로 신께서 요소요소마다 붉은 물감을 칠해 두셨을 거라는 생각이 그제야 퍼뜩 떠오른 거야. 호오, 기막히지 않아? 요소요소마다, 그 섬세한 배려심이라니.

그런 친절을 무시하고 아무 데나 화인(火印)을 남발하는 센스 없는 남자들도 문제지만 여자들에게도 문제는 있어. 왜 굳이 붉은 테 위에 붉은 칠을 더하여 무구한 남정네를 유인하려 드냐고. 유인이란 말, 그렇긴 하네. 여자들이 입술을 바르고 화장을 하는 것이 대남(對男) 공작용은 아니니까 말이야. 화장은 남 보라고, 아니 남자 보라고 하는 게 아니잖아. 화장은 일단 나 보려고 하지. 꽃을 찾아오는 게 꽃이 아니라 나비라 해도 꽃이 나비를 위해 피는 건 아니니까. 꽃은 스스로를, 꽃을 위해 필 뿐이야. 제멋에 피고 제멋에 진다고. 다만 나비를…… 이용할 뿐이지. 물고 물리고 이용하고 이용당하는 존재와 존재 사이의 서사, 삶이란 결국 두 타자 사이의 틈새, 그 '사이'의 일 아닐까.

터질 듯 팽팽하고 도톰한 입술을 가진 여배우가 꽃잎 같은 입술을 반쯤 열고 광고판 안에서 헤프게 웃고 있어. 반투명의 탱탱한 과피 안쪽에 얼비쳐 보이는 홍건한 과즙, 톡, 터뜨려 빨아먹으면 입 안 가득 단물이 괴어 문문히 녹아내릴 것 같은 고혹적인 입술 뒤에는 상업주의와 결탁한 말초적 관능, 거부할 수 없는 치명적 유혹이 은밀하게 구조화되어 있지. 아름다운 것에는 독이 있는 법, 명심해. 금단의 열매를 따 먹은 원죄가 사악한 뱀의 흉계라 하듯이 이 또한 배후가 있을지도 몰라. 신과 맞장을 뜨고 싶을 때 악마는 여자를 이용하잖아.

'키스를 부르는 입술'이라는 간지러운 카피 때문이 아니라 화사한 빛깔들의 향연에 매혹되어 나도 가끔 화장품 매대 앞에 서지. 날렵하게 줄 맞추어 서 있는 립스틱들을 보며 핫핑크나 피치 오렌지 같은, 한 번도 도전해보지 않은 색깔에조차 유혹을 느끼곤 해. 어느 신묘한 마법사가 잠든 여자들의 꿈속으로 잠입해 순정한 설렘과 아슴아슴한 기억, 때 묻지 않은 상상들만 훔쳐 갖고 나와 비밀스러운 공정으로 추출해낸 안료 같거든. 여자들에게 화장은 물질화된 몽환 같은 거야. 소멸해버린 시간과 다가올 시간을 동시에 거느리고 있는.

돋보기를 끼지 않고는 메뉴판도 못 읽고 금세 들은 이야기도 삼 분 안에 까먹어 버리는, 겉만 멀쩡한 여자들이 전철 의자에서 흔들리고 있어. 아니, 아니지. 오랜만에 만나도 하나도 안 변했다고, 어쩌면 옛날 그대로냐고 살갑게 위로를 건넬 줄 아는, 속도 따뜻한 친구들이야. 아무도 후하게 봐주지 않고 누구도 위로해주지 않는, 삶의 변곡점을 넘겨버린 여자들은 그렇게 서로 괜찮다 괜찮다 아직은 그래도 봐줄 만하다…… 곰비

임비 최면을 걸어가면서 애써 용기를 돋우지 않으면 우울증에 빠져버리기 쉽거든. '날카로운 첫 키스의 추억' 따위는 까마득히 잊어버린 여자들의 입술, 그 입술 위에 노을빛으로 덧입혀진 질료는 순하게 스며들지 못하고 번들거리며 슬프게 빛나지. 대상과 조응하지 못하고 불화하는 오브제일수록 물성 자체의 빛깔과 광택으로 스스로의 발언권을 행사하는 것이어서 붉은 입술들이 발산하는 현란한 침묵이 전철 안에 낯설게 흥성거리고 있어. '이 여자들 괜찮아. 아니 멋지다고. 서리 맞은 가을 잎이 이월 꽃보다 더 붉다(霜葉紅於二月花)는 말 몰라?'

건너편 친구가 다음 역에서 내리려는지 환하게 웃으며 손을 흔들어주네. 여자가 웃을 때 세상은 평화로운 천국이 되지만 양 입술을 앙다물어 봉인하거나 폭포수처럼 독설을 쏟아낼 때, 사랑도 평화도 물 건너가고 말지. 셈 밝은 남자들은 알고 있을 거야. 여자 말을 잘 들어야 자다가도 떡을 얻어먹는다는 걸. 속살이 훤히 내비치는 토마토나 탱글탱글한 앵두가 아니어도 여자의 입술은 주목할 필요가 있다는 것을. 소낙비와 땡볕을 온몸으로 받아내며 아리고 떫은맛을 무르익은 단맛으로 숙성시켜 온 늦가을 홍시 같은 여자들의 입술이 무얼 말하는지, 언제 어디서고 귀 기울여 들어야 한다 이 말씀이야.

바람, 바람, 바람

바람은 천 개의 손을 가졌다.

스치고 간질이고 어루만지며, 할퀴고 부수고 무너뜨린다. 나뭇가지를 흔들어 움을 틔우고 입 다문 꽃봉오리를 벙글어지게 한다. 여인의 비단 스카프를 훔치고 노인의 낡은 중절모를 벗긴다. 그러고도 모른 척 시치미를 뗀다. 바람이 없다면 바다는 밤새 뒤척이지 않고 들판도 들썩이지 않을 것이다. 늦가을 늪지의 수런거림과 표표한 깃발의 춤사위도 구경하기 힘들 것이다. 물결치는 보리밭 이랑에서, 밀려오는 파도의 끝자락에서, 우리는 달리는 자만이 거느릴 수 있는 바람의 푸른 갈기를 본다.

바람은 백 가지 이름을 지녔다. 불어오는 시기와 방향에 따라, 그 성질머리에 따라 제각기 다른 이름이 붙는다. 꽃샘바람 하늬바람 건들바람 같은 순한 이름을 지니기도 하고 고추바람 황소바람 칼바람 같은 매서운 별명으로 불리기도 한다. 바람은 변덕스러운 심술쟁이다. 부드러운 입술로 꽃잎을 스치다 광포한 발길질로 뿌리를 흔들고, 억새풀 사이를 휘저으며 쉬익쉬익 지휘를 해 보이다가도 늙은 느티나무 가지 하나를 우두둑 분질러놓고 달아나기도 한다.

바람이 부리는 서술어는 열 손가락으로도 헤아리지 못한다. 바람 불다, 바람 들다, 바람이 일다뿐 아니라, 바람나다, 바람맞다, 바람피우다처럼 사람과 관련된 표현들도 많다. 바람이 대자연의 기류 현상만이 아닌, 사람 사이의 일이기도 하다는 뜻이다. 하는 일이 흥겨워 절로 일어나는 신바람이 있고, 짝을 지어 돌아야 신명이 나는 춤바람이 있다. 한국 여자들의 특허인 치맛바람처럼 한쪽으로 쏠려 부는 바람이 있는가 하면, 도시 복판을 관통해 가는 첨단 유행의 패션 바람도 있다. 몇 년에 한 번씩 오는 선거철에는 병풍이니 북풍이니 황색 바람이니 하는, 수상한 바람이 불기도 한다. 남자와 여자가 있는 풍경 너머에도 가끔은 그런 이상기류가 발생한다. 마음의 허방 그 어디쯤에서 스적스적 일어서는 불온한 활기. 그 작은 소용돌이가 엄청난 풍파를 일으키기도 한다.

바람은 그냥 지나가지 않는다. 〈바람과 함께 사라지다〉는 영화 제목일 뿐, 바람은 늘 흔적을 남긴다. 바람이 지나간 나뭇가지에 수액이 돌고 움이 터 온다. 꽃이 피고 잎이 지고 열매가 달린다. 잔잔한 물을 흔들고 저녁연기를 흩트리고 버드나무의 시퍼런 머리채를 흔든다. 멀쩡한 지붕이 날아가고 대들보가 무너져 내리기도 한다. 정지된 물상을 부추기고 흔듦으로써 자기의 실재를 입증하는 것. 그것이 바람의 존재 양식인 모양이다.

바람이 심하게 불던 어느 밤, 밤새 전봇대가 울고 베란다 창문이 들썩거렸다. 무섭고 불안하여 잠을 설쳤다. 다음 날 나는 아무 일 없이 달려오는 환한 아침햇살을 보았다. 세상은 평화로웠고 밤새 불던 바람도 어디론가 사라진 뒤였다. 그제야 깨달았다. 아, 바람이란 지나가는 것이로구나.

머물지 않고 지나가는 것. 그것이 바람의 본질인지 모른다. 그러므로 바람 앞에 흔들거리는 마음 때문에 괴로워하는 사람들은 기다릴 일이다. 해가 뜨고 날이 밝아 모든 것이 잠잠해질 때까지. 잠시 그렇게 서성이다가 바닐라 향처럼 사라져갈 가벼움이 아니라면 그것은 이미 바람이 아니다. 사랑이다. 운명이다.

바람은 자유혼이다. 잘 곳도 매일 곳도 거칠 것도 없다. 여인의 옷깃을 스치고 히말라야 고봉 14좌를 스치고 카시오페이아의 성좌를 스친다. 에돌아 휘돌며 구석구석을 헤매다 식은 가슴 한 귀퉁이에 가만가만 똬리를 틀기도 한다. 세상의 어떤 울타리도, 도덕률도 그 고삐를 휘어잡지 못한다. 요정이었다가 마왕이었다가 제 성질을 못 이기는 미치광이였다가 술 취한 노숙자처럼 한 귀퉁이에 잠들어버린다.

바람은 불사신이다. 죽은 듯 종적 없이 찾아들었다가도 하나의 나뭇잎을 흔들면서 조심스럽게 환생한다. 누구도 그를 본 자는 없으나 누구도 그를 의심하지 않는다. 신을 부인하는 사람은 많아도 바람을 부인하는 사람은 없다.

마음이 한없이 떠돌 때마다 내 전생이 바람이 아니었을까 하는 생각을 한다. 소멸되지 못한 바람의 혼이 내 안 어딘가에 퇴화의 흔적으로 남아 있음을 느낀다. 저 높은 곳을 향하여, 미지의 세계를 향하여, 나머지 삶을 단숨에 휘몰아갈 광기와 같은 바람을 꿈꾼다. 그러나 이내 느닷없는 돌개바람에 휩쓸리지나 않을까, 팽팽한 부레 같은 내 마음 어디에 육중한 연자 맷돌을 매달아 놓곤 한다.

어디에도 없는 남자

앞단추를 꽉 채운 남자에게서는 별스러운 매력을 느끼지 못한다. 민무늬 셔츠에 넥타이를 단정하게 맨 남자도 별로다. 단추를 두 개쯤 풀어헤친 남자나 후줄근한 점퍼 차림 역시 내 취향이 아니다. 캐주얼 상의에 노타이 차림으로 단추를 하나쯤만 풀 줄 아는 남자가 자유롭고 멋스러워 보인다.

이제 막 사우나에서 나온 듯 번질거리는 이마와 유들유들한 뱃살을 가진 사람도, 운동으로 다져진 초콜릿 복근도 나는 별로 좋아하지 않는다. 흰머리가 하나도 없는 사람은 믿음이 가지 않아서 싫고 구레나룻이 지저분한 남자도 단정해 보이지 않아 싫다. 기름기가 알맞추 걷힌 몸매에 은발이 반나마 섞인, 면도 자국이 푸르스름하고 파스텔톤 셔츠가 튀지 않게 어울리는, 잘 늙은 절간 같은 사람이 좋다. 함께 있으면 덩달아 에너지를 받는 밝고 쾌활한 성격도 좋으나 그늘 냄새를 살짝 풍겨내지 않으면 인생의 깊은 맛을 모를 것 같다는 확증편향이 내게 있다. 맛있는 커피를 감별할 줄 알고 분위기 있는 물가의 음식점을 알고 사소한 선물을 포장하는 일에 공들일 줄 아는 남자가 좋다.

술 한 잔 못 마시는 남자나 술 마시고 얼굴색 하나 안 변하는 남자를 나는 그다지 좋아하지 않는다. 술 한 잔도 못 하는 사람은 틈이 없어 보여서 싫고, 술 마시고 멀쩡한 사람은 피가 찰 것 같아서 싫다. 적당한 홍조만큼이나 적당한 취기로 풀어지는 남자가 술자리에선 그럴듯해 보인다. 목소리는 영혼의 지문, 가늘게 갈라지는 쇳소리나 투박한 사투리 억양보다 나직하고 부드러운 중저음이 좋다. 분방하나 방만하지 않고 위트가 있으나 격을 떨어뜨리는 패설 따위는 입에 올릴 줄 모르는 사람, 아폴론적 질서에 디오니소스적 일탈의 흔적이 내비치는, 사는 일의 쓸쓸함과 허망함을 알고 지금, 여기를 사랑할 줄 아는 사람, 그런 남자와 함께라면 인생이 지루하지 않을 것 같다.

니코스 카잔차키스의 『그리스인 조르바』를 좋아하지만 조르바 같은 남자를 맞닥뜨린다면 단걸음에 도망쳐버릴지 모른다. 거칠고 뚝뚝한 마초보다는 다감하고 소탈한 살림남이 낫다. 무식해서 용감한 것보다 지혜롭고 신중한 사람이 좋지만, 지식이 얼마나 용기와 박력을 빼앗고 사람을 비판적으로 또는 우유부단하게 하는지 나는 안다. 자상하지만 좀스럽지 않고 다감하지만 결기가 있는, 지나치게 세련되지도 촌스럽지도 않은 남자, 흔할 것 같지만 흔하지 않다. 그런 여자가 흔하지 않은 것처럼. 그러나 무엇보다 언제 어디서건 매혹적인 남자는 근육보다 뇌가 섹시한 남자, 전문적인 식견과 책임감으로 더 나은 세상을 향해 지치지 않고 매진하는 남자다. 그런 남자가 있을지 모르지만 있다 하여도 자기 일에 몰두하고 전념하느라 허투루 한눈팔지 않을 터여서 만나질 일은 없을 것 같다.

그 바다의 물살은 거칠다

　반가부좌를 틀고 바다와 마주 앉으면 마음 안쪽에도 수평선이 그어진다. 수평 구도가 주는 안도감 덕분인가. 흐린 하늘에 부유하는 각다귀 떼 같은 상념들이 수면 아래 잠잠히 내려앉는다. 바다 빛깔이 순간순간 바뀐다. 이 바닷가 어디쯤에 창 넓은 집 하나 지어 살고 싶다는 내 말에 섬에서 태어난 토박이 지인이 웃었다. 바다를 노상 바라볼 필요는 없어요. 생각날 때 고개를 넘어 달려가 안겨야 애인이지 같이 살면 마누라가 되어버리잖아요.

　그럴 수도 있겠다. 돛을 달고 왔다가 닻을 내리면 덫이 되어버리는 게 인생 아닌가.

한낮의 바다는 유순하다. 울부짖지도, 보채지도 않고 잡혀온 짐승처럼 가만가만 뒤친다. 저녁때가 되면 바다는 더 크게 뒤척이고 더 높이 기어오르려 안간힘을 쓸 것이다. 질척한 늪에 결박된 채 들숨 날숨으로 소일하는 푸르고 거대한 대왕 해파리 한 마리. 바다란 태평양 한가운데에 말뚝이 박혀 있는 목줄 달린 짐승 같은 것인가. 헐떡거리고 씨근덕거리며 발정 난 짐승처럼 달려들어 보지만, 심술궂은 목부(牧夫)처럼 쥐락펴락 당겨가는 정체불명의 인력(引力)을 끝끝내 거슬러 저항하지는 못한다.

'그래, 여기, 여기까지 만이야. 이것이 우리에게 허락된 한계야. 이렇게 자리를 지키지 않으면 세상은 뒤죽박죽 무너지고 말 거야. 천 번의 입맞춤 끝에서도 이별은 다반사가 되어야만 해……'

등등한 기세로 돌진해오다 거품만 물고 쿨렁거릴 뿐 끝내 뭍으로 기어오르지 못하는 파도 뒤에서 섬의 여신이 타이른다. 살점이 흩어지고 뼈마디가 그을린 채 숭숭 구멍 뚫린 발가락만 핥다가 천 번 만 번 돌아서는 바다를 지켜보는 여신도 마음이 편하지만은 않을 것이다. 어쩌랴. 저 또한 붙박인 목숨인걸. 존재의 절대 거리를 지켜내지 않으면 존립 자체가 위협이 되는, 그것이 이 행성의 운행 법칙인 것을. 신은 바다를 방목하지 않는다. 아니, 아무것도 방목하지 않는다.

바람이 끊임없이 바다의 살갗을 저민다. 살갗에 이는 거스러미에 해거름의 핏빛이 어리기도 하지만 표피적 통증쯤이야 아무것도 아니다. 벗어날 수 없는 운명, 허락받지 못한 사랑 때문에 사정없이 제 몸을 짓찧고 쥐어박는, 물의 저 자학적 치기로 하여 바다는 사시장철 푸른 멍이 들어 있다.

5장

마지막 사랑은
연둣빛

푸른 자전거

지난 한 해 동안, 여러 명의 지인들을 떠나보냈다. 예고도 없이, 순서도 없이.

이런저런 가면을 쓰고 나타난 복병들은 진즉부터 뒤를 밟고 있었다는 듯이, 어느 날 문득 음험한 그림자를 드리우며 웃었다. 아무도 비껴갈 수 없는 승률 제로의 게임. 자연이 오빠도 그렇게 갔다.

흰 국화송이에 에워싸여 쓸쓸히 웃고 있는 오빠의 얼굴을 만나는 순간, 천둥 같은 후회가 들이치기 시작했다. 만났어야 했는데. 만나서 마지막 작별 인사라도 건넸어야 했는데. 살아서 손잡아 주지 못한 사람 앞에서, 무릎 꿇고 통한의 예를 올렸다. 이날이 올 줄 알았으면서, 왜 나는 한사코 외면하려 했을까. 왜 나는 번번이 돌이킬 수 없는 시간 뒤에서 뼈아픈 참회를 하는 것일까.

자연이 오빠가 우리 집에 처음 온 날을 나는 지금도 선연하게 기억한다.

창백한 낯빛으로 대문간에 서서 '엄마 아침에 돌아가셨어요'라고 말하던, 도장밥이 듬성듬성한 머리에 다부진 눈빛의 열두 살 소년은 울지도 않고 밥 한 그릇을 다 비우고 돌아섰다. 부음을 듣던 순간 단박 그 모습이 먼저 떠올랐다. 고모부가 돌아가신 지 얼마 되지 않아 고모마저 세상을 떠난 후, 오빠는 그렇게 우리 식구가 되었다.

우리 집에 온 후로 오빠는 더 이상 학교에 다니지 못하였다. 후에 엄마는 그 사실에 대해 매우 미안해하셨지만, 일곱이나 되는 우리 형제만으로도 당시로는 힘에 부치셨을 것이다. 잘 나가던 시내의 세탁비누공장이 부도가 나, 변두리로 물러앉아 소규모의 가내공장을 꾸려가던 때였다. 공장에는 그 또래의 더벅머리 소년들과, 밑천이 없어 장가를 들지 못한 노총각 일꾼들이 여러 명 있었다. 밥숟가락 하나 더는 것만으로도 큰 부조였던 시절이어서 월급은 고사하고 밥이나 실컷 먹여주면 좋겠다며 부룩송아지 같은 아들들을 데려와 짐 부리듯 부려놓고 돌아서는 시골 아낙들이 줄을 잇던 때였다.

성격이 밝고 명민한 편이었던 오빠는 이런저런 심부름도 하고 공장일도 배우며 그런대로 무리들과 잘 섞여 지냈다. 오빠가 안채에 들어와 우리와 어울리는 일은 거의 없었지만, 나는 오빠에게 알 수 없는 연민 같은 것을 느끼고 있었다. 그랬음에도, 등굣길이 멀어 오빠의 자전거를 많이 얻어 타고 다녔음에도, 함께 살았던 십여 년 동안 오빠라고 불러본 적조차 없었다. 부끄럼 많고 암띤 성격에 사춘기 즈음이어서 내외를 심하게 했을 것이다.

"다릿목까지만 태워다 주고 오렴."

아침마다 엄마는 그렇게 말했다. 가방 들고 학교에 다닐 나이에 막일이나 하고 있는 조카가 안쓰러워, 자연이 오빠를 부르는 엄마의 목소리는 늘 낮게 잦아들었다.

비누가루가 덕지덕지 들러붙은 면장갑을 작업복에 탈탈 두드려 털고서, 오빠는 말없이 자전거를 대령했다. 시내버스가 있기는 했지만 종점에서부터 만원이 되어 오는 바람에 시내 쪽에 가까운 우리 동네는 서지도 않고 지나치기 일쑤였다. 걸어가자면 한 시간은 넉넉히 걸리는 거리여서 늦는 날에는 으레 자전거 신세를 져야 했지만 더벅머리 오빠가 자전거로 데려다주는 등굣길이 나에게는 썩 달갑지 않았다. 털털거리는 짐자전거와 허름한 셔츠에 들러붙은 비누 쪼가리와 바퀴를 굴릴 때마다 불거지는 울룩불룩한 장딴지가 싫었다. 등교하는 학생들 사이로 사촌여동생을 실어 날라야 하는 오빠의 서글픔은 헤아리지 못한 채 내 부끄럼만 생각하였다.

열일곱 소년이 열네 살 소녀를 자전거 짐칸에 태우고 달린다. 하얀 교복칼라의 갈래머리 소녀는 소년의 등에 닿지 않으려고 책가방을 가슴팍에 꽉 껴안는다. 소년의 자전거가 비포장 신작로 길을 달린다. 갈래머리가 출렁댄다. 자전거 바퀴 아래 밀려나는 자갈들이 어린 개구리처럼 종알대며 비켜난다. 핸들을 잡은 소년의 팔뚝에 핏줄이 파랗게 돋아난다. 또래에 비해 키가 작은 소년이 먼지 나는 오르막길을 내달리려면 반쯤은 선 자세가 되어야 한다. 안장 높이 엉덩이를 세우고 허벅지 근육을 둥글게 움직이며 페달을 밟아가는 소년의 날숨에 휘파람 소리가 묻어난다. 내리막길에 들어설 즈음 소년의 잔등은 가파르게 휘어진다. 가속도가 붙어 금방이라도 앞으로 고꾸라질 것 같은 자전거가 겁나서, 펄럭거리는 점퍼 자락을 소녀는 살짝 당겨 잡는다.

오빠는 언제나 학교에서 한참 떨어진 곳에 나를 내려주고 돌아서 갔다. 미안하다고도, 고맙다고도 말하지 못했다. 멀어지는 오빠의 점퍼 자락이 풍선처럼 팽팽하게 부풀어 보였다.

세월이 흐르고 우리 집 사업도 몇 번의 부침(浮沈)을 거듭했다. 공장 식구들도 제각기 흩어졌다. 초등학교 학력이 전부인 오빠가 집안 좋고 인물 좋은 여고 선배와 어떻게 만나 결혼하게 되었는지 나는 알지 못한다. 사는 일이 바빠 만날 기회는 없었지만, 간간이 전해 듣는 오빠의 건재함은 내 마음을 기쁘게 하였다. 내가 진 빚을 누군가 대신 갚아주고 있는 듯 고마운 생각이 들기도 하였다.

다시 오빠를 만난 것은 몇 년 전 친지의 결혼식장에서였다. 의지가 강하고 부지런한 오빠는 이런저런 고생 끝에 자리를 잡아 그런대로 여유롭게 늙어가고 있었다. 많이 배우지 못했어도 지혜로웠고 사는 일의 고달픔을 넉넉한 웃음으로 삭일 줄도 알았다. 오빠도 나도 지나간 시간을 그리워할 만한 세월의 굽이에 접어들어 있어서였는지 우리는 곧바로 의기투합되었다. 민감한 사춘기를 공유한 사람들 사이에는 추억할 일들이 많은 법이다. 더군다나 삼십 년도 넘는 간극이 윤색시켜둔 시간의 켜를 뒤적거려보는 일은 거치 기간이 긴 적금을 타먹는 것처럼 이자가 수월찮이 붙어 있기 마련이다. 집안일 하는 처녀와 정분이 나서 작은오빠에게 두들겨 맞았던 이야기며, 재치 있는 농담으로 공장 식구들을 웃겨주던 상옥이 아저씨 이야기, 쥐약을 잘못 먹고 죽은 강아지 이야기까지, 시간의 주름 사이로 숨어들고 싶어질 때마다 전화통을 붙잡고 빛바랜 추억의 통장을 꺼내 들곤 했다. 세상 풍파에 모서리가 깎여나 간 오빠가 부드럽고 낙천적인 어른이 되어 있는 게 대견했던 것처럼, 오빠 또한 붙임성 없고 혼자 놀기 좋아하던 동생이 세상 속에 섞여 그런대로 살아내고 있는 것 같아 속으로는 적이 흐뭇했을 것이다.

"너하고 이야기할 때가 제일 맘이 편해야."

삶의 고단함과 쓸쓸함에 대하여 그가 왜 나하고 이야기하고 싶어 했는지, 조금은 알 수 있을 것 같다. 상흔은 상처를 목도한 사람만이 위로할 수 있는 법이니까. 어른이 되어 만난 사람에게서는 제아무리 가까운 사이라도 유년의 상처를 다 보상받을 수 없는 법이니까. 기억이란 시간이 아니라 장소일지도 모른다. 무자비한 시간에게 발각당하지 않고, 그 급물살에 떠내려가지 않고, 후미진 강가 어디쯤에 퇴적된 결 고운 모래톱 같은 것. 아니면 시간의 외줄기에 드물게 열매 맺는 아릿하고 달보드레한 나무딸기 같은 것. 그것이 기억의 실상일지 모른다.

'맘이 없어서가 아니었어요. 사신(死神)의 그림자가 드리워진 얼굴을 마주 볼 용기가 없어서였어요. 포승줄을 쥔 복병의 횡포를 용납하고 싶지 않아서였어요.'

건널 수 없는 강안(江岸)에 서서 나는 뒤늦게 변명하였다. 왜 나는 이때까지, 이런 내 심정을 오빠가 알아주리라 믿었던 것일까.

잘못 배달된 우편물처럼 어느 날 갑자기 발병 소식을 듣고, 수술 후 힘겹게 투병 생활을 하면서도 오빠는 내게 걱정 말라며 웃었다. 몸무게가 반으로 줄고 얼굴빛이 폐허처럼 어두워 가면서도 낫고 있는 중이라며 너스레를 떨었다. 빨리 나아 어디 가서 맛있는 밥 먹자고, 나도 흔연스레 응수를 했다. 더 이상 그런 말을 하지 못하게 되었을 때 나는 단호하게 발길을 끊었다. 첨예하게 안테나를 세우고 소식을 듣고 있으면서도 몇 달 동안 전화조차 하지 않았다. 매정한 절교였다. 비겁한 회피였다.

어렸을 때, 아마도 네 살인가 다섯 살쯤, 내 엄지손가락이 문틈에 끼인 적이 있다. 엄마와 큰언니의 증언에 의하면 피가 난 엄지손톱을 주먹 안에 감추고 아무에게도 보여주지 않았다고 한다. 잠을 잘 때도 주먹 쥔 손가락을 절대로 펴지 않아 약을 바를 수가 없었다는데, 피멍 든 손톱이 빠지고 다시 날 때까지 몇 달을 그렇게 감추고 다녔다는 것이다. 피 흘리는 상처를, 힘들고 고통스러운 상황을 들여다보고 대응하는 대신 외면하고 도망쳐다니면서 살아온, 돌이켜보면 나는 늘 도망자였다. 월드컵 한일전을 할 때도 숨 막히는 경기 장면을 볼 수 없어서 아무도 없는 아파트 동 사이를 혼자서 이리저리 서성이고 다녔다.

사냥꾼에 쫓겨 다급해지면 몸을 피하는 대신 머리만 풀숲에 박고 할딱이는 까투리처럼, 미련스럽고 겁 많은 도망자가 나였다.

더 이상 오빠를 찾지 않게 되고부터 이상하게 선명해지는 기억이 있었다. 초등학교 5학년쯤이던가. 여름방학 동안에 퇴비 한 짐씩을 해 오라는 숙제가 있었다. 도시 복판의 학교에 왜 퇴비가 필요했었는지를 지금도 나는 이해하지 못한다. 뒤꼍 화단을 가꾸기 위해서였는지, 아니면 자매결연한 농촌 마을을 돕기 위한 것이었을지도 모르겠다.

아이들은 방학 동안에 말려둔 풀 더미를 한 단씩 가져다 부려놓았다. 선생님은 퇴비를 안 해 온 사람은 집으로 돌려보내겠다고 하였다. 누구에게도 풀 베는 일을 부탁하지 못한 나는 결국 집으로 쫓겨 갔던 것 같다. 어떻게, 누구에게 이야기를 꺼내었는지는 기억이 나지 않는다.

점심시간, 운동장 한구석, 회화나무 아래 앉아 있을 때였다. 교문 근처에 푸른 풀 한 짐이 가득 실린 자전거가 들어오는 게 보였다. 자연이 오빠였다. 교문에 선 오빠는 처음 우리 집에 왔을 때처럼 불안스레 사방을 두리번거렸다. 자전거 짐칸에는 부드럽게 마른 건초더미가 아닌, 소에게나 주면 맛있게 먹어치울 억센 여름풀들이 산만큼이나 높다랗게 실려 있었다. 나는 오빠가 찾고 있는 게 나라는 것을 당연히 알아차렸지만, 오래된 회화나무 뒤 담벼락 아래로 아무도 모르게 도망치고 말았다. 금방이라도 푸른 물이 뚝뚝 떨어질 것 같은 오빠의 자전거는 여름 한낮의 운동장 구석에 한동안 그렇게 비껴서 있었다. 전교생이 삼천 명이 넘는 학교에서, 오빠는 내가 오학년 몇 반인지조차 알아내지 못한 채, 무거운 자전거를 뒤뚱거리며 교문 밖을 돌아 나갔을 것이다.

영화가 한 장면의 예술이라 하듯, 사람의 일생도 하나의 이미지로 남는 건지 모른다. 프랭크 시내트라가 떠난 뒤 몽고메리 클리프트가 불던 트럼펫 소리가 오래오래 가슴을 적시는 영화 〈지상에서 영원으로〉와 같이, 떠나간 사람의 어떤 모습은 시간이 흘러도 풍화되지 않는다. 새벽하늘에 걸린 그믐달처럼, 슬픔의 흰 뼈처럼 가슴에 남아 남겨진 자의 마음을 시리게 한다.

산다는 것은 거기까지가 아닐까. 마지막에 들이켠 숨을 내뱉지 못할 때까지가 아니라 남아 있는 사람의 기억 속에서 아주 지워져 버리게 될 때, 그때 완벽하게 소멸되는 게 아닐까. 나무 위에서 한 번, 땅 위에서 또 한 번 피어나는 저 동백꽃처럼, 사람의 혼백도 그렇게 남은 자의 기억 속에서 한 번 더 환하게 타올랐다가 시나브로 사위어 가는 건지도 모른다.

따뜻한 찌개 냄비에 찬술 한잔 건네며 내 못난 어린 날을 사과할 기회는 이제 영영 사라져버렸다. 함께 나눈 말들과, 웃음소리와, 헛된 후회의 눈물도 무화되어 날아가 버렸다. 그러나 그날, 쇠뜨기며 칡넝쿨을 너울거리며 떠들썩한 아이들 틈바구니에 망연히 서 있던 오빠의 자전거는 지워지지 않는 비문이 되어, 새로이 돋아난 별자리가 되어, 내 마음속 중천에 푸르게 빛난다.

구석

친정아버지의 팔순 날, 몇몇 친지들이 조촐하게 모였다.

팔팔한 청년이던 기억 속의 사촌들은 어느새 '쉰 세대'가 되어 후줄근하게 늙어가고 있었다.

"저 동생이 맨날 나만 오면 구석으로 숨던 그 애 아니야?"

느지막이 한 상 받고 술잔을 기울이던 고종 오빠가 나를 건너다보며 말했다.

"왜 아니야. 누구만 왔다 하면 구석에 숨어 나가도 들어가도 않았지. 그렇게 숫기가 없어 어디다 쓸까 했더니만……."

주변 없고 되바라지지 못한 딸을 대신하여 어머니가 말을 받았다. 가버린 날들에 대한 애틋함 때문인지, 다들 느긋한 기분이 되어 빛바랜 기억들을 더듬기 시작했다. 간간이 흘러나오는 높은 웃음소리가 시곗바늘을 후딱 삼십여 년 전으로 돌려 세우고 있었다. 아련한 그들의 추억담 속에서 나는 아직도 말수 적고 울기 잘하는 못난 계집아이였다.

나는 부끄럼 많은 아이였다. 일곱이나 되는 형제들 틈에 끼어 있는 듯 없는 듯했던 아이. 별스럽게 말썽을 부려본 일도, 관심이나 사랑을 받으려 애를 써 본 기억도 없다. 누군가 호감을 가져주면 그것이 외려 거북살스러웠다. 주위 어른들이 예뻐하느라 말만 붙여도 으앙! 하고 울음을 터뜨릴 만큼, 낯가림도 심했다. 크게 눈치를 받거나 야단들은 기억이 없는데도, 칭찬이나 사랑은 내 몫이 아닐 거라고, 지레 한 발짝 물러앉곤 하였다. 천성이었을까, 겸양의 얼굴을 한 열등감이었을까. 첫째도 막내도 아닌 어중치기로, 이리 밀리고 저리 떼밀리다가 저절로 터득한 처신술이었을까.

관심 밖의 은거(隱居). 그것이 주는 고독과 평화를 사랑했다. 말 많은 사람보다는 선량한 눈빛의 강아지와 키 작은 들꽃, 개울가의 송사리가 더 좋았다. 그것들을 찬찬히 관찰하거나 그 속에서 노는 동안 자연과의 감정이입은 그냥 터득되었다. 소심하고 예민한 편인 내가 자연물이나 동물에 대해서는 비교적 따뜻하고 푸근한 마음을 품게 되는 것도 내 유년의 말없는 친구들이 베풀어준 풍성한 애정의 선물일 것이다.

근엄한 아버지, 식구들 치다꺼리에 언제나 바쁜 엄마, 나이 차가 큰 오빠, 손발이 맞아 아옹다옹하는 동생들……. 어느 누구하고도 주파수를 맞추지 못한 나는 왁자한 사람들의 틈바구니에서 조용히 홀로 맴돌곤 하였다. 너무 일찍 애어른이 되어버렸던 것일까. 집 안에 있을 때도 안방이나 마루보다는 귀퉁이 방의 적요가 체질에 더 맞았다. 누구의 시선에서도 자유로울 수 있는 구석진 방 틈서리를 좋아하였다. 그곳에 처박혀 집 안에서 일어나는 대소사나 사람과 사람, 사람과 사물 사이의 관계를 나름대로 헤집어보며 생각을 공글리는 일이 좋았다. 가구와 가구 사이, 가구와 벽 사이에 작은 몸을 구겨 넣고 있으면 아늑한 기분이 들었다. 음습하고 큼큼한 먼지 냄새가 이상하게도 마음을 편하게 해주었다. 경첩이 흔들거리는 할머니의 장롱 서랍을 하릴없이 여닫기도 하고, 서랍 속의 누런 사진들, 녹이 슨 못 부스러기, 단추 상자, 나사가 빠져버린 구슬 목걸이를 들여다보며 긴긴 시간을 보내곤 하였다. 앞 페이지가 떨어져 나간 『알프스의 소녀』를 처음 읽은 곳도, 개장수에 끌려간 '써니'를 생각하며 주먹으로 눈물을 훔치던 곳도 거기, 방구석 가구 틈새기였다. 왜 그리도 구석을 좋아했을까.

나이가 들고 어른이 되었어도 나는 여전히 가운데보다는 구석을 좋아한다. 사람들이 모인 자리에서 어쩌다 대화의 중심에 서게 되면 횡설수설 쩔쩔매며 더듬거리기도 한다. 남의 눈에 띄는 옷차림이나 행동거지에 여전히 썩 익숙하지 못하다. 어지러운 서울 복판에서 시끌시끌한 도시살이에 길들여져 살지만 어디 먼 곳에 있을 법한 고즈넉한 평화가 늘 그립다.

언제 어디서나 주인공이 되어야만 직성이 풀리는 사람들이 있다. 제 잘난 맛에 취하여 세상의 소용돌이에 휘말리다 보면 그늘진 곳의 쓸쓸함과 소외감을 알기는 어려울 것이다. 구석이 주는 평안과 고요 또한 맛보지 못할 터이다. 한 발짝 물러앉아 세상을 바라보는 정관(靜觀)의 여유, 그 정취와 체념의 미학을 놓치고 살기 십상일 것이다.

내가 한가운데가 되어 사는 유일한 곳이 있다. 내 집이다. 주부라는 자리가 가정의 복판에서 교통정리를 하는 위치인지라, 내 식구들 안에서는 좋든 싫든 구심점 역할을 해야 한다. 그런데도 그조차 부담스럽다. 할 수만 있다면 가끔 한 번씩 굴레를 벗고 도망치고 싶다. 강이 내려다보이는 조용한 카페, 인적이 없는 폐사지(廢寺地), 감나무가 있는 외딴 돌담집, 어쩌다 홀홀 떨치고 와 그런 것들을 만나게 될 때면 내 삶이 돌연 충만한 활기로 가득 채워지는 기쁨을 느낀다.

아이들이 더 자라면 나는 다시 구석으로 밀려날 것이다. 더 이상 누구에게도 필요치 않은 뒷방늙은이가 될지도 모른다.

그래도 쓸쓸하지는 않을 것 같다. 지나온 인생을 돌이켜 보며 잊고 살았던 구석의 정서를 다시 사랑하게 될 것 같다. 소나 양 같은 초식동물이 반추라는 과정을 통하여 소화를 완성시키듯, 사람도 사색할 수 있는 혼자만의 시간과 공간을 가져야 완숙해질 수 있다고 믿고 있다.

구석이 그립다.

세상의 소요와 번잡을 벗고, 후미진 귀퉁이의 쓸쓸하고 향기로운 사색과 만나고 싶다.

매미 소리

배통아리 가득 울음을 장전한 소리 귀신들이 동시다발 전 방위로 음파를 방류한다. 간선도로 소음을 말살하고 아파트단지의 정적도 결딴낸다. 가랑가랑 앓는 소리를 내는 냉장고도, 수다쟁이 텔레비전도 여름날 저녁이면 기세가 한풀 꺾인다. 빛이 빛에 잡아먹히듯 소리가 소리에게 압살당한다. 어둠이 점령군처럼 도시를 포위해도 울음소리 하나 비벼 끄지 못한다.

지축을 울려대는 바퀴소리, 쿵쿵 철심 박는 소리, 멀쩡한 땅물어뜯는 포클레인의 쇠이빨에 단잠을 빼앗겨 온 지하 기지의 정령들이 대대적으로 봉기를 한 건가. 지상에서 무슨 일이 일어나고 있냐고, 더 이상은 불안해서 견딜 수 없다고. 축축한 지하 벙커 특전여단에서 쏘아 올린 소음 포탄들이 도시 변두리의 여름밤을 전투적으로 장악한다. 우라늄 플루토늄 방사능 대신 지렁이 굼벵이의 원성과 한숨, 쥐며느리 개미떼의 비명과 하소연을 최대한으로 증폭시켜 압축해 쏘아 올린 초경량의 저 울음 폭탄들. 에코 미사일 핵탄두에서 쏟아지는 메가톤급 소음이 한여름 도시의 아파트단지에 쩡쩡하게 울려 퍼진다.

씨이블, 씨이블, 씨이이이부르르을……

진땀

습하고 뜨거운 기운이 등줄기에 훅, 끼친다. 갑자기 덥다. 정수리가 홧홧하고 잔등에 눅눅한 진땀이 밴다. 요즘 가끔 이런 증상이 스친다. 우울하고 불쾌하고, 자고 나면 아픈 데가 생겨나기도 한다.

병은 아니라고, 늙느라 그런다고, 그러다 저러다 지나간다고, 선배들이 이야기한다. 칼슘제와 혈액순환 개선제, 몇 가지 비타민을 복용하는 친구도 늘어났다. 건강 이야기가 어느 모임에서건 빠지는 법이 없듯, 숨쉬기 운동밖에 안 하는 나는 어디에서건 야만인 취급을 받는다.

야만을 벗어보려 저물녘 가을 천변을 걷는다. 머리 젖은 억새들이 은빛으로 일렁인다. 바람이 불 적마다 휘청 쓰러졌다

주섬주섬 다시 일어서는 풀들. 푸른빛이 막 사위기 시작한 초가을 풀들을 바라보고 있으려니 눈가가 핑그르르, 실없이 젖어든다.

아, 이것들도 따가운 가을 햇살에 제 몸을 말리고 있구나. 삽상한 듯 냉혹한, 생기를 거두어가는 바람 앞에서 하릴없이 누웠다 일어났다 하면서 몸 안의 진액을 증발시키고 있구나. 축축한 물기 다 발산하고, 촉촉한 감성 모두 반납하고, 그렇게 메마르고 가벼워져서 아득하고 아찔한 고요의 깊이에 당도하는 일, 그것이 목숨이 치러내야 할 준열한 절차요 생명의 궁극적 귀착점인 거구나.

삶은 농담 같은 진담, 목숨은 예외 없는 필패(必敗). 그보다 더 쓸쓸한 일은 무심한 척, 쾌활한 척 살아야 한다는 것이다. 아무것도 모르는 척, 아무렇지 않은 척, 속으로만 진땀을 흘려야 한다는 것이다. 사는 일의 시름과 덧없음마저 춤으로 환치할 줄 아는 저 가을 억새들처럼.

어떤 후유증

그가 나를 유린하고 있다.

사흘 밤낮을 죽살이치고도 물러설 기미가 보이지 않는다. 예전엔 사나흘이면 나가떨어지더니 요즈막엔 일주일도 끄떡없는 것 같다. 불로장생의 비책을 쓰는지, 늙지도 않고 쇠하지도 않는다.

그가 밀입국하였다는 소문은 진즉 뉴스를 통해 알았다. 그를 직접 맞닥뜨린 친구는 전보다 더 고약해졌다며 절레절레 고개를 저었다. 일단 국내에 잠입한 이상 내게도 마수를 뻗칠 것 같아 내심 조심을 하기는 했다.

그가 오는 낌새만 보여도 나는 이제 겁부터 난다. 체력적으로 감당이 안 되니 결국은 몸져눕고 만다. 연일 계속되는 모임에 외출이 잦았던 주말, 지친 귀갓길에 기척 없이 따라붙는 불길한 낌새에 오싹, 소름이 돋아 올랐다. 호들갑을 떨어도 피해 갈 수는 없는 일, 태연한 척 무시하고 자리에 들었다.

'그래 맘대로 해보라지. 설마하니 죽이기야 하겠어?'

그렇게 단단히 마음을 다졌다. 그래도 일단은 내게 온 손님이니 뜨거운 차와 싱싱한 과일로 융숭하게 대접하는 걸 잊지 않았다. 내 정성에 감복하였음인지 첫날은 그런대로 잘 넘어갔다. 상하이에 홍콩에 스페인 어디까지, 세상 구석구석을 휘돌아오느라 저도 많이 지쳤을 것이다. 다음 날 저녁, 기력을 찾았는지 다짜고짜로 덤벼들었다.

사지에 녹작지근 힘이 빠지고 전신이 땀으로 범벅되었다. 목이 답답하고 숨소리가 거칠어지고 정신마저 아득히 혼미해졌다. 다문 입술 사이로 나도 모르게 앓는 소리가 새어 나왔다. 속으로 혼자 저주를 퍼부었다. 독한 놈. 악랄한 놈. 지긋지긋한 놈!

그는 변태다. 시도 때도 없이, 나이도 성별도 가리지 않고 막무가내로 덤벼든다. 사람뿐 아니라 짐승까지 공략한다. 파렴치한 변태에 공공의 적이 되어버린 그를 잡기 위해 온갖 방책과 시도가 끊임없이 지속되어 왔지만 완벽하게 성공했다는 소문은 없다. 비방(秘方)과 전술이 왜 없었겠는가. 하지만 때로 많다는 것과 없다는 것은 동의어이기도 하다. 좋아하는 사람이 많다는 말이나 비책이 많다는 말은 완벽하고 명약관화한 단 하나가 없다는 뜻 아닌가.

비방 이야기가 나왔으니 말인데 정말로 비방이 있기는 있다. 지난해 노벨 화학상을 탄 사람의 주장이니 신빙성은 의심하지 않아도 될 것 같다. 그 사람이 상 발표를 앞두고 며칠 동안 놈에게 호되게 당했다 한다. 그런데 수상 소식을 접하자마자 신기하게도 놈이 뚝!, 어디론가 줄행랑을 쳐버렸다는 것이다. 그리하여 그 능청스러운 과학자는 '감기에는 노벨상이 최고!'라며 또 한 번 새 학설을 발표했다던가.

어쩌다 보니 그의 정체를 탄로내고 말았다. 그래, 감기다. 고뿔 귀신이다. 오늘날 인간을 위협하는 것은 맹수도, UFO도, 하느님도 아니다. 눈에 보이지도, 소리를 내지도 않는 원시적인 생명체, 생물도 무생물도 아닌 어중간한 미시적 존재들이다. 음흉하게 달라붙어 해코지하고 때로는 아주 잡아가기도 하니 귀신이라는 말이 영 틀린 건 아니다.

그래, 졌다. 될 대로 되어라……. 사대육신이 초토화된 채 며칠을 이불을 쓰고 누웠다. 더 이상 저항할 기운도 없었다. 잠시 선잠이 들었던가. 머리맡에 가벼운 바람이 일었다. 비몽사몽 눈을 떠보니 희미한 그림자 하나가 창틀에 다리를 얹고 막 창문을 넘고 있었다.

"나 이제 가리다. 고생시켜 미안하오."

그림자가 밭은기침을 하였다.

"그렇다고 너무 원망하지는 마오. 내 비록 악역을 자처하고 떠돌아도 실상 그리 나쁜 놈은 아니오. 제 몸 돌볼 여유도 없이 곤고하게 살아가는 사람들에게 가벼운 핑곗거리라도 되어 주려는 것뿐. 나라도 핑계 삼아 하루 이틀 누워 쉬어두지 않으면 다들 더 크게 몸져눕고 말 테니. 복병처럼 숨어들어 무덤까지 끌고 가는 물귀신 같은 암 덩어리나, 멀쩡한 육신을 단칼에 쓰러뜨려 산송장을 만들어버리는 핏속 찌꺼기들에 비하면 나 정도는 선량인 셈이지."

타고난 역마살 때문에 정처 없이 떠돌아야 한다는 그는 다시 오겠다는 언질도 없이 스적스적 멀어졌다. 나는 멍하니 누워 있었다. 열에 들떠 헛것을 보았나. 궁색한 변명을 남기고 물러간 고뿔 영감이 요 며칠 머릿속을 맴돌고 있다. 보내고 생각하니 아주 악종은 아닌 것 같다. 감기는 후유증이 더 무섭다는데 이야말로 해괴한 후유증인가.

사이에 대하여

　인간이라는 말.

　인간은 그러니까 인+간이다. 사람 인(人) 자체도 사람과 사람이 기대고 받쳐주는 모양새지만 그 또한 완전히 공평하진 않다. 하나는 괴고 하나는 일어선다. 태어날 때부터 누군가의 도움이 필요한 인간, 밑에서 거들고 떠받치지 않으면 비스듬하게라도 서 있을 수 없는, 불완전한 존재가 인간이란 말이다. 거기에 또, 사이 간(間)이 하나 더 붙어야만 사람을 의미하는 독립적인 단어로 유의미하게 작동한다. 사람의 사람다움은 사람과 사람 '사이'에서, 관계와 소통 같은 상호작용을 통해 스미고 물들이며 완성되어 간다는 뜻이다. 사람이 인(人)이 아니고 인간(人間)인 이유, 함께 살지 않으면 사람은 들쥐보다도 약한 존재다.

활자를 아무리 정연하게 배치해두어도 사유(思惟)가 일어나는 곳은 행간(行間)이듯이 사건과 사연, 역사와 이야기가 생겨나는 것도 '사이'다. 마음도 마찬가지. 영혼이나 정신이 뇌세포에 저장되어 있는 것도, 좌심실 우심방에 스며 있는 것도 아니다. 수백억 신경세포 간에 주고받는 전기적 신호가 촉발하는 생화학적 유기적 반응, 그것이 마음이고 감정이라지 않나. 하니 개별자의 인격이나 정체성이라는 것도 서로 다른 존재와의 맞물림 속에서, 타자와 타자 사이의 조응관계 속에서 누적되고 표출되는 현상들의 교집합 같은 것 아닐까.

존재의 세 기본재 뒤에 하나같이 간(間)이 따라붙는 것도 우연이 아니다. 시간(時間) 공간(空間) 그리고 인간(人間)……. 천체물리학자도 철학자도 아니었을 옛사람이 어떻게 이 세계가 촘촘하고 거대한 매트릭스임을, 모든 게 다 '사이'의 일임을 헤아리고 통찰할 수 있었을까. 인터넷의 웹도, 화엄경의 인드라망도 알고 보면 다 '사이'의 일이다. 낱말 하나 꿰맞추는 데에도 눈 너머 눈으로 성찰할 줄 알았던 선인들을 생각하면 기술의 진보와 인간의 혜안 사이에 어떤 함수관계가 성립할 수 있을지 고개가 갸웃거려지기도 한다. 외롭게 홀로 떠 있는 것 같아도 물밑으로 가만히 어깨를 겯고 있는 섬들처럼, 세상 사람 모두가 그렇게 연결되어 있다는 생각에 목젖이 돌연 뜨거워지기도 한다.

마지막 사랑은
연둣빛

챙 큰 모자에 선글라스를 쓴 여자들이 살구꽃 그늘에서 화르
르 웃고 있다. 주름살도 흰머리도 보이지 않는 꽃중년 '줌마니'
들. 단톡방에 올라온 친구들 모습이다. 운동, 다이어트에 무슨
무슨 시술까지, 늙지 않으려고, 늙어 보이지 않으려고 암암리
에 안간힘들을 했을 것이다. 육체 나이 곱하기 0.7쯤이 시대를
감안한 환산 나이라고, 끼리끼리 독려하고 위무도 할 것이다.
청춘이 아닌 청추(靑秋)의 여인들은 '봄날은 간다'를 부르면서
도 제 인생의 봄날은 가지 않았다 믿는다.

착각은 착각일 뿐, 봄날은 여지없이, 가뭇없이 가버린다. 변
방으로, 변방으로 치달아가는 인생, 얼굴은 젊어 보여도 가슴
은 더 이상 뛰지 않는다. '내 나이가 어때서', '사랑하기 딱 좋은

나이'라고, 한물간 가수의 한물간 노래로 애써 주문을 걸어보아도 제 안의 쓸쓸함은 어쩌지 못한다. 길어진 것은 여생뿐. 꿈꾸고 도전할 기회가 없는 장수(長壽)가 마냥 축복일 리만은 없다. 한바탕 뜨겁게 타올라 보지도 못하고 어영부영 탕진해 버린 날들, 아깝다. 아섭다. 억울하고 헛헛하다.

사랑을 어떤 가치보다 우위에 두고 숭앙하던 시절이 있었다. 꽃처럼 순하게 피고 지는가 하면 미친개처럼 날뛰며 물어뜯기도 하는 사랑, 종잡을 수 없는 허깨비 같은 그것에 매번 농락을 당한다 해도 인간은 사랑할 때만 제 안의 아름다움과 선함을 최대한으로 발현해 낼 수 있다고 믿었다. '인생에서 놓쳐서 아쉬운 것은 사랑밖에 없다'는 모니카 마론의 『슬픈 짐승』에 매혹당하여 불가능한 로맨스를 꿈꾸어 보기도 하였다. 돌아보니 젊음은 거기까지였다.

사랑이 짝짓기를 위한 한시적 술래놀이와 다름없음을 지나간 시간들이 우리에게 일깨운다. '사랑은 뇌의 착각, 1년이면 완쾌된다'는 뇌 과학자의 냉엄한 진단을 이제 나는 더 이상 비웃지 않는다. 양성생식의 대가로 불멸성을 잃게 된 개체들이 잃어버린 반쪽을 찾아 완전체를 회복하고 합체된 유전자를 후세에 전달함으로써 개체가 아닌 종족의 불멸을 도모하는 방편. 그것이 생물들의 짝짓기 아닌가. 생식이 끝난 몸뚱어리는 아무런 죄 없이, 아니면 온갖 죄목이 덮어씌워져 시나브로 폐기처분당하는 것이 이 행성의 뒤처리 방식이고.

하등한 것들은 직관적이고 본능적인 번식법을 선호하는 반면 고등해질수록 절차가 복잡하다. 제각기 유전자의 심부름꾼이라는 개체적 소명은 마찬가지인데도 사랑이라는 번거롭고 불안정한 감정 회로를 수반하고 그 후유증과 치다꺼리로 엄청난 에너지를 낭비하는 합체 방식을 진화의 산물이라 할 수 있을까. 그것도 지극히 주관적이고 변하기 쉬운 감각적 욕구에 근거한 열정에.

이루지 못한 사랑만이 오래도록 오롯할 뿐, '이루어진' 사랑은 변질되고 마모된다. 열정은 식고 욕망은 쪼그라져 소 닭 보듯 덤덤해져 버리거나 끝끝내 파멸로 치닫고야 마는 위태롭고 불안스러운 도취, 그것이 사랑의 실체일지 모른다. 온갖 아름답고 귀한 것들을 삭아지고 닳아지게 만드는 시간, 그리하여 시간 그 자체마저 얄짤없이 전복시켜 버리는 시간. 시간은 혹독한 선생이다. 아마도 그는 죽을 때까지 끈질기게 우리를 가르치려 들 것이다.

마른침 삼키며 물 마른 사막이나 타박타박 걷던 날, 꿈결처럼 다시 사랑이 찾아왔다. 진즉 굳은살이 박여 버린 마음에 스미고 번져드는 내밀한 물기. 그렇게 나는 아득하고 아름다운 수렁 속으로 속수무책 빨려들어 버렸다. 맑은 눈빛, 환한 이마, 실핏줄이 파랗게 비쳐 보이는 뺨과 부드럽고 달보드레한 입술. 얼마 만인가. 이 비릿한 살냄새가. 한때 '모든 사랑은 첫사랑'이라던 시인의 절창에 무릎을 치기도 했지만, 다시 온 이 사랑이야말로 어떤 사랑보다 새롭고 특별하다. 일체의 계산과 조건을 놓아 버린, 그야말로 '무조건, 무조건이야'다. 뭐라 부를까. 식어 버린 심장이 재부팅된 것처럼 다시 찾아온 내 생의 봄날을. 청춘은 아니니 홍춘(紅春)이라 할까. 한 바퀴 돌았으니 회춘(回春)이라 할까.

"나는 정말 할머니가 좋아. 어떡하면 할머니처럼 될 수 있어요?"

내 어설픈 구연동화가 맘에 들었던지 살가운 내 연인이 목을 끌어안고 유리알 목소리로 옹알거린다. 한 영혼이 다른 영혼에 포개져 있을 때 드물게 얻어듣는 혀 짧은 소리에 내 마음도 금세 사르르 녹는다.

"할머니는 내 보석이야."

엉뚱하게 이런 고백도 듣는다. 대박이다, 내 인생. 완전 성공이다!

아마도 이 사랑은 몸 안의 물기가 쇠해 만사가 시들해질 무렵, 신께서 측은지심으로 장치해 놓은 보혈 강장제 같은 걸 거다. 신은 진즉 알고 계신 것이다. 생명은 결국 자기 자신밖에, 제 DNA밖에 사랑하지 못한다는 사실을. 사랑의 궁극은 충만한 자기애이며 자기복제의 욕구와 다름없다는 것도.

미세 먼지 속에 봄이 다시 오고 허리 굽은 신갈나무 가지 끝에도 여릿여릿 푸른 피가 돌기 시작한다. 나무처럼 나이를 안으로 밀어 넣고 연초록 꿈속으로 걸어 들어가 봐야겠다. 청춘의 사랑이 핑크빛이면 홍춘(紅春)의 사랑은 연둣빛이다. 불덩이처럼 치달아 잿불로 사위어 버리는 뜨거움이 아니라 죽은 가지 사이를 가만가만 물들이며 아련하게 적셔드는 함초롬한 풀빛이다.

심금(心琴)

그 사내가 왜 눈에 들어왔을까. 오케스트라 셋째 줄 <u>끄트</u>머리에 앉아 있는, 예술적인 데라곤 눈 씻고도 찾아볼 수 없는 키작고 안경 쓴 평범하기 짝이 없는 중년 사내가. 내 눈에는 그날 그만 보였다. 그의 소리만 들렸다. 우연찮게 앞자리에 앉기도 했지만 수많은 악기의 화음 속에서 그다지 관통력도 없는 베이스의 저음이 분리되어 들리기는 처음이었다.

하이든 104번 〈런던 교향곡〉 4악장, 찌르고 휘젓고 당겨 올리며 스스로의 춤에 도취한 지휘자가 좌로 우로 흐느적거린다. 뒷모습으로 춤추는 남자, 문자 그대로 백댄서다. 지휘자는 뒷모습이 정면이지만 뒷모습만으로 사람을 감동시키기가 어디 쉬운 일인가. 절도와 웅장함, 격정과 유려함으로 소리의 켜를 정교하게 교합하며 시간의 축대 위에 무형의 집을 짓는 사람. 다른 때 같았으면 그가 지어내는 무형의 건축술에 찬탄하며 허공에서 부서져 내리는 음의 파편들에 즐거이 피폭되었을 것이나, 그날 나는 다른 사내에 빠졌다.

예술적 미감보다는 노동의 성실성이 더 짙게 배어든 무표정으로 풍만하고 비대한 여인을 뒤에서 포옹한 채 리드미컬하게 애무하고 있는 왜소한 저 사내. 올라앉은 의자가 위태로워 보일 만큼 어정쩡하게 기울어진 어깨로, 안경 너머 악보를 열심히 곁눈질하며 여체를 더듬듯 활을 문지르는 사내의 얼굴이 시종 땀으로 번들거렸다. 정작 그의 뚱보 연인은 바다 밑바닥에서 느릿느릿 지느러미를 펄럭이는 심해어처럼 낮은 소리로 웅얼거렸을 뿐인데.

'콘트라베이스'는 베이스에 비해 한 옥타브 더 낮은, 곱절의 저음(低音)에 기인한 이름이다. 이전 명칭인 '더블베이스' 역시 베이스 악기인 첼로보다 몸집이 두 배 정도 더 크다는 뜻이니 현악기 중에 덩치가 제일 크고 가장 낮은 음을 내는 악기가 콘트라베이스인 셈이다. 실제 2미터 가까운 키에 20킬로그램에 육박하는 몸무게로 존재감이 '쩌는' 악기인데도 화음 구조의 최하층에서 독주보다는 반주로, 화성과 리듬의 균형을 잡아주는 바닥재 역할을 하다 보니 혼자 튀어볼 기회가 없어 존재감이 미미한 악기이기도 하다. 지휘자는 없어도 베이스는 있어야 할 만큼, 온갖 소리들이 꽃을 피우는 소리의 양탄자라고는 하지만 양탄자는 양탄자일 뿐, 양탄자 위의 왕좌는 그의 자리가 아니다.

모르긴 해도 사내가 처음부터 베이스라는 악기를 택했을 것 같지는 않다. 트럼펫이나 바이올린이 플레이어가 주연, 악기는 조연이라면 콘트라베이스는 악기가 주연 플레이어는 조연 같다. 두터운 안경에 신산한 표정의 왜소하고 중씰한 사내가 무거운 악기를 끌어안고 무대 위까지 먼 길을 떠메고 오는 상상이 나로 하여금 그렇듯 불필요하고 무례한 예단을 하게 한 것 같지만.

'여자는 너의 밥줄, 정중히 모시고 정성을 다해 시시때때 즐겁게 위무해 주어라.' 하는, 신탁(神託)이라도 받았던 것일까. 신탁이건 천형이건 사랑할밖에 없는 운명인 것일까. 지상으로 쫓겨 내려온 하늘 왕녀를 호위하듯, 코끼리처럼 비대한 육신을 혼신을 다해 쓰다듬고 퉁겨내는 사내의 손길이 시종 내 눈길을 사로잡는다. 마주 보며 함께 교감하지도 못하고 백허그 자세로 얼싸안고서 신실하게 활을 그어대는 일은 예술이기보다는 노동, 아니 차라리 부역일지 모른다고 주제넘은 상상을 하기도 한다. 연일 거듭되는 불면 탓일까. 그의 이마에 번들거리는 진땀 때문일까.

엉겁결에 올라탄 호랑이 잔등 위에서, 타고 앉은 것의 정체도 모르는 채 어쩌다 운명이 되어 버린 그를 버겁게 끌어안고 정신없이 진땀이나 흘리다 가는 우리, 사내와 별반 다르지 않겠다. 이름도 성도 모르는 무대 위의 사내 하나, 마음 깊은 곳의 어떤 현(絃)이 건드리며 존재의 무거움을 뜬금없이 유포시킨다. 움츠린 풀씨들 희고 노란 축포를 쏘아 올리고 가지마다 팡팡 팝콘 터지는, 하필이면 연분홍 이 봄날에.

그늘

나무들은 제각기 보자기 하나씩을 제 몸속에 숨겨 가지고 있다. 어린나무는 성근 린넨 보자기를, 큰 나무는 쫀쫀한 광목 보자기를 발치 어디쯤에 구겨 넣고서 아무 일 없다는 듯 한들거린다. 보자기는 먹빛이다. 먹 보자기다. 햇살이 나무를 비추면 나무들은 저마다 길 건너 나물 장수 할머니들처럼 고쟁이 아래 나붓이 욱여넣은 것들을 펼치기 시작한다.

이를테면 보자기는 집열판(集熱板) 같은 것일지도 모른다. 제 깜냥만큼, 보자기 크기만큼, 태양의 열기를 그러모으고 애써 제 몸을 식혀가면서 따뜻하고 환한 빛만 우듬지로 끌어올려 잎과 열매를 먹여 살린다. 전 재산이 그늘 한 채뿐인 나무가 수직으로 곧추서 태양과 맞장뜰 수 있는 기개(氣槪)도 언틀먼틀 엎질러진 수묵 빛의 저 고요로부터 온다. 빛이 어둠에서 출력되듯 상승의 저력은 바닥에서 다져진다.

　그늘 없는 소리에는 여운이 없고 음영 없는 눈매에는 깊이가 없다. 서늘하고 고요한 어스름 한 벌 꽁꽁 숨겨 다니다 햇살 좋은 어느 마당에 활짝 드리워 펼쳐내고 싶다. 환한 그늘 한 뙈기 경작하고 싶다.

침묵에 홀리다

유원이가 태어나기 전, 나는 살짝 긴장이 되었다. 일찌감치 할머니가 된 친구들이 스마트폰에 아기 사진을 올려놓고 손주 자랑에 열을 올렸지만 나에겐 별스럽게 와닿지 않았다. 손주가 정말 그렇게 예쁠까. 내 아이가 아닌 딸의 아이가 나를 과연 좋아해 줄까. 내 할머니나 어머니처럼 할머니 노릇을 잘할 수 있을까. 내 뜻과 상관없이 맡게 될 배역에 설렘보다는 걱정이 앞섰다.

다행히, 그리고 당연하게도, 그런 건 기우에 불과했다. 아기는 당장 나를 매혹했다. 아기가 내게 오래된 미래였듯 나 또한 아기에게 전생의 현현(顯現)이었을까. 우리는 직방 눈이 맞았다. 딸네 집 현관에 들어서면 거실에서 맹렬하게 뒤집기 연습

중인 유원이가 가장 먼저 반색을 한다. 눈동자에 반짝, 불이 켜지고 입꼬리가 벙실 벌어져 올라간다. 기는 법도, 말하는 법도 터득하지 못한 이 작은 물텀벙이 아가씨는 물장구를 치듯 맨바닥을 첨벙대며 꼬리지느러미와 가슴지느러미를 사정없이 찰방댄다.

유원이와 나는 자주 눈을 맞춘다. 말하지 않고도 말하는 법을 나는 요즘 그에게서 배운다. 기저귀를 갈아줄 때, 품에 안고 다독일 때, 나와 제 어미가 이야기를 나눌 때, 이 조용한 관찰자는 존재를 통째로 각인해 넣으려는 듯, 말똥말똥한 눈으로 사람을 빤히 올려다본다. 존재의 심연에 숨어있을 무엇인가를 샅샅이 스캔해 내려는 듯이.

아기는 한 덩이 침묵이다. 훼손되지 않은 순일한 정적이다. 따스하고 촉촉하고 말랑말랑한 이 침묵의 응결체 안에서도 이따금 미분화된 모음이나 간헐적인 파열음이 분출되기는 하지만 그런 걸 말이라고 부르지는 않는다. 본 곡을 연주하기에 앞서 음률을 고르는 다스름 같은 것일 뿐.

침묵이 나를 검색한다. 진즉 무장해제가 된 나는 저 무구한 눈빛 앞에 무방비로 투항하고 싶어진다. 내가 알지 못하는 세계, 성스러운 피안에 거처하는 어떤 신에게 저간의 죄업을 낱낱이 불고 흔쾌하게 백기라도 들고 싶어진다.

유원이가 벙싯, 나를 보며 웃는다. 최소한 저를 해치진 않을 거라는 안도와 호감의 표시일 것이다. 이 조그만 머리통이 판단을 하기 시작했다는 뜻인가. 눈빛을 반짝이고 입꼬리를 올려붙이며 좋아라 웃고 있는 아기의 머릿속에도 정보를 수집하여 저장하고 해석하는 일련의 시스템이 가동되고 있다니. 그렇게 태어난 생각들이, 언어로 변환되지 못한 말의 전구체들이, 뇌세포 사이를 흘러 다니며 더러는 반짝 빛을 뿜고 더러는 자취 없이 유실되기도 할 터이다.

조그만 몸을 곡옥(曲玉)처럼 웅크리고 품안에 잠든 아기를 바라본다. 벙글지 않은 꽃눈 같은, 찰진 고요 같은 한 송이 침묵 앞에 가만히 코를 박고 큼큼거린다. "우리는 하나의 어두운 심연으로부터 와서 또 하나의 어두운 심연에 도달한다. 이 두 심연 사이의 양지, 그것을 우리는 생이라 부른다."라고, 니코스 카잔차키스가 말했다. 그가 말한 심연이 이런 침묵 아닐까. 침묵을 파기하고 나온 말들이 다시금 침묵에게 소환당할 때까지, 적재된 에너지를 언어로 환치해 우화시켜 날아 올리는 소임이야말로 인간에게 부여된 생의 본령 아닐까.

몇 달, 늦어도 한두 해 안에 이 강고한 침묵의 틈새, 향기로운 연분홍 크레파스 같은 연한 입술 사이로 말들이 발화(發話)해 날아오를 것이다. 몸속 어디, 순하고 아늑한 안쪽부터 미세하게 허물어져 투명한 날벌레처럼 부화해 오를 것이다. 날아오른 말들끼리 몸을 섞고 나풀나풀 새끼도 칠 것이다. 내장된 말들이 다 끌려 나와 쭈글쭈글한 빈 껍질만 남게 될 때까지, 한 마리, 두 마리, 수천수만의 나비 떼가 아득한 미광(微光)을 뿜어내며 춤을 추듯 세상을 건널 것이다.

왜 사냐고 묻거든

딸 둘을 낳아 기르는 동안 나는 늘 꿈을 꾸었다. 자유를, 고독을, 아무 간섭 없이 향유할 수 있는 혼자만의 시간을.

칠 남매의 다섯째로 태어나 오 남매의 장남에게 시집와서 사는 동안 사는 일이 늘 시끌벅적했다. 역할과 노릇에서 자유롭지 못해 하고 싶은 일보다는 해야 할 일들에 눌려 살았다. 일상의 여러 일들을 해치우는 일만도 버거웠으므로 나를 위한 시간을 확보하는 게 쉽지 않았다. 자투리 시간이 생겨나도 지쳐 있는 몸을 추스르기에 바빴다.

사는 게 뭔지, 왜 사는지도 모르고 내 삶이 아닌 남의 삶을 대신 살아주고 있다는 느낌이 늘 내 안에 있었던 것 같다. 내가 누구인지, 어디서 왔다 어디로 가는지 정체성에 대한 풀 수 없는 질문들에 늘 발목이 잡혀 있었음에도 남의 장단에 북 치고 장구 치며 일상의 파도에 허우적거리며 살았다. 어릴 적 겪어 낸 오빠의 죽음 때문에 일찍부터 삶과 죽음, 신과 사랑, 존재와 무, 그런 근원적인 것들에 안테나가 닿아 있었지만 생각만큼 깊이 천착해보지 못했다. 부족한 열정과 게으름 때문이었겠지 만 나를 위해 쓸 수 있는 절대적 시간이 부족하기도 했다.

둘째까지 결혼시키고 나서 나는 속으로 쾌재를 불렀다. 이제 부턴 내 세상, 내 맘대로다. 숙제는 끝났고 남는 게 시간일 테 니 미루어둔 나만의 삶을 살아야지. 오래 꿈꿔 왔던 노경(老境) 의 한유(閑遊)를, 내 몫의 삶을 누려보고 가야지. 맘껏 읽고 맘껏 쓰고 모자란 공부도 보충하면서 존재와 본질에 대한 답을 내 방식대로 찾아보고 가야지, 라고. 그렇게 야무진 꿈을 꾸었다. 그러나 마음뿐, 집 가까이 둥지를 튼 두 딸 때문에 전보다 더 바빠져 버렸다. 요즘 세상은 어떻게 된 건지 시집을 보내는 게 아니라 장가를 오는 거여서 딸을 출가시키면 남이 잘 키워 놓 은 아들이 넝쿨째 굴러들어온다. 남의 헌칠한 아들로부터 장 모님 대신 어머니 소리를 공으로 듣는 대가로 늘어난 권속과 아이들까지, AS를 해주어야 한다. 직장 일에, 육아에, 살림에, 재테크까지, 확장된 역할들로 전사처럼 살아내는 딸들 뒤에는 젖은 손으로 간을 보고 손자들 치다꺼리에 허리가 휘는 친정 엄마라는 이름의 우렁각시들이 숨어 살고 있는 것이다. 눈 딱 감고 모른 체하라고? 그러고 싶지만 그러기가 힘들다. 한 여자가 사회생활을 하려면 다른 한 여자의 희생이 반드시 필요한 사회구조 때문에 여간 독하게 맘먹지 않고선 쉬운 일이 아니다. 내 딸이 힘들어하니 어쩔 수가 없지 않나.

　어렵게 글을 쓰고 책을 내는 동안 절로 알아 버린 비밀이 있다. 바깥으로 날아오르는 가장 좋은 방편은 안으로 숨어드는 일이라는 것. 제 몸에서 나온 실로 고치를 짓고 저를 가두는 누에처럼 안으로 깊이 침잠해 들어야 날아오를 동력을 얻게 된다는 사실 말이다. 안이 바깥을 낳는 기묘한 분만, 그것이 곧 글쓰기일 것이므로.

　어둠을 털고 나비처럼 훨훨 날아오르기 위해서는 침잠할 시간이 필요했으나 일상은 나를 가만두지 않았다. 과로와 스트레스로 휴직까지 한 딸애를 돌봐야 했고 무급에 비정규직이긴 하지만 손자 손녀와도 놀아주어야 했다. 어렵게 임신한 딸애가 입퇴원을 반복하다 출산할 때까지 병실 지킴이를 하며 수발도 들고 말벗도 되어 주어야 했다. 뱃속에서부터 할미를 인질 삼은 아기가 태어난 지 이제 겨우 두 주가 지났을 뿐이지만 그 귀여운 도둑에게 얼마나 또 내 시간을 침탈당할지는 알 수 없는 노릇이다. 딸로 아내로 친정엄마로 할머니로, 이런저런 가면을 바꿔 쓰면서 정신없이 늙어가고 있지만 분주다망 속에서도 깨달아가는 게 있다. 그토록 오래 궁금해하던 질문, 성경에도 불경에도 철학서에도 나오지 않던 답을, 면벽을 하고 명상에 몰입해도 구해지지 않았던 삶의 이치와 존재 이유를 어느 날 문득 네 살짜리 손녀, 그 교외별전으로부터 절로 터득해버렸으니.

글줄이 막혀 서성이다 보면 하루 한나절이 금세 지나간다. 가슴속에 만권의 책이 들어 있어야 글이 되고 그림이 된다는 추사 선생 말씀대로 천 편을 읽어야 일률을 얻어낼 만큼 연비가 낮은 게 글쓰기이다 보니 적확한 표현이 떠오르지 않으면 뭐 마려운 강아지처럼 제자리를 서성이면서 시간만 축낼 때도 많다. 그날도 그랬다. 젊은 날 못 찾아 먹은 나를 찾아 먹겠다고 되지 않은 글 때문에 끙끙거리다가 네 살 손녀의 부름을 받고 컴퓨터를 끄고 후다닥 달려갔다. 마음은 분주했지만 안 그런 척, 숨바꼭질도 하고 공주놀이도 하고 〈겨울왕국〉 영화도 다시 보며 한나절 잘 놀아주었다. 손녀가 너무 행복해했다. 산머루 같은 눈빛이 내게 일러주었다. 시간이 어디로 흘러가는

지를. 나라는 대롱 속의 남은 시간들이 어떻게 새 대롱 속으로 흘러 들어가 그의 자양이 되어 주는지를.

시몬 시뇨레라는 프랑스 여배우가 있었다. 사진작가들이 그의 얼굴을 찍으려 할 때마다 아름답고 지적인 그는 이런 부탁을 했다고 한다.

"여기 이 눈가장자리에 가늘게 나 있는 실금들 보이세요? 그걸 만드느라 몇십 년이 걸렸어요. 부디 그 주름살들이 잘 보이도록 가까이서 잘 찍어주세요."

잘 늙은 여배우의 주름살만큼은 못하겠지만 육십 년 넘게 끈질기게 궁금해하던 내 질문들에 답을 얻었으니 나도 자랑질 좀 하려고 한다. 남들은 진즉 아는 답이겠지만 지진아처럼 뒤늦게 터득한 답. 그 삶의 비의를 꺼내놓을 차례다. 아무리 내 안을 들여다보아도, 경전을 읽고 면벽을 해도, 존재의 의미는 찾아지지 않는다. 왜 사냐고? 누군가에게 필요해서, 써 먹히기 위해 산다. 세 살 손자에게, 늙은 어머니에게, 태어나지도 않은 뱃속 아기에게, 전자레인지 하나 돌릴 줄 모르는 물경 사십 년 룸메이트에게, 누군가에게 내가 필요한 존재여서, 지금 여기 존재하는 것이다.

내 안에는 내가 없다. 존재의 의미도 정체성도 없다. 내 바깥

에, 너와 나 사이에, 사람과 사람 사이에 있다. 천 사람에게 천
의 얼굴로 살다가는 인생. 人이 아닌 間에, 사람과 사람 '사이'
에, 관계가 답이다. 인드라망의 구슬들이 서로를 비추어 영롱
하게 빛나듯 삶의 모든 의미는 관계에서 찾아진다. 이 평범한
진실을 알기 위해 이제껏 그리도 터덕거렸던 걸까. 어쨌거나
다행이다. 아직 여기저기 써 먹히고 부려 먹힐 수 있어서. 아직
도 여기저기 불려갈 데가 많아서. 아무에게도 필요치 않고 아
무짝에도 쓸모가 없다는 건 버려질 때가 가깝다는 뜻이다. 써
먹히지 않으면 삭제시키는 것, 그것이 이 행성의 불문율일 것
이기에.

시계 무덤

무덤이라도 만들어주어야겠다.

잠들어 버린 시계를 보며 그런 생각을 했다. 그렇게라도 해주어야 할 것 같았다. 조침문(弔針文)을 지어 부러진 바늘을 애도했던 옛사람의 마음을 알 것 같았다.

이렁저렁 25년을 함께한 시계였다. 조짐이 아주 없었던 것도 아니었다. 시간을 관장하는 기계도 시간의 위력은 어쩔 수 없었던지 걸음이 점차 굼떠지더니 안 하던 태업을 하기도 했다. 가죽 줄이 낡아 몇 번인가 새 줄로 갈아 끼우고 전지를 교환해 넣기도 했지만, 이번 참사는 예상치 못했다. 택시 안에서 시간을 고치려다 헐거워진 태엽이 빠져 좌석 아래로 굴러가 버렸는데 수수 알만큼이나 작은 그것이 종적 없이 숨어 버려 내릴 때까지 찾지를 못한 것이다. 총상을 입은 듯 휑뎅그렁하게 뚫려 버린 옆구리에 아쉬움보다 미안함이 더 크다. 훼손된 시신을 염도 못 하고 떠나보내는 심정으로 죽은 시계를 멍하니 내려다본다.

시계는 내게 시간을 확인하는 도구만은 아니었다. 고인 물 같은 내 시간들을 바깥으로 방출해 내는 장치 같은 거였다. 전장에 나가는 장수가 칼을 챙기듯 외출할 때마다 시계를 챙겼다. 손목 위에 시계가 얹혀 있지 않으면 나도 모르게 허둥대곤 했다. 다른 차를 아무리 마셔도 커피를 마시지 않으면 안정을 못 찾고 안절부절못하듯이 시계라는 '부적'을 장착하지 않고는 현관 밖으로 나서지지가 않았다.

서랍장 안에는 이것 말고 다른 시계가 몇 개 더 있기는 하다. 출가한 딸애가 남기고 간 것도 있고 기념일에 선물로 받은 것도 있다. 그런데도 유독 이 하나만 편애했다. 연한 베이지색 스티치가 위아래로 가늘게 박힌 갈색 가죽 줄이 금장을 두른 얼굴과 어울려, 티 안 나는 고급스러움으로 내 취향을 저격했다. 다른 것들은 졸지에 찬밥신세였다. 사물에게도 감정이 있다면 질투심 때문에 폭발해 버렸거나 자존심이 상해 가출해 버렸을 것이다. 외모도 스펙도 가문도 밀리지 않는데 같은 침상에 나란히 누워 간택을 받지 못하니 무심한 척 재깍거리면서도 속으론 얼마나 부글거렸을까.

만물이 다 존재의 이유가 있을 것이나 인간이 만들어낸 물건들은 일단 어디엔가 소용이 닿아서, 필요에 의해 만들어진다. 존재의 목적과 이유가 쓸모인 만큼 효용이 다하면 버려져도 그만이다. 그렇다 하여도 인간들은 너무나 쉽게 버린다. 쓸모가 다하기 전에 마음이 먼저 배신을 한다. '필요는 발명의 어머니'였던 시대에서 '발명이 필요의 어머니'인 시대로 바뀌어 버린 까닭에, 멀쩡한 휴대폰도 새 버전이 출시되면 미련 없이 팽개쳐진다. 모르고 살 땐 전혀 불편하지 않았던 몇 가지 기능들이 없어서는 안 될 필수 아이템이 되어 이전 것들을 퇴물로 만들어버린다. 쓸모에 앞서 아름다움 자체가 효용인 것들은 '싫증'이나 '변심' 같은 이유 같지 않은 이유로 더 쉽게 버림을 받는다. 물건뿐 아니라 사람도 그렇다. 만남과 헤어짐, 살고 죽음이 다반사여서 장례식장에서조차 슬픔의 향기가 묻어나지 않는다. 멀건 육개장 한 대접에 식은 전 접시 앞에 두고 술잔 몇 순배 주고받는 의례로 애도의 예는 건조하게 갈음된다. 만사가 흐름이고 스침일 뿐이라면, 함께 나눈 시간들, 주고받은 인연들이 그렇듯 하찮고 시시한 것이라면 사는 일의 진정성은 어디에 있는 것일까.

차마 쓰레기통에 던져 넣을 수 없는 그를 어디에 묻어 주어야 하나. 뜰도 마당도 없는 공중살이라 오후 내내 머릿속이 공회전을 한다. 자주 걷는 한강 산책길이나 앞산 어디 큰 나무 밑에라도……. 이쪽저쪽 깜박이를 넣어 보지만 냉큼 시동이 걸리진 않는다. 일생 내 팔에 살을 대고 살았으니 그 또한 살냄새가 그리울 터, 내처 두었다가 주인과 함께 묻히는 것이 최상의 대접이 될 듯은 하지만 매장(埋葬)보다 화장(火葬)이 보편화된 세상이라 그 또한 기대할 순 없을 것이다. 생각 끝에 바깥 베란다 큰 화분, 배롱나무 밑에 안장해 주기로 했다. 멈추어 버린 시계를 묻는다고 시간이 멈추지는 않을 테지만 창가에 앉아 차를 마시고 음악을 듣는 동안 나무 아래 혼곤히 잠들어 있을 그에, 그와 함께 순장(殉葬)된 내 젊은 날들에 마음은 자주 거슬러 오를 것이다.

한지에 곱게 싼 시계를 백자 접시에 올려두고 해토머리의 참흙을 한 삽 한 삽 떠낸다. 작은 돌멩이를 골라내고 뿌리가 상하지 않을 깊이로 길고 깊게 파 들어간다. 시간을 놓아 버린 시계가 시간 없는 세상에서 영면하기를 기도하며 시계를 눕히고 상토를 덮는다. 잠이 깊어지고 꿈조차 몽롱해져 다시는 시간에 붙들리지 않기를 가만가만한 손길로 빌어 보지만 어느 날 문득 새끼개미 몇 마리라도 화분 흙 사이로 알짱거리면 나는 그게 시계의 혼이라고, 시계 속에 갇힌 시간의 입자들이 생명을 얻어 부활하는 거라고, 부득부득 우기게 될지 모른다. 붉은 울음 멍울멍울한 배롱나무 꽃가지가 바람에 가만히 흔들거리면 흘러 버린 시간과 남아 있는 시간을 헤아려보며 멍때리는 날들이 많아질지 모른다.

옛집

옛집들은 그래도 품격이 있었다.

허름하면 허름한 대로, 우람하면 우람한 대로 사람을 안온하게 품어 안았다. 초립(草笠)이든 흑립(黑笠)이든 체수에 걸맞은 모자를 쓰고 기본 범절을 차릴 줄도 알았다. 담장 밖으론 능소화가 너울대고 울 안쪽에는 채송화가 환했다. 감나무도 누렁이도 평화로웠다.

언제부터였나. 집들이 모자를 벗어 던졌다. 비슷비슷한 제복을 입고 삼삼오오 스크럼을 짠 집들은 동종교배로 군단을 이루며 도시를 빠르게 장악해 갔다. 멀쑥한 키와 세련된 외모로 환골탈태한 점령군들에게서 자본의 향기가 물씬하게 풍겨났다. 모자 대신 서양식 이름이 박힌 견장을 두르고 위풍당당 으스대는 무리들 사이로 발 빠른 사람들이 몰려다닌다. 그들에게 집은 사는 곳이 아니다. 사는 것이다. 계층과 신분을 상징하는 상품이고 획일화 표준화 자본화된 욕망이다.

집을 집으로 여기지 않는 사람들에게 집도 예의를 잃어버렸나. 요즘 집은 사람을 품어 안지 않는다. 푹신한 소파와 첨단의 가전제품을 전시해두고도 카페로 쇼핑몰로 사람들을 내뱉는다. 사람뿐 아니라 뒤란과 장독대, 앵두나무 우물까지 군말 없이 보듬어 안던, 모자랐으나 넉넉했고 추웠지만 아늑했던 그 시절 옛집이 문득문득 그립다. 나도 옛집(古家)이 되어버려서인가.

팥빵과 페이스트리

손가락 관절이 마비 증세를 보인다.

성한 손이 아픈 손을 주물러 준다. 조금 응석을 부리다 이내 제자리로 돌아가는 손가락들. 기특하고 고맙다. 태업도 파업도 하지 않고 평생을 버텨 주는 내 착한 지체들, 장기들. 그리고 뼈마디들. 불순물을 거르고 양분을 나르느라 한순간도 멈추지 않는 더운 피도 고맙다.

변변찮은 오 척 단구를 위해 일분일초도 쉬지 않는 그들의 노동을 생각하면 삿된 생각이나 그릇된 행동, 쓸데없이 남을 비난하는 말 같은 건 삼가며 살아야 할 것 같다. 그러라고 그들이 애써 주는 건 아닐 테니. 바이러스, 미세 먼지, 오염된 먹거리뿐 아니라 게으름, 불면, 운동 부족 같은 달갑잖은 습성까지 군소리 없이 견디어 주는 육신의 인내심에 진심 어린 경의를 표하고 싶다. 생색내지 않고 불평하지 않고 있는지 없는지 모르게 일하다가 더 이상 참아내기 어렵다 싶으면 통증으로 경보를 보내는 그들. 주인님, 나 지금 힘들다고요. 내가 여기 있는 것을 무정한 당신은 알기나 하냐고요.

생명체가 유전자를 전달하는 생존 기계에 불과하다는 도킨스의 주장에 대책 없이 경도된 적이 있다. 몸을 분방한 영혼이 갇혀 사는 완고한 감옥쯤으로, 영혼을 담는 그릇쯤으로 업수이 여기던 시절이었다. 그의 말대로 세상의 주인공이 유전자라면 육체를 가진 인간, 아니 인간의 육신이라는 것은 유전자를 보호하고 전달하기 위한 껍데기 깡통과 다름없을 것이다. 유전자가 다음 세대로 안전하게 건너갈 때까지 필요한 에너지를 공급하고 안전을 보장해 주는 한시적 타임캡슐 같은. 열매가 맺히면 꽃이 시들고 생식이 끝나면 자연이 가차없이 열외시키는 이유도 그런 임무가 끝나서일 것이다. 그런데도 육신이라는 캡슐 배터리가 본래적 목적을 망각하고 파생적 지향성을 갖게 되는, 그것이 마음이고 욕망 아닐까. 그렇다면 그건 유전자의 심부름꾼에게 내리는 신의 보너스 같은 것일까, 육체라는 물성 안에 의도치 않게 끼어든 불순한 화학반응일까.

몸의 부산물인지 마음의 주산물인지 모를 잡생각들이 간단

없이 육신을 몰아세운다. 더 가볍게, 더 단순하게 살자 해놓고 몸을 부리는 마음 때문에 여전히 키보드를 두드려대느라 손가락 관절이 혹사당하고 있다. 육신이 정신이고 정신이 육신이라고. 육신과 영혼은 팥빵이 아니고 페이스트리라고. 몸 안에 영혼이 들어차 있는 게 아니라 켜켜이 스민 온전한 하나라고, 음흉한 뇌세포가 아픈 손가락들을 충동질한다. 좀비처럼 손가락이 걷는다. 사는 일은 어쩌면 유전자의 본래적 지향성과 육신의 파생적 지향성이 끝없이 길항하는 과정 아닐까.

생명의 소리

1

사람이 태어나 가장 먼저 하는 일은 구불텅한 갱도 안, 똬리 틀고 들앉아 있는 날쌘 울음 한 마리 날려 보내는 일이다. 산도(産道)를 막 빠져나온 몸통에서 울음 한 마리 허공으로 방류된다. 쩡쩡한 고고(呱呱)의 파열음이 은빛 치어처럼 꼬리를 홰치고 날렵하게 승천해버리면 산부인과 병동 특유의 긴장도 살점이 뜯기듯 삽시간에 훼손된다. 마치 저 위대한 신이 지상으로 인간을 내려보낼 때 공평하게 딸려 보내는 최초의 예물이 울음이라는 듯이, 빈손 맨발로 태어나는 아기도 벌거벗은 몸뚱이 안에 울음 줄기 한 가닥은 지참하고 나온다. 보라, 여기 또 하나의 생명이 지구별에 막 당도하였노라 하는, 신성한 팡 파르 같은 것일까. 살다가 살다가 복장이 터질 만큼 슬프고 답 답할 때 고수레하듯 꺼이꺼이, 허공에 날려보라는 삼신할미의 부적 같은 것일까. 응애응애, 응애응애, 리드미컬한 두 박자의 운율 속에서 나는 신생아의 고고성(呱呱聲)에 울 고(呱) 자가 두 번이나 겹쳐진 이유를 뒤늦게야 터득한다.

2

둥글게 부푼 임산부의 배 위에 아침마다 간호사는 초음파 기 기를 조심스럽게 갖다 댄다. 쿵쾅쿵쾅 쿵쾅쿵쾅……. 아직 만 나지 못한 미지의 존재가 생명의 기미를 소리로 전해 온다. 체 리만 한 심장이 저렇듯 규칙적인 심음을 생산하느라 얼마나 기를 쓰며 팔딱이고 있을까. 라일락이 지던 지난봄까지는 어 디에도 존재하지 않았던 소리, 소리의 연원은 대체 어디일까. 우주의 첫 문이 열리던 순간에 경천동지하던 빅뱅(Big Bang)의 굉음이 모든 소리의 원류이려나. 그때의 별 부스러기와 잔흔 들이, 지수화풍(地水火風)의 원소들이 뭇 존재의 원료인 것처럼 소리도 그렇게 어디 먼 별, 먼지바람 사이에 강고한 침묵으로 얼어붙어 있다가 지상의 피와 살에 엉겨 붙은 것 아닐까.

하이데거는 언어가 존재의 집이라 했지만 내 보기엔 존재가 언어의 집이다. 존재란 알고 보면 소리의 껍데기 아니면 소리의 집적물들 아닌가. 얼핏 죽어 있는 듯 보이는 사물들도 두드려 소리 나지 않는 게 없으니. 모든 존재에는 언어적 본질이 숨어 있어서 매미는 매미대로, 새는 새대로, 고양이는 고양이대로, 제 안에서 끝없이 자라나는 소리충의 마디마디를 적당히 분절시켜 발화(發話)해내며 사는 것 아닐까. 인간들이 밤낮없이 지저귀는 것도 제 안에 서식하는 소리의 유충들, 제각각의 고유한 진동 주파수를 가청음역의 언어로 치환해내려는 준엄한 책무 때문일지도 모른다.

3

생명(生命)이라는 한자의 뒤 글자, 목숨 명(命) 안에 두드릴 고(叩)가 들어 있다는 것, 생각하면 참으로 의미심장한 일이다. 생명은 파동이다. 진동하는 에너지다. 진동하지 않으면 목숨은 끝난다. 끝없이 두드려 생명의 파동을 불러일으켜야, 심장이 쿵쾅쿵쾅 파닥거려야 한다. 그러므로 살아서 두드릴 것, 두근

두근 팔딱팔딱 뛰어다닐 것.

그런데 정말, 양자역학도 파동에너지도 몰랐던 옛사람들이 목숨의 원리를 어찌 꿰뚫어 촌철살인의 글자를 제자(制字)해 냈을까. 지혜란 돋쳐 오르는 빛과 같아서 깜깜한 밤의 어둠 속에서 더 선연히 출력되는 것인가. 구글 어스와 구글 클라우드에 안주해 급증하는 정보 엔트로피 속에서 데이터 성애자로 살고 있는 우리, 차고 맑은 별빛 같은 예지와 영감은 다 어디로 가버렸을까.

붕어빵 먹는 법

붕어빵 이야기가 나올 때마다 단골로 등장하는 화제가 있다. 어디부터 먹느냐 하는 것이다. 그야 당연히 머리부터지, 하는 이가 있는가 하면, 꼬리부터 먹는다는 사람도 있다. 누구는 숫제 뱃가죽부터 먹는다. 붕어빵 하나 먹는 법도 사람마다 다르다.

예전에 나는 꼬리부터 먹었다. 단팥이 많은 머리 쪽부터 베어 물면 뜨거워서 입술을 델 것만 같았다. 맛있는 쪽을 먼저 먹고 나면 팥이 들지 않은 꼬리 쪽은 먹기 싫어질 것도 같았다.

이제 나는 머리부터 먹는다. 맛있는 쪽부터 먹고 보자는 식이다. 이 작은 변화, 어쩌면 작은 변화가 아닐지도 모른다. 들꽃 한 송이에도 우주의 섭리가 숨겨져 있듯 붕어빵 하나를 먹는 방식에도 어느 사이 바뀌어버린 내 삶의 양식이 깃들여 있을 것이다.

귤 한 상자를 똑같이 사도 어떤 사람은 싱싱한 것부터, 어떤 사람은 무른 것부터 먹는다. 싱싱한 것부터 먹는 사람은 이렇게 말할 것이다.

"귤이 달고 맛있네. 나는 언제나 좋은 것만 사 오니까."

그는 아마 물크러져 못 먹게 된 귤은 미련 없이 버릴 것이다.

"나쁜 것은 언제나 내 몫이라니까."

기왕 한 상자를 먹으면서도 두 번째 사람은 그런 말밖에는 할 수 없을 것이다. 다른 식구나 손님들에게는 싱싱한 것을 골라 주었을 테지만 상한 것부터 먹는 동안 나머지 귤도 시들고 말 것이다.

십 년쯤 더 산 선배들은 말씀하신다. 인생 참 별것 아니라고. 누려야 할 것을 미루어둘 만큼 인생이 그다지 길지는 않다고, '나', '지금', '여기'보다 더 확실한 존재 증명은 없다고. 미루고 아끼고 양보해도 좋을 만큼 더는 젊지 않다는 사실을 나도 이제 인정하고 있는 것일까.

다시 붕어빵으로 돌아가자. 붕어빵을 가장 맛있게 먹는 방법은 머리부터도 꼬리부터도 뱃가죽부터도 아니다. 뜨거울 때, 길거리에서, 연인과 함께 먹는 것이다. 그럴 수 없다면, 붕어빵

한 봉지를 사 들고 서둘러 집으로 돌아가야 한다면, 최소한 잊지 말아야 할 것이 있다. 붕어빵이 들어있는 봉지 윗부분을 너무 꼭 여며서는 안 된다는 것이다. 붕어가 숨을 쉬어야 살듯, 붕어빵도 숨통을 터 주어야 뱃가죽이 서로 달라붙지 않는다. 사람이건 붕어건 숨통을 막으면 얼마 못 가 시들어버린다.

아이가 엄마를 낳는다

여자가 첫 아이를 낳는다는 것은 두 사람이 동시에 태어난다는 뜻이다. 아이 그리고 엄마. 여자는 아이를 낳으며 스스로를 다시 낳는다. 엄마가 아이를 낳고 아이가 엄마를 낳는 이 기묘한 출산. 여자는 그렇게 두 번 태어난다. 한 생은 그를 낳아준 엄마에 의해, 다음 생은 그가 낳아준 아이에 의해.

번데기를 벗고 성충이 된 나비가 배추벌레와는 전혀 다른 세상을 살듯 엄마가 된 여자와 딸이었던 여자는 더 이상 같은 인간이 아니다. 뱃속의 아이가 열 달 동안 모체에 무슨 짓을 했기에 저밖에 모르던 철부지가 살과 뼈를 다 내주고 죽기까지 바라지를 마다않는 위대한 모성으로 조바꿈하는 걸까. 대학에 학생이 있는 이유가 교수들을 가르치기 위해서라 하듯 아기들이 세상에 태어나는 이유는 반거충이 어른들을 부모로 완성시키기 위해서일지 모른다. '어머니는 강하다'고 사람들은 모성의 위대함을 말하지만 강한 것은 어머니가 아니다. 세상의 딸들에게 엄마라는 이름의 가시면류관을 강제하는, 태아들이 훨씬 강하고 장하다.

울음의 정산(精算)

죽은 매미 한 마리가 창틀 구석지에 날개가 부서진 채 나뒹굴어져 있다. 바람이 진즉 염을 마친 듯 버석거리는 몸통이 가볍다. 소리가 다 빠져나가고 나면 한 생이 이렇듯 가벼워지는 건가.

가끔, 세상의 주인이 소리가 아닌가 하는 생각이 들 때가 있다. 울고, 짖고, 노래하는 것들만 소리를 지어내는 것은 아니다. 물이나 모래, 낙엽과 눈송이도 은밀한 기척으로 존재의 기미를 발설할 줄 안다. 가청주파수를 벗어나 있어 죽은 듯 침묵하는 것처럼 보여도 두드려 소리 나지 않는 것은 없으니 세상은 타악기, 알고 보면 다 소리의 은신처다. 소리가 존재의 부산물인가, 존재가 소리의 집적물인가.

희고 노란 꽃송이들에 에워싸여 환하게 웃던 친구 생각이 난다. 국화꽃은 아무래도 세상을 조문하기 위해 온 꽃 같다고, 하얀 꽃 한 송이씩을 영정 앞에 바치며 우리는 더 이상 울 수 없는 친구를 대신해 울었다. 한 줌 씨앗으로 몇 됫박 소출 거두는 농부처럼 생전의 위업을 울음의 알곡으로 정산해 보는, 사는 일이 그런 울음 농사였던가. 탯줄 끊어 방생했던 고고성 몇 오라기, 세상 부역 마치고 돌아갈 때 몇 가마니 눈물로 환수해 가기 위해 온갖 우여곡절 감내해가며 시난고난 꾸역꾸역 살아내는 것인가. 제각각의 영전에 진설할 실한 울음 몇 섬지기 장만하기 위해 시간의 살과 뼈 통째로 뜯어 먹히며 슬픔의 둘레나 빙빙 돌며.

더 큰 첨벙

아버지가 돌아가시고 내게는 몇 가지 변화가 생겼다. 그중 한 가지가 작은 벌레들을 잘 죽이지 못한다는 것이다. 예전엔 해충이라 분류된 목숨붙이들에게 그다지 관대하지 못했던 것 같다. 그것들이 눈에 띄기만 하면 반사적으로 때려잡거나 살충제 따위를 뿜어대곤 했으니까. 그 살상행위가 크게 마음에 걸리진 않았다. 산다는 건 영역싸움, 내 영역을 허락 없이 침범한 자에 대한 자기방어의 방편이라 합리화할 수 있었다. 그런데 지금은 눈앞에서 앵앵거리는 모기나 초파리 같은 작은 날벌레들조차 처치하기가 꺼려진다. 이유는 모르겠다. 그게 어떻게 아버지의 죽음과 연관이 되는지도. 새삼스럽게 생명의 소중함을 느껴서라거나 윤회를 믿어서는 아닐 것이다. 무덤 속

초벌 항아리에 한 줌 재로 남으신, 그것이 100년 넘게 이 세상에 거처한 아버지의 전부일 리 없다는 생각, 만물이 다 순환한다는 생각, 죽음을 영원한 사라짐으로 규정하고 싶지 않다는 거부감, 그 모든 것들이 복합적으로 버무려진 혼란스러움일까.

과학자들은 세상이 입자와 반입자로 되어 있다고 말한다. 모든 입자는 그것의 반입자를 가지고 있는데 서로 독립된 존재가 아니고 하나의 시스템 속에서 공존하고 순환하는 대립쌍이여서 입자와 반입자가 만나면 쌍소멸을 일으켜 입자는 소실되고 에너지만 남는다고 한다. 왜 그 생경하고 불확실한 이론이 갑자기 귀에 솔깃했을까. 아버지라는 물질적 존재는 사라졌으나 아버지의 영혼은 어떤 형태의 에너지로라도 남아 계실 것 같다는, 그런 위안이 필요했던 것일까. 육신의 질료들은 원래의 원소로 환원되어 흩어지겠지만 생명체로 사는 동안 획득된 고유의 부가가치는 산화되지 못하고 저 하늘 어디쯤에, 아니 어쩌면 산 자의 가슴속에 착상되고 전이되어 기척을 내며 소요할 거라는.

산소호흡기를 달고 코를 골며 주무시는 듯하던 아버지는 잠시 눈을 뜨면 벽력같이 소리를 내지르곤 하셨다. 비몽사몽간에 울려 나오는 고통스러운 발성은 평소의 조용하신 목소리가 아니었다. 오래 버텨낸 견고한 성 한 채가 무너져 내리는 붕괴의 조짐처럼, 격하고 불길하고 쩌렁쩌렁했다. 여보쇼, 나 좀 데려다줘요. 나 빨리 집에 가봐야 돼요. 어서요, 어서어……

섬망 증상이었을까. 남은 생기를 증발시키는 마지막 방편이 소리여서였을까. 깡마른 체구 어디에서 그런 목소리가 나오는지 아버지는 사람 그림자만 눈에 띄면 어서 집에 데려가 달라고 소리소리 지르셨다. 애원인지 절규인지 모를 낯선 모습을 지켜보는 일이 괴로워 어느 날은 커튼 뒤에서 울기도 했다. 세상의 주인은 소리, 아버지가 아직 못 돌아가시는 게 몸속에 갇힌 소리가 다 빠져나가지 못해서일 거라는 생각이 들었다.

죽고 싶어도 죽지 못하는 곳. 죽음의 문턱까지 다다라서도 남은 기운이 다 소진될 때까지 고통스러운 고문을 견디어야 하는 곳. 그곳이 대학병원 중환자실이었다. 지쳐 버린 아버지는 목이 마르신지 자꾸 물을 찾았다. 눈을 감은 채 손짓으로 물을 달라는 시늉을 하신다. 기운이 소진해 소리가 안 나오는데도 사이다를 찾고 물을 찾는다. 패혈증 때문에 물을 드릴 수가 없어 말라붙은 입술을 물에 적신 거즈로 닦아드렸다. 아버지 안 돼요. 물 마시면 균이 다 퍼져 버리니까 조금만 더 참으셔야 해요. 그래야 편안히 집에 갈 수 있어요…… 체념한 아버지가 고개를 저으신다.

누구를 위한 연명인가. 삶이 선택이 아니었던 것처럼 죽음 역시 그러해야만 하는가. 어차피 되돌릴 수 없는 길이라면 물이라도 꿀꺽꿀꺽 마시고 단번에 돌아가시게 해드리고 싶었다. 갈증으로 혀가 다 갈라져도 모른 체해야 하는 잔인함이라니. 차라리 잠이라도 편하게 주무실 수 있게 진정제라도 놓아 달라 간청을 해보았다.

"그건 좋은 생각이 아닌 것 같은데……."

젊은 의사가 말했다.

"병원이란 사람을 살리는 곳이지 죽이는 곳이 아니거든요……."

진정제를 놓으면 다른 모든 기관들의 성능이 다 같이 저하되므로 말기암이 아닌 다음에야 그럴 수는 없는 일이라 했다. 의지대로 할 수 없는 몸에 갇혀 명료한 의식으로 통과해내야 하는 고통의 터널, 아버지는 그곳을 통과 중이시다. 안 나오는 목소리로 갈라진 혓바닥으로 내 편은 아무도 없다 하시며 힘없이 고개를 저으시던 아버지. 죽음이란 어쩌면 육신이라는 감옥에 의탁하여 갇혀 지내던 어떤 신이 다른 차원의 세상으로 이동해가기 위해 통과해가는 웜홀 같은 것 아닐까. 차원이 다른 어떤 시공간으로의 순간이동 통로 같은. 북명(北溟)에 사는 물고기 곤이 붕새가 되어 천공해활(天空海闊)로 날아오르듯, 아버지는 지금 아득한 태허의 시공간을 훠이훠이 날고 계실지 모른다. 탄소 유기체의 현상계를 넘어 하나의 신성(神性)으로, 적멸이 아닌 소요유의 세계로 비로소 귀휴하고 계시는지도 모른다.

아버지가 한 숨 한 숨, 고통 속에서 가까스로 숨을 몰아쉬고 계시는 동안에도 나는 살았다고 삼시를 챙겨 먹는다. 누구나 혼자 지고 가야 하는 고통, 누구도 대신하거나 덜어드릴 수 없는 고통, 이 상황에서의 최선은 어떻게든 고통의 시간을 단축시켜 드리는 일일 거라고 속으로 자주 불효막심한 생각을 한다. 호흡기만 떼면, 아니면 저 희멀건 영양수액이라도……. 효심이 깊은 자매들도 다 같은 생각이겠지만 아무도 바깥으로 말을 뱉지 못한다. 누구도 악역을 맡으려 하지 않는 상황, 이 상황이 계속 혼자 화가 난다. 누구를 위한 윤리인가. 끝까지 고통을 짊어지고 가는 것이 자연사라는 허울인가. 내가 아버지라면 한시라도 빨리 이 부역을 끝내고 싶을 것 같다. 그것만이 당신이 평생 믿던 신의 자비라 생각하실 것 같다.

결국 아버지는 당신 몫의 고통을 한 푼어치도 탕감받지 못하고 한 방울 물에 목말라 하시며 마지막 순간 내 손을 잡고 가까스로 '자연사'하셨다. 잠시 정신이 들었을 때 다른 딸들은 다

'아버지 사랑해요, 고마웠어요'라는 마지막 인사를 눈물로 전했지만 못난 나는 끝까지 그 말을 못 했다. 앙상하게 마른, 식어가는 손을 잡고 아버지의 깊은 눈을 마주 보면서 고개를 가만히 끄덕이기만 했다. 믿을 수 없을 만큼 형형한 눈빛으로 아버지도 고개를 끄덕이셨다. 아버지를 보내고 나서 나는 다시 똑똑히 실감했다. 지옥이란 사람이 죽은 뒤에 가는 곳이 아니라는 것을. 이승과 저승 사이 그 아득한 거리를 저릿저릿한 고통으로 생생하게 체감하며 건너야 하는 다리의 이름임을.

장례를 치르고도 한동안은 사람 만나는 일을 피했다. 결국 타자일밖에 없는 사람들에게 내 몫의 슬픔을 전가하고 싶지 않았다. 내 아버지가 겪어낸 고통의 시간들을 화제에 올릴 마음도 아니었다. 어떻게도 메워지지 않는 시간, 그 마음인 채로 어느 날 홀연히 '데이비드 호크니전'이 열리고 있는 시립미술관으로 향했다. 제목에 끌려 꼭 보고 싶은 작품이 있었다.

'더 큰 첨벙'

에드워드 호퍼의 분위기가 살짝 묻어나는 적막감, 수직과 수평의 미니멀한 구도가 마음에 와닿았다. 캔버스 전체에 자취 없이 스며 있는 산타모니카의 무심한 태양볕, 두 그루의 야자

나무, 빈 의자. 빈 다이빙 대, 잠시 출렁거렸을 수영장의 물과 퉁겨 오른 물방울들……. 누군가 앉았을 의자는 작고 멀었으나 그가 뛰어내린 다이빙대는 크고 가까워 보였다.

사람의 자취가 사라져 버린 그림 속의 적막을 나는 오래오래 서성거렸다. 솟구쳐 오르는 물 더미와 물방울들 사이로 '첨벙!' 하는 물소리가 천둥소리처럼 증폭되어 들려왔다. 그것은 한 세계에서 다른 세계로 떨어져 내리는 추락의 소리가 아니었다. 한 세상에서 다른 세상으로 솟구쳐 오르는 미확인 비행 물체의 요란한 굉음 같은, 천지간에 아득한 비상(飛上)의 폭음이었다.

자유로

남자는 정성껏 CD를 구웠다.

여자와 어렵게 약속을 잡은 날, 즐겨 듣는 음악을 들려주고 싶었다. 함께 들으면 더 좋을 것 같았다. 옆자리에 여자가 앉았을 뿐인데 차 안에선 연한 사과 향내가 났다.

"들어 보세요. 제가 아주 좋아하는 곡이에요⋯⋯."

자동차 전용도로에 접어들자 남자가 살짝 볼륨을 높였다. 단순한 비트의 반복적인 멜로디에 여자가 어색하게 손장단을 맞추었다. 점심 한 끼 대접하고 싶다는 간곡한 초대를 거절할 핑계를 찾지 못해서이기도 했지만, 교외까지 나오게 될 거라고는 예상하지 못하였다.

출판단지와 헤이리 이정표가 차창 밖을 휙휙 스치고 지나갔다. 북북서 하늘에서 날아드는 철새들이 삼삼오오 강을 건너고 있었다. 새들에게나 강물에게는 금단 구역이 없는 것 같았다.

슬그머니 볼륨이 낮아진 음악이 언제부터인지 꺼져 있었다. 함께 들으면 좋을 것 같던 음악이 함께일 땐 오히려 방해가 되는, 이 상황이 무엇일까. 남자의 침묵이 무거워졌다. 멈춰진 음악 대신 심장이 가만히 퉁퉁거렸다.

> 봄의 정원으로 오라
> 이곳에 꽃과 술과 촛불이 있으니
> 만일 당신이 오지 않는다면
> 이것들이 무슨 의미가 있는가
> 그리고 만일 당신이 온다면
> 이것들이 또 무슨 의미가 있는가
>
> -잘랄 앗 딘 루미, 「봄의 정원으로 오라」

"이대로 주욱 가면……. 평양인가요?"

여자가 물었다. 이번에는 남자가 어색하게 웃었다.

"네…… 한번 달려 볼까요? 미친 척하고……."

희미하게 올라붙던 여자의 입꼬리가 이내 제자리로 내려와 앉았다.

자동차 앞 유리 위로 임진각을 알리는 도로 표지판들이 빠르게 스쳐 지나갔다. 철조망도 끈질기게 따라붙었다.

결국은 되돌아 나와야 하는 길, 자유로의 끝은 자유가 아니었다.

죽었니 살았니

칭얼대는 무릎을 얼러가며 탐방로를 오른다. 병풍바위를 지
나친 지 한참이지만 윗세오름까지는 아직 멀었다. 얼키설키
뒤엉킨 관목들과 죽었으되 죽지 않은 주목들 사이로 찬바람이
쌩, 볼을 에고 달아난다. 생명의 빛이 꺼져 있는 겨울 산, 겨울
이 다 가고 봄이 이울 즈음에야 털진달래와 야생화들로 산은
다시 환해질 것이다.

해발 1600고지를 지난다. 비탈이 외려 완만해지는 느낌이
다. 아픈 다리도 쉬어 줄 겸 한숨 돌릴 양으로 노루샘 옆 바위
에 걸터앉는다. 그제야 영실 입구에서부터 줄기차게 따라붙던
조릿대들이 눈에 들어온다. 산죽(山竹)이라 불리는 조릿대들이
끈질긴 생명력으로 영역을 확장해 한라산 생태계가 교란되고

있다는 기사를 얼마 전에 읽은 기억이 있다. 뿌리줄기가 빽빽이 얽혀 다른 식물들이 발붙이기 어려운 까닭에 고지대의 식생까지 위협받고 있다는 것이다.

비탈을 따라 뭉텅이져 있는 조릿대 군락마다 누리시든 잎들이 뭉텅이져 보인다. 초입에서보다 키도 낮아졌다. 제주조릿대는 여름에는 이파리가 녹색이다가 가을이 되면서 가장자리가 말리고 얼룩이 생겨 테두리의 연황색이 선명해진다. 피침형의 날렵한 이파리 끝이 대뇌피질 어딘가를 예리하게 찌른건가. 머릿속에 반짝, 알전구가 켜진다. 알 것 같다. 여리고 가는 이 상록관목이 어떻게 온 섬을 장악할 수 있었을지. 잎을 떨어뜨리는 대신 가장자리의 엽록소를 자진 헌납함으로써 대사 에너지를 절감하는 방식으로 궁핍한 계절을 견디어 왔을 것이다. 죽음으로 테두리를 두른 삶, 살아있는 것들의 죽은 척하기는 위기에 직면한 약자들 특단의 생존전략 아닌가.

연전, 새로 낸 수필집을 받아 읽은 동생이 카카오톡으로 소감을 전해 왔다.

"은유로 가득 찬 육감적 필치……. 성(性)적 해탈이 덜 된 여자의 관능이 왜 이렇게 슬프게 와닿지?"

문학이건 예술이건 저변의 생명력은 관능일 터이나 대놓고 드러내는 일은 삼가는 편이어서 숨겨진 코드까지 간파해내는 밝은 눈이 반갑기보다는 살짝 뜨끔했다. 들키고 싶지 않은 것을 들켜 버린 민망함으로 애써 변명 아닌 변명을 했다.

"죽은 여자의 안 죽은 척하기지 뭐⋯⋯."

"노노, 안 죽은 여자의 죽은 척하기 같은데?"

침착하고 이지적인 듯 보여도 속에서는 잉걸불이 이글거리는 거라고, 늘 그렇게 냉정과 열정 사이에서 아슬아슬 줄을 타며 살고 있지 않으냐고, 동생이 넌지시 밑밥을 놓았다. 뜨겁게 활활 타 보지는 못했어도 못다 탄 동강들이 후미진 가슴 안에서 내연(內燃)하고 있기는 할 거라고, 일생 그렇게 뜨거운 얼음으로, 이도저도 아니게 살아낸 것 같다고, 나도 짐짓 수긍을 했다. 죽은 여자의 안 죽은 척하기건, 안 죽은 여자의 죽은 척하기건, 나는 왜, 무엇 때문에 그런 운신의 묘법까지 동원해가며 반생반사(半生半死)로 늙어가고 있는 것일까. 불완전 연소된 열정의 찌꺼기들이나 활자 속에 타닥타닥 던져 넣으며. 불합리와 불공정을 바꾸어 보겠다고 띠 두르고 구호 외치던 젊은 날의 친구가 입 다문 꽃처럼 살고 있는 것도 살아남기 위한 전략적 타협일까.

탐방로 옆 바윗돌에 황갈색 이끼들이 눌어붙어 있다. 죽은 바위에 산 이끼가 붙어사니 산 것들의 생명력이 죽은 것에서 나오는 건가. 별이 죽어 별이 되고 꽃이 죽어 꽃이 피듯 이미 죽은 목숨 안의 못다 한 기운이 또 다른 색(色)을 입고 피어나는 것 아닐까. 모든 산 것들의 이마마다에 죽음이 한 발을 걸치고 있듯, 죽음의 옷자락 어디에서 생의 홀씨가 홀연히 묻어나오는 건지도 모르겠다.

꽝꽝하게 옹송그린 떨기나무 사이로 한겨울 햇살이 나지막이 비껴든다. 천 번 만 번 죽었다가 천태만상 되살아오는 불사신 같은 바람이 잠에 취한 관목들을 흔들어 깨운다.

'정신 차려 이 친구야. 잠든 척만 해야지, 아주 잠들면 못 깨어나……'

흔들리며 산다

새가 날아간다.

노을 진 하늘가에 새들이 날아간다.

마른 씨앗을 삼키고 뼛속을 비우고, 새들은 그렇게 만리장천을 건너간다. 날아가는 새들이 쓸쓸해 보이는 건 가을이 어지간히 깊어졌다는 뜻이다.

둑이 일렁인다.

바람 부는 강둑에 억새밭이 일렁인다. 몸안에 남아 있는 마지막 물기까지 바람결에 훌훌 날려버린 풀들은 불어오는 바람에 휘청 쓰러졌다 다시 일어나 중심을 잡는다.

'드러누우면 끝장이야.'

저희끼리 그렇게 사운거리는 것 같다.

강이 뒤챈다. 부드럽게 간질이다 격렬하게 파고드는 바람을 안으며 강은 은밀하게 속삭여 줄 것이다.

'나를 살아있게 하는 존재는 당신뿐이야.'

새가 날고, 풀이 눕고, 강이 뒤척이는 가을 물가에 앉아, 나는 어쩌면 살아있다는 것은 흔들린다는 것과 같은 뜻일지 모른다는 생각을 한다. 살아있기 위해 강물은 쉬지 않고 출렁거리고, 나무도 팔을 치키고 운동을 하지 않던가.

정신없이 내달리는 세상을 따라잡느라 중심을 못 잡고 허둥거리다 보면 지구가 뒤집혀도 흔들리지 않을 공고한 소신이 부러워지곤 한다. 마음 복판에 철심을 박고, 왼눈 하나 깜짝하지 않고, 그렇게 의연하게 버텨 낼 수 있다면. 그런 생각을 하기도 한다.

그러나 이런 날엔, 나도 그냥 흔들리고 싶다. 쨍한 가을볕에 습습한 울기(鬱氣)를 말려버리고 가볍게 자유롭게 하늘거리고 싶다. 흔들리지 않는 삶이 무슨 재미란 말인가. 밤하늘의 별도 흔들거리고 꽃도 바람에 흔들리며 피는데. 흔들어야 스트레스가 풀린다는 젊은이들도 많지 않은가. 흐르지 않는 물이 썩게 마련이듯 흔들림이 없는 일상엔 떨림도 울림도 찾아들지 않는다. 삶도 사랑도 흔들거리며 기우뚱기우뚱 자리를 잡아간다.

인라인스케이트를 탄 젊은 처녀 하나가 지그재그로 미끄러져 간다. 노란 헬멧 뒤로 나부끼는, 긴 머리카락이 눈부시다. 그림자는 저만치 멀어져가고 은사시나무 가지 끝에 몇 잎 남지 않은 가을이 떨고 있다. 살랑이는 물결, 수런대는 갈잎, 이따금 건들거리는 낚시 보트……. 바람 부는 강가에서 바라보는 가을은 흔들리는 것들로 아름답다. 아름답게 흔들거리는 이 세상 풍경을 내려다보노라면 신도 가끔은 흔들리실 것이다.

영혼은 물에 녹는다

싱크대에서 접시를 닦다가, 샴푸 거품을 씻어 내리다가, 책상 앞으로 후다닥 줄달음칠 때가 있다. 사유의 질량이 협소해 표현하고자 하는 대상에 내 언어가 육박하지 못할 때, 뾰족탑 위에 설치할 반짝이별 하나가 찾아지지 않아 애꿎은 모니터나 노려보다가 에잇, 모르겠다 싶어 커피 물이나 받으려 할 때, 번뜩 스치는 생각을 붙잡아두려 할 때다. 빛보다 빠를 수 없는 물질 인간의 한계로 어쩌다 오시는 '그분'의 옷자락은 왕왕 놓치고 말지만, 실패도 이력인지라 경험치로 축적되는 심증 같은 게 있다. 일테면 그런 머릿속의 번개가 몸 안팎의 물기와 연관이 있는 것 같다는.

어떤 자리에서 그 이야길 했더니 맞장구치는 분들이 여럿 계셨다. 시인 친구는 술안주로 시를 읽으면 시가 쏙쏙 스민다 하고, 건축가 한 분은 차를 마시며 구상을 해야 아이디어가 잘 떠오른다 하였다. 점잖은 전직 교수님은 샤워기 물소리에 전구가 화들짝 켜지기도 한다던가. 생각의 물꼬를 트는 게 물일 수 있다는 방증은 동서고금의 문헌 속에서도 어렵지 않게 발견된다. 강물에 얼비친 달그림자를 잡으려다 채석강에 빠진 이백은 술 한 말마다 시를 줄줄이 읊었고 그리스의 수학자 아르키메데스는 넘치는 욕탕 물에서 부력원리를 찾아냈다. 호숫가 통나무집에서 문명사회에 대해 통렬한 비판을 쏟아낸 소로도 마찬가지. 왜 어떤 창의적인 발상이나 멋진 상상들은 강이나 호수 같은 물가에서, 술자리나 찻자리에서 촉발되는 것일까. 왜 비 오는 날엔 더 감상적이 되고 감정이 극한으로 치달으면 눈물이 되어 솟는가. 한강 조망권이 확보된 아파트는 왜 더 비싸게 팔리고 물고기 몇 마리 건지지도 못하면서 태공들은 왜 항용 날밤을 새우는가.

모자와 목도리, 마스크로 무장을 하고 밤의 한강 언저리를 걷는다. 집 앞이 공원인데도 군이 차를 몰아 강가에 오는 이유, 옆구리에 강을 끼고 물을 따라 걸을 때라야 세계의 고독과 홀로 마주선 듯 비장해질 수 있어서이다. 물가에 서면 수직으로 용솟음치던 열기가 수평 구도로 내려앉고 수런거리던 바깥일들도 적막의 깊이로 잦아들어 마음 안쪽이 가지런해진다. 어쩌다 번쩍! 은비늘을 뒤집으며 튕겨 오르는 상념들을 일별하는 순간도 천변 산책 때다. 대상이나 사물로부터 단숨에 도착하는 속말들을 버무리고 치대어 반죽해내는 수작업이 글쓰기이기도 하여서 그렇게 적바림해 부풀려놓은 생지를 커피나 차를 홀짝거리며 키보드로 바삭하게 구워 내기도 한다.

도토리묵처럼 솔아가는 강물, 찬물에 발을 담그고 서서 물속제 그림자를 내려다보는 다리(橋)의 다리(脚)들, 찬바람에 마른 살갗을 비벼대는 수크령들…… 동행이 있으면 무심한 척 입을 닫는 새침데기들도 혼자일 때 이따금 말을 붙여온다. 존재는 다 삼각관계를 싫어할 터, 제 내밀한 의중이나 사는 일의 비의(秘義) 같은 것을 함부로 누설할 순 없다는 듯이.

'영혼은 물에 녹는다.'

강이 불시 귀엣말을 한다. 존재 저편의 불수의근 같은, 정신활동을 관장하는 에너지의 주체를 영혼이라 치면 쿼크건 소립자건 중성미자건 간에 저 영혼의 어떤 입자들, 무한히 작고 가벼운 양자적 비물질이 녹아들고 스며들 만한 용매는 생명의 원형질인 물일밖에 없을 거라고. 그럴법하다. 슬픔을 침출시켜 몸 밖으로 뽑아내는 순정한 진액이 눈물이기도 하니. 통상적 물리법칙이 들어맞지 않는, 우주에서 가장 이상한 물질이 물이라지 않은가.

강이 일렁인다. 생각들이 출렁인다. 생각의 주체는 머리가 아닌 다리이기도 하여서 다리가 움직거려야 생각에도 조금씩 근육이 붙는다. 뭍보다 먼저 생명을 잉태한 물, 생물(生物)이란 그러니까 생(live)+물(water)인가. 물의 생화학적 변성체가 생명체인 셈이니 각양각색의 수분 배터리가 창궐하는 지구는 태양계 유일의 수력발전소겠다. 「창세기」의 첫 장에도, 『장자』의 첫머리에도 물 이야기가 나오지 않던가. 물로 인해 살아 숨 쉬는 별, 그 별의 한 점 물방울인 나. 잠깐 보였다 스러질 안개라도 생각하면 가슴 벅찬 실존 아닌. 그러고 보니 내가 밟고 서 있는 별, 이 별의 이름도 지구(地球)가 아니다. 지구라는 이름은 땅 위에 빌붙어 사는 인간의 관점에서 비롯된 명명 오류일 뿐, 지표의 70%가 물이고 보면 지구가 아니라 수구(水球)여야 마땅하다.

본디 바다에서 출시된 생명체는 피부에 물 저장하는 기술을 업로드하고서야 가까스로 땅 위로 기어올랐다. 최초의 생명이 바다에서 태어났듯 인간 또한 어머니의 양수에서 태어난다. 수분 함량이 97%인 수정란은 태아일 때엔 80%, 태어나면 70%에서 노인이 되면 50% 이내로 물기가 점점 줄어들어 간다. 생물체가 예측 가능한 속도로 쇠퇴해 가는 것을 노화라 한다면 노화란 결국 물을 잃는 과정, 물오른 처녀가 물 빠진 안노인으로 찌그러드는 공정이 인생이라는 서사(敍事)다. 객쩍은 농담을 덧붙이자면 사내들은 기막히게 물 냄새를 잘 맡는다. 물이 마르고 사막화되면 파종을 해도 싹이 트지 않는다는 걸 생래적으로 아는 것 같다. 물 좋아하는 영감(靈感)이 한물간 여류들을 즐겨찾기 목록에서 삭제하는 이유도 비슷한 맥락 아닐까. 미분화된 광채 같은 어떤 파장이 뇌라 이름하는 회백질 컴퓨터 칩에 디지털 파동처럼 일렁였다 사라지는, 그런 번뜩임이 찾아들지 않는 게 노후한 연식 탓이라니. 물오른 꽃도, 물찬 제비도 시들고 이울어 한 곳으로 가는 것을.

태어난 지 19개월 만에 시각과 청각을 잃은 헬렌에게 모든 사물에는 그만의 고유한 이름이 있다는 사실을 처음으로 알게 해준 물질도 물이었다. 설리번 선생이 손바닥에 써준 기호가 아무런 의미 없는 손장난이 아니라 세상의 사물들과 짝을 이루는 호칭이라는 사실을 처음으로 깨닫게 해준, 차갑고도 놀라운 그 물질 말이다. '갑자기 전율을 느꼈다. 그리고 그때 언어의 신비가 모습을 드러냈다. 비로소 나는 물이라는 것이 내 손 위로 흐르는 차갑고 놀라운 물질이라는 것을 깨달았다……. 그것이 영혼을 일깨워주었고 내 영혼을 자유롭게 했다.'

영혼은 친수성(親水性), 감수성(感水性)이 감수성(感受性)인가. 영혼이란 어쩌면 억겁을 돌고 돌아 우리 몸에 스며 있는 아스라한 물의 기억일지 모른다. 우주의 본질이 정보이고 정보가 가장 여실하게 전해지는 매체가 물이라 하니. 목숨의 안팎을 들락거리며 타자의 영혼을 어루만지는 물은 소통의 매질이고 마법의 메신저다. 내 안의 물과 그 안의 물이 어느 순간 조응해 떨림과 울림으로 중첩되어 파급되는, 그것이 공명이고 교감 아닐까. 천상과 지상, 육신과 영혼, 대상과 나 사이를 넘나들며 경계를 지우고 결속시키는 물이야말로 지구 보편의 생화학 언어다.

세빛섬에서 서래섬을 돌아 구름카페 아래 동작대교 너머까지, 오던 길을 거슬러 물을 따라 걷는다. 물가를 걷는 일은 물 마른 영혼에 물기를 더하는 일, 겨울나무같이 황량한 내 안에 푸른 잉크를 채워 넣는 일이다. 바윗돌을 휘돌고 여울목을 거쳐도 끝끝내 지향(志向)을 잃지 않는 물처럼 내 안의 나를 찾아 걷고 걷는 여정, 디지털 디아스포라의 아날로그적 소요유(逍遙遊)다.

여행을 생각하다

퀸즐랜드에서 밀퍼드 사운드로 가는 동안 사람 그림자 하나 만나지 못했다. 지천으로 피어 있는 스코틀랜드 개나리와 거대한 호수 주변에 열병식 하듯 서 있는 침엽수 숲을 지나 장엄한 폭포를 마주 보고 서 있다. 이런 나라에 도망쳐 와 새로운 인생을 살아볼 수 있다면! 생의 관절을 툭 분질러 지금의 나랑은 전혀 다른 인생을 살아봐도 좋겠다. 원시적인 생명력이 넘치는 부리부리한 마오리 남자 하나 꼬드겨 열두 아이 낳고 살아보면 어떨까. 글자는 읽지도 쓰지도 않고 별자리랑 바람 냄새나 읽으며 입꼬리 헤실헤실 풀어 젖히고 순하게 늙어가도 좋았을 것을.

이 나라에서는 사람 대신 소나 양이 일을 한다. 그들의 노동이 이 나라 거반을 먹여 살린다. 뉴질랜드 사회는 450만 명의 사피엔스(Sapiens)와 5천만 마리의 양으로 구성되어 있다. 양들은 사십오도 각도로 머리를 수그리고 온종일 같은 음식을 쉬지 않고 먹는다. 음식이란 그것을 먹고 소화시킨 에너지로 다른 일을 하는 동력이어야 하거늘 종일 먹기만 하는 그들에게 있어 식사란 차라리 노동에 가깝다.

휴일도 없는 만년 노동자들은 하늘 한번 올려다보지 않는다. 꾀부리지 않고 근면하게 풀을 뜯고 조용히 무릎 꿇고 되새김질을 한다. 먹이를 구하기 위해 뛰어다닐 필요도, 싸울 필요도 없지만 최적화된 노동환경만큼 철저하게 착취당해야 한다. 죽을 때까지 젖과 모피를 생산하고 죽은 육신까지 헌납해야 한다. 운이 나쁘면 관광객들 앞에서 털 깎기 시범 모델이 되거나 가죽이 벗겨지는 퍼포먼스에 강제 차출당해야 한다. 천적이 없는 초원이라 하여 천국이라 할 수 있을까. 가축이라 이름하는 모든 축생들에게 공공의 천적은 사피엔스일 텐데.

마오리 남자를 꼬드겨도 아이를 만들 수 없는 나이여서일까. 평화롭게 풀을 뜯고 있는 양 떼들이 내게는 어느 순간, 푸른 지구에 기생하는 구더기 떼로 보인다. 다행이다. 얼핏 보기에 지상낙원 같았던 이 나라에 눌러살고 싶다는 생각을 더 이상 안 하게 된 것이. 스코틀랜드 어디쯤을 지날 때도 비슷한 생각을 했다. 눈보라 속에 방치되어 입성이 너덜너덜해져 버린, 유독 얼굴만 새까만 노숙 양떼들의 행색을 보면서 소나 양의 노동으로 편히 먹고사는 일이 흑인을 노예로 부리는 일보다 덜 야만적인가에 고개가 갸웃거려지곤 했다. 모르겠다. 낙농의 이름으로 행해지는 착취가 왜 그리 마음을 불편하게 했는지. 배부른 휴머니즘일까 배 아픈 질투일까.

무료하고 지루한 천국에서 제2의 인생을 누리고 사는 친구는 자기 것도 아닌 하늘과 들판과 숲과 호수를 연신 자랑하였지만 나는 얼른 재미있는 지옥으로 귀환해 남은 인생을 마저 살고 싶어졌다. 산맥에 가로막혀 흐르지도 못하고 고여만 있는 호수보다는 온갖 오물을 껴안고 역동적으로 흘러가는 강물이 더 나을 것 같았다. 뒤섞이고 요동치다 벼랑을 만나 불시에 폭포로 떨어져 내린다 해도 그 낙차로 에너지를 얻어 또다시 흐를 수 있을 테니까.

여행의 최종 목적지는 제 앉은자리다. 제자리로 돌아오지 못하는 여행은 여행이 아니다. 방랑이거나 실종이거나 더 큰 사고일 수 있다. 세상 곳곳을 돌고 돌아 다시 나에게로 돌아오는 여정, 그 귀환이 여행일 것이다.

나는 글을 어떻게 쓰는가

나는 글을 어떻게 쓰는가. 이런 글제는 곤혹스럽다. 내 안 어디 컴컴한 지층에 매몰되어 있을 생각의 편린들을 갈고 닦고 기름칠해 꺼내놓는 아날로그적 공정에 모듈화한 작법이 있을 리 없다. 있다 해도 마찬가지. 질료의 특성이나 태깔에 맞추어 주먹구구로 꿰어내는 비물질적 공정을 명쾌하게 활자화하여 서술하는 일이 생각만큼 쉬운 일은 아닐 것이다.

글쓰기는 고단한 수작업이다. 어떤 첨단의 공법으로도 자동화할 수 없고, 누구도 그 수고를 대신해 줄 수 없는, 지극히 개별적이고 원시적인 노동이다. 내가 아니면 아무도 인지할 수 없는 지난 시간의 문양들을, 끝끝내 몸 안에 갇혀 나라는 개체와 함께 소멸되어 버릴 기억과 몽상의 집적들을 언어라는 어설프고 불완전한 도구로 발굴하고 복원해 내보여야 하는 막막한 작업이 글쓰기이다. 바늘로 우물 파기와 같이 부단한 인내가 요구되기도 하는 그 지난한 작업을 나는 왜 여태 그만두지 못하는가.

'어떻게?'에서 '왜?'로, 논지가 불시 빗겨 버렸다. 그래봤자 크게 빗간 것은 아니다. '왜'가 분명하기만 하면 '어떻게'는 어떻게든 제 길을 찾을 테니. 왜 나는 글을 쓰는가. 그거라면 좀 쉽게 답할 수 있다. 쓰는 게 좋아서, 쓰고 싶어서 쓴다. 정확히 말해 쓰고 싶어 쓰는 게 아니라 쓰고 싶어져야 비로소 쓴다. 글쓰기는 내게 일이 아니다. 놀이이다. 일이 아니고 놀이이므로 재미가 없으면 쓰지 못한다. 쓰고 싶을 때 쓰고, 쓰고 싶어야 쓴다. 운동에도 취미가 없고 가무에도 능치 못하고 고스톱조차 칠 줄 모르는 사람이 유일하게 집중할 수 있는 놀이, 그것이 내겐 글쓰기이다. 글을 써서 쌀을 사야 했다면 나는 일찌감치 포기했을 것이다. 글과 돈을 맞바꿀 실력이나 자질을 갖추지 못한 아마추어 엉터리 글쟁이라는 얘기다. 그럼 언제 쓰고 싶어지냐고?

"한 대 맞은 것 같은 글이 아니라면 읽을 필요가 있는가?"라고 대잡듯이 자문한 사람은 카프카였다. 그의 말이 내게는 "한 대 맞은 것 같은 글이 아니라면 쓸 필요가 있는가?"라는 말로 읽힌다. 기가 꺾이고 주눅이 든다. 기분이 썩 좋지도 않다. 별 수 없잖은가. 어쨌거나 그는 카프카니까.

한 대 맞은 것 같은 글을 쓰지 못하는 나는 한 대 맞아야 쓸 맘이 생긴다. 책을 읽다가 머릿속을 쾅, 쳐주는 좋은 글귀와 맞닥뜨렸을 때, 무채색으로 침묵하던 겨울나무 가지가 연둣빛 혓바닥을 나불거리며 가슴을 퉁, 치고 살랑거릴 때, 살아있음의 숭고와 애잔함으로 마음 귀퉁이가 쿵, 하고 무너져 내릴 때, 나무늘보처럼 늘어져 있던 나도 화들짝 정신이 들어 글이 쓰고 싶어진다.

그런 행운이 당연히 자주 찾아줄 리는 없다. 아주 가끔, 드물게 온다. 공부는 머리보다 엉덩이로 한다지만, 글은 손이 아닌 발이 쓰는 것 같다. 뇌와 장딴지 근육 사이에 어떤 역학관계가 있는지 알 수는 없지만 저명한 사상가들이나 작가들 중에도 규칙적인 산보와 저술을 병행했던 사람이 많은 걸 보면 몸을 움직이는 것과 뇌의 활동이 아주 무관하지는 않은 것 같다. 혼자서 천변이나 공원을 산책할 때, 신호대기 앞에 멈춰 섰을 때, 역방향의 남행열차에 앉아 멍하니 창밖을 내다보고 있을 때, 뿅망치로 탕! 얻어맞는 것 같은 어떤 말씀이 다녀가곤 한다. 전생과 현생을 가로지르며 귓바퀴 사이를 빠져나가는 검은 새의 그림자같이 반짝 스쳤다 스러져버리는 '머릿속의 불'. 부싯돌의 섬광같이 일순간에 명멸하는 순간의 스파크는 서둘러 포획해 들이지 않으면 다시는 찾아와 주지 않는다. 그렇게 채집한 불똥들을, 홧홧한 불의 씨앗들을, 씨앗 망태에 걸어두고 시시때때 들여다보며 입김을 불어넣는, 그것이 내게는 '어떻게'의 시작이다. 요행에 기대어 농사를 짓는 천수답의 태평 농부라 할까.

글을 쓰기 위해서는 사냥감을 포착하는 동물적 직관과 싹을 틔우고 결실을 기다리는 식물적 인내가 함께 필요하다고 본다. 어떤 꽃이 피고 어떤 열매가 달릴 것인가는 씨앗에서 이미 판가름이 난다. 좋은 종자를 골라 모판에 옮겨 심는 일로 농사는 시작이 아니라 이미 반쯤 진행된 것이다. 물주고 가꾸고 꽃 피우는 일은 인내와 정성과 시간이 요구되는 여느 농사꾼의 일상과 다를 바 없다. 존재와 본질에 대한 탐색, 통찰과 알레고리를 중시하는 면에서 『손바닥 수필』 같은 내 짧은 수필들은 산문보다 시 쪽에 가까울지 모른다. 산문적 가독성을 획득하기 위한 최소한의 얼개 이외의 중언부언을 나는 그다지 좋아하지 않는다. 호흡이 짧아서이기도 하고 간명 단아한 것이 좋기 때문이기도 하지만, 묘사나 서술을 귀찮아하는 태생적 게으름 탓이 크다. 일상의 에피소드를 소설적 서사로 끌고 나가지 않고 치고 빠지는 전략을 구사하는 것도 이런 '귀차니즘'과

무관하지 않다.

그러나 아무리 짧은 글이라 해도, 아니 오히려 짧은 글일수록 퇴고의 중요성을 간과할 수 없다. "모든 초고는 걸레다"라고 했던 헤밍웨이의 고백이 그의 어떤 명문장보다 위로가 되는 이유다. 잡풀을 뽑고 거름을 주는 일, 약한 줄기에 받침대를 세워 주고 불필요한 곁줄기를 가차 없이 쳐 내는 일, 우듬지 어디쯤에 보일 듯 말듯 반짝이는 별 하나 살짝 숨겨 걸어두는 일, 그런 것들에 집중하다 보면 놀이도 어느새 일로 바뀌고 만다. 놀이가 일이고 일이 놀이인 채 사유를 익히고 상상을 접붙이는 자발적 유폐에 빠져들다 보면 왜 쓰는지, 어떻게 쓰는지 는 생각할 겨를이 사실상 없다. 씨앗이 가진 생명력이 최대한 발현될 수 있도록 최선의 노력을 기울여보는 것, 대상이 들려주는 속말들을 귀 기울여 듣고 그들의 이야기에 어설픈 주석을 덧붙여 보는 것, 작가로서의 내 일은 거기까지다. 그것이 알곡일지 쭉정이일지는 내가 판단할 일이 아니다.

닫으며

어찌어찌 다시 책을 엮는다.

사는 일이 그렇듯 책 내는 일도 의중대로만 되는 일은 아니어서 새 글과 이전 글이 물색없이 섞였다. 입안의 말을 활자로 벼려온 지 사반세기, 알곡을 가리는 농사꾼의 심정으로 그만그만한 소출이나마 정성으로 추렸다. 큰 재능은 축복이어도 어설픈 재능은 재앙이라는데 시답잖은 글재주로 이만큼 놀았으니 넘치게 복을 누린 셈인가. 오 척 단구 안에 더 길어낼 말들이 있을지 모르지만 조금은 느리고 깊은 숨으로, 말랑한 영혼으로, 사람살이의 올모를 둥글려보며 남은 날들을 할랑하게 살아내고 싶다. 안단테로 또 칸타빌레로.

말이 필요 없는 수필의 진경

✦

이상국

수필은 장르인가. 한때 장르인 것처럼 보일 때도 있었다. 어디든 넘나드는 광대한 영토인 듯한 때도 있었고, 뚜렷하게 존재 증명이나 영지(領地) 입증을 하지 못한 까닭인지 어디에도 깃들지 못한 무적자(無籍者)처럼 여겨질 때도 있었다. 무수하고 방대한 고전이 수필을 이고 있었고, 문학의 갈래를 이룬 다양한 장르들이 수필의 본령에서 숨쉬기를 분양받지 않은 것이 없었다. 시와 소설은 갈수록 분명해지며 문학의 호적에 적자(嫡子)를 꿰차고 앉았지만, 수필은 공기나 물처럼 언어와 문장이 이루는 세계의 근원으로, 숭상(崇尙) 아닌 '투명인간' 취급을 받는 날들로 어느새 접어들어 있는 게 아닌가 싶기도 했다.

최민자 수필가가 누에처럼 자아 올려놓은 실타래 위에서 말을 잃었다. 침을 삼키며 눈만 굴렸다고 해야 할까. 그간 글눈이 있고 글맛을 안다고 여겼던 스스로에 대한 오진(誤診)을 끝없이 인정하지 않을 수 없는 시간이었다. 광대하고 변화무쌍한 신세계에 내던져진 어린아이의 기분, 문학사를 새롭게 써야 할 것 같은 현기증을 느꼈다.

감히 중얼거리건대 이 책은 하나의 장르다. 최민자 작가는 자기를 열어 광대한 땅을 받아들인 로마제국처럼 스스로가 독보적인 장르임을 입증하고 있다. 수필은 제 발이 저려 서둘러 주민증을 꺼내 자기를 입증하려는 군색한 문장의 마른기침이 아니라 서슬 퍼런 문학의 정통 가문임을 말 한마디 허투루 섞지 않고도 너끈히 증거하는 고급스러운 향연이 이 책의 풍경이다. 일찍이 이런 풍경을 본 적이 없다. 이 수필집은 문학의, 아니 인문학의, 언어학의 인간 사유와 문장 모두의 기념비다. 시와 소설이 이 광휘와 완전함과 인간 문예가 지닌 본질적 쾌락에 잠시 주춤하며 자리를 내줘야 할 만큼 빼어나고 놀라운 '르네상스적인 수필'이다.

이 수필 속에는 어떤 실험도 없어 보이지만 실험적인 기운이 도도하다. 길이나 다리나 인간 신체나 말(언어)이나 눈(안구)이나 새와 낙타 혹은 두부 같은 것들이, 특유의 우의(寓意)를 입으면서 생명을 얻고 풍경을 만들어낸다. 그저 말솜씨나 재담(才談)일 수도 있을 것을 심오한 본질과 문제의 진상을 드러내는 명상의 행간으로 아로새겼다. 수필이 자주 이런 의인화(擬人化)를 즐겼지만, 이렇게 독창적으로 본질 속에 손을 넣어 무엇인가를 쓱 꺼내는 듯한 맛은 내지 못했던 것 같다. 다른 장르에 대한 이런 시선은 잊히지 않을 것이다. "시(詩)도 공산품이라는 사실을 제작공정을 보고서야 알았다. 문화센터 한구석 큼큼한 가내공장에서 숙련된 도제와 견습공들이 시의 부품들을 조립하고 있었다."

그의 글들에는 아주 섬세한 소녀의 내면이 있고, 어떤 오빠를 바라보는 아리송한 연민과 동경이 있으며, 늙어가는 신체와 그에 딸려온 어린 핏줄을 바라보는 천진한 항복(降伏)이 있다. 가장 내밀한 것들이 원초적이고 보편적인 인간의 내면으로 직핍하는 공감을 만들어내는 힘이다. 수필이 서사(敍事)를 담을 때 얼마나 아련해지고 탱탱해지는지를 그는 입증해준다. 수필이 한 낱말을 붙들고 명상(冥想)으로 불러들일 때 그 깊이와 넓이와 현묘함이 어디까지 미치는지를 유감없이 보여준다.

그의 문장에는 어디서 발굴한 것인지, 못 하나 쓰지 않고 맞춤하는 한옥 건축처럼 오래된 새로운 낱말들이 곳곳에 알맞게도 들어앉아 있다. 과학적이고 생물학적인 개념들도 수필의 온기와 조리법을 입히니 근사한 별미로 들어앉아 입맛을 자극하기도 한다. 이 솜씨들은 연애 감정처럼 달콤하기도 하고, 그 정밀함 때문에 무섭기도 하다.

한국 문학사에 이런 글들이 태동하고 숨을 쉬며 존재했다는 것만으로도 수필은 가장 완전하고 뚜렷한 자아를 지닌 문학임을 증거한다. 거기에 이 짧은 혀가 더듬거리며 잠깐의, 혹은 미력(微力)한 놀람을 보탤 뿐이다.